Amélie Duval
Wenn die Sonne den Felsen küsst

AF178686

Das Buch

Die junge Grace Cavanaugh will unbedingt weg aus London. Zu viel erinnert sie an den Mann, den sie für immer verloren hat. Kurz entschlossen nimmt sie das Jobangebot einer alten Freundin ihrer Mutter an und zieht mit ihrem heiß geliebten Terriermischling Einstein an die irische Westküste.

Grace ist von ihrem neuen Zuhause begeistert – und schockiert, als Colm McCunnigan, attraktiver Besitzer der örtlichen Whiskey-Destillerie, beinahe ihren Hund überfährt und dabei nicht die Spur von Reue zeigt. Er ist überhaupt nicht Grace' Fall, so viel steht fest. Doch als jemand versucht, Grace mit aller Kraft aus ihrem neuen Heim zu vertreiben, ist es ausgerechnet Colm, der ihr zur Seite steht ...

Die Autorin

Amélie Duval ist gebürtige Französin. Sie studierte in Deutschland Sprach- und Literaturwissenschaften und arbeitete in einem Frankfurter Verlag sowie in der Werbebranche.

Seit 2008 ist sie als Autorin tätig und schreibt hauptsächlich im romantischen Genre. In ihren Liebesromanen erzählt sie gefühlvolle, spannende und prickelnde Geschichten. Mit ihren Bestsellerreihen »L.A. Guards« und »New Orleans Blues« begeisterte sie bereits über zweihunderttausend Leser.

Amélie Duval

Wenn die Sonne den Felsen küsst

Roman

 Montlake

Deutsche Erstveröffentlichung bei
Montlake, Amazon Media EU S.à r.l.
38, avenue John F. Kennedy, L-1855 Luxembourg
März 2021
Copyright © der deutschsprachigen Ausgabe 2021
By Amélie Duval

Umschlaggestaltung: zero-media.net, München
Umschlagmotiv: © jaboo2foto / Shutterstock;
© Marius Roman / Getty Images; © mikroman6 / Getty Images;
© Pete Thompson Photography / Gallery Stock
Lektorat und Korrektorat: VLG Verlag & Agentur, Haar bei München,
www.vlg.de
Gedruckt durch:
Amazon Distribution GmbH, Amazonstraße 1, 04347 Leipzig /
Canon Deutschland Business Services GmbH, Ferdinand-Jühlke-Straße 7,
99095 Erfurt /
CPI books GmbH, Birkstraße 10, 25917 Leck

ISBN 978-2-49670-611-6

www.montlake.de

Ein unaussprechlicher Name

Eine geschlagene Minute stand Grace vor dem Red Lion und starrte hinauf zu dem Messingschild, als erhoffte sie sich von dem mächtigen Wappentier Beistand, bevor sie mit einem tiefen Seufzer eintrat. Drinnen empfing sie ein fröhliches Stimmengewirr, das so gar nicht zu ihrer Stimmung passen wollte. Der viktorianische Pub in South Kensington war ein beliebter Treffpunkt bei Studenten und Dozenten der angrenzenden Universität, aber auch bei allen, die ein gemütliches Ambiente und anregende Gespräche schätzten. Bis auf einige Büsten berühmter Naturwissenschaftler wie Albert Einstein oder Erfinder wie Nicola Tesla unterschied sich das Red Lion kaum von anderen Pubs in London. Das Bild prägten warme Farben, viel Holz und poliertes Messing sowie ein langer Tresen, an dem Männer und Frauen ihr Afterwork-Bier genossen.

Beim Anblick der hübschen Blondine im dunkelblauen Kostüm, die am Ende des Tresens saß, beschleunigte sich Grace' Puls, und ihre Beklommenheit nahm zu. Jessica MacDougall, Dozentin für Wirtschaftsinformatik, war ihre beste Freundin, und die Gewissheit, welchen Schlag sie ihr gleich versetzen würde, stimmte Grace traurig. Um ein Haar hätte sie auf dem Absatz kehrtgemacht. Doch zum einen hatte Jess sie schon entdeckt, und zum anderen wäre das wirklich nicht die feine Art. Also biss Grace die Zähne zusammen und steuerte den Barhocker an, den Jess für sie frei gehalten hatte.

»Schön, dass du endlich mal aus deinem Schneckenhaus herauskommst und unter Leute gehst!«, rief Jess zur Begrüßung freudestrahlend und rutschte von ihrem Hocker, um Grace zu umarmen. »Wir haben uns ja seit einer Ewigkeit nicht mehr gesehen.«

»Ich weiß«, murmelte Grace. »Tut mir leid.«

»Ach was! Hauptsache, du bist hier!« Jess zwinkerte ihr zu, dann setzte sie sich wieder. »Ein Ginger Ale?«

Grace nickte und nahm ebenfalls Platz, während Jess beim bärtigen Barkeeper hinterm Tresen ihre Bestellung aufgab. Lukas, ein Urgestein des Red Lion, studierte im dreißigsten Semester Philosophie. Dementsprechend brachte ihn nichts aus der Ruhe.

»Also, was gibt's Neues?«, fragte Jess, nachdem sie ihre Getränke erhalten und angestoßen hatten.

Behutsam stellte Grace ihr Glas ab, als hätte sie Angst, es zu zerbrechen, dann holte sie tief Luft und begann zu erzählen.

»Läärg an was?«, keuchte Jess wenig später und starrte sie aus weit aufgerissenen Augen an.

»Leirg an Dachtáin«, antwortete Grace ruhig. Sie schrieb mit ihrem Kugelschreiber den Ortsnamen auf einen Guinness-Bierdeckel und schob ihn Jess hin. Jetzt, da sie gebeichtet hatte, war ihr Puls wieder auf ein Normalmaß zurückgegangen. »Oder auch Lergadaghtan, falls dir der englische Name lieber ist.«

Jess starrte sie böse an. »Der macht's auch nicht besser!«

»Es bedeutet so etwas wie ›der Hang aus Schlick‹«, erklärte Grace.

»Klingt einladend!«, ätzte Jess. »Fehlt nur noch ›gleich neben der Latrine eines Koboldes‹.«

Noch vor wenigen Jahren hätte Grace vermutlich über die Bemerkung gelacht, jetzt aber schaute sie ihre Freundin aus traurigen braunen Augen an. »Du meinst den Leprechaun«, erwiderte sie, »den irischen Kobold mit grünem Hut und feuerrotem Bart.«

Jess machte eine wegwerfende Geste. »Wie auch immer! Wo liegt dieses dämliche Kaff überhaupt?«

Es ist kein dämliches Kaff, wollte Grace erwidern, streng genommen ist es nicht einmal ein Kaff, sondern nur ein Weiler. Doch sie beließ es bei einem schlichten »An der nordwestlichen Küste Irlands«.

Jess' Miene verdüsterte sich noch mehr. »Was, zum Geier, willst du da oben?«

»Habe ich doch schon gesagt. Neu anfangen.«

»Und das kannst du nicht hier in England tun?«, ereiferte sich Jess. »Spontan fallen mir ein Dutzend malerische Städtchen wie Ashford oder Aylesbury ein. Und ich bin erst beim Buchstaben A in der Liste aller englischen Ortsnamen!«

Grace wurde das Herz noch schwerer, als es ohnehin schon war. »Ach komm, Jess, du …«

»Nein!« Aufgebracht wollte Jess von ihrem Hocker aufspringen, riss sich aber im letzten Moment zusammen.

Ihr Blick traf sich mit dem ihrer Freundin.

»Du bist ganz schön hinterhältig«, brummte sie schließlich.

Grace widersprach nicht.

»Du hast mich absichtlich in unseren Lieblingspub bestellt, weil du wusstest, dass ich dir hier keine Szene machen kann.«

Grace rang sich ein schwaches Lächeln ab. »Ich kenne dich nur zu gut. Entschuldige. Die Rechnung geht selbstverständlich auf mich.«

Jess schnaubte empört. »Das ist ja wohl das Mindeste.« Sie hob die Hand. »Einen doppelten Wodka!«, rief sie Lukas zu, der freundlich nickte.

Während er den Drink einschenkte, hing das Schweigen zwischen den beiden Freundinnen schwer in der Luft. Jess ergriff erst wieder das Wort, nachdem sie das halbe Glas Wodka hinuntergestürzt hatte.

»Warum so weit weg, Gracie?«, fragte sie ernst.

»Weil …« Grace hielt kurz inne, um nach den richtigen Worten zu suchen. Ihre Brust verengte sich, als legten sich schwere Ketten darum. »Seit Marcus nicht mehr da ist, fühle ich mich, als würde ich in einer eisernen Jungfrau stecken. Alles, was ich sehe, höre und fühle, ist Schmerz. Wenn Einstein nicht wäre …«

Grace ließ den Rest des Satzes ungesagt, weil sie wusste, dass Jess sie auch so verstand. Der Terriermischling, den Grace und Marcus vor Jahren als Welpe aus dem Tierheim geholt hatten, war ihr größter Halt. Den Namen Einstein hatte er von Marcus bekommen, der als Physiker am King's College gearbeitet hatte. Es war Liebe auf den ersten Blick gewesen. Als wäre es erst gestern geschehen, konnte sich Grace gut erinnern, wie der schwarz-weiße Fellknäuel an Marcus' Hals geknabbert und geschleckt hatte. Marcus hatte gelacht und ihr mit seinen grünen Augen zu verstehen gegeben, dass es diese Handvoll Hund sein musste oder keiner.

Mit ihrem tiefen Seufzer holte Jess sie ins Hier und Jetzt zurück. »Aber ist Weglaufen wirklich der richtige Weg?«, fragte sie bekümmert.

»Es ist der einzige Weg!«, antwortete Grace schärfer als beabsichtigt. Sie spürte, wie ihre Augen feucht wurden. »Alles hier erinnert mich an Marcus. Die Stadt, die Menschen, einfach alles! Wie wir im Hyde Park mit Einstein Frisbee gespielt haben, wie wir in Soho jedes Wochenende bei Ajmal gebruncht oder einfach nur an der Themse gesessen und über die Zukunft geredet haben. Über die Kinder, die wir niemals haben werden …«

Anna und Owen. So hätten ihre Babys heißen sollen.

Aus Angst, in Tränen auszubrechen, hielt Grace inne und starrte unwillkürlich auf ihren Ehering. Obwohl sich der Tod von Marcus bereits zum zweiten Mal jährte, trug sie ihn immer noch. Ihre Kehle schnürte sich noch enger zu. Sie sah auf und begegnete Jess' kummervollem Blick.

»Aber warum ausgerechnet Leirg an … an …?«

»Dachtáin«, ergänzte Grace sanft.

Jess verzog das Gesicht, als hätte sie Schmerzen. »Hast du auf die Landkarte geschaut und dir gedacht, ›Hey, ich such mir einfach den unaussprechlichsten Namen im Umkreis von fünfhundert Meilen aus und ziehe dorthin, nur um meine beste Freundin in den Wahnsinn zu treiben‹?«

Fünfhundertachtunddreißig Meilen, verbesserte Grace sie im Stillen. Trotz des Drucks in ihrer Brust brachte sie so etwas wie ein Lachen zustande, auch wenn es gequält klang. »Ich werde dich vermissen, Jess«, murmelte sie.

Ihre Freundin zuckte mit den Schultern. »Selbst schuld.«

Grace biss sich auf die Unterlippe, worauf Jess eine schuldbewusste Miene aufsetzte. »Entschuldige, Gracie, so habe ich das nicht gemeint«, sagte sie. »Aber dass du so weit wegziehst, nehme ich dir echt übel.« Sie atmete tief durch. »Also, raus damit, warum ausgerechnet dorthin?«

»Tante Ruby«, antwortete Grace.

Jess hob fragend eine Augenbraue. »Tante Ruby«, wiederholte sie. »Mensch, Gracie, lass dir nicht alles aus der Nase ziehen! Wer ist das?«

Grace strich sich eine widerspenstige Strähne aus der Stirn. »Eine Freundin meiner Mum. Sie stammt ursprünglich aus

Belfast. Die beiden haben sich während ihrer Ausbildung hier in London kennengelernt.«

Jess pfiff leise durch die Zähne. »Das muss ja mindestens vierzig Jahre her sein.«

»Ja, sie waren alte Freundinnen«, flüsterte Grace und sank weiter in sich zusammen, als sie an ihre Mutter dachte, die vor sieben Jahren gestorben war. Sie hatte Marcus vergöttert.

Es brauchte einen Moment, bis sich Grace wieder gefasst hatte.

»Tante Ruby«, griff Jess das Thema sachte wieder auf.

»Ja, richtig.« Grace starrte mit leerem Blick auf ihr Ginger Ale, das sie kaum angerührt hatte. »Ich kenne sie schon mein ganzes Leben. Sie hat uns mehrmals im Jahr besucht und blieb dann immer für ein paar Tage. Aber irgendwann verloren sich Mum und sie aus den Augen. Ich muss da dreizehn oder vierzehn gewesen sein. Du weißt ja, wie das im Leben manchmal so ist. Jeder geht seiner Wege, und obwohl man befreundet ist, reißt der Kontakt ab …«

»Das wird uns garantiert nicht passieren!«, warf Jess schroff ein.

Grace erlaubte sich ein kleines Lächeln. »Sicher nicht. Als Mum gestorben ist, wollte ich Tante Ruby zur Beerdigung einladen, aber zu dem Zeitpunkt lebte sie schon nicht mehr in Belfast, sondern in Leirg an Dachtáin, wo sie eine kleine Bäckerei betreibt. Leider kannte ich niemanden, der mir ihre neue Adresse hätte nennen können. Nur eine Woche nach der Beerdigung hat sie sich aus heiterem Himmel bei mir gemeldet, als hätte sie geahnt, dass etwas nicht stimmt. Tante Ruby war schon immer sehr feinfühlig. Manchmal glaube ich, dass sie einen sechsten Sinn besitzt.«

»Wie hat sie dich gefunden? Auch über ihren sechsten Sinn?«

»Übers Internet«, antwortete Grace ruhig, ohne auf den ätzenden Tonfall ihrer Freundin einzugehen. »Seitdem haben wir wieder regelmäßig Kontakt. Tante Ruby ist eine nette, warmherzige Frau. Ich mag sie sehr.« Sie räusperte sich kurz. »Jedenfalls ist ihr Nachbar weit über achtzig und seit geraumer Zeit ans Bett gefesselt. Seine Tochter hat sich um ihn gekümmert, aber sie lebt in Donegal und war es irgendwann leid, jeden Tag zwei Stunden hin und her zu fahren. Deshalb hat sie beschlossen, ihren Vater zu sich zu holen. Das Cottage hat sie zur Vermietung angeboten. Und weil Tante Ruby dachte, ein Tapetenwechsel könnte bei mir Wunder wirken, hat sie mich eines Abends angerufen und gefragt, ob ich Interesse hätte.«

»Ich hasse die Frau jetzt schon«, murmelte Jess in ihren unsichtbaren Bart.

Wieder überhörte Grace den Einwurf. »Nach reiflicher Überlegung habe ich Ja gesagt. Vorletzte Woche habe ich den Mietvertrag unterschrieben.«

»Und du hast es nicht für nötig gehalten, dich mit deiner besten Freundin zu beraten?«

Grace hob den Blick. »Ich hatte Angst, du redest es mir aus.«

»Das hätte ich ganz sicher!« Jess runzelte die Stirn. »Also daher diese wochenlange Funkstille. Du hast in deinem Kämmerlein diesen wahnwitzigen Plan ausgebrütet. Hätte ich mir eigentlich denken können, verflucht! Das ist typisch für dich, andere einfach vor vollendete Tatsachen zu stellen.«

Grace zog es vor, einige Sekunden verstreichen zu lassen, ehe sie etwas erwiderte. »Es ist wirklich wunderschön dort, Jess«, erklärte sie beinahe flehend. Sie machte nicht einmal den Versuch, sich zu verteidigen. Was hätte sie Jess auch entgegnen können? Sie wusste, dass sie recht hatte. Also zog sie ihr Handy aus der Tasche, wischte einige Male übers Display und reichte ihrer Freundin das Gerät. »Schau! Tante Ruby hat mir

Fotos geschickt. Ich wollte schließlich nicht die Katze im Sack mieten.«

Jess' blaue Augen wurden groß. »Du warst nicht einmal dort?«, fragte sie hörbar schockiert. »Du bist doch sonst jemand, der immer alles doppelt und dreifach checkt.«

»Ich vertraue auf Tante Rubys Urteil.«

»Es ist das Haus eines alten Mannes!«, eiferte sich Jess. »Was, wenn es durchs Dach regnet? Oder die Tapeten noch aus den Fünfzigern stammen?«

Grace rang sich ein Lächeln ab. »Keine Bange, Jess. Das Haus wurde vor zwei Jahren renoviert. Damals gingen alle davon aus, dass der alte Herr hundert Jahre alt wird. Doch dann ist er letztes Jahr übel gestürzt und hatte einen Oberschenkelhalsbruch. Von da an hat er rapide abgebaut.«

Jess nickte mitfühlend, dann begann sie, die Fotos auf dem Handy eingehend zu betrachten. Indessen fiel Grace' Blick zufällig auf ihr eigenes Gesicht im Spiegel hinter der Bar. Sie erschrak. Wie dünn sie aussah! Früher hatte sie das gehabt, was man gemeinhin als frauliche Figur bezeichnete. Nun aber hing ihre gelb-weiß geblümte Lieblingsbluse wie ein Sack an ihr herunter, ihre Wangen waren eingefallen, und unter den Augen zeichneten sich dunkle Ringe ab. Marcus hatte ihre Augen geliebt, weil sie, seinen Worten zufolge, so ausdrucksstark und voller Wärme waren. Jetzt war jeglicher Glanz daraus verschwunden. Und ihre wilde dunkelbraune Mähne, die ihr früher einen fröhlichen Anstrich verliehen hatte, hing ihr wie eine stumpfe Matte auf die Schultern …

»Ja gut, zugegeben, es ist wirklich ganz hübsch dort, ziemlich malerisch und so«, kommentierte Jess die Fotos. »Wenn auch am Arsch der Welt«, setzte sie unverblümt hinzu. »Trotzdem ist es gut, dass du noch dein Apartment in der Hornton Street hast.«

Als Grace nicht darauf antwortete, blickte Jess alarmiert auf. Der Ausdruck in den müden Augen ihrer Freundin ließ sie entsetzt fragen: »Du hast es doch nicht etwa verkauft?«

Grace nickte.

»Bist du verrückt? Damit hast du dir deine Chance auf eine Rückkehr verbaut.«

»Ich will keine halben Sachen machen.«

»Und wenn es nicht klappt?«

»Es wird klappen!«, entgegnete Grace und reckte trotzig das Kinn. »Schau nicht so skeptisch, Jess. In den ersten Monaten werde ich Tante Ruby unter die Arme greifen und morgens ihre Backwaren an die umliegenden Hotels und Frühstückspensionen ausliefern. Ich ziehe im Frühsommer um«, führte sie weiter aus. »Zu Beginn der Hauptsaison. Die Gegend ist ein Touristenmagnet. Die Klippen dort gehören zu den höchsten Europas, und es gibt sogar eine Ortschaft, die Cruinn heißt, mit mehreren Läden, Schulen, einer Kirche und drei Pubs.«

»Alles, was das Herz begehrt«, warf Jess ein.

»Genau«, antwortete Grace mit fester Stimme. »Bis in den Oktober hinein ist dort was los, und Tante Ruby ist froh über eine helfende Hand.«

Beunruhigt drehte Jess ihr halbvolles Glas zwischen den Händen. »Das ist ja schön und gut, aber wovon willst du leben, wenn die Touristen weg sind?«

Grace zuckte mit den Schultern. »Obwohl ich in letzter Zeit nicht sehr produktiv war, habe ich immer noch zwei, drei Hörspielverlage an der Hand, die meine Musikkompositionen wertschätzen.«

»Mag ja sein, aber wird das auf Dauer ausreichen?«, entgegnete Jess hörbar skeptisch. »Solche Aufträge kommen schließlich nur sporadisch rein.«

»Ich weiß, aber erstens habe ich das Geld vom Verkauf des Apartments auf der hohen Kante. Das wird mir helfen, magere Zeiten durchzustehen. Und zweitens werde ich auf meinen morgendlichen Touren Land und Leute kennenlernen. Vielleicht ergibt sich daraus ja etwas.«

»Super! Dann kannst du für den ortsansässigen Schafzüchter einen Werbejingle komponieren«, spottete Jess, doch Grace ließ sich nicht beirren.

»Sei nicht so negativ«, sagte sie. »Tante Ruby hat zu allem und jedem in der Gegend einen guten Draht. Sie wird sich für mich umhören und mich weiterempfehlen.«

»Meinst du mit allem und jedem Elfen und Trolle? *Den* Jingle würde ich gern mal hören!«, hielt Jessica dagegen und seufzte übertrieben, als sie Grace' vorwurfsvollen Blick auffing. »Haben die dort überhaupt Internet?«

»Natürlich.« Grace lächelte mild. »Wir können die halbe Nacht skypen, wenn du willst.«

»Ist nicht dasselbe«, murmelte Jess.

In einer spontanen Geste rutschte Grace von ihrem Hocker und nahm ihre Freundin in den Arm. »Tut mir leid, Jess, ehrlich«, flüsterte sie. »Ich habe versucht, über Marcus hinwegzukommen, aber …« Sie schluckte schwer. »Wir waren fast zehn Jahre verheiratet. Das tut man nicht so einfach ab. Also ich jedenfalls kann es nicht.«

Jess erwiderte ihre Umarmung nicht nur, sondern drückte ihre Freundin fest an sich.

»Irland ist eine Chance«, fuhr Grace fort. »Ich muss sie ergreifen.«

Als Jess langsam nickte, fiel ihr ein Stein vom Herzen. Dass Jess ihre Entscheidung akzeptierte, bedeutete ihr viel, und möglicherweise würde ihre Freundin ihren Entschluss ja eines Tages sogar gutheißen.

Nachdem Grace wieder Platz genommen hatte, trank sie einen großen Schluck Ginger Ale. »Mit etwas Glück finde ich dort neue Inspiration für meine Arbeit«, sagte sie. »Und auch Einstein wird die ländliche Umgebung bestimmt guttun.«

Jess hob feierlich das Glas. »Möge er die dort ansässige Schafspopulation ordentlich aufmischen!«, sagte sie, worauf Grace das Gesicht verzog.

»Bist du verrückt? Ich will mich nicht mit den Einheimischen anlegen. Diese Iren sollen verdammt dickköpfig sein, außerdem werfen sie Baumstämme durch die Gegend«, scherzte sie.

Jess, die einen waschechten Highlander namens Fraser MacDougall geheiratet hatte, schaute überrascht. »Die Schotten sind es, die Baumstämme werfen, nicht die Iren.«

Grace machte eine wegwerfende Bewegung. »Als ob es da einen Unterschied gäbe!«

Jess brach in lautes Gelächter aus. »Lass die das bloß nicht hören!«

»Ich werde mich hüten«, antwortete Grace schmunzelnd, froh darüber, dass sich die Stirnfalten ihrer besten Freundin endlich geglättet hatten.

Wie zuversichtlich sie an jenem Abend geklungen hatte! Selbstbewusst und unerschütterlich. Doch nun, da Grace ihre Koffer im gemieteten Volvo verstaute, wurde ihr flau im Magen. Die letzten Wochen waren von emsiger Geschäftigkeit erfüllt gewesen, die keinen Raum für Grübeleien gelassen hatte. So viele Dinge waren zu regeln gewesen: die amtlichen Formalitäten, der Umzug samt Entrümpelung – schon verrückt, was sich in all den Jahren angesammelt hatte! –, der Verkauf ihrer alten Möbel, die Kündigung von Verträgen und der Abschluss neuer. Schließlich wollte sie nicht bei ihrer Ankunft im Cottage im Dunkeln sitzen, nur weil sie vergessen hatte, sich bei einem Stromanbieter anzumelden. Und natürlich hatte sie die Ärzte ihres Vertrauens abgeklappert, um sich noch einmal durchchecken zu lassen, was auch für Einstein gegolten hatte.

Unter Zuhilfenahme von Rubys Fotos und einem Grundriss, der vermutlich noch aus der Zeit vor dem Irischen Unabhängigkeitskrieg stammte, hatte sie eine neue Einrichtung für das Cottage gekauft, darunter ein Schlafsofa für etwaige Besucher, Einbaugeräte für die Küche, einen Esstisch mit vier Stühlen und einen großen Kleiderschrank. Ein neues Bett hatte sie sich ebenfalls zugelegt, da ihr der Gedanke unerträglich schien, weiterhin in ihrem früheren Ehebett zu schlafen. Ruby, die zur Sicherheit die Räume noch einmal abgemessen hatte, war zu der rechtzeitigen Erkenntnis gelangt, dass der Grundriss tatsächlich eher der Orientierung dienen sollte. Blieb nur zu hoffen, dass die Möbelstücke miteinander harmonierten und in dem alten irischen Cottage nicht wie Fremdkörper wirkten. Und doch war es das Risiko wert. Die Vorstellung, wochenlang zwischen Umzugskartons und nackten Glühbirnen zu leben, während sie auf ihre bestellten Möbel wartete, erschien Grace furchterregender als ein orangefarbenes Sofa, das sich mit dem vergilbten Kalkweiß der Wände biss. Der Lastwagen der Spedition mit ihren Möbeln und persönlichen Sachen würde zwei Tage nach ihr in Leirg an Dachtáin eintreffen. So lange würde sie bei Ruby wohnen.

Die Voraussetzungen für einen perfekten Neustart waren geschaffen, das wusste Grace. Trotzdem durchfuhr es sie eiskalt, als sie den Kofferraum zuklappte. Sie schloss die Augen und stützte sich keuchend mit der Hand am Wagen ab. Was, wenn sie gerade dabei war, den größten Fehler ihres Lebens zu begehen? Meine Güte, zwischen ihrer Entscheidung, nach Irland zu gehen, und dem heutigen Tag waren nicht einmal zwei Monate vergangen! Eigentlich war sie nicht der Typ, der überstürzt handelte. Aber etwas in ihr hatte zur Eile gedrängt, bevor der Mut sie verließ. Wie sagte man so schön? Jetzt oder nie! Genauso hieß es aber auch: Gut Ding will Weile haben. Die Welt begann sich zu drehen, und Grace zwang sich, tief durchzuatmen. Ihre Zukunft lag in Irland. Punkt. Aus. Ende.

Als sie die Augen wieder öffnete, blickte Einstein sie vom Rücksitz aus ernst an. »Alles in Ordnung, mein Großer«, flüsterte sie.

Irgendwann war sie auf einen Kalenderspruch gestoßen: »Schau nicht zurück und frag: Warum? Schau lieber nach vorn und sag dir: Warum nicht?« Nie war ihr diese Weisheit passender erschienen als in diesem Moment! Dennoch fühlten sich ihre Beine taub an, als sie die Fahrertür öffnete und hinters Steuer glitt. Ihre Gedanken wanderten zurück zu der kleinen Abschiedsfeier am Vorabend, die Jess in ihrem Apartment veranstaltet hatte. Grace besaß keinen großen Freundeskreis, was sie noch nie sonderlich gestört hatte, trotzdem waren ein gutes Dutzend Leute gekommen: Kollegen, Nachbarn und andere Menschen, die sie ins Herz geschlossen hatten. Entsprechend emotional war der Abend verlaufen, gespickt mit Geschichten und Erinnerungen, die Grace nicht nur Tränen der Rührung, sondern auch einige Male ein Lachen entlockten. Geschenke gab es ebenfalls. Eine Fototasse, die an einen unvergesslichen Ruderausflug mit Kollegen in Cambridge erinnerte, selbst gemachte Erdbeermarmelade von ihrer ehemaligen Nachbarin, Badezusatz zum Entspannen sowie ein kuscheliger Schlafanzug von Jess und jede Menge Schokolade.

Nachdem alle gegangen waren, nahm Jess sie in den Arm. »Ich hab dich lieb, Gracie«, flüsterte sie ihr zu, und Traurigkeit stand in ihren blauen Augen. »Aber ich werde den Teufel tun, dir morgen früh mit einem Taschentuch hinterherzuwinken, wenn du wegfährst. Ich hasse Abschiede.« Im Gegenzug versprach sie hoch und heilig, Grace in nicht ganz so ferner Zukunft zu besuchen. Im September oder Oktober, wenn »das ganze Grünzeug nicht mehr blüht«. Jess war nicht nur ein echtes Stadtkind, sondern litt auch unter starkem Heuschnupfen.

Grace rang sich ein Lächeln ab und drehte den Autoschlüssel, worauf der Volvo mit einem leisen Brummen zum Leben erwachte. »Es geht los, Einstein«, murmelte sie mehr zu sich selbst und trat aufs Gaspedal.

Sie unterdrückte den Impuls, einen letzten Blick auf das hübsche, rot-weiß getünchte Haus im Rückspiegel zu werfen, in dem sie mit Marcus so viele glückliche Jahre verbracht hatte – bis zu jenem Abend, als die beiden uniformierten Polizisten vor ihrer Tür standen. Ein Mann und eine Frau. Grace hätte nicht mehr sagen können, wie die Beamten ausgesehen hatten. Sie wusste lediglich noch, dass die Frau einen Verlobungsring trug und auf dem Hemdkragen des Mannes ein kleiner brauner Fleck zu sehen war. Als die Beamtin den Satz aussprach, der ihr Leben in Trümmer legen sollte, hätte sie den beiden am liebsten die Tür vor der Nase zugeworfen. Einfach, um sich einreden zu können, dass alles nur ein böser Traum war. Stattdessen bat sie die Polizisten herein und bot ihnen Tee an. Beide lehnten dankend ab, worüber sie erleichtert war. Ihre Hände zitterten so stark, dass sie den Wasserkocher kaum hätte halten können. Mit regloser Miene lauschte sie, als die Frau von dem Unfall berichtete, aber auch daran hatte sie nur bruchstückhafte Erinnerungen. Sie wusste lediglich, dass sich eine eisige Klaue immer tiefer in ihre Brust hineinbohrte, je länger die Polizistin redete. Nachdem die beiden gegangen waren, riss die Klaue ihr Herz in Stücke, und das war erst der Anfang gewesen …

Grace richtete ihre Aufmerksamkeit auf das Navi. Ihr stand eine zwölfstündige Fahrt bevor. Bis zum Fährhafen in Holyhead würde sie rund fünf Stunden benötigen, dann zweieinhalb Stunden über die Irische See nach Dublin und von dort aus noch einmal vier Stunden quer durch Irland gen Nordwesten. Es war kurz nach acht Uhr morgens. Ob sie in

Dublin übernachten würde, wollte Grace vom Wetter und Verkehr abhängig machen. Obwohl sie Ruby schon so viele Jahre kannte, hatten ihre Mutter und sie sie niemals in Belfast besucht. Getroffen hatten sie sich immer nur in London. Eine gute Gelegenheit für Ruby, mal wieder an der Holzpolitur einer Theaterbühne zu schnuppern, wie sie sagte. Vor allem, wenn Ian McKellen und Patrick Stewart gemeinsam auftraten, kannte ihre Begeisterung keine Grenzen.

Grace selbst war bislang nur zwei Mal in Irland gewesen. Das erste Mal mit dreizehn, als sie mit ihrer Mutter und deren damaligem neuem Freund den Hill of Tara besucht hatte. Sie hatte es ätzend gefunden. Nicht nur, dass sie sich zu Tode langweilte – überall nur Gras und säulenförmige Steine –, obendrein hatten ihre Mutter und ihr Lover dauernd herumgeturtelt, was ihre Stimmung noch mehr verdüsterte. Erst viel später kam sie zu der Einsicht, dass Malcolm gar kein so schlechter Kerl und einer der anständigeren Freunde ihrer Mutter gewesen war. Bei genauer Betrachtung war er freundlich zu ihr gewesen, während sie selbst alles unternommen hatte, um ihn zu vergraulen. Damals hatte sie ihre Mum mit niemandem teilen wollen. Heute schämte sie sich zutiefst für ihr damaliges Verhalten. Dass auch diese Beziehung ihrer Mutter letztlich gescheitert war, ging zumindest nicht auf ihr Konto. Ein schwacher Trost.

Das zweite Mal, dass Grace Irland besucht hatte, war zu Beginn ihrer Studienzeit gewesen. Bei einem wilden Wochenende mit drei Kommilitoninnen in Dublin hatte ihr Plan darin bestanden, von Pub zu Pub zu ziehen, zu feiern, zu trinken und richtige Kerle abzuschleppen. Grace lächelte, als sie daran zurückdachte. O ja, sie hatte heftig geflirtet und war auch auf ihre Kosten gekommen, irische Männer konnten wahnsinnig gut küssen, doch ehe es zum Äußersten gekommen war, hatte sie gekniffen. Ihr Galan hatte es mit Gleichmut aufgenommen. Er war groß und schlaksig gewesen, mit blonden

Haaren, strahlend blauen Augen und leichten Segelohren, die ihm etwas Verschmitztes verliehen hatten. Wie ein zu groß geratener Kobold. Ein hübscher Kerl und auf eine charmante Weise altmodisch. Trotz der Abfuhr hatte er angeboten, sie nach Hause zu fahren, aber sie hatte dankend abgelehnt und sich ein Taxi genommen. Wie hatte er noch mal geheißen? Angus? Finnian? Grace seufzte resigniert, während sie nach links auf die Western Avenue abbog, die aus der Stadt hinausführte. Sie wusste es nicht mehr. Marcus hatte mit seinem Erscheinen alle Männer in ihrem vorherigen Leben zu namenlosen Schemen verblassen lassen.

Sie schob den schmerzlichen Gedanken zurück in den hintersten Winkel ihres Verstandes und konzentrierte sich aufs Fahren. Nachdem sie London hinter sich gelassen hatte, fuhr sie auf der M40 durch einen Landstrich, der kaum Abwechslung bot, was den blickdichten Baumhecken geschuldet war, die links und rechts an ihr vorüberzogen. Ein kurzer Blick über die Schulter verriet ihr, dass Einstein auf seinem Kissen eingeschlafen war. Auf der mehrspurigen Autobahn herrschte reger Verkehr, aber nicht so, dass es ihrer erhöhten Aufmerksamkeit bedurft hätte. Grace' Gedanken schweiften erneut ab. *Marcus singend unter der Dusche, Marcus' wilde Flüche beim Versuch, seine Krawatte zu binden, Marcus' warmer Atem in ihrem Nacken, wenn er schlief …* Die Erinnerungen hasteten durch ihren Verstand, und während sie immer mehr Fahrt aufnahmen, drohten sie zu straucheln und sich letztlich zu überschlagen. Mit jeder Kapriole schlug Grace' Herz schneller, fiel ihr das Atmen schwerer.

Bevor es ihr die Kehle endgültig zuschnürte, stellte sie das Radio an. Nerviger Pop ertönte, und sie schaltete weiter. Eine hitzige Diskussion über den Brexit. Nein, danke! Sie sprang von Sender zu Sender, bis ein ihr bekannter Song, »Fix You« von Coldplay, aus dem Lautsprecher erschallte. Die gesungenen

Worte drangen wie Nadelstiche in ihr Herz, und sie wimmerte gequält, was Einstein auf dem Rücksitz veranlasste, sich alarmiert aufzusetzen. Marcus war ein großer Fan von Coldplay gewesen und hatte diesen Song geliebt. Grace' Finger drückten hastig auf den Senderknopf. Dann doch lieber den Brexit! Es war allemal besser, sich lautstark über irgendwelche Politiker aufzuregen, als still zu leiden. Das Für und Wider – Worthülsen der unterschiedlichen Standpunkte – führte am Ende tatsächlich dazu, dass ihr Grübeln endete, während Einstein wieder einschlief. Er hatte nicht viel übrig für Politik. Die hitzigen Kontrahenten begleiteten Grace bis nach Birmingham, wo sie eine Pause einlegte. Sie gönnte sich einen Burger mit Pommes, Einstein bekam Trockenfutter und einige »versehentlich« heruntergefallene Reste. Wasser gab es für beide.

Danach ging es weiter auf der M6 Richtung Manchester. Grace, die genug von hohlen Phrasen und schlechter Musik hatte, beschloss, das Hörbuch »Irische Sagen und Märchen« zu starten, das sie sich wenige Tage zuvor heruntergeladen hatte. Eigentlich hatte sie damit warten wollen, bis sie in Irland angekommen war, doch die Fahrt bis Holyhead, wo sie die Fähre nehmen würde, schien kein Ende nehmen zu wollen. Noch zweieinhalb Stunden vermeldete das Navi, danach würde es bis zum Boarding eine weitere Stunde dauern. Genug Zeit, um sich auf das Abenteuer einzustimmen, das sie erwartete.

Grace drückte auf Play. »Die sagenumwobene Grüne Insel im Atlantik wartet darauf, Sie mit ihren Mythen und Legenden zu verzaubern«, begann eine sonore Männerstimme. »Seien Sie herzlich eingeladen und begleiten Sie uns auf eine Reise durch dieses wunderschöne Land mit seinen hundert und mehr Regenbögen, an deren Ende sich Töpfe voller Gold verbergen. Fremde gibt es hier nicht, nur Freunde, die sich noch nicht begegnet sind …«

Grace' Gesicht hellte sich ein wenig auf, als sie an die irische Redensart dachte. *Ein Fremder ist ein Freund, den wir noch nicht kennengelernt haben.* Schnell hatte der Erzähler sie in seinen Bann gezogen. Ihre Begleiter für die nächsten Stunden wurden der einäugige Riese Searbhán Lochlannach, der nicht ertrinken konnte, die liebestolle Hexe Mal, die an den Klippen von Moher zerschmettert wurde, und Paddy, der Dudelsackpfeifer, der mit seinem Spiel die Fische zum Tanzen brachte. Nicht zu vergessen der heilige Patrick, der die Schlangen aus Irland vertrieb. Während Grace den Streichen des gewitzten Leprechaun lauschte, der nicht nur Gold hortete, sondern auch die Schuhe der Elfen schusterte, schoben sich Bilder von nebelverhangenen Sümpfen vor ihr inneres Auge und ließen die schweren Lastzüge um sie herum zu einer Armee von dämonischen Fomori, den missgestalteten Riesen der irischen Sage, werden, die sich anschickten, in Irland einzufallen. Und als die Sonne einen Atemzug lang durch die Wolkendecke blinzelte und vom Lack des Volvos reflektiert wurde, stellte sie sich vor, wie winzige Elfen zu Paddys Dudelsack auf der Motorhaube tanzten und dafür sorgten, dass es dem Leprechaun nicht an Arbeit mangelte. Die Vorstellung entlockte Grace ein kleines verzücktes Lachen, das den Schmerz in ihrem Herzen linderte – wie ein Pflaster, winzig zwar, aber heilsam.

Beim Anblick der gewaltigen Fähre, die in Holyhead die Anlegestelle ansteuerte, um eine Armada an Fahrzeugen unterschiedlicher Größe, Farbe und Herkunft herauszuwürgen, spürte Grace ein Kribbeln im Bauch, ein ungewohntes Gefühl der Zuversicht, das ihr die Tränen in die Augen trieb. Es war nicht mehr als ein kurzer Impuls, doch der genügte, um sie davon zu überzeugen, dass ihre Entscheidung die richtige gewesen war. Natürlich war sie nicht so naiv zu glauben, dass es einfach werden würde, schließlich kannte sie außer Ruby niemanden. Auf Fremde zuzugehen fiel ihr schwer, was der Grund dafür gewesen war, den Job als Lieferantin anzunehmen. Gab es etwas Besseres, um mit ihren neuen Nachbarn ins Gespräch zu kommen, als ihnen jeden Morgen eine Tüte warmer, duftender Brötchen in die Hand zu drücken? Außerdem war da noch Einstein. Die Iren galten als hundefreundlich, und, mal ehrlich, wer konnte diesem treuherzigen Blick aus schokobraunen Augen schon widerstehen?

Wie um ihre Gedanken zu untermauern, drückte sich von hinten etwas Feuchtes gegen ihren Hals, wobei feine Härchen ihre Haut kitzelten. Lächelnd nahm sie die rechte Hand vom Lenkrad, um Einsteins Kopf zu tätscheln.

»Na, mein Großer. Kannst du es auch kaum erwarten?«, murmelte sie zärtlich und bekam als Antwort einen Nasenstupser.

Eine Stunde später legte das Schiff ab. Kaum hatten sie die englische Küste hinter sich gelassen, verfinsterte sich der Himmel und öffnete kurz darauf seine Schleusen. Grace, die in der Lounge saß und durch das Panoramafenster in die graue Suppe starrte, nahm sich vor, dies nicht als schlechtes Omen zu deuten. Dass es in diesem Teil der Welt häufig regnete, war keine wirkliche Überraschung! Genauso gut konnte der Himmel in der nächsten Minute aufreißen und die Sonne das Meer in glitzerndes Weiß tauchen.

Diesmal blieb das Wunder jedoch aus. Stattdessen sorgte der peitschende Westwind dafür, dass sich der Fähr-Riese wie ein irischer Stepptänzer gebärdete, was glücklicherweise weder Einstein noch seinem Frauchen zusetzte. Weil Dublin bei ihrer Ankunft ebenfalls in einen triefenden Mantel gehüllt war und Grace die Aussicht auf eine vierstündige Fahrt durch strömenden Regen wenig verlockend erschien, beschloss sie, in einem Motel am Stadtrand zu übernachten. Frisch ausgeruht und mit einem ordentlichen irischen Frühstück im Magen würde sie es am nächsten Morgen mit dem launischen Wetter spielend aufnehmen.

Gesagt, getan. Der hiesige Wettergott nahm die Herausforderung dankend an, und so befanden sich die Scheibenwischer auch am nächsten Tag ab der ersten Sekunde im Dauereinsatz – ein vermeintlich gleichmäßiges Quietschen, das sich wenige Sekunden lang mit dem Takt der Musik aus dem Autoradio deckte, bevor es einen irritierenden Kontrapunkt erzeugte. Wegen der schlechten Sicht, die ihre ganze Aufmerksamkeit erforderte, bewahrte sich Grace das Hörbuch mit irischen Märchen für später auf und lauschte stattdessen ihrem Lieblings-Country-Mix. Sie mochte die Songs von Willie Nelson, Brad Paisley oder den Dixie Chicks, vor allem auf langen Autofahrten. Immer wieder ertappte sie sich beim Mitsummen. Ob es die Iren wohl als Sakrileg empfanden, amerikanische Country Music zu hören? Grace' Mundwinkel zuckten leicht. Für Jess war es jedenfalls eins.

Grace ließ die vierspurige N3 hinter sich und fuhr durch eine weite Hügellandschaft, wie man sie von Postkarten her kannte. Allerdings hatten Wind und Regen die viel gepriesenen vierzig Grünschattierungen Irlands auf eine Handvoll zusammenschrumpfen lassen. Nach einer kurzen Strecke durch Nordirland erreichte Grace schließlich ihre zukünftige Heimat, das County Donegal. Als sie an einem kleinen See Halt machte, damit Einstein frische Luft schnappen konnte, hörte der Regen unvermittelt auf. Die Sonne brach durch die Wolken, als hätte sie auf diesen Moment gewartet, um die Natur aus ihrem Dornröschenschlaf zu küssen. Mit einem Mal schienen die Farben ringsum von innen heraus zu leuchten – vierzig Grünschattierungen, dazu das Violett des Heidekrauts, das Weiß des Wollgrases, das Gelb des Ginsters und was es noch alles an Zwischentönen gab. Mehrere Atemzüge lang verlor sich Grace in der Betrachtung dieses Wunderwerks, das von einer munteren Schar von Kohlmeisen untermalt wurde, die zwitschernd umherflogen.

Je weiter Grace nach Westen fuhr, desto mehr ließ der Verkehr nach, während sich die engen und kurvigen Straßen durch sanfte Täler schlängelten. Es hatte wieder zu regnen begonnen, und Grace öffnete das Fenster einen Spalt, worauf sich Einstein aufsetzte, um Witterung aufzunehmen. Im Rückspiegel beobachtete sie, wie er neugierig schnüffelte. Das Meer war nah. Zwar konnte sie es noch nicht sehen, jedoch war selbst sie mit ihrer unterentwickelten menschlichen Nase in der Lage, die salzgeschwängerte Seeluft zu riechen. Ihr Lächeln wurde breiter. Sie liebte das Meer. Allerdings musste sie sich noch einige Meilen gedulden, bis sie einen Blick darauf werfen konnte. Umso überwältigender war dann der Anblick der schäumenden Wellen, die gegen das Ufer krachten.

Während Grace die Küstenstraße entlangfuhr, kam ihr in den Sinn, dass sie sich, nach Überzeugung der Kelten, dem Ende der Welt näherte. Ihre Aufregung wuchs. Sie passierte Cruinn, dessen soziale Treffpunkte – die Kirche, der Lebensmittelladen, die drei Kneipen, zwei Coffeeshops und das Postamt – wie Perlen an einer Schnur entlang der Main Street aufgereiht waren. Und wer von Irish Stew und Angus Beef mit Kartoffelbrei die Nase voll hatte, konnte auf Frühlingsrollen und Sesamhühnchen umsteigen, stellte Grace amüsiert fest, gab es doch tatsächlich am Ende dieser Perlenkette ein chinesisches Restaurant, das seine Gerichte zum Mitnehmen anbot.

Gut zu wissen.

Ein Schild mit der Aufschrift »To the cliffs« wies wenig später darauf hin, dass sie auf dem richtigen Weg war. Genau in diesem Moment, als in der Ferne die weiß gekalkten Häuser von Leirg an Dachtáin auftauchten, spannte sich ein Regenbogen über den Himmel. Einzig die Männer in Arbeitskluft und Allwetter-Gummistiefeln, die rauchend vor einer Baustelle standen und ihrem Wagen neugierig entgegenblickten, hielten Grace davon ab, wie ein Kind loszuheulen. Diesmal wollte sie an ein gutes Omen glauben!

Zehn Minuten später stand sie vor dem zweistöckigen Haus von Rubys Bäckerei, in dem diese auch wohnte. Es befand sich etwas abseits der Hauptstraße und wurde zu beiden Seiten von blühenden Fuchsienhecken gesäumt. Soweit Grace erkennen konnte, befand sich hinter dem Haus ein Garten mit einer Sitzbank. Über dem verglasten Eingang der Bäckerei prangte in Goldbraun der Schriftzug »Little Ruby's« und darunter in kleineren, geschwungenen Lettern »Homemade Bakery«. Obwohl einige Kunden im Laden standen, kam Ruby freudestrahlend herausgelaufen, kaum dass Grace den Motor ihres Volvos abgestellt hatte und ausgestiegen war. Alles an der Freundin ihrer Mutter deutete auf eine praktisch veranlagte Frau hin, von ihrem Kurzhaarschnitt bis zu dem schlichten Kleid und den flachen Schuhen. Einzig die grüne Schürze mit den Volants war ein Zugeständnis an die Touristen. Noch ehe Grace ein Wort sagen konnte, zog Ruby sie in ihre nach frischem Brot und Vanillezucker duftenden Arme.

»Willkommen in Irland, Liebes«, sagte sie mit einem warmen Lächeln.

Nun konnte Grace die Tränen nicht mehr zurückhalten.

Kurz danach fuhren sie gemeinsam den Hügel hinauf. Ruby hatte noch rasch ihre letzten Kunden mit Sodabrot und Scones versorgt und die Bäckerei dann geschlossen. Ihre Beteuerung, dass jeder, der die unbefestigte Straße zum Cottage hinaufwollte, zwangsläufig an ihrem Haus und Laden vorbeimusste, beruhigte Grace, denn das weiß gestrichene Häuschen dort oben auf dem Plateau wirkte doch recht einsam. Hinreißend sah es dennoch aus mit seinen blauen Fensterrahmen, dem Reetdach und der abschüssigen sattgrünen Weide, auf der einige Schafe grasten. Eine einzelne Esche mit einer dichten

Baumkrone schien das Cottage zu bewachen, und ein verwittertes Holzschild am Wegrand wies es als »Ardeevin« aus. Grace wusste bereits, dass der Name so etwas wie »Schöner Gipfel« bedeutete, was ihr sehr gefiel.

»Eileen hat versprochen, schnellstmöglich einen Zaun um den Garten ziehen zu lassen, damit sich dein Hund und die Schafe der McKennas nicht in die Quere kommen«, sagte Ruby mit Blick auf Einstein und stieg aus dem Wagen.

Eileen O'Donnell war die Vermieterin.

»Garten?«, fragte Grace, die bereits ausgestiegen war und einen Kampf mit ihren Haaren ausfocht. Hier oben wehte eine kräftige Brise. Zumindest regnete es nicht, was aber nicht hieß, dass die Luft trocken war.

Grinsend wies Ruby auf eine überwucherte Fläche vor dem Haus. Ihre grüne Schürze flatterte fröhlich im Wind wie eine Flagge. »Der alte O'Donnell hatte es nicht so mit der Gartenpflege.«

Warum hat Mrs O'Donnell die Errichtung des Zauns nicht früher in die Wege geleitet?, wollte Grace fragen, biss sich aber auf die Zunge. Die Zeit tickte hier langsamer als im hektischen London, und auch wenn Ruby eine alte Freundin ihrer Mutter war, wollte Grace nicht gleich am ersten Tag als nörgelnde Großstädterin auftreten.

Versonnen beobachtete sie eine einsame Möwe über dem Meer, die mit dem Wind um die Oberherrschaft wetteiferte, dann wandte sie sich mit leuchtenden Augen wieder Ruby zu. »Wollen wir hineingehen?«

Mit einer feierlichen Geste überreichte ihr diese den Schlüssel mit einem grünen Shamrock als Anhänger – das dreiblättrige Kleeblatt war das inoffizielle Nationalsymbol Irlands.

»Richtig, der Briefkasten«, murmelte Grace, als sie daran noch einen kleineren Schlüssel bemerkte, und schaute sich suchend um. »Wo steht er?«

»Unten neben der Bäckerei«, antwortete Ruby lächelnd.

Grace lächelte zurück. »Alles klar.«

Als sie die Eingangstür aufschloss, beschleunigte sich ihr Herzschlag ein wenig. Die Räume wirkten in der Realität kleiner als auf den Fotos, doch davon abgesehen entsprachen sie ihrer Vorstellung. Zum Glück roch es nicht muffig, sondern frisch und sauber, als hätte jemand kürzlich gelüftet. Weil durch die Fenster nur diffuses Licht drang, betätigte Grace den Lichtschalter. Ein greller Schein fiel von der nackten Glühbirne an der Decke in den Raum und bot einen schonungslosen Blick auf den Zustand der Wände. Doch Grace war zufrieden. Ruby hatte nicht zu viel versprochen, als sie gemeint hatte, sie würde ein ordentliches Haus beziehen. Grace hatte die Wahl gehabt, das Cottage mit oder ohne Mobiliar zu mieten. Sie war froh, sich für letztere Variante entschieden zu haben. Mit den neuen Möbeln, den richtigen Lampen, ein paar Teppichen und einigen geschickt platzierten Dekorationsgegenständen würde es ein echtes Schmuckstück werden.

Hinter der kleinen Diele, die Platz für einen Schuhschrank und eine Garderobe bot, schloss sich direkt das Wohnzimmer an – ein großzügig geschnittener Raum mit einem Kamin, über dem ein Kreuz hing. Grace war nicht religiös, schon gar nicht katholisch, dennoch hatte sie bereits den Entschluss gefasst, das Kreuz an seinem Platz zu belassen. Es abzuhängen, wäre ihr in einem alten Haus wie diesem falsch erschienen, außerdem wurde sie das Gefühl nicht los, dass solch ein Eingriff Unglück bringen könnte. Sie würde einfach eine große Vase mit einem Blumenstrauß auf den Sims davor stellen. Die angrenzende Küche war zu klein, als dass sich darin zwei Personen aufhalten könnten, doch Grace, die für ihr Leben gern kochte, würde sich zu helfen wissen. Die Vorarbeiten wie Gemüse schneiden, Fisch putzen oder Teig rühren würde sie eben auf dem Esstisch im Wohnzimmer erledigen. Glücklicherweise befand sich hinter der Küche ein Hauswirtschaftsraum, wo sie die Waschmaschine, den Staubsauger, das Bügelbrett, Besen und Kehrschaufel sowie andere Haushaltsgegenstände, aber auch einen Vorratsschrank und eine kleine Kühltruhe unterbringen konnte. In das Eisfach des Kühlschranks passte nicht einmal eine Tiefkühlpizza.

Das Knarzen des Holzbodens bei jedem ihrer Schritte, während sie auf das Schlafzimmer zusteuerte, erinnerte Grace an eine Geschichte, die sie einmal aufgeschnappt hatte. Darin war es um einen Hauskobold gegangen, der so klein war, dass er zwischen den Holzbrettern hauste und immer dann missbilligend mit den Zähnen knirschte, wenn jemand besonders hart auftrat. Daher das Knarzen. Grace grinste. Für seine Größe musste er verdammt starke Zähne haben!

Das Schlafzimmer mit dem kleinen Duschbad daneben war nicht viel größer als ein Zimmer in einem Cityhotel, dafür bot das Fenster nach Norden einen herrlichen Blick auf das wogende Grün, das sich bis zum Horizont erstreckte.

»Und? Wie findest du es?«, riss Rubys Stimme sie aus ihrer Betrachtung.

»Perfekt«, antwortete Grace leise, ohne sich umzudrehen.

Eine Stunde später saßen sie an dem einzigen Tisch in der Bäckerei, und Grace erzählte, wie sie das Häuschen einzurichten gedachte. Zwischen ihnen stand ein Teller mit köstlichem Guinness-Schokoladenkuchen, dazu tranken sie Tee aus großen Bechern, während Einstein zu ihren Füßen auf einem Hühnchenstick herumkaute. Das Little Ruby's wurde seinem Namen in jeder Hinsicht gerecht. Die Auslage maß gerade mal eineinhalb Meter, während das Regal an der Wand dahinter kaum breiter war. Rubys ganzer Stolz war eine gerahmte Schwarz-Weiß-Fotografie von Ian McKellen mit Autogramm und Widmung über der Eingangstür. Die Besichtigung der Backstube hatte nicht viel länger als fünf Minuten gedauert, was ausgereicht hatte, um die drei Öfen ausgiebig zu bewundern. Die

Bäckerei wurde nach dem Motto »klein, aber fein« betrieben. Ruby hatte erklärt, ihr Laden sei zwar sieben Tage die Woche geöffnet, dafür aber nur vier Stunden täglich, nämlich von acht bis zwölf. Lediglich in der Hauptsaison öffnete sie bereits um sieben und schloss um eins, was es ihr unmöglich machte, ihre frischen Waren eigenhändig an die umliegenden Hotels und Ferienhäuser auszuliefern. Zumal Irland-Touristen in der Regel Frühaufsteher waren, die den Tag mit Wandern, Radfahren, Surfen oder Autorundfahrten verbrachten. Bis vor Kurzem hatte sie einen Lieferjungen beschäftigt, Brian, doch der war im letzten Winter nach Dublin gezogen. Zum Studieren, wie Ruby mit einem dramatischen Seufzer hinzugefügt hatte.

»Ich bin dir ehrlich dankbar, dass du mir aus der Patsche hilfst«, sagte sie und schlürfte an ihrem Tee.

Grace, die gerade dabei war, sich ein weiteres Stück Kuchen auf den Teller zu legen, blickte überrascht auf. »Es verhält sich wohl eher umgekehrt. Dir verdanke ich, dass ich einen Job habe, Tante Ruby.«

Ihre mütterliche Freundin warf ihr über ihre Tasse hinweg einen zerknirschten Blick zu. »Reich wirst du davon aber nicht werden.«

Grace zuckte mit den Achseln. »Fürs Erste wird's genug sein. Außerdem habe ich noch meinen Komponistenjob. Wenn ich das richtig verstanden habe, müsste ich um neun Uhr mit dem Ausliefern durch sein?«

Ein kurzes Nicken. »Wenn nichts dazwischenkommt.«

»Gut«, entgegnete Grace. »Und selbst wenn, habe ich danach immer noch den ganzen Tag zur freien Verfügung.« Einen Moment schloss sie die Augen und genoss das Gefühl der Schokolade, die auf ihrer Zunge schmolz. »Ich freue mich darauf, mit Einstein die Gegend zu erkunden.«

»Unbedingt!«, pflichtete Ruby ihr bei. »Hier könnt ihr stundenlang spazieren gehen, ohne zweimal den gleichen Weg nehmen zu müssen. Du hast hoffentlich regenfeste Kleidung mitgebracht? Und Gummistiefel! Ohne die geht hier nichts.«

»Ist alles da drin!«, antwortete Grace lächelnd und zeigte auf den Volvo, der vor der Bäckerei stand. Sie würde ihn am nächsten Tag in Donegal Town abgeben und mit dem Bus zurückfahren.

»Und? Wann kommen deine Möbel?«, fragte Ruby weiter, während sie erst Grace, dann sich selbst Tee nachschenkte.

»In zwei Tagen, wenn alles klappt«, antwortete Grace. »So lange hast du mich an der Backe.«

Ruby lachte. »Es dürfen auch gern zwei Wochen sein! Aber keinen Tag länger«, fügte sie mit einem Zwinkern hinzu.

Grace wurde es warm ums Herz. »Danke für alles, Tante Ruby«, sagte sie ernst.

Ihre mütterliche Freundin lächelte nachsichtig. »Was habe ich denn Großes getan? Nichts.«

»Du hast mir einen Weg aufgezeigt.«

»Auch wieder wahr.« Ruby schnitt das letzte Stück Kuchen in zwei Teile. »Hast du vor, dir einen Wagen zu kaufen?«

Grace schüttelte den Kopf. »Ich habe ein Fahrrad, damit komme ich überallhin.«

Ruby lachte, und diesmal klang es ein wenig spöttisch. »Nun, der Wind hier ist nicht unbedingt nachsichtig mit Radfahrern, Mädchen. Aber das ist kein Problem«, ergänzte sie, bevor Grace etwas erwidern konnte. »Für größere Besorgungen oder längere Strecken kannst du gern den Lieferwagen nehmen. Hauptsache, du sorgst dafür, dass hinterher der Tank wieder voll ist.«

»Natürlich!«, antwortete Grace erfreut. »Vielen Dank, Tante Ruby.«

»Gern.«

Grace schaute durchs Fenster. Inzwischen hatte sich die Sonne durchgesetzt und tauchte alles in ein helles Licht. Die

Straße, das vorbeifahrende Auto, die abschüssige Wiese und das mit Heidekraut überwucherte Ufer. Und natürlich das Meer dahinter.

»Ich glaube, ich werde einen Kräutergarten anlegen«, sagte sie lächelnd.

ALLER ANFANG

Versonnen blickte Grace in die Flammen, die gierig nach dem Torfbrikett züngelten. Obwohl es draußen recht mild war, hatte sie nicht widerstehen können, diesen Tag mit einem behaglichen Kaminfeuer ausklingen zu lassen. Ihre ersten Versuche, ein Feuer zu entfachen, waren mit Ruß und bestialischem Gestank einhergegangen, aber inzwischen hatte sie den Dreh raus. Der Trick bestand darin, immer ein paar Kohlen mit hineinzulegen, damit es richtig brannte. Hinter Grace lagen drei turbulente Wochen. Wegen eines Streiks der Fährenarbeiter waren ihre Möbel später als geplant eingetroffen, das WLAN hatte nicht funktioniert, und das Wasser war nur dann geflossen, wenn ihm gerade danach war. Inzwischen waren die Probleme behoben, und nachdem sie knapp zwei Wochen Rubys Gastfreundschaft in Anspruch genommen hatte, war sie vor zehn Tagen auf den »schönen Gipfel« gezogen. Glücklicherweise hatten ihr Klavier und auch alle anderen Möbel die Strapazen heil überstanden.

Die Verzögerung hatte zumindest ein Gutes gehabt, denn auf diese Weise hatte Grace ihrer Wohltäterin über die Schulter blicken können. Von den Vorbereitungen am Vorabend über das Anheizen des Ofens mitten in der Nacht bis hin zum Verkauf und anschließendem Klarschiffmachen in Backstube und Laden. Eine schöne, wenn auch anstrengende Arbeit, befand Grace, die insgeheim erleichtert war, dass ihr Job auf den Sommer und Frühherbst beschränkt war. Sie war keine Frühaufsteherin und deshalb froh, dass die Sonne bereits über den Hügeln blinzelte und ihr die Finken ein Guten-Morgen-Ständchen brachten, wenn sie um halb sechs den Lieferwagen belud. Die bunte Zeichnung einer pausbäckigen Oma mit Dutt und mehlbestäubter Nase, die neben der Aufschrift »Little Ruby's« seitlich am Wagen prangte, hatte Grace beim ersten Mal ein Schmunzeln entlockt. Einen größeren Kontrast zu der echten Bäckerin aus Fleisch und Blut hätte es kaum geben können. Voller Tatendrang hatte Grace Flyer entworfen und in einem Copyshop in Donegal gleich hundertfach ausdrucken lassen, um sie in der Bäckerei und den Läden ringsum auszulegen. Als Kontakt hatte sie ihre Handynummer angegeben. Sie hatte sich mit Ruby bei Tee und Sandwiches darauf geeinigt, dass sie der Einfachheit halber die Kundenliste in eigener Verantwortung führen würde. Die Leute riefen bei ihr an, um ihre Bestellungen aufzugeben, die sie dann weiterleitete.

Auf Grace' Liste standen derzeit vier Hotels, zwei Pubs, einer in Leirg – in Gedanken kürzte sie das Örtchen inzwischen ab –, der andere in Cruinn, sowie ein Fischrestaurant und fünf kleine Cottages in einer Feriensiedlung an der Küste. Zu Beginn hatte ihr Ruby bei der Routenplanung geholfen, doch schon nach wenigen Tagen hatte Grace festgestellt, dass es ein Kinderspiel war, sich zurechtzufinden. Von einem Straßennetz konnte hier kaum die Rede sein. In der Regel gab es eine Hauptstraße, vornehmlich an der Küste entlang, von der links und rechts Zufahrten oder unbefestigte Straßen abzweigten, die nach wenigen Hundert Metern abrupt endeten. Die größte Herausforderung in dem Job bestand vielmehr darin, den goldenen Mittelweg zu finden zwischen »Aber natürlich trinke ich gern einen doppelten Irish Coffee morgens um halb sieben und setze mich hinterher zurück ans Steuer« und »Sorry, keine Zeit, ich muss los, die Kunden warten«. Ein ausgiebiger Plausch über den entlaufenen Bullen vom Nachbarn, das Wetter oder das Hurlingturnier vom letzten Wochenende konnte dazu führen, dass die letzten Kunden auf der Liste ihre Brötchen erst zum Lunch erhielten. Eine direkte Abfuhr wiederum barg das Risiko, dass Grace als hochnäsige Londonerin abgestempelt wurde. Daher verhielt sie sich freundlich, aber nicht redselig. Beim Wirt vom The Thatch Inn in Cruinn würzte sie ihre Begrüßung zwar mit einem »Was glauben Sie, wie wird das Wetter heute?«, sah jedoch zu, dass sie wegkam, ehe Marwan, der wie die meisten seiner Landsleute Hobbymeteorologe war, auf für die Jahreszeit zu kühlen Sprühregen und Kaltluftstau zu sprechen kam.

Jeder Tag gestaltete sich für Grace wie ein kleines Abenteuer. Nach der Arbeit nahm sie einen kleinen Snack zu sich, bevor sie mit Einstein zu Fuß die Gegend erkundete. Stundenlang wanderten sie über Stock und Stein, Regenjacke und Gummistiefel waren stets dabei. Sie liefen die mit Schafen und Rindern getupften grünen Hügel rauf und runter, vorbei an efeuberankten Mauern und Ruinen, um hinter der nächsten Kurve – dort, wo sich Fuchsien, Rhododendren und Ginster ein Stelldichein gaben – unerwartet in eine Explosion der Farben zu geraten. Und während das Wechselspiel von Sonne und Wolken die weitläufige Landschaft in immer neues Licht tauchte, wachte am Horizont glitzernd das Meer. Einmal hatte sich Grace Auge in Auge mit einem Rotfuchs befunden. Beide waren wie in Ehrfurcht erstarrt, bis das anmutige Tier angesichts des knurrenden Ungetüms an Grace' Seite das Weite gesucht hatte.

Die Schönheit Irlands erfüllte Grace mit Demut und ließ ihre eigenen Probleme klein und unbedeutend erscheinen. In den Nächten aber, wenn der heulende Wind das Cottage auf dem Hügel umtoste, schlug das Gefühl der Einsamkeit blitzschnell und unbarmherzig zu. Dann lag Grace still da und lauschte den wütenden Naturgeistern, während Tränen ihre Schläfen hinunterrannen. Einmal hatte sie den Hörer schon in der Hand gehabt, um Jess anzurufen, doch ihr Stolz hatte sie davon abgehalten. Sie telefonierte regelmäßig mit ihrer Freundin, aber nur, wenn sie sich stark genug dazu fühlte. Anderen etwas vorzuheulen, war Grace zuwider. Erst vor wenigen Tagen hatte sie oben auf den Klippen von Slieve League gestanden, auf die Gischt hinuntergeblickt, die sich an den rötlichen Felsen brach, und sich vorgestellt, wie es wäre, einen Schritt nach vorn zu gehen, dann noch einen und noch einen, bis die Schwerkraft sie packen würde und sie zu fliegen begänne. Kein Schmerz mehr. Nie wieder.

Ein kurzes Bellen hatte sie veranlasst, den Kopf zu wenden. Beim Anblick von Einstein, der sie mit einem fragenden Blick bedachte, während der Wind an seinen schwarz-weißen Locken zerrte, hatte sich ihr Herz vor Zuneigung zusammengezogen.

»Alles in Ordnung, mein Großer«, hatte sie gemurmelt und ihm den Kopf getätschelt. »So leicht gebe ich nicht auf.«

Ruby, die gespürt hatte, wie es um sie stand, hatte sie an diesem Tag in den Arm genommen und ihr von einem Wasserbecken inmitten einer Mondlandschaft erzählt, aus dem das Meer in meterhohen Gischtfontänen nach oben schoss. Die Einheimischen nannten es »Finns Fußwanne« nach dem Riesen Finn MacCool, der der Sage nach im Norden eine felsige Brücke über das Meer erbaute, um zu einem feindlichen Riesen in Schottland zu gelangen. Dummerweise stellte sich der als größer und stärker heraus, und nur durch eine List seiner Frau gelang es MacCool, den Schotten am Ende in die Flucht zu schlagen. Wenn Ruby Kummer hatte, fuhr sie zu dem Becken, setzte sich an den Rand und beobachtete das Naturschauspiel. Diese Urgewalt, so hatte sie erklärt, existierte seit Millionen von Jahren und würde auch dann noch Bestand haben, wenn sie alle längst zu Staub zerfallen waren. Für sie war es ein Symbol für Kraft und Beständigkeit, eine Vorstellung, die ihr Trost spendete. Daraufhin hatte sich Grace fest vorgenommen, eines Tages Finns Fußwanne zu besichtigen.

Das Flackern des Kaminfeuers holte sie aus ihren Erinnerungen zurück. Morgen würde sie sich erst einmal mit einer gemütlichen Wanderung nach Rhannakilla begnügen, wo es weder Urgewalten noch schwindelerregend hohe Klippen gab, sondern nur sanft abfallende Strände und weiße Fischerboote, die auf den Wellen tanzten.

Gross, dunkel und struppig

»Die Glashütte in Limoges erscheint mir vielversprechend«, erklärte Colm McCunnigan und schaltete in den dritten Gang. »Sie arbeiten mit einem Schliff, der perfekt zu unserem neuen Whiskey passen wird, und ab fünftausend Flaschen bieten sie uns einen Sonderpreis an.«

»Fünftausend Flaschen?«, entgegnete eine Männerstimme über die Freisprechanlage. »Ist das nicht ein bisschen hoch gegriffen?«

Colm lachte. »Wo bleibt deine Abenteuerlust, Dwayne?«

»Ich bin dein Buchhalter. Die Abenteuerlust überlasse ich anderen. Wie sähe dieser Sonderpreis aus?«

»Siebzig Cent pro Flasche«, antwortete Colm und wartete auf das empörte Schnauben, das unvermeidlich folgen würde.

»Sollen die Ziegen von Gorey diese elendigen Franzosen holen!«, eiferte sich Dwayne. Colm stellte sich vor, wie der kahle Kopf seines alten Schulfreundes knallrot anlief. »Siebzig Cent ist eine bodenlose Frechheit! Woraus bestehen diese Flaschen denn? Aus Bleikristall?«

»Nein«, entgegnete Colm und fügte ein vehementes »Aber« hinzu, bevor sich Dwayne in weitere Tiraden hineinsteigern konnte. »Ich habe mir die Manufaktur angeschaut. Die Leute arbeiten nicht nur professionell, sie sind auch überaus kreativ. Ich habe ein Muster der Flasche mitgebracht. Du wirst sehen, sie ist jeden Cent wert. Mit unserem neuen Whiskey in dieser Flasche und mit dem richtigen Marketing schaffen wir den Sprung ins Luxussegment. Ich weiß es!«

»Hmm«, kam es skeptisch zurück, was Colm schmunzeln ließ. Von seinem Buchhalter erwartete er nichts anderes.

»Hör zu, Dwayne«, sagte er. »In zehn Minuten bin ich da. Lass uns dann weiterreden, okay?«

»Okay.«

Lächelnd unterbrach Colm die Verbindung. Er würde Dwayne schon von seiner Entscheidung überzeugen, auch wenn er das streng genommen nicht musste, da er der Chef des ganzen Ladens war. Trotzdem empfand er es als beruhigend, einen Zahlenexperten wie seinen Freund hinter sich zu wissen. Während Colm mit sicherer Hand seinen Wagen über den holprigen Feldweg lenkte – hier war er aufgewachsen und kannte jeden Hügel, jeden Strohhalm, jeden Wasserlauf –, betrachtete er versonnen die Landschaft, die sich durch den stetigen Westwind vor dem Meer wegzuducken schien. Obwohl er nur zwei Wochen auf dem Kontinent gewesen war, um einige namhafte Glashütten unter die Lupe zu nehmen, freute er sich, wieder zu Hause zu sein. Der irische Frühsommer zeigte sich heute von seiner besseren Seite. Zwar fegte der Wind über das Land, doch bis auf einige Wolken erstrahlte der Himmel in einem tiefen Blau.

Colms Handy klingelte.

»Hallo?«, meldete er sich gut gelaunt und verfluchte sich nur einen Atemzug später, als ein giftiges »Na, endlich!« das Wageninnere verpestete. Hätte er doch nur aufs Display geschaut!

»Was willst du, Maureen?«, presste er zwischen zusammengebissenen Zähnen hervor.

Die gerade eben empfundene Euphorie hatte sich im Nu verflüchtigt, wie immer, wenn er seine Noch-Ehefrau an der Strippe hatte. Schwer vorstellbar, dass er jemals zärtliche Gefühle für sie gehegt hatte. Maureen war das, was man gemeinhin als Rasseweib bezeichnete, mit üppigen Kurven, langen schwarzen Haaren und grünen Katzenaugen – und hinterhältig bis in die rot lackierten Krallen! Colm seufzte kaum hörbar. Das, was er einmal für Liebe gehalten hatte, war wohl eher sexuelles Verlangen und gekitzelte Eitelkeit gewesen.

»Das Geld reicht vorn und hinten nicht«, maulte sie, und er sah sie vor sich, wie sie die vollen Lippen zu einem Schmollmund formte.

»Zwei-sieben im Monat reichen dir also nicht?«, entgegnete Colm ruhig, konnte jedoch nicht verhindern, dass seine Fingerknöchel um das Lenkrad weiß hervortraten.

Es war bereits das fünfte Mal innerhalb von drei Jahren, dass Maureen mehr Trennungsgeld verlangte. Noch ein Jahr, dachte Colm, dann wäre die gesetzliche Trennungszeit von vier Jahren beendet, und er würde seine unliebsame Ehefrau ein für alle Mal los sein.

»Um mein neues Geschäft professionell aufziehen zu können, brauche ich mehr Platz. Ich muss mir etwas Größeres suchen, und wie du weißt, sind bewohnbare Wohnungen mit viel Licht in Dublin schweineteuer.«

Mit »bewohnbar« meinte Maureen vermutlich ein Apartment in einem der hipperen Viertel wie Temple Bar oder Creative Quarter, am besten noch mit Fußbodenheizung und automatischen Rollläden. Und natürlich ein großzügiges Atelier, in dem sie ihre Modekreationen nähen lassen konnte, die sie übers Internet vertickte. Nein, in diesem Fall würden zweitausendsiebenhundert Euro pro Monat selbstverständlich nicht ausreichen.

»Die wievielte spleenige Geschäftsidee ist das bisher? Die zweite oder die dritte?«, fragte Colm und ließ seine Worte vor Sarkasmus triefen. »Wolltest du nicht letztens noch eine Modezeitschrift gründen?«

»Ach, so ist das?«, kam es kalt zurück. »Du darfst dir deinen Traum von einer eigenen Destillerie erfüllen, während ich brav zu Hause sitzen soll? Um was zu tun? Socken stricken?«

Du kannst nicht stricken, wollte Colm entgegnen, biss sich aber auf die Zunge. Es war nicht das erste Mal, dass sie dieses Gespräch führten, und je schneller es endete, desto besser. In den letzten drei Jahren hatte Maureen Zigtausende seines hart verdienten Geldes in hirnverbrannte Projekte gesteckt und war jedes Mal mit Pauken und Trompeten gescheitert. Zum einen besaß sie kein Durchhaltevermögen, zum anderen bevorzugte sie stets den einfachen Weg. Ein Geschäft gründen und Chefin spielen, ja. Opfer bringen, nein.

Finde den Fehler, dachte Colm.

»Ich schwöre dir, wenn du mich jetzt hängen lässt, erfahren die Behörden, dass wir es vor ein paar Monaten getrieben haben«, drohte Maureen. »Dann sind die drei gesetzlichen Trennungsjahre hinfällig, und wir können wieder von vorn anfangen«, schloss sie triumphierend.

Colm knirschte mit den Zähnen. So ein verfluchtes Biest! Andererseits hatte er es nicht besser verdient. Das passierte, wenn der Schwanz die Kontrolle übernahm! Im Frühjahr waren sie sich zufällig im gleichen Kinosaal begegnet, jeder von ihnen war in Begleitung gewesen. Die zunächst peinliche Situation hatte sich im Verlauf des Films, einer actionreichen Romanze mit einigen Sexszenen, an deren Titel er sich nicht mehr erinnerte, in etwas Prickelnd-Verbotenes verwandelt. Mitten im Film war er hinausgegangen, und sie war ihm kurz darauf gefolgt. Im Hinterhof waren sie übereinander hergefallen in dem Wissen, dass ihre Dates drinnen auf ihre Rückkehr warteten, was der Situation eine gewisse Würze verliehen hatte. Nur Sekunden nachdem er gekommen war, hatte er gewusst, dass er einen schwerwiegenden Fehler begangen hatte.

»Keine Ahnung, wovon du sprichst«, entgegnete er kalt.

»Willst du es etwa leugnen?« Maureens Stimme drohte sich zu überschlagen.

»Da gibt es nichts zu leugnen. Wenn du glaubst, mich erpressen zu können, bitte … Versuch es ruhig. Am Ende wird Aussage gegen Aussage stehen!«

»Du Schwein!«

»Wie du meinst, *Darling*«, fügte er höhnisch hinzu.

»So leicht kommst du nicht davon«, entgegnete sie giftig. »Du sollst bluten für das, was du mir angetan hast.«

»Und das wäre?«, fragte er betont gelangweilt, obwohl er inzwischen vor Wut kochte.

»Du hast diese französische Studentin gevögelt und mich damit vor meinen Freunden blamiert.«

Colm ballte die Faust. Ja, er hatte seine Frau betrogen, aber erst nachdem sie ihm Hörner aufgesetzt hatte. Nur dass sie geschickter vorgegangen war, während er sich wie ein Anfänger mit heruntergelassener Hose von einem Privatdetektiv hatte filmen lassen, den sie engagiert hatte. Diesmal gelang es ihm nicht, seine Zunge im Zaum zu halten.

»Fick dich, Maureen!«, stieß er hervor, dann trennte er die Verbindung.

Vier weitere Trennungsjahre kämen der Hölle recht nahe. Sie würde ihn an der kurzen Leine halten und weiterhin versuchen, ihm das Geld aus der Tasche zu ziehen. Die Brennerei konnte sie ihm nicht auf direktem Weg wegnehmen, weil sie diesbezüglich einen Ehevertrag abgeschlossen hatten. Aber wenn sie ihn lange genug schröpfte und dazu juristische Mittel zur Hilfe nahm, würde er sich einen Teilhaber suchen oder schlimmstenfalls sein Unternehmen verkaufen müssen, um sich seine Freiheit zurückzukaufen. Weder das eine noch das andere war eine Option. Das Geschäft brachte erst seit einem Jahr Gewinn ein – guter Whiskey brauchte Zeit, um zu reifen –, und er musste noch zwei größere Kredite abbezahlen.

Er fluchte laut.

Nur weil sein Hosenstall vor Monaten zum Tag der offenen Tür eingeladen hatte, riskierte er, alles zu verlieren. Er war ein solcher Idiot! Aber er würde kämpfen und Maureens heimtückische Pläne durchkreuzen. Colm schloss kurz die Augen. Sein neuer Whiskey würde etwas Besonderes werden, ein kleines Wunder, auch wenn er dafür immer noch keinen Namen hatte. Die besondere Note hatte er vor sieben Jahren kreiert: vollmundig und nussig mit einem Hauch Schokolade. Die Entwicklung hatte ihm mehr als einmal schlaflose Nächte beschert, und es hatte Monate gedauert, bis ihn das Ergebnis überzeugt hatte.

Als Colm die Augen wieder öffnete, durchzuckte ihn ein eisiger Schreck. Ein schwarz-weißes Tier stand etwa zehn Meter vor ihm mitten auf dem Weg und blickte ihm gleichmütig entgegen. Laut fluchend riss Colm das Lenkrad herum, wodurch der Wagen auf dem aufgeweichten Boden hin und her schlitterte – genau auf das Tier zu! Ein dumpfer Laut auf der Beifahrerseite ertönte, dann ein helles Jaulen. *Scheiße! Scheiße! Scheiße!* Das Herz schlug hart in Colms Brust, als er die Wagentür öffnete und hinaussprang. Gott im Himmel! Er hatte doch nicht etwa einen Hund überfahren? Aber was, verflucht noch mal, hatte der hier zu suchen? Ein herrenloses Tier vermutlich. Er hatte kaum den Gedanken zu Ende gebracht, als aus dem Nichts eine schmale Gestalt in einem viel zu großen Anorak an ihm vorbeischoss und sich auf den Hund stürzte, der neben dem Wagen auf dem Boden lag.

»Einstein!«, schrie sie in einer Tonlage, die anscheinend Tote aufwecken konnte, denn schon rappelte sich das Tier auf und tat einige unsichere Schritte, bevor es sich kräftig schüttelte.

Colm stieß einen Seufzer der Erleichterung aus. Die Sache war anscheinend glimpflich verlaufen, und herrenlos war der Hund auch nicht. Nach dem ersten Schrecken kam ihm jedoch die Galle so schnell hoch, dass es ihn selbst überraschte. Offenbar hatte die Wut nach dem Streit mit Maureen immer noch in ihm gebrodelt.

»Können Sie nicht besser auf Ihren Scheißköter aufpassen?«, brach es aus ihm heraus. »Ich hätte ihn um ein Haar überfahren!«

Die Gestalt fuhr herum. Das Gesicht unter der Wollmütze war aschfahl. »Ich soll nicht aufgepasst haben?«, rief sie nach einer Schocksekunde empört. »Sie sind es doch, der hier so rücksichtslos um die Ecke gebrettert ist!«

»Und wenn schon?«, blaffte er zurück. »Das ist mein gutes Recht. Abgesehen davon dürfen Sie Ihren Hund hier nicht frei laufen lassen!«

»Es steht nirgendwo ein Schild!«, konterte sie.

»Muss es auch nicht. Sie befinden sich auf Privatbesitz!«

Sie blinzelte. »Was?«

»Sie sind also nicht nur verantwortungslos, sondern auch noch begriffsstutzig!«, herrschte er sie an, dankbar, jemanden gefunden zu haben, an dem er seine Wut auslassen konnte. »Das hier ist mein Grund und Boden!«

Die braunen Augen in dem schmalen Gesicht schossen tödliche Pfeile ab, die Colm nicht im Mindesten beeindruckten. *Sie sollte mehr essen,* schoss es ihm stattdessen durch den Kopf. Nach einigen Sekunden wanderte ihr Blick zu dem Hund, der neben ihr stand und ein wenig benommen wirkte.

»Ich muss mit ihm zum Tierarzt«, sagte sie.

Wie alt mochte die Frau sein? Ende zwanzig, Anfang dreißig vielleicht. Einige dunkle Strähnen lugten aus der Wollmütze hervor.

»Viel Spaß«, erwiderte Colm und wandte sich ab.

»Ich habe kein Auto. Sie müssen mich hinfahren!«

Langsam drehte er sich um. »Müssen?«, brummte er. »Ich muss gar nichts.«

»Ganz im Gegenteil!«, fuhr sie ihn an. Rote Flecken hatten sich auf ihren Wangen gebildet. Also war sie nicht völlig blutleer. »Es ist Ihre gottverdammte Pflicht!«

Colm schnaubte. »Seien Sie froh, dass ich Sie nicht wegen unbefugten Betretens verklage.«

Sie reckte das Kinn, ihre Unterlippe bebte. »Sie würden also den Tod eines Tieres in Kauf nehmen, nur um recht zu behalten?«

»Meine Güte, dem Hund geht's gut«, antwortete Colm gereizt, was die zierliche Frau veranlasste, einen Schritt auf ihn zu zu machen.

Ihre Augen nahmen die Farbe von Single Malt an, als sich ein Sonnenstrahl in ihnen brach, und einen verrückten Moment lang glaubte Colm, dass sie ihn ohrfeigen würde. Dann aber erregte eine Bewegung ihrer beider Aufmerksamkeit. Der schwarz-weiße Hund schwankte besorgniserregend.

»Herrgott noch mal!«, stieß Colm genervt, aber auch mit schlechtem Gewissen hervor, was ihn noch wütender machte. »Fahren wir halt zum Tierarzt!«

Mit diesen Worten beugte er sich vor, um den Hund hochzuheben.

»Fassen Sie ihn nicht an!«, kreischte die Frau.

Du lieber Himmel, die ist ja völlig hysterisch, dachte Colm und beschränkte sich darauf, die hintere Wagentür zu öffnen. Daraufhin packte die Furie ihren Hund, wobei sie leicht taumelte. Colm nahm an, dass das Tier um die fünfzehn Kilo wog, ein Viertel ihres eigenen Körpergewichts, schätzte er. Er bot ihr seine Hilfe nicht an. Warum auch? Sie würde sie nicht annehmen. Stattdessen rutschte er hinters Lenkrad.

»Können wir?«, fragte er betont ungeduldig, nachdem sie ihren Hund auf die Rückbank gelegt und daneben Platz genommen hatte.

»Ja«, kam es kurz angebunden zurück.

Colm startete den Wagen etwas unsanft, und der Motor heulte gequält auf. Das Gespräch mit Dwayne würde er auf später verlegen müssen.

Grace fixierte den Hinterkopf des Mannes, während sie mit der rechten Hand über Einsteins weiches Fell strich. Ihr Gesicht glühte, so wütend war sie. Was für ein abscheulicher Mensch! Um ein Haar hätte er ihren über alles geliebten Hund totgefahren, und er zeigte nicht einen Hauch von Reue. Scheißköter hatte er ihn genannt. Gott, sie wünschte ihm die Pest an den Hals! Grüne Hecken rasten an ihnen vorbei, während der Wagen den Hügel hinunterfuhr und dabei der Windung eines Bachs folgte. Dem Fahrer gelang es, zügig zu fahren und gleichzeitig die Schlaglöcher zu meiden. *Kein Kunststück, wenn man den Weg kennt,* dachte Grace grimmig, *das kriegt sogar ein dressierter Affe hin!*

Sie beugte sich zu Einstein hinunter, der den Kopf auf ihr Knie gelegt hatte. »Alles klar, mein Großer?«, flüsterte sie zärtlich.

Sein kaum wahrnehmbares Winseln versetzte ihr einen Stich. Hoffentlich hatte er kein Gehirntrauma oder innere Blutungen. Sie ballte die Faust in seinem Fell. Hätte sie doch nur besser aufgepasst! Wie meistens war Einstein vorausgelaufen, die Nase zwei Millimeter über dem Boden, während sie ihm lächelnd gefolgt war. Der heulende Wind, das Trillern der Zaunkönige und die schmatzenden Geräusche ihrer Schuhe im Schlamm hatten alle anderen Laute um sie herum übertönt. Sie hatte den Land Rover schlichtweg nicht kommen hören. Wie ein böser Spuk war der klobige Schatten aufgetaucht, und nur eine Sekunde später hatte sie das schmerzerfüllte Aufjaulen vernommen, das ihr das Blut in den Adern gefrieren ließ. Dann war sie nur noch gerannt, die Augen auf das schwarz-weiße Bündel gerichtet, das neben dem Wagen ausgestreckt auf dem Weg lag. Als ihr tapferer Einstein sich mühsam aufrappelte, hätte sie vor Erleichterung losheulen können.

Doch dann hatte sich dieser Mann wie ein tollwütiges Tier auf sie gestürzt! *Kobaltblaues Feuer,* hatte sie unwillkürlich gedacht, als der Blick aus seinen zornig funkelnden Augen sie mit der Wucht einer Windböe getroffen hatte, die einen von den Füßen riss. Grace' Verwirrung hatte jedoch nur einen Herzschlag lang gedauert. Kobaltblau hin oder her: Ihr waren Einsteins schokobraune Augen bedeutend lieber. Abgesehen davon war dieser Mann unausstehlich, rüpelhaft und sah mit der schwarzen Wolle auf dem Kopf und im Gesicht wie ein Hippie aus!

»Brendan? Ich bin's«, drängte sich der irische Singsang besagten Mannes in ihr Grübeln. »Wo bist du gerade?«

»Auf der O'Reilly-Farm«, lautete die Antwort aus der Freisprechanlage. »Eines der Kälber hat Fieber.«

»Wie lange wirst du dort zugange sein?«

»Eine halbe Stunde noch, schätze ich. Wieso?«

»In etwa zwanzig Minuten bin ich bei dir. Ich hab einen Hund angefahren, den du dir ansehen solltest.«

»Ist er schwer verletzt?« Die Stimme klang ruhig und professionell.

»Ich denke nicht«, lautete die gedehnte Antwort.

Grace schluckte die Galle gemeinsam mit ihrer Angst hinunter. »Sind Sie etwa Experte?«, schnauzte sie den schwarzen Hinterkopf an.

»Wer war das?«, wollte der Mann am anderen Ende der Leitung wissen. Grace hoffte, dass es sich bei ihm um den hiesigen Tierarzt und nicht um den Schlachter handelte.

»Die angepisste Besitzerin«, antwortete der Hinterkopf und verabschiedete sich mit einem »Bis gleich, Brendan!«.

Grace starrte auf den Männernacken, in dem sich die ungebändigten Haare lockten, und in ihrem Kopf nahmen finstere Pläne Gestalt an.

»Was immer Sie gerade aushecken, vergessen Sie's!«, meldete sich prompt der Hinterkopf zu Wort. »Sonst landen wir im Graben.«

Darauf gab es keine angemessene Antwort, also schwieg Grace, was die Missstimmung weiter anheizte.

»Ich heiße Colm McCunnigan«, unterbrach der Mann irgendwann die Stille. »Und Sie sind?«

»Die Frau, deren Scheißköter Sie angefahren haben!«, antwortete Grace kalt.

Er stieß einen übertriebenen Seufzer aus, der ihren Blutdruck erneut in die Höhe trieb. »Also gut, es tut mir leid, dass ich Ihren Hund angefahren und darüber hinaus beleidigt habe. Okay?«

In Anbetracht seines genervten Tonfalls presste Grace die Lippen zu einem Strich zusammen. *Deine Entschuldigung kannst du dir sonst wo hinstecken!*, dachte sie. Als sie nicht reagierte, stieß der Mann einen Fluch aus und fügte etwas hinzu, was Grace nicht verstand. Zwei Wörter jedoch glaubte sie aus dem Gemurmel herausgehört zu haben. Das eine war »Gewitterziege«, das andere »untervögelt«. Das Blut rauschte so schnell durch ihre Adern, dass ihr kurz schwindelig wurde. Sie konnte sich nicht erinnern, wann sie das letzte Mal so in Rage gewesen war.

»Haben Sie was gesagt?«, brachte sie mühsam hervor.

Als der Wagen abrupt zum Stehen kam, setzte ihr Herz einen Schlag aus. O Gott! Er würde sie und Einstein doch nicht auf halber Strecke hinauswerfen? Nur weil sie seine halbherzige Entschuldigung nicht angenommen hatte? Aber dann bemerkte Grace, dass sie auf einem Hof angehalten hatten, der von zwei Scheunen und einem Haupthaus eingefasst war und auf dem sich ein Traktor und andere landwirtschaftliche Geräte befanden. Vor dem kleineren Scheunentor parkten drei Autos. Grace seufzte erleichtert auf. Offenbar waren sie an ihrem Ziel angelangt.

Der struppige schwarze Kopf über dem Fahrersitz drehte sich zu Grace um, und die kobaltblauen Augen musterten sie gleichgültig. »Wir sind da«, formulierte der Mund durch die Barthaare hindurch.

Grace atmete geräuschvoll ein und aus. »Wurde auch Zeit«, brummte sie, bevor sie ihre Aufmerksamkeit wieder auf ihren Hund richtete. Dieser furchtbare Mensch war es nicht wert, sich auch nur einen Moment länger als nötig mit ihm zu beschäftigen.

Einstein, der den Kopf gehoben hatte, schaute sie neugierig an. Gerade spielte sie mit dem Gedanken, ihn aus dem Wagen zu heben, als ein Mann aus dem Haupthaus trat und mit großen Schritten auf sie zukam. Er war schlank und hochgewachsen und trug die kupferfarbenen Haare kurz, sein Blick war offen und freundlich. Obwohl er wie Colm McCunnigan ländliche Alltagskleidung trug, nämlich Cargohose, Arbeitshemd und Gummistiefel, umgab ihn die Aura eines Gutsbesitzers aus einem Jane-Austen-Roman. Als Grace seine charakteristische braune Tasche bemerkte, atmete sie auf.

»Ich bin Brendan Hegarty, der hiesige Tierarzt«, begrüßte er sie mit Handschlag und warmem Lächeln. »Ist der Patient im Auto?«

»Ja«, flüsterte Grace, deren Wut wie ein Kartenhaus in sich zusammengefallen war.

Was blieb, war Angst.

»Gut, ich schau ihn mir an.«

»Muss das in meinem Wagen sein?«, grätschte Colm McCunnigan missmutig dazwischen. »Ich habe einen Termin und komme zu spät.«

»Je weniger der Hund bewegt wird, desto besser. Auf diese fünf Minuten kommt es jetzt auch nicht an, *eejit*«, entgegnete der nette Doktor und zwinkerte Grace verschwörerisch zu.

Während er in den Wagen stieg, taten Grace und Colm McCunnigan ihr Bestes, um sich gegenseitig zu ignorieren. Von ihr abgewandt betrachtete er fasziniert ein Scheunendach, während Grace unruhig an ihrem Anorak nestelte.

»Wie heißt der Hübsche?«, fragte Brendan Hegarty.

»Einstein«, antwortete Grace und konnte nicht verhindern, dass ihre Stimme bebte, was ihr seitens Colm McCunnigan einen schwer zu deutenden Seitenblick einbrachte.

»Ein ungewöhnlicher Name.« Grace konnte das Lächeln in der Stimme des Tierarztes hören. »Also gut, Einstein, lass mal sehen.«

Vorsichtig betastete er den Hund, der es stoisch zuließ. Zunächst den Kopf, dann den Bauch und schließlich die Hinterläufe, soweit Grace das erkennen konnte. Ihr Blick war starr auf das Geschehen im Wageninneren gerichtet, ihr Puls raste. Danach setzte Brendan Hegarty die Untersuchung fort, indem er mit einer Taschenlampe in Einsteins Augen leuchtete und den Herzschlag abhörte. Als er wieder aus dem Wagen stieg, lag auf seinem Gesicht ein zufriedener Ausdruck.

»Möglich, dass er eine leichte Gehirnerschütterung hat. Nichts Dramatisches«, erklärte er. »Ich habe ihm ein Beruhigungsmittel gegen den Schock gegeben. Trotzdem sollten Sie ihn die nächsten Tage genau beobachten. Sollte er sich stiller und antriebsloser verhalten als üblich, rufen Sie mich an.« Er gab Grace seine Visitenkarte. »Sie erreichen mich Tag und Nacht unter meiner Handynummer.«

Nur mit Mühe unterdrückte sie ein Schluchzen. »Danke, Doktor.«

»Nennen Sie mich Brendan.«

»Ich heiße Grace. Grace Cavanaugh.« Sie brachte ein kleines Lächeln zustande. »Was schulde ich Ihnen?«

Brendan machte eine wegwerfende Handbewegung. »Vergessen Sie's! Mein Lohn besteht darin, dass Einstein einen Schutzengel gehabt hat.« Er grinste schelmisch. »Notfalls wende ich mich an Colm, schließlich war er der Übeltäter.«

Der finstere und absolut furchterregende Blick, den er sich damit einhandelte, beeindruckte ihn nicht im Geringsten, denn sein Grinsen wurde breiter.

»Danke«, antwortete Grace. Sie nahm die Mütze vom Kopf und genoss den kühlenden Wind, der sich in ihren schulterlangen Haaren verfing. Nach dem Schock fühlte sie sich wieder halbwegs lebendig.

»Machen Sie hier Urlaub?«, fragte Brendan, während er seine Tasche schloss.

»Nein. Ich bin erst vor Kurzem in die Gegend gezogen. Ich habe ›Ardeevin‹ gemietet, drüben in Leirg an Dachtáin.«

Brendan nickte. »Ich habe schon gehört, dass seit Neuestem eine hübsche Lady dort wohnt. Ihr Englisch klingt nicht irisch«, fügte er hinzu, wofür ihm Grace dankbar war. Seine Worte hatten sie verlegen gemacht.

Sie nickte. »Ich stamme ursprünglich aus Sevenoaks, einer Kleinstadt südlich von London.«

Hinter ihr erklang ein Schnauben, gefolgt von einem knurrigen »Soll ich Sie jetzt nach Hause fahren, oder was?«.

Die Vorstellung, zurück ins Auto dieses Rüpels zu steigen, der obendrein einen Groll gegen Engländer zu hegen schien, löste bei Grace keine Begeisterungsstürme aus. Zum Glück half ihr der nette Brendan aus der Patsche.

»Fahr du ruhig zu deiner Besprechung, Colm«, sagte er. »Ich bringe die Lady und ihren Hund nach Hause. Es liegt praktisch auf meinem Weg«, betonte er, wobei ihm Grace kein Wort glaubte.

Eine leichte Röte überzog ihr Gesicht, diesmal aus Freude, nicht aus Wut. »Vielen Dank! Das ist wirklich reizend von Ihnen.«

»Mach ich doch gern.«

Mit einem Leckerli in der Hand ging Brendan zurück zu Einstein, der zu schnuppern begann und mit einem Sprung aus dem Wagen war.

»Na also«, murmelte er zufrieden und reichte dem Hund das begehrte Stück. »Geht doch.«

Als Einstein mit dem Schwanz wedelte, hätte Grace vor Erleichterung und Freude die ganze Welt umarmen können – zumindest fast. Der Ausnahmefall, für den das nicht zutraf, stapfte in diesem Augenblick zurück zu seinem Wagen, stieg ein und knallte die Tür hinter sich zu. Wenige Sekunden später brauste er vom Hof. Er hatte sich nicht einmal verabschiedet.

»Ist er immer so?«, fragte Grace den Tierarzt und wies mit dem Kopf auf den sich entfernenden Land Rover.

»Eigentlich nicht«, antwortete Brendan mit hochgezogenen Augenbrauen. »Normalerweise ist er ganz umgänglich. Ihm muss heute irgendwas über die Leber gelaufen sein. Nehmen Sie es nicht persönlich«, setzte er hinzu, bevor er auf einen roten Chevy wies. »Dort ist mein Wagen.«

Aber Grace nahm es persönlich. Sehr sogar! Wenn es um Einstein ging, kannte sie kein Pardon.

»Du meine Güte, was ist denn los? Du glühst wie eine Signallampe«, bemerkte Ruby erstaunt, als Grace eine halbe Stunde später deren Haus betrat. Wie immer war die Eingangstür nur angelehnt gewesen.

»So ein ungehobelter Mistkerl hätte Einstein fast totgefahren!«, antwortete Grace aufgebracht, während sie ihre dreckigen Schuhe auszog und draußen neben die Fußmatte stellte. »Und glaub ja nicht, er hätte sich entschuldigt. O nein! Ganz im Gegenteil! Er hat mich sogar noch dafür verantwortlich gemacht.«

»Wie bitte?«, entgegnete Ruby empört und stemmte die Hände in die Hüften. Über Jeans und T-Shirt trug sie eine Küchenschürze, was bedeutete, dass sie dabei war, ihr Abendessen zuzubereiten. »Der war bestimmt nicht von hier.«

»Und ob. Sein Name ist Colm McCunnigan. Kennst du ihn? So ein großer Kerl, dunkel, mit struppigem Bart.«

»Natürlich kenne ich ihn«, sagte Ruby überrascht. »Er ist der jüngere der McCunnigan-Söhne, ein guter Junge, immer freundlich und hilfsbereit.«

Grace schnaubte. »Freundlich? Der? Dass ich nicht lache! Glücklicherweise ist Brendan Hegarty von ganz anderem Kaliber.«

Ruby lächelte vielsagend. »Unser Tierarzt.«

»Genau der. Er hat sich Einstein angesehen.«

»Und?«, fragte Ruby und beobachtete amüsiert, wie der Genannte Richtung Küche trottete, wo ein Napf mit Trockenfutter stets für ihn bereitstand.

Grace berichtete ihr, was Brendan gesagt hatte, worauf Ruby einen langen Seufzer ausstieß. »Gott sei's gedankt!«

Daraufhin traten die beiden Frauen ebenfalls in die Küche. Der intensive Geruch verriet Grace, dass ihre mütterliche Freundin Colcannon zubereitete, eine Art Kartoffelstampf mit Zwiebeln und Weißkohl.

»Willst du mitessen?«, fragte Ruby. »Es gibt Lamm dazu.«

Grace winkte dankend ab. Zum einen war sie kein großer Fan von Colcannon, zum anderen aß sie ungern um fünf Uhr nachmittags zu Abend, wie es bei Bäckern üblich war.

»Ich hab mir gestern ein Fischgratin gemacht«, log Grace, »und muss heute die Reste aufessen.«

Ruby nickte. »Verstehe. Trinkst du wenigstens noch einen Tee mit?«

»Aber gern«, antwortete Grace, worauf ihre mütterliche Freundin den Wasserkocher füllte und einschaltete.

Grace setzte sich an den Küchentisch mit der geblümten Plastikdecke und spürte, wie sich die Aufregung legte und sie von einem wohligen Gefühl erfüllt wurde. Rubys Küche gehörte zu diesen verwunschenen Orten, an denen die Zeit keine Rolle spielte und die Holzstühle einen Klebezauber entfalteten.

»Er ist übrigens Single und ein richtig guter Fang«, sagte die Herrscherin dieses kleinen, heimeligen Reichs unvermittelt.

»Wer?«, fragte Grace mehr aus Höflichkeit. Die Augen hielt sie auf Einstein gerichtet, der sich sichtlich begeistert den Magen vollschlug.

»Brendan Hegarty, unser Tierdoktor.«

Ich will keinen neuen Mann, dachte Grace. *Ich will Marcus zurück. Ich will, dass alles wieder so ist wie früher.*

Sie hob den Blick. »Ich bin nicht an Fischen interessiert, Tante Ruby.«

Mit einem milden Lächeln stellte Ruby zwei Tassen mit Untertassen auf den Küchentisch. »Das kommt schon noch.«

»Was bedeutet eigentlich *eejit?*«, fragte Grace, die das Thema nicht weiter vertiefen wollte.

»Schwachkopf«, antwortete Ruby. »Warum fragst du?«

»Nur so«, sagte Grace und frohlockte. Auch wenn sie nicht aufs Fischen aus war, wurde ihr Doc Hegarty von Minute zu Minute sympathischer.

Ruby gab Teeblätter in eine kugelige Porzellankanne, dann griff sie nach dem Wasserkocher. »Du hast die Liste aktualisiert, habe ich gesehen«, bemerkte sie.

Grace nickte. »Die Schramms, eine Familie aus Deutschland, lieben dein Sodabrot! Deshalb wollen sie ab morgen die doppelte Menge. Ach, und bevor ich es vergesse: Die Wild Atlantic Lodge fragt an, ob du eventuell bereit wärst, Croissants zu machen?«

Sie schrak zusammen, als Ruby den Wasserkocher mit einem Knall auf die Arbeitsplatte stellte. »Wie oft soll ich denen eigentlich noch sagen, dass ich das nicht mache?«, rief sie erbost. Ihre Wangen hatten sich rötlich verfärbt. »Wir sind in Irland! Wenn die Leute Croissants essen wollen, sollen sie gefälligst nach Frankreich fahren!«

»Okay. Die Botschaft ist angekommen«, entgegnete Grace ein wenig amüsiert und nahm sich vor, das Wort »Croissant« in Rubys Gegenwart besser zu vermeiden.

Diese atmete tief durch. »Versteh mich bitte nicht falsch«, erklärte sie, während sie das heiße Wasser in die Kanne goss, sodass die Teeblätter wild durcheinandergewirbelt wurden. »Ich habe nichts gegen französisches Backwerk, aber das Little Ruby's steht für traditionell irische Spezialitäten, und dabei soll es bleiben.«

Grace lächelte. »Verständlich. Das ist schließlich dein Markenzeichen.«

Nachdem Ruby den Wasserkocher auf den Tisch gestellt hatte, setzte sie sich. »So ist es!« Sie grinste schelmisch. »Und jetzt reden wir mal Tacheles. Was hältst du wirklich von Brendan Hegarty?«

EIN SCHAF NAMENS COLM

»Nichts für ungut, *pal*«, sagte Brendan, nachdem er an seinem halben Pint Guinness genippt hatte. »Aber du hast dich heute wie ein Arsch benommen.«

Colm und er ließen den Abend in ihrem Lieblingspub ausklingen. Danny's Bar in Cruinn war nicht groß, pulsierte aber vor Lebendigkeit. Hier wurde der letzte Klatsch ausgetauscht, gelacht, geschimpft, über Kollegen und Nachbarn gelästert, die Lieblingsmannschaft seziert, gelobt und kritisiert, und es wurde getrunken. Guinness, Ale, Stout und Kilkenny. Und Whiskey natürlich. Danny Flaherty hatte gleich vier Sorten aus Colms Brennerei im Angebot. Es gab einige wenige Tische – die meisten Gäste zogen es eh vor, zu stehen –, ein paar Hocker am Tresen, von denen Colm und Brendan zwei besetzten, einen großen Flachbildfernseher, der ausschließlich für Sportübertragungen genutzt wurde, und eine kleine Bühne. Das Wahrzeichen von Danny's Bar, das auch draußen auf dem Kneipenschild prangte, war ein Dudelsack aus dem Jahr 1883. Das gute Stück hing an der Wand hinter der Bar.

Colm brummte etwas in sein Glas. Er schätzte Brendan, aber manchmal ging ihm sein Harmoniebedürfnis gehörig auf den Senkel. Der Doc war vor zehn Jahren aus Dublin hierhergezogen, und in der ganzen Zeit hatte Colm ihn nicht einmal wütend erlebt, wohingegen er selbst von Zeit zu Zeit die Konfrontation suchte, um Dinge wieder geradezurücken. Natürlich wusste er, dass er sich der Frau gegenüber nicht sehr anständig verhalten hatte, trotzdem war das Letzte, was er jetzt hören wollte, eine Moralpredigt.

»Hast du ihre Stiefel gesehen?«, mäkelte er. »Für einen Streifzug durch die Heide völlig ungeeignet! Wahrscheinlich wieder so eine selbst ernannte Frida Kahlo oder Virginia Woolf, die meint, in der wilden Schönheit Irlands die nötige Inspiration zu finden«, schloss er ironisch und genehmigte sich einen großen Schluck Bier.

»Und wenn schon?«, bemerkte Brendan. »Du wirst dich bei Grace entschuldigen müssen.«

»Grace? Wer soll das sein?«, fragte Colm, nur um sein Gegenüber zu ärgern. Natürlich hatte er mitbekommen, wie sich die beiden einander vorgestellt hatten, schließlich hatte er direkt danebengestanden.

»Die hübsche kleine Lady.«

»Hübsch?«, entgegnete Colm mit hochgezogenen Augenbrauen.

»Ist dir das etwa nicht aufgefallen?«

Colm zuckte mit den Schultern. Die ausdrucksvollen Augen, die je nach Lichteinfall die Farbe von altem Sherry oder hellem, fruchtigem Bourbon angenommen hatten; die volle Unterlippe, die vor Zorn gebebt hatte; die weiche, rosige Haut und schließlich der zierliche Körper, der unter all den Lagen Kleidung vor Empörung wie ein Flitzebogen gespannt gewesen war. Natürlich war es ihm aufgefallen.

»Nein«, antwortete er.

»Nicht?«, entgegnete Brendan erstaunt. »Ich fand, sie hatte was.«

»Dann schnapp sie dir doch!«

»Ich?«, rief Brendan mit einer abwehrenden Geste. »In meinem Leben ist kein Platz für eine Frau.«

Colm sah ihn vielsagend an. »Aber in meinem, oder was?«

Brendan lachte. »Ich schätze, eine wie Maureen reicht dir.«

»Ja, für ein ganzes Leben«, entgegnete Colm finster.

Brendan klopfte ihm freundschaftlich auf die Schulter. »Übrigens hast du zurzeit eine verblüffende Ähnlichkeit mit Finn MacCool«, sagte er.

Grinsend fuhr sich Colm über den struppigen Bart. »Er hatte rote Haare, keine schwarzen.«

Brendan musterte ihn kritisch. »Wenn du einen guten Eindruck bei der englischen Lady machen willst, solltest du etwas zivilisierter aussehen.«

Colm schnaubte verstimmt. »Wer sagt, dass ich einen guten Eindruck machen will?«

»Du wirst dich entschuldigen müssen«, wiederholte Brendan.

»Mal sehen«, antwortete Colm und starrte in sein Glas.

»Was soll das überhaupt mit dem Bart?«

Colm verdrehte die Augen. Manchmal konnte sein Freund eine echte Nervensäge sein!

»Ich hatte keine Lust, mich zu rasieren«, versetzte er, in der Hoffnung, dass Brendan die Botschaft verstand. »Können wir das Thema wechseln?«

Er hatte keine Lust, seinem Freund zu erklären, dass die Sache mit dem Bart Taktik gewesen war. Sicher, es hieß, Kleider machten Leute, aber der schöne Schein konnte eher hinderlich sein, wenn es darum ging, den wahren Charakter seines Gegenübers zu ergründen. Erst recht den eines potenziellen Geschäftspartners. Würde man ihm Respekt zollen, auch wenn er nicht wie ein feiner Pinkel aussah? Oder würde man gar versuchen, ihn über den Tisch zu ziehen, in der Annahme, er wäre ein irischer Bauerntölpel? Dass er sich für die Glashütte in

Limoges entschieden hatte, hing auch damit zusammen, dass Letzteres nicht eingetroffen war. Man war ihm freundlich und respektvoll gegenübergetreten und hatte ihm ein faires Angebot unterbreitet. Eine Zusammenarbeit auf Augenhöhe war unerlässlich, wenn man ein bestmögliches Ergebnis erreichen wollte.

»Also, was war es, das dir dermaßen die Laune vermiest hat?«, holte ihn Brendan ins Hier und Jetzt zurück.

Colm seufzte. »Was wohl? Maureen natürlich.«

Der andere verzog mitfühlend das Gesicht. »Alles klar. Willst du darüber sprechen?«

»Nein.«

»Okay.« Brendan bestellte für sie beide zwei neue Guinness. »Du kommst doch am Sonntag zum Training?«

Colm lächelte. Endlich ein Thema, das ihm zusagte. »Klar, aber zieh dich warm an! Ich werde deine Pfosten zum Erzittern bringen.«

Brendan lachte ihm furchtlos ins Gesicht. »Das kannst du gern versuchen.«

Sie stießen mit ihrem frisch gezapften Guinness an und tranken. Beide spielten für das lokale Gaelic-Football-Team, Colm war Offensiv-Spieler, Brendan stand im Tor.

»Falls du unter deiner wärmenden Wollschicht nicht zerfließt!«, spottete Brendan und zeigte auf Colms Bart.

»Du lässt nicht locker, was?«, brummte Colm gutmütig, denn er wusste, dass sein Teamkamerad recht hatte. Spätestens vor dem nächsten wichtigen Match musste der Bart runter. »Hast du keine anderen Probleme?«

Brendan verschränkte demonstrativ die Arme hinter dem Kopf. »Ehrlich gesagt, nein. Derzeit läuft alles wie am Schnürchen.«

»Schön für dich.« Colms Replik troff vor Ironie.

Brendan setzte schon zu einer Erwiderung an, als die Melodie einer Fiddle das fröhliche Stimmengewirr übertönte, worauf sich Colm ein wenig streckte, um über die Köpfe der Anwesenden hinwegzuschauen.

»Shit«, stöhnte er, als er das faltige Gesicht unter dem grau-rötlichen Krauskopf bemerkte, das neben dem Fiddlespieler aufgetaucht war. »Pete Crowley wird uns ein Ständchen darbieten.«

Hastig zog er einen Zehneuroschein aus der Hosentasche, den er auf den Tresen legte, bevor er sein Glas in einem Zug leer trank.

»Was hast du gegen Petes Gesang?«, fragte Brendan verblüfft. »Solang er nicht betrunken ist, hat er eine gute Stimme.«

»Mag sein. Aber wie ich ihn kenne, wird er wieder eine seiner schmalzigen Balladen zum Besten geben, und darauf kann ich heute wirklich verzichten!«

Brendan lachte. »Alles klar.« Er beugte sich verschwörerisch vor. »Den anderen kannst du vielleicht etwas vormachen, aber mir nicht, *pal*. Unter deiner rauen Schale steckt ein butterweiches Herz.« Er klopfte Colm auf die Brust. »Du hast nur Angst, dich deinen Gefühlen zu stellen.«

Colms Lippen verzogen sich zu einem spöttischen Grinsen. »Wo hast du diese Weisheit her? Aus einem Buch für Tierpsychologie?«

Brendans Miene war nicht minder amüsiert. »Ja, für Bären.«

Colms dröhnendes Lachen übertönte die Stimme von Pete, die sich soeben erhoben hatte, was Colm vorwurfsvolle Blicke einiger Anwesender einbrachte.

»Wir sehen uns!«, raunte er Brendan gut gelaunt zu und steuerte den Ausgang an.

Während er zu seinem Wagen ging, der auf der anderen Straßenseite geparkt war, dachte er kurz an Grace Cavanaugh. Er würde sich reuig zeigen, ihr eine Flasche seines zweitbesten Whiskeys überreichen, und die Sache wäre gegessen.

Ein Kinderspiel.

Am darauffolgenden Nachmittag fuhr er hinauf zum Cottage »Ardeevin«. Zuvor hatte ihm Dwayne erklärt, dass er, nachdem er eine Nacht darüber geschlafen hatte, zu der Ansicht gelangt war, dass der Deal mit den Franzosen vielleicht doch nicht so übel war wie zunächst von ihm angenommen. Entsprechend froh gestimmt war Colm. Nachdem er den Wagen vor dem Häuschen abgestellt hatte und ausgestiegen war, schaute er sich um. An einem klaren Tag wie diesem reichte die Aussicht über die Donegal Bay bis zur Landzunge von Tullymore. Der Garten vor dem Haus sah ein wenig so aus, als hätte jemand gerade erst mit dem Frühjahrsputz begonnen. Einzelne Flächen waren von Unkraut befreit und mit Stauden und Hortensien bepflanzt worden, während der Rest ein wildes Durcheinander aus Sträuchern, Heilkräutern und Wildblumen war. Das Haus bot nur bedingt Schutz gegen den Westwind, und Colm dachte, dass eine Mauer oder zumindest ein stabiler Bretterzaun hier gute Dienste leisten würde.

Seine Überlegungen stoben auseinander wie aufgeschreckte Vögel, als Klaviermusik an sein Ohr drang. Er brauchte einen Moment, um zu begreifen, dass sie aus dem Haus kam. Reglos stand er da und lauschte. Er kannte das Stück. *Berceuse* von Frédéric Chopin. Die Wucht der Gefühle schnürte ihm die Kehle zu, beinahe wäre ihm die Flasche aus der Hand geglitten. Wie lange war es her, dass er das Stück gehört hatte? Achtundzwanzig Jahre? Colm starrte auf das Haus, doch vor seinem inneren Auge standen andere Bilder.

Der kleine Colm ist noch ein Kind, acht Jahre alt. Draußen ist es schon dunkel, und ein Sturm tobt. Er kann nicht schlafen, also geht er den langen Flur hinunter zum hell erleuchteten Zimmer. Über dem Haus liegt eine erdrückende Stille, die ihm Angst macht. Er ruft nach seinem älteren Bruder, aber dieser antwortet nicht. Das Herz klopft ihm laut in den Ohren, als er die halboffene Tür aufstößt. Sein Bruder sitzt am Klavier, und ihm fällt ein Stein vom Herzen. »Aidan, ich kann nicht schlafen«, sagt er und läuft zu ihm hin. »Kannst du mir unser Wiegenlied vorspielen?« Als er in das Gesicht seines Bruders blickt, erstarrt er. Dessen Wangen sind mit Tränen benetzt, die Hände liegen wie tote Vögel auf den Tasten, der Blick ist leer. »Aidan?«, wiederholt Colm ängstlich. Sein Bruder ist zehn Jahre älter, ein Mann. Und Männer weinen nicht, oder doch? Zunächst reagiert Aidan nicht, doch dann richten sich seine Augen auf Colm. »Natürlich«, sagt er leise, und Colm weiß nicht, ob er lächeln oder weinen soll, denn wie Aidan das sagt, klingt es furchtbar traurig. Schon erwachen Aidans Finger zum Leben und fliegen leicht und unbeschwert über die Tasten, als wären sie eigenständige Wesen. Zufrieden kuschelt sich Colm tief in den Sessel neben dem Klavier und lauscht dem wunderbaren Spiel seines Bruders. Ohne zu ahnen, dass es das letzte Mal sein wird …

Colm stand immer noch in einer Art Starre am selben Fleck, als er merkte, dass die Musik verstummt war. Unversehens spürte er wieder den salzigen Wind im Gesicht, hörte die Brandung des Meeres in der Ferne. Er spielte bereits mit dem Gedanken, wieder ins Auto zu steigen, als die Haustür geöffnet wurde. Grace Cavanaugh stand auf der Schwelle, ein buntes Tuch hielt ihr das Haar aus dem Gesicht, sie trug ein weißes T-Shirt, Cargojeans und Flip-Flops. Unwillkürlich wanderte Colms Blick zu ihren Händen. Hatte sie eben die *Berceuse* gespielt? Oder war die Musik vom Band gekommen?

»Ja?« Ihre Stimme durchdrang die angespannte Stille, die er hatte entstehen lassen.

»Sie sollten Ihren Garten einzäunen«, platzte es aus ihm heraus. »Zum Schutz vor dem Wind.«

Offenbar hatte er das Falsche gesagt, denn ihr ohnehin abweisendes Gesicht verschloss sich noch weiter, und sie verschränkte die Arme. »Sie sind gekommen, um mir das zu sagen?«

»Nein, natürlich nicht.« Colm räusperte sich. Meine Güte, er benahm sich wie ein Volltrottel! »Ich wollte mich für mein gestriges Verhalten entschuldigen.« Er hob die Hand mit der Flasche. »Für Sie.«

»Was ist das?«, wollte sie wissen, ohne sich zu rühren. Was für eine Frage!

»Whiskey.« Fruchtig und aromatisch, ein ganz besonderer Tropfen, den ich im zweiten Jahr meiner Arbeit als Destillateur kreiert habe, hätte er hinzufügen können, tat es aber nicht.

Sie straffte sich. »Ich trinke nicht.«

»Verstehe.« Colm spürte Ärger in sich aufsteigen und senkte die Hand mit der Flasche.

»Ist sonst noch was?«, fragte Grace Cavanaugh.

Er schluckte die scharfe Antwort hinunter, die ihm auf der Zunge lag. »Ich hoffe, Ihrem Hund geht es gut«, sagte er stattdessen.

Zum ersten Mal trat so etwas wie Wärme in ihre Augen. »Ja.« Kurze unmerkliche Pause. »Danke.«

»Schön.«

Als sie nichts sagte, beschloss er, den Rückzug anzutreten. Er war losgeworden, was er loswerden wollte. Bevor er sich abwenden konnte, ergriff sie das Wort.

»Danke, dass Sie gekommen sind. Das weiß ich zu schätzen«, erklärte sie, wobei ihr deutlich anzusehen war, wie schwer ihr die Worte fielen.

Ihre Blicke trafen sich. In ihren Augen las er keine Feindseligkeit, nur eine Abwehr, die etwas anderes zu überlagern versuchte: tiefe Traurigkeit. *Nicht mein Problem,* dachte er. Er nickte kurz und ging zu seinem Wagen zurück. Als er losfuhr, gab er sich alle Mühe, seine Beklommenheit abzuschütteln. Der Hund war gesund, und er hatte seine Entschuldigung vorgebracht, trotzdem bekam er Grace Cavanaughs Blick nicht aus dem Kopf. Zu allem Überfluss drängten sich ihm einzelne Takte aus der *Berceuse* auf, die an seinem emotionalen Schutzpanzer nagten. Er verfluchte Brendan, der ihn zu dem Besuch überredet hatte, und nahm sich vor, diesen ganz schnell aus seinem Gedächtnis zu streichen.

Nachdem der Wagen hinter dem Hügel verschwunden war, wandte sich Grace kopfschüttelnd ab. *Sie sollten Ihren Garten einzäunen.* Also wirklich! In diesem Punkt brauchte sie keine Belehrung, schon gar nicht von Colm McCunnigan. Das Thema war auch so schon ärgerlich genug! Grace hatte inzwischen feststellen müssen, dass Begriffe wie »bald« oder »schnellstmöglich« in Irland sehr dehnbar waren. Sie hatte Mrs O'Donnell bereits mehrmals dazu gedrängt, jemanden für die Errichtung eines Zauns zu beauftragen, doch ihre Vermieterin hatte sie jedes Mal vertröstet. Möglicherweise ließ ihr die Pflege ihres Vaters keinen Raum für andere Dinge. Grace seufzte. Colm McCunnigan hatte natürlich recht. Der salzgeschwängerte Westwind machte ihren Blumen zu schaffen, davon einmal abgesehen konnte sie wegen der Schafe Einstein nur an der Schleppleine hinauslassen. Bisher hatte sie nichts über den Kopf ihrer Vermieterin hinweg entscheiden wollen, doch nun würde sie sich der Sache selbst annehmen.

Ein seltsamer Mann, dieser Colm McCunnigan, sinnierte Grace, während sie sich heißen Tee nachschenkte. Wie er reglos vor dem Haus gestanden hatte, mit seiner Flasche in der Hand, den Blick ins Leere gerichtet! Im ersten Moment hatte sie vermutet, er wäre vielleicht nicht ganz richtig im Kopf, und sich gleich darauf dafür geschämt. Schließlich war er nur in Gedanken versunken gewesen. Weder sie noch Einstein hatten den Wagen kommen hören. Sie, weil sie in ihr Spiel vertieft gewesen war, Einstein, weil er langsam in die Jahre kam und ihn nichts mehr so leicht aus seinem Tiefschlaf riss. Erst nachdem sie den Klavierdeckel zugeklappt hatte, hatte sie ihren Besucher durch das Fenster bemerkt.

Mit der Tasse in der Hand setzte sich Grace an den Esstisch, wo leere Notenblätter und ein gespitzter Bleistift bereitlagen. Die Vorfreude erzeugte in ihr ein leichtes Kribbeln. Erst gestern hatte ein Hörspielverlag aus Bath sie mit dem musikalischen Intro eines Liebesromans betraut, der im 19. Jahrhundert spielte. Die *Berceuse* von Chopin hatte dazu gedient, sie in die richtige Stimmung zu versetzen. Grace kostete von ihrem Tee, stellte die Tasse ab und griff nach dem Bleistift. Objektiv betrachtet sah er nicht schlecht aus, dieser Colm McCunnigan. Groß und breitschultrig. Zumindest, wenn man auf diesen Typ Mann stand. Der Bleistift verharrte wenige Zentimeter über dem Notenblatt. Auch wenn sie selbst keinen Alkohol trank, hätte sie sein Geschenk annehmen sollen. Schließlich hatte er sich entschuldigt, und darauf kam es an, oder etwa nicht? Grace biss sich auf die Lippe. Mit Sicherheit hatte sie ihn vor den Kopf gestoßen. Sie atmete tief durch und schaute auf das Notenblatt. Das Kind war in den Brunnen gefallen, was sich nicht mehr ändern ließ. Statt zu grübeln, sollte sie sich lieber auf ihre Arbeit konzentrieren.

Nach einigen Stunden hatte Grace eine klassisch anmutende Melodie in B-Dur aufs Papier gebracht, die Hoffnung und Leidenschaft zum Ausdruck brachte. Den Feinschliff nahm sie auf dem Klavier vor, bevor sie ihrer neuen Schöpfung mittels intelligenter Musiksoftware am Rechner weitere Instrumente wie Klarinette, Oboe und Streicher hinzufügte. Natürlich hätte sie ihre Komposition direkt auf dem Keyboard erarbeiten können, das an ihren Computer angeschlossen war, aber sie zog die altmodische Arbeitsweise mit Papier und Bleistift vor. Für sie gab es nichts Inspirierenderes, als jede Note einzeln von Hand zu zeichnen, mit Notenhals und Vorzeichen und allem. Dazu gesellte sich der volle Klang des Klaviers, der mit dem digitalen Sound in etwa so vergleichbar war wie der Gesang einer Nachtigall mit dem einer Krähe. Aber dem Verlag waren handgeschriebene Partituren ein Gräuel, also würde Grace die fertige Arbeit als Datei verschicken. Aber erst am nächsten oder übernächsten Tag. Zum einen durfte man nicht zu schnell liefern, sonst könnten die Auftraggeber beim nächsten Mal die Abgabefristen noch knapper bemessen. Zum anderen ließ Grace ihre Kompositionen grundsätzlich gern noch ein wenig ruhen, ehe sie diese finalisierte.

Um ihre verspannten Muskeln zu lockern und Einstein den ersehnten Spaziergang zu gewähren, schlüpfte sie am späten Nachmittag in ihre festen Schuhe, zog sich eine Strickjacke über und nahm den kleinen Trampelpfad hinterm Haus hinunter zum Strand. An diesem Tag schien die Sonne zwar, dennoch wehte ein frischer Westwind. Einstein und sie ließen sich auf einem großen Felsblock nieder und schauten einigen wagemutigen Surfern eine Weile zu, bis es zu kühl wurde und sie den Rückzug antraten. Im Cottage gab es zum Aufwärmen eine schöne heiße Tasse Tee für sie und ein kleines Kaminfeuer für Einstein. Im Anschluss bestellte Grace telefonisch Essen beim Chinesen in Cruinn, das sie mit Rubys Lieferwagen abholte. Sie hatten vereinbart, dass Grace ihn jederzeit privat nutzen konnte, sofern er nicht anderweitig gebraucht wurde.

Als Grace es sich, in eine warme Decke gehüllt, mit ihren Wan Tan auf der Holzbank vor dem Haus gemütlich machte, verspürte sie zum ersten Mal seit sehr langer Zeit so etwas wie Zufriedenheit. Vielleicht verdankte sie dieses Gefühl ihrer kreativen Arbeit, die sie die Zeit hatte vergessen lassen. Vielleicht lag es aber auch an diesem besonderen Moment vorhin am Strand, als sie, die Augen auf den weiten Atlantik gerichtet, einen Hauch von Ewigkeit gespürt hatte … Grace wusste es nicht, und es war auch nicht von Bedeutung. Wichtig war nur, dass sie diesen Augenblick, da die untergehende Sonne das Meer in Brand setzte, uneingeschränkt genoss. Mit Blick auf den angeleinten Einstein, der zu ihren Füßen lag, beschloss sie, bei nächstmöglicher Gelegenheit Ruby nach einem fähigen Handwerker für den Zaun zu fragen. Sollte diese niemanden kennen, wovon Grace nicht ausging, würde sie sicher im Internet fündig werden. Die Rechnung würde sie Mrs O'Donnell schicken.

Am nächsten Morgen versprach Ruby, sich umzuhören, was Grace' ohnehin schon gute Stimmung noch mehr hob. An den beiden folgenden Nachmittagen schloss sie ihre Arbeit an dem Hörspiel ab und weitete ihre Spaziergänge mit Einstein aus. Es gab so vieles zu entdecken: Kirchen, wuchtig und dunkelgrau wie Asche, skelettartige Ruinen mit grünen Efeukleidern, Steinbrücken, unter denen murmelnde Bäche gemächlich dahinflossen. Und dann dieser lebensfroh stimmende Duft! Eine Mischung aus Moos, Waldboden, Sonne und Salz.

In der gleichen Woche fuhr Grace mit Einstein zur Nachuntersuchung nach Straleel, nördlich von Cruinn, wo Brendan Hegarty seine Praxis hatte. Der Ort bestand, ähnlich wie Leirg an Dachtáin, aus nicht mehr als einer Handvoll Häuser entlang einer asphaltierten Straße, nur dass diese hier schmaler und von Küstenkiefern gesäumt war. Das eingeschossige Haus, in dem der Doc auch wohnte, war weiß mit grauem, schiefergedecktem Mansardendach, Schornstein und grau abgesetzten Eckbossen. Eine stufenförmige weiße Mauer umfasste das Grundstück samt Autostellplatz und gepflegter Rasenfläche. Alles wirkte sauber und ordentlich.

Brendan selbst trug Jeans und ein grünes Poloshirt, das wie frisch gebügelt aussah und seine Augen betonte. Er führte Grace und Einstein am Empfang vorbei, wo eine braunhaarige Frau mittleren Alters saß und telefonierte.

»Das ist Simone«, sagte Brendan, als diese die Hand zum Gruß hob. »Die gute Seele der Praxis.«

Dann betraten sie das Behandlungszimmer schräg gegenüber, das nebst Schreibtisch mit einem Bürostuhl, einer alten Couch und einem verstellbaren Metalltisch ausgestattet war. Auf den Regalen rundum reihten sich säuberlich geordnet Medikamente und Spezialfutter aneinander. Eine Terrassentür führte nach hinten in den Garten. Grace entdeckte neben dem Computer ein Foto, auf dem ein lachender Junge zu sehen war, der eine verblüffende Ähnlichkeit mit dem Doc aufwies und einen Esel am Zügel hielt. Hatte Brendan einen Sohn, oder handelte es sich um eine Kindheitserinnerung? Sie überlegte, ob sie ihn darauf ansprechen sollte, als er ihr die Entscheidung abnahm.

»Wie geht es Einstein?«, fragte er, während er zusah, wie der Hund den Raum inspizierte.

»Gut, denke ich«, antwortete Grace.

Brendan nickte. »Dann schauen wir mal. Einstein, komm her!«, rief er und zeigte auf das abgewetzte Sofa, was sich der Hund nicht zweimal sagen ließ. Einstein liebte Sofas.

Nachdem er sich dort hingefläzt hatte, gesellte sich Brendan zu ihm. Grace gefiel die Atmosphäre, in der die anschließende Untersuchung stattfand. Der Doc ging locker und auch ein wenig spielerisch vor, was Einstein die Angst nahm. Nach nicht einmal zehn Minuten stand Brendan auf und begab sich zum Regal, um ihren Hund mit einem Leckerli zu belohnen.

»Und?«, fragte Grace, die neben dem Schreibtisch stand.

Lächelnd kam Brendan auf sie zu. »Alles in Ordnung! Ihm geht es prima.«

Sie lächelte zurück. Zwar hatte sie nichts anderes erwartet, dennoch war sie erleichtert, es aus dem Mund des Tierarztes zu hören.

»Und wie geht es Ihnen?«, fragte Brendan unvermittelt.

Überrascht schaute sie ihn an. »Ich bin nicht Ihre Patientin, Doktor.«

»Brendan«, verbesserte er sanft.

Ihre Blicke verhakten sich kurz ineinander.

»Brendan«, wiederholte Grace lächelnd und fuhr sich durchs Haar.

Du meine Güte! War sie gerade dabei, mit ihm zu flirten?

»Ich weiß, dass Sie nicht meine Patientin sind, aber ich weiß auch, dass es nicht einfach ist, irgendwo neu anzufangen. Ich selbst bin vor zehn Jahren aus Dublin hierhergezogen.« Er zwinkerte spitzbübisch. »Das war eine ziemliche Umstellung.«

»Kann ich mir vorstellen«, pflichtete ihm Grace bei. »Wissen Sie, manchmal, da …« Beinahe hätte sie ihm gestanden, wie einsam sie sich an manchen Tagen fühlte. Doch sich Fremden anzuvertrauen, war ihr noch nie leichtgefallen, selbst wenn sie so einnehmend waren wie Brendan Hegarty.

»Ja?« Er bedachte sie mit einem Blick, der unaufdringlich und interessiert zugleich war.

Grace fragte sich unwillkürlich, worin bei einem solchen Mann der Haken bestehen konnte. Irgendwelche ausgefallenen Hobbys oder sexuellen Vorlieben vielleicht? Beinahe hätte sie gekichert.

»Nichts. Es ist alles in Ordnung«, beeilte sie sich zu antworten. »Bis auf die Sache mit dem Zaun«, ergänzte sie, nur um das Thema zu wechseln.

Er runzelte fragend die Stirn. »Was ist damit?«

»Wegen der Tiere von der McKenna-Farm kann ich Einstein draußen nicht frei herumlaufen lassen, wissen Sie«, erklärte sie bereitwillig. »Dabei steht das Cottage auf einem so schönen Grundstück! Ein Hundeparadies eigentlich. Zu Beginn hat mir Mrs O'Donnell zugesichert, dass sie einen Zaun aufstellen lässt, aber daraus wurde nichts. Sie hat momentan wohl ganz andere Sorgen.«

Brendan nickte. »Die hat sie. Ihrem Vater geht es leider nicht gut, und die Pflege hat sie in finanzielle Bedrängnis gebracht.«

Prompt rührte sich bei Grace das schlechte Gewissen. »Oh, das tut mir leid! Hätte sie doch nur etwas gesagt!«

Brendan lächelte. »Ich schätze, sie wollte Ihnen aus Höflichkeit keine direkte Abfuhr erteilen. Wahrscheinlich hofft sie darauf, dass Sie Ihren Plan irgendwann aufgeben.«

Das brachte Grace zum Lachen. »Das wird nicht passieren. Ich will diesen Zaun unbedingt! Ich würde mich ja selbst daran versuchen, aber leider bin ich handwerklich ungeschickt.«

Das war sie wirklich. Außerdem wollte sie nicht riskieren, ihre Hände zu verletzen, schließlich waren sie ihr Kapital.

»Ihr Mann?«, fragte Brendan. »Kann er Ihnen nicht helfen?«

Verdutzt starrte Grace ihn an. »Mein Mann?« Dann begriff sie. »Oh, Sie meinen den Ring.« Sie senkte den Blick und schaute auf ihren Finger. »Es ist so …« Sie atmete tief durch.

»Sie müssen mir nichts erklären, Grace«, entgegnete Brendan leise.

»Er ist tot, wissen Sie«, flüsterte sie, ohne den Blick zu heben. Jetzt hatte sie sich ihm doch anvertraut, andererseits hätte sich die Tatsache, dass sie Witwe war, über kurz oder lang sowieso herumgesprochen.

Stille breitete sich zwischen ihnen aus.

Als Brendan wieder sprach, hörte sie echte Anteilnahme aus seiner Stimme heraus. »Mein Beileid, Grace, von ganzem Herzen.«

»Danke.« Noch immer hielt sie die Augen auf ihren Ehering geheftet.

»Wann …?« Er brauchte nicht weiterzureden. Sie verstand auch so, was er meinte.

»Vor zwei Jahren.«

Wieder Stille. Und dann: »Ich verstehe.«

Da erst hob sie den Blick und konnte nur mühsam die Tränen zurückhalten, als sie den warmen Ausdruck in seinen grünen Augen sah. »Deshalb bin ich hierhergezogen, um ...«, sie machte eine hilflose Geste, »... irgendwie weiterzumachen.«

Er umfasste vorsichtig ihre Hände, als rechnete er jeden Moment damit, dass sie sie ihm entziehen würde. »Tut mir leid, dass ich mit meiner Frage alles wieder aufgewühlt habe, Grace.«

Sie stieß ein zittriges Lachen aus. »Das haben Sie nicht, Doc. Noch ist nichts begraben, was wieder aufgewühlt werden könnte.« Sanft entzog sie sich ihm. »Und was ist mit Ihnen?«, fragte sie betont fröhlich. »Sind Sie in festen Händen?«

»Himmel, nein!«, kam es wie aus der Pistole geschossen, dann lachte er. »Ich bin frei wie ein Vogel.«

Grace machte große Augen, übertrieb es ein wenig. »Die Single-Frauen in der Gegend müssen sich ja überschlagen vor Glück! Tante Ruby hat bereits gemeint, Sie wären etwas Besonderes.«

Brendan grinste schief. »Hat sie das gesagt, ja?«

Grace, die froh war über den Themenwechsel, lächelte. »Hat sie. Nur mit anderen Worten.« Weil er nichts darauf erwiderte, fischte sie ihr Portemonnaie aus der Tasche. »Diesmal bestehe ich aber darauf, zu zahlen.«

Zum Abschied reichte er ihr die Hand, kraulte Einstein hinterm Ohr und wünschte beiden einen schönen Tag.

Tante Ruby hatte nicht gelogen: Brendan Hegarty war ein guter Fang!

Drei Tage später hatte Grace ihren ersten freien Vormittag. Ihr standen zwei pro Monat zu, an denen Danny Flaherty, der Wirt des hiesigen Pubs, ihren Job übernahm. Grace freute sich wie ein Kind darauf, endlich auszuschlafen. Sie würde den ganzen Vormittag im Bett verbringen, abwechselnd vor sich hin dösen und aus dem Fenster blicken, bis sie Lust verspürte, aufzustehen, um ausgiebig zu frühstücken. Den Vorabend verbrachte sie mit einem Serien-Halbmarathon. Sie schaute auf einem Streamingsender die ersten fünf Folgen der vierten Staffel von »Outlander« – Jamie und Claire in der Neuen Welt, ein Neuanfang, Hoffnungen auf ein besseres Leben. Genau das, was Grace brauchte! Zuvor war sie in den kleinen Lebensmittelladen von Mrs Dooney nach Cruinn gefahren, um sich mit Chips in den Geschmacksrichtungen Cheese & Onion sowie Salt & Vinegar einzudecken. Und für den Fall, dass in der Neuen Welt nicht alles so reibungslos verlief, war noch ein großer Becher Schoko-Minz-Eis im Einkaufskorb gelandet.

Bis zwei Uhr nachts hielt sie durch, ehe ihre Augenlider so schwer wurden, dass sie sich, selbst mit größter Willenskraft, nicht mehr aufhalten ließen. Erschöpft, aber zufrieden fiel Grace ins Bett. Sie besaß nicht einmal mehr die Energie, ihre Zähne zu putzen. Noch bevor ihr Kopf das Kissen berührte, war sie eingeschlafen.

Mit einem Mal wurde sie von einem Geräusch unsanft aus dem Schlaf gerissen. Sie schreckte hoch, ihr Herzschlag raste. Wie viel Zeit mochte vergangen sein? Sekunden oder gar Stunden? Mit angehaltenem Atem horchte sie. Die Stille war so vollkommen, dass es ihr eiskalt den Rücken hinunterlief. *Unnatürlich* war der Begriff, der ihr in den Sinn kam. Nicht einmal der Wind war zu hören. Als sie kein weiteres Geräusch vernahm, schüttelte sie den Kopf. Vermutlich hatte sie nur schlecht geträumt. Gerade wollte sie sich zurück ins Kissen fallen lassen, als ein lautes Scharren sie innehalten ließ. Sie zog die Luft hörbar ein. Diesmal gab es keinen Zweifel! Etwas oder jemand war draußen vor dem Haus, und wer oder was auch immer es war, bemühte sich nicht, leise zu sein.

Bitte, lass es ein Tier sein.

»Hast du das auch gehört, mein Großer?«, flüsterte sie dem schlafenden Hund auf dem Boden zu, mehr um sich zu beruhigen, als um mit Einstein ein ernsthaftes Gespräch zu beginnen.

Ein Schnarchen war die Antwort.

»Ein toller Wachhund bist du!«, brummte Grace und mühte sich auf die Beine.

Als ihre Zehen den Boden berührten, zuckte sie zusammen. Der Stein war eiskalt! Rasch schlüpfte sie in ihre Pantoffeln und spähte durch die geschlossenen Fensterläden. Die Sonne war gerade dabei aufzugehen. Sie seufzte. So viel zum Thema ausschlafen. Seltsamerweise machte ihr diese Tatsache mehr zu schaffen als die Vorstellung, dass ein wildes Tier ums Haus schleichen könnte. Als Einstein sich doch dazu herabließ, den Kopf zu heben, gab sie ihm mit einer Geste zu verstehen, dass er liegen bleiben sollte. Für den Fall, dass draußen etwas Gefährliches umherstreifte, würde seine Anwesenheit die Lage möglicherweise verschlimmern. Abgesehen davon war er nicht mehr so agil wie früher und konnte von einem größeren aggressiven Tier leicht überwältigt werden. Also schlich Grace in die Küche und holte das Pfefferspray aus der Schublade, das sie sich auf Rubys Anraten hin für genau solche Fälle besorgt hatte.

Mit etwas Glück handelte es sich nur um eines von McKennas Schafen.

Leise ging sie zur Haustür und öffnete sie. Die kalte Morgenluft ließ sie frösteln, dennoch trat sie beherzt hinaus. Da geschah es. Aus dem Augenwinkel nahm sie einen Schatten wahr, und ihr Herz setzte einen Schlag aus. *Zu groß für ein Schaf!* Mit einem Schrei fuhr sie herum und drückte auf den Auslöser des Pfeffersprays. Da sie geistesgegenwärtig den Kopf abwandte, um selbst nichts abzubekommen, sah sie nicht, wohin die Ladung traf.

Aber sie traf.

»Himmel, Arsch!«, brüllte eine Männerstimme. »Haben Sie einen Knall?«

Entsetzt nahm Grace den Finger vom Auslöser und trat einen Schritt zurück. Der große, breitschultrige Mann in Cargohose und grobem Arbeitshemd, der sich in ihr Blickfeld schob, rieb sich hektisch über die Augen. Es war Colm McCunnigan, und er bebte vor Wut.

»Wasser!«, knurrte er. »Ich brauche Wasser.«

»Natürlich.« Todesmutig griff sie nach seinem Ärmel, um ihn ins Haus zu lotsen. »Vorsicht, Kopf einziehen!«, fügte sie hinzu, aber ihre Warnung kam zu spät.

Es gab einen dumpfen Schlag, als er über die Schwelle trat und sich den Kopf am niedrigen Türrahmen stieß, gefolgt von einem derben Fluch, der Grace die Schamröte ins Gesicht trieb. Sie bugsierte ihn zum Küchenwaschbecken und drehte den Leitungshahn auf, worauf er sich literweise das Wasser ins Gesicht spritzte.

»Handtuch!«, forderte er hinterher und streckte die Hand aus.

»Natürlich«, stammelte Grace und lief ins Bad. Sie kam sich unsagbar dumm vor.

»Sie sind ganz schön rachsüchtig, wissen Sie das?«, brummte Colm McCunnigan und riss ihr buchstäblich das Handtuch aus den Händen, als sie wieder erschien.

»Es tut mir so leid, Mr McCunnigan!«, antwortete Grace zerknirscht, während er sich das Gesicht abtrocknete. »Ich dachte, Sie wären ein Schaf.«

»Keine Ahnung, was Sie irischen Schafen unterstellen, dass Sie die armen Tiere so brutal angehen«, antwortete er. Seine Worte wurden vom Handtuch erstickt, trotzdem war sein Ärger nicht zu überhören.

»Ich habe vielleicht ein wenig überreagiert«, murmelte Grace.

»Ein wenig ist gut«, entgegnete er und legte das Handtuch zurück.

Angesichts seiner geschwollenen Augenlider und des roten Streifens auf seiner Stirn konnte sie nur mit Mühe ein entsetztes Keuchen unterdrücken. »Was tun Sie eigentlich hier so früh am Morgen?«, fragte sie.

»Ich bin wegen des Zauns gekommen«, erklärte er. »Aber wie es aussieht, bin ich tatsächlich ein Schaf, Ihnen helfen zu wollen.«

Grace' Blick flog zu der offenen Eingangstür. Erst jetzt bemerkte sie die Holzlatten und das Werkzeug vor dem Haus.

»Oh«, war das Einzige, was sie hervorbrachte.

»Ja, oh«, äffte er sie nach und funkelte sie böse an. »Brendan meinte, Sie könnten Hilfe brauchen. Er ist auf dem Weg hierher, um mit anzupacken.«

»Mr McCunnigan ...«

»Colm«, unterbrach er sie grob.

»Bitte verstehen Sie doch, Colm.« Grace hob entschuldigend die Hände. »Als ich draußen ein Geräusch hörte, habe ich mich zu Tode erschreckt. Schließlich lebe ich allein hier oben.«

»Was ist mit Ihrem furchterregenden Wachhund?«, fragte Colm und wies auf Einstein, der in diesem Moment hereintrottete, um neugierig an seinem Hosenbein zu schnüffeln.

Zu ihrer Erleichterung stellte Grace fest, dass ihr Besucher nur noch halb so verärgert klang wie vor fünf Minuten. Wüsste sie es nicht besser, hätte sie sogar schwören können, dass in seiner Stimme gutmütiger Spott mitschwang.

»Er hat einen tiefen Schlaf«, antwortete sie und blickte auf Einstein hinab, der Colm gegenüber kein bisschen nachtragend war und fröhlich mit dem Schwanz wedelte.

»Sieht ganz so aus.« Der große Mann blinzelte mehrmals. »Scheiße, brennt das!«

Grace biss sich auf die Unterlippe. »Kann ich noch etwas für Sie tun?«

Colms Miene blieb reglos. Bis auf seine Augen. Unter halb geschlossenen Lidern taxierte er ihr Gesicht, verweilte kurz auf ihren Lippen, bevor er den Blick den Schwung ihres Halses entlang bis zur sanften Wölbung ihrer Brüste gleiten ließ, dann weiter über ihren Bauch und ihre nackten Beine. Grace' Haut begann zu prickeln, als stünde sie unter Strom, und erst da wurde ihr bewusst, dass sie nur ein dünnes Nachthemd trug. In einer albernen Geste verschränkte sie die Arme vor der Brust, was er mit einem amüsierten Schnauben quittierte.

»Was immer Sie zu verbergen versuchen, es ist zu spät«, entgegnete er. »Keine Sorge. Da ist nichts, was ich nicht schon mal gesehen hätte.«

Verärgert, aber immer noch mit verschränkten Armen, funkelte sie ihn an. »Da wäre ich mir nicht so sicher«, versetzte sie.

Er hob eine Augenbraue. »Ach nein?«

Stille trat ein, und mit einem Mal schien die Luft zwischen ihnen zu knistern.

»Ich ziehe mir etwas über, dann koche ich uns einen Kaffee«, sagte Grace so würdevoll wie möglich.

Colm bedachte sie mit einem undefinierbaren Blick. »Kaffee wäre gut.«

»Schön. Und starren Sie mir nicht auf den Hintern!«, fügte sie grimmig hinzu, während sie das Schlafzimmer ansteuerte.

»Würde mir nicht im Traum einfallen«, erwiderte Colm trocken.

Sie glaubte ihm kein Wort.

Einige Minuten später saßen sie sich am Esstisch gegenüber und wärmten ihre Hände an den dampfenden Tassen. Grace hatte ihr Nachthemd gegen Jogginghose und Sweatshirt getauscht.

»Der Kaffee ist gut«, sagte Colm, dessen Schwellung um die Augen langsam zurückging.

»Danke«, antwortete sie kühl, obwohl sie sich wider Willen über das Kompliment freute.

»Sie spielen«, bemerkte Colm mit Blick aufs Klavier. Es war keine Frage, sondern eine Feststellung.

Grace nickte. »Wenn ich nicht gerade Backwaren ausfahre, komponiere ich.«

»Wirklich? Was komponieren Sie?« In seinen Augen blitzte echtes Interesse auf, und Grace gab sich alle Mühe, nicht rot zu werden. Es war nicht ungewöhnlich, dass Menschen auf ihre Antwort neugierig reagierten, doch Colm McCunnigan hatte etwas an sich, das sie in Verlegenheit brachte. Vielleicht weil sein intensiver kobaltblauer Blick den Eindruck vermittelte, ihr Innerstes zu durchleuchten. Wenn er sich auf eine andere Person fokussierte, dann voll und ganz, so schien es.

Sie fuhr sich durchs Haar. »Nun, alles Mögliche. Erst kürzlich habe ich die Musik für ein Hörspiel abgeschlossen, manchmal sind es Werbejingles oder Intermezzos für Rundfunksendungen«, erklärte sie und fügte hastig hinzu. »Ein Intermezzo ist …«

»Ich weiß, was ein Intermezzo ist«, unterbrach er sie ein wenig barsch, wobei sie fast zeitgleich ein rasches »Ich wollte Sie nicht beleidigen« murmelte.

Ein kurzes Schweigen entstand. »Schon gut«, sagte er und dann: »Ein schöner Beruf, den Sie da haben.«

»Danke.« Ja, sie hatte einen schönen Beruf. Den schönsten, den sie sich vorstellen konnte.

Für einen Moment schien es, als wollte er noch etwas anmerken, doch er besann sich anders und trank stattdessen einen Schluck Kaffee.

»Und Sie? Was arbeiten Sie?«, fragte Grace, um das Gespräch in Gang zu halten.

»Ich habe eine Whiskeybrennerei«, antwortete er.

»Ah«, sagte sie, gefolgt von einem »Oh«, als sie an sein Mitbringsel dachte. Sie suchte seinen Blick. »Ich wollte Sie neulich nicht beleidigen, aber ich trinke keinen Alkohol, wissen Sie.« Sie stieß ein kleines, missglücktes Lachen aus. »Ihr Geschenk wäre an mich vergeudet gewesen, fürchte ich.«

»Dann will ich Ihnen mal glauben.« Er machte Anstalten, aufzustehen. »Ich sollte mich an die Arbeit machen.«

»Ja, natürlich.« Sie suchte nach den richtigen Worten. »Sie müssen mir noch sagen, wie viel ich Ihnen und Brendan schulde.«

Colm machte eine wegwerfende Handbewegung. »Vergessen Sie's! Sehen Sie es als Willkommensgeschenk an. Was allerdings die Materialkosten betrifft …«

»Natürlich!«, antwortete Grace. Ehe sie noch etwas sagen konnte, ertönte das Motorengeräusch eines Wagens.

»Das ist Brendan«, bemerkte Colm und sprang von seinem Stuhl auf, als hätte er es plötzlich sehr eilig, aus dem Haus zu kommen.

»Was genau werden Sie machen?«, fragte Grace deshalb hastig nach.

Colm streckte sich, ehe er antwortete. Dabei spannte sich sein Hemd über seinem breiten Brustkorb, was einen flachen und sehr harten Bauch betonte. »Wir haben uns überlegt, vor dem Haus einen halbhohen Maschendrahtzaun aufzustellen, und auf der Westseite einen zusätzlichen Bretterzaun, um den Garten zu schützen«, erklärte er, während Grace versuchte, nicht auf seinen Oberkörper zu starren. »Außerdem können Sie sich im Windschatten eine kleine Terrasse einrichten. Was halten Sie davon?«

»Äh …« Sie blinzelte – sie hatte nur etwas von Haus, Bretterzaun und Terrasse mitbekommen –, bevor sie ihren Blick auf sein Gesicht richtete. »Klingt super! Danke schön.«

»Danken Sie nicht mir, danken Sie Brendan! Das Ganze ist auf seinem Mist gewachsen.« Seine Lippen verzogen sich zu etwas, das Grace für ein Lächeln hielt. Vielleicht bleckte Colm aber auch nur die Zähne. Schwer zu sagen bei dem struppigen Bart! »Ich muss los. Die Arbeit macht sich nicht von allein. Legen Sie sich ruhig wieder hin, wenn Sie wollen. Ich weiß, dass Sie heute Ihren freien Tag haben. Wir wären ein anderes Mal gekommen, aber leider ging es nur heute.«

Mit diesen Worten kraulte er Einstein kurz den Kopf und trat ins Freie.

»Hey Brendan, auch schon wach?«, hörte Grace ihn rufen, während sie die beiden Tassen abräumte und in der Spüle abwusch.

Sollte sie Brendan einen Kaffee anbieten?

Als sie durchs Fenster blickte, sah sie die beiden Männer miteinander reden. Sie waren fast gleich groß und athletisch, wobei Colm massiger wirkte als Brendan, und sahen in ihren Arbeitsklamotten zu allem entschlossen aus. Weil ihre weit ausholenden Gesten darauf hindeuteten, dass sie jeden Moment mit der Arbeit beginnen würden, beschloss Grace, sie nicht zu stören. Mit Einstein im Schlepptau begab sie sich in ihr Schlafzimmer und glitt zurück ins Bett. Ihre Befürchtung, die Geräusche draußen könnten sie am Schlaf hindern, bestätigte sich nicht. Ganz im Gegenteil: Die Mischung aus dumpfen Männerstimmen, Lachen, Pfeifen und Hämmern wirkte seltsam tröstlich, wie eine wärmende Decke, in die sie sich einkuschelte. Kurz darauf war sie weggedöst.

Als sie gegen Mittag aufwachte, bekam sie ein schlechtes Gewissen. Sie sprang schnell unter die Dusche, schlüpfte in Rock und Bluse und band ihre Haare zu einem lockeren Knoten zusammen, dann machte sie für die beiden Männer Sandwiches, die sie mit Hühnerbrust, Käse, Eiern, Salat und

Mayonnaise belegte. Draußen schien die Sonne von einem wolkenlosen Himmel herab, und obwohl Grace davon ausging, dass sich Brendan und Colm mit Trinkwasser versorgt hatten, holte sie zwei Literflaschen aus der Vorratskammer hinter der Küche, stellte alles auf ein Tablett und brachte es nach draußen. Zu ihrer Überraschung war der Doc allein, von Colm keine Spur. Als er sie bemerkte, verzog sich sein Gesicht zu einem breiten Lächeln. Er war gerade dabei, den Maschendrahtzaun an einem der Pfähle zu befestigen, die Colm und er zuvor in regelmäßigen Abständen in den Boden gerammt hatten.

»Ich habe Ihnen Sandwiches gemacht, und Wasser habe ich auch«, sagte sie. »Wo ist Colm?«

»Wir brauchen noch ein paar Bretter für den Windschutz. Er ist losgefahren, um welche zu holen«, antwortete Brendan und richtete sich auf. Seine grünen Augen leuchteten, als er das Tablett sah. »Sieht lecker aus. Wasser brauchen wir nicht, danke! Wir haben einen Kasten dabei, das reicht.«

»Alles klar.« Grace lächelte. »Greifen Sie zu!«

»Sehr gern«, gab Brendan fröhlich zurück, streifte seine Arbeitshandschuhe ab und griff nach einem der Sandwiches. »Hmm … lecker«, lautete sein Kommentar, nachdem er herzhaft hineingebissen hatte.

»Danke.« Beeindruckt blickte sich Grace um. »Wahnsinn, wie gut alles passt, und das auf Anhieb!«

Brendan, der gerade einen Bissen im Mund hatte, schluckte, dann grinste er verschmitzt. »Nun ja, ehrlich gesagt war das keine Zauberei. Vorgestern war Colm hier, um alles abzumessen. Bitte, seien Sie nicht böse«, setzte er hinzu, als Grace die Stirn runzelte. »Wir wollten Sie überraschen.«

Du wolltest mich überraschen, verbesserte Grace ihn im Stillen.

»Das ist Ihnen vollends gelungen!« Sie räusperte sich. »Brendan, ich möchte Ihnen für das hier danken. Wirklich, das müssten Sie nicht tun.«

Er winkte lächelnd ab. »Vergessen Sie's! Es ist uns immer eine Freude, einer charmanten Lady wie Ihnen zu helfen.«

Was ihn betraf, glaubte Grace ihm jedes Wort. In Colms Fall war sie sich allerdings nicht ganz sicher. Bestimmt hatte Brendan ihn überreden müssen. Kaum hatte der Doc den letzten Bissen vertilgt, wurden Motorengeräusche laut, und kurz darauf tauchte Colms berüchtigter dunkelblauer Land Rover Defender hinter dem Hügel auf. Als der bärtige Mann wenig später aus dem Wagen stieg, lag seine Stirn in Falten.

»Die Arbeit macht sich nicht von selbst, Brendan«, bemerkte er missmutig, nachdem er sich zu ihnen gesellt hatte.

»Hey, ruhig Blut«, entgegnete sein Freund gut gelaunt. »Abgesehen davon war die ganze Sache meine Idee, nicht deine.«

Verblüfft starrte Grace die beiden Männer an. Wurde sie soeben Zeugin eines klassischen Balzverhaltens?

»Mag sein«, konterte Colm. »Aber wir müssen heute fertig werden, und für den Abend haben sie Regen angesagt. Morgen habe ich für diesen …« Er machte eine unmerkliche Pause. »… für das hier keine Zeit.«

Grace erstarrte innerlich. Hatte er eben »Scheiß« sagen wollen?

»Schon gut.« So leicht ließ sich Brendan die Laune nicht verderben. Er zwinkerte Grace zu. »Danke für das Sandwich.«

Sie lächelte ihn übertrieben breit an. »Gern.«

Einen Augenblick lang war sie geneigt, mit dem Tablett zu verschwinden. Doch weil sie die Erfahrung gemacht hatte, dass Essen gut fürs Gemüt war, stellte sie sich Colm in den Weg, als dieser zurück zu seinem Wagen ging. Vermutlich, um das Holz abzuladen.

»Ich habe Ihnen ein Sandwich gemacht«, sagte sie und hielt ihm den Teller hin.

Sein harter Blick traf sie frontal, ganz ungeschützt. »Ich habe keinen Hunger.«

Obwohl sie ihm am liebsten an die Gurgel gesprungen wäre, zwang sich Grace, ruhig zu bleiben. »Was ist passiert?«

Als hätte er nur auf ihre Frage gewartet, beugte er sich zu ihr herunter. »Nichts ist passiert«, antwortete er mit einem leisen Groll in der Stimme. »Nur dass ich keine Lust habe, meine kostbare Zeit mit Snacks und Plaudereien zu verplempern!«

Mit diesen Worten stapfte er an ihr vorbei und öffnete den Kofferraum.

»Also gut«, antwortete sie betont gelassen, obwohl sie innerlich kochte. Schon verrückt, wie schnell dieser Mann sie auf die Palme bringen konnte! »Ich stelle das Tablett hier auf dem Stein ab.«

»Superidee!«, kam es prompt zurück. »Wenn Sie das Ameisenvolk aus halb Irland zu Besuch haben wollen!«

Wie gern hätte ihm Grace eine saftige Antwort erteilt, doch der Mann baute für lau ihren Zaun! Wenn sie ihn beleidigte, würde er sein Zeug packen und Brendan einfach stehen lassen, davon war sie überzeugt. Also beschränkte sie sich darauf, ein leises »Leck mich!« zu zischen.

Ob es in der Ahnenreihe der McCunnigans spitzohrige Elfen gab? Grace wusste es nicht, aber ihre Worte erreichten ihr Ziel. Vielleicht hätte sie einfach nicht in die Windrichtung sprechen sollen!

»Ein andermal vielleicht«, ertönte es postwendend aus der Tiefe des Kofferraums. Ein wenig klang es wie die Stimme aus der Hölle.

Grace spürte, wie sie knallrot wurde. Ohne ein weiteres Wort stürmte sie zurück ins Haus, das Tablett stellte sie unterwegs auf der Bank ab. Drinnen warf sie die Tür ins Schloss und lehnte sich schwer atmend dagegen. Du lieber Himmel! Ihre Knie schlotterten, waren kaum in der Lage, sie zu tragen.

Ein andermal vielleicht.

In ihrem Kopf poppten Bilder auf, die sie nicht zu verdrängen vermochte. Sie sah sich selbst, gegen die Tür gelehnt, wie jetzt, während er in die Knie ging, um sein Gesicht in ihrem Schoß zu vergraben. Seine geschickten Finger würden ihren Slip beiseiteschieben, seine warme Zunge würde an ihren Schamlippen naschen, bevor er mit der Spitze tief in sie eintauchte. Grace' Mund wurde ganz trocken. In ihrer Vorstellung hielt sie mit einer Hand brav ihren Rock hoch, während sie ihre andere Hand durch sein widerspenstiges schwarzes Haar gleiten ließ. Wie es sich wohl anfühlte? Kräftig und seidig zugleich, mutmaßte sie. Sie schloss die Augen, genoss das Pochen zwischen ihren Beinen. Wenn Marcus sie oral befriedigt hatte, dann nur, um ihr eine Freude zu machen. Diese Art des Vergnügens war nicht seins gewesen, entsprechend halbherzig war das Ganze vonstattengegangen. Sie war nur dann gekommen, wenn sie selbst Hand angelegt hatte.

Marcus.

Der Gedanke reichte aus, um sie aus ihrem Tagtraum zu reißen. Der Rock entglitt ihren gefühllosen Fingern, während sie blind vor sich hin starrte. In ihrem Innern tobte das Chaos. Auf der einen Seite war sie über sich selbst erschrocken, auf der anderen Seite war sie auch ein wenig froh. Erotische Fantasien mit einem anderen Mann zu haben, war ein gutes Zeichen. Dabei mochte sie Colm McCunnigan nicht einmal. Er war nicht annähernd so charmant wie Brendan, hatte aber etwas Wildes, Kerniges an sich, was ihre Libido offensichtlich anfachte.

Als das Telefon klingelte, seufzte Grace dankbar auf. Es war an der Zeit, Colm McCunnigans Zunge aus ihrem Kopf zu verbannen!

»Ja?«, meldete sie sich resoluter als geplant.

Kurze Stille am anderen Ende der Leitung, dann ein Lachen: »Wow! Diesen Tonfall habe ich bei dir schon ewig nicht mehr gehört!«

Grace' Herz machte vor Freude einen Satz. »Jess! Wie schön, deine Stimme zu hören! Wie geht's dir?«

Mit zwei Schritten war sie beim Sofa, wo sie alle viere von sich streckte, das Telefon fest ans Ohr gedrückt.

»Bei mir läuft alles wie gehabt«, meinte Jess ungeduldig. »Viel interessanter ist die Frage, wie es dir geht?«

»Ja, also …«

»Du hast jemanden kennengelernt«, rief ihre beste Freundin triumphierend.

»Natürlich!«, beeilte sich Grace zu sagen. »Das bleibt nicht aus, wenn man irgendwo neu anfängt.«

Jess lachte. »Du weißt, was ich meine, Gracie. Erzähl! Ich will alles wissen!«

»Okay«, antwortete Grace, die sich ein Grinsen nicht verkneifen konnte. »Da wäre Mrs Dooney, die den einzigen Lebensmittelladen weit und breit führt und nach Ladenschluss zu ihren Kundinnen fährt, um ihnen die Haare zu schneiden. Von Danny Flaherty, einem der Pubbesitzer hier, habe ich dir schon erzählt, aber weißt du, was ich inzwischen erfahren habe? Er ist ein entfernter Verwandter von Colin Farrell, dem Schauspieler … Ja, wirklich! … Nein, er hat keine Ähnlichkeit mit ihm … Ja, schade! Außerdem ist da noch Ashley Walsh, sie und ihr Mann führen ein Bed & Breakfast drüben in Cruinn, er war früher an der Wall Street ein hohes Tier und hat aus Liebe sein altes Leben hinter sich gelassen, um hier zu leben;

und dann habe ich kürzlich Brendan kennengelernt, den charmantesten Tierarzt, den du dir vorstellen kannst ...«

In der nächsten halben Stunde erzählte Grace von ihren neuesten Erlebnissen in Leirg, den Menschen, der pittoresken Landschaft, ihren Erfolgen und Misserfolgen, natürlich von Einstein, ohne dessen Unfall zu erwähnen, und sogar von den Schafen der McKennas.

Colm McCunnigan erwähnte sie mit keinem Wort.

Drei magische Saiten

»Hol ihn dir, Tiger!«

Grace warf den Stock quer über den Rasen und beobachtete amüsiert, wie Einstein der Beute schwanzwedelnd hinterherjagte. Seit nunmehr zwei Wochen umfasste der neue Zaun ihren »schönen Gipfel«, und noch immer freute sich Grace wie ein Kind darüber. Inzwischen hatte sie auch Colms Vorschlag beherzigt und vor dem Windfang Terrassenmöbel sowie zwei Kübel mit Lavendel aufgestellt. Seither saß sie oft bei schönem Wetter draußen, las oder brachte Musik zu Papier, während Einstein schlief oder versonnen den Schmetterlingen hinterherstarrte. An diesem Nachmittag ertappte sie sich selbst dabei, wie sie mit leerem Blick aufs silbrig glänzende Meer schaute. Eine unerklärliche Schwermut hatte sich ihrer bemächtigt, nachdem sie festgestellt hatte, dass sie seltener an Marcus dachte als früher. Lange Zeit war er jeden Moment gegenwärtig gewesen, und sie hatte ihn oft gedanklich zurate gezogen. Meistens war es um Kleinigkeiten gegangen – welches Essen sie kochen oder was sie anziehen sollte. Welche Blumen sie pflanzen oder ob sie Einsteins Futter umstellen sollte. Alltägliche Dinge eben. In ihrem Kopf hatten sich dann ganze Dialoge entsponnen.

Doch seit Kurzem verblasste Marcus mehr und mehr zu einem Schemen, einer stummen Randfigur in ihrem Leben.

Obwohl sie sich genau das von ihrem Umzug nach Irland erhofft hatte, bekam sie Angst, ja fast Panik. Eines Tages würde sich die Tür zu ihrer Vergangenheit wohl endgültig schließen. Sie würde sich nicht mehr an seinen Duft erinnern, und wären seine Mobilbox-Nachrichten nicht auf ihrem Handy gespeichert, würde sie seine Stimme wahrscheinlich ebenfalls vergessen. Grace stieß ein trauriges Lachen aus. Selbst die größte Liebe hatte nicht für alle Zeiten Bestand.

»Grace!«, rief in diesem Moment eine wohlbekannte Stimme.

Erleichtert darüber, dass Ruby ihrem Gedankenkarussell Einhalt gebot, stand Grace auf und ging ihrer mütterlichen Freundin entgegen, die mit großen Schritten den Hügel heraufkam. In der einen Hand hielt sie einen Korb, mit der anderen drückte sie ihren Strohhut fest auf den Kopf, damit er nicht vom Wind heruntergerissen wurde. Dabei zeigte das Thermometer gerade mal einundzwanzig Grad, und mehr als zehn Minuten Sonne am Stück waren heute sicher nicht zu erwarten.

Es stellte sich heraus, dass Ruby selbst gemachten Apfelkuchen mitgebracht hatte. Und ein Angebot.

»Eine Freundin von mir braucht meine Unterstützung«, berichtete sie, nachdem sie sich draußen auf einen der weißen Plastikstühle gesetzt hatte. »Ihre Tochter hat sich das Bein gebrochen und kann sie morgen nicht nach Donegal zu ihrer wöchentlichen Dialyse fahren. Nora leidet an einer seltenen Krankheit, etwas mit der Fettversorgung in ihrem Blut.« Während Ruby die Sachen aus ihrem Korb nahm und auf den Tisch stellte, füllte Grace aus der bauchigen Kanne grünen Tee in zwei Tassen. Kuchenteller und -gabeln standen auch schon bereit. Seit sie in Irland wohnte, hatte sie dank Rubys großartigen Backkünsten mindestens fünf Kilo zugelegt, was ihr gut zu Gesicht stand, wie sie selbst zugeben musste. »Morgen um sechs findet in der St. Patrick's Church in Cruinn ein Harfenkonzert statt«, erklärte Ruby weiter und wedelte mit einer Eintrittskarte. »Ich kann da nicht hin. Hättest du vielleicht Lust?«

Grace strahlte. Und ob sie Lust hatte! Ihr waren die Plakate bereits aufgefallen, und entsprechend enttäuscht war sie gewesen, dass das Konzert seit Monaten ausverkauft war. Veranstaltungen mit traditioneller keltischer Musik wurden nicht nur von den Einheimischen, sondern auch von den zahlreichen Touristen förmlich gestürmt.

So kam es, dass sie am nächsten Tag auf einer der vorderen Kirchenbänke saß und der Künstlerin andächtig lauschte, die in einem knöchellangen bordeauxfarbenen Gewand an ihrer keltischen Harfe saß und spielte. Während ihre Finger über die Saiten glitten, fiel das lange hellrote Haar um ihr altersloses Gesicht seitlich herab, und ein engelhaftes Lächeln umspielte ihre Lippen. Sie nannte sich selbst Leanan Sídhe – nach den schönen Musen aus dem Feenvolk, die ihren menschlichen Geliebten ein kurzes Leben voller Ruhm und Inspiration schenkten, bevor diese wahnsinnig wurden und früh starben. Tatsächlich wurde Grace ab dem ersten Ton in den Bann der Musik gezogen, die wie Sphärenharmonien von den kahlen Kirchenwänden widerhallte. Sie fühlte sich in alte Zeiten zurückversetzt, als man noch glaubte, die Götter lenkten die Geschicke der Menschen und der Klang von Musik würde Wunderdinge vollbringen. Das Stück, das Leanan Sídhe soeben spielte, hieß »Snowflake«, und schon bald hatte Grace Schnee-Elfen vor Augen, die im winterlichen Sonnenschein tanzten. Ihr Herz schlug schneller, und sie hätte beinahe vor Übermut gelacht.

»Sie spielt mit den Fingernägeln, nach alter irischer Tradition«, flüsterte die junge Frau neben Grace ehrfürchtig, nachdem das Stück geendet hatte.

Kelly Dooney, die Tochter der Ladenbesitzerin, war eine hübsche junge Frau mit kurzen blonden Locken und hellblauen Augen, die einen Jumpsuit aus weißem fließendem Stoff trug und eine besondere Vorliebe für Mützen hegte. Heute hatte sie sich für eine weiße Rollrandmütze entschieden, die sie in der Kirche allerdings abgenommen hatte. Tatsächlich erinnerte Kelly selbst ein wenig an eine Schnee-Elfe, was durch ihre Stupsnase und den schelmischen Ausdruck in ihrem Blick noch unterstrichen wurde.

Grace lächelte. Obwohl sie im Verlauf der letzten Wochen erst wenige Sätze miteinander gewechselt hatten, mochte sie Kelly. Grace wusste nicht viel über die quirlige junge Frau, nur dass sie in Dublin Journalismus studierte und in den Semesterferien im Laden ihrer Mutter aushalf. Leanan Sídhe kündigte das nächste Stück an, und selbst wenn Grace etwas hätte antworten wollen, wäre sie dazu nicht in der Lage gewesen. Bereits die ersten Klänge schnürten ihr die Kehle zu. Die Minuten, die das Stück andauerte, kämpfte sie gegen die Tränen und gab sich alle Mühe, nicht in lautes Schluchzen auszubrechen. Was, wie man deutlich vernehmen konnte, nicht jedem in der Kirche gelang.

»Die Harfe des Dagda, des Allvaters in der irischen Mythologie, besaß drei magische Saiten«, erklärte ihr Kelly hinterher. Auch ihre Augen schimmerten feucht. »Die erste war die Saite der Traurigkeit und jeder, der sie hörte, musste weinen. Die zweite war die Saite der Fröhlichkeit und brachte jeden Zuhörer zum Lachen. Die dritte war die Saite des Schlafes.«

»Du bist wohl ein großer Fan keltischer Musik«, flüsterte Grace zurück, der die Geschichte gefiel.

Kelly lächelte selig. »Ja, ich liebe sie.«

Wie neunundneunzig Prozent aller Iren, dachte Grace mit liebevollem Spott.

Nach etwa einer Dreiviertelstunde gab es eine kleine Pause, und die meisten Besucher standen auf, um sich die Beine zu vertreten. So auch Grace und Kelly. Kaum waren sie auf dem Mittelgang angelangt, als die jüngere Frau zu den hinteren Bänken wies.

»Da hinten ist Brendan!«, sagte sie überschwänglich und zog Grace mit sich, bevor diese auch nur einen Pieps machen konnte.

Mit Brendan war tatsächlich der charmante Tierarzt gemeint, der wenige Meter vor dem Ausgang stand. In seinem dunkelroten Lambswool-Pullover mit V-Ausschnitt sah er elegant aus, dazu trug er eine dunkelgraue Stoffhose und schwarze Lederschuhe. Er war in ein Gespräch mit einem dunkelhaarigen Mann vertieft, dessen breite Schultern das weiße Leinenhemd zu sprengen drohten. Die Ärmel waren über die braun gebrannten Unterarme hochgekrempelt, und eine hellblaue Jeans sowie braune Schnürboots rundeten sein Erscheinungsbild ab.

»Brendan!«, rief Kelly und bugsierte sich und Grace geschickt durch die Menge.

Als sich die beiden Männer umwandten, traf Grace fast der Schlag, und sie stolperte prompt über ihre eigenen Füße. Der Mann in Leinenhemd und Jeans war Colm McCunnigan! Ohne Bart, dafür aber mit scharf geschnittenen Gesichtszügen, die von Entschlossenheit zeugten; einem markanten, kräftigen Kinn und einem Mund, der … Grace entschlüpfte ein Seufzer. Herrje! Sie war Musikerin, keine Poetin. Wie sollte sie mit Worten diesem ausdrucksstarken Mund gerecht werden? Dazu bedurfte es schon einer Leanan Sídhe! Die schmale Oberlippe suggerierte Strenge und Unnahbarkeit, wogegen die volle Unterlippe auf einen einfühlsamen Charakter schließen ließ.

Während ihr Colm ruhig entgegenblickte, brach in Grace' Gefühlswelt die pure Anarchie aus, eine Mischung aus Schwindel und Taubheitsempfinden, begleitet von rasendem Herzklopfen und ja, auch ein wenig Übelkeit. Diesen schwer zu beschreibenden emotionalen Zustand hatte sie erst einmal verspürt, und zwar vor vielen Jahren, als Marcus sie in der Mensa der Universität über den oberen Rand seines Buchs »Theoretische Physik, Bd. 4, Thermodynamik« hinweg angelächelt hatte. Damals war es Liebe auf den ersten Blick gewesen, diesmal verhielt es sich natürlich ganz anders – es war schlicht und ergreifend der Schock! Warum nur mussten sich Männer mit wild wuchernden Bärten verunstalten? Absurderweise erzürnte sie dieser Gedanke. Wussten sie denn nicht, wie verstörend es für Frauen werden konnte, wenn sie ihn abrasierten?

»Grace, was für eine nette Überraschung! Sie sehen bezaubernd aus«, sagte eine Männerstimme, die sie als die von Brendan erkannte, worauf sie sich von Colms Anblick losriss.

Auweia! Hatte sie diesem Whiskeybrenner etwa die ganze Zeit auf die Lippen gestarrt?

Noch ehe sie antworten konnte, richtete Brendan seine Aufmerksamkeit auf Kelly. »Na, Zwerg, alles klar bei dir?«, sagte er zu Grace' Verwunderung und verwuschelte Kellys kurze blonde Locken.

Die junge Frau lief knallrot an. Ihre blauen Augen blitzten wütend, als sie einen Schritt zurücktrat, um seiner Berührung zu entkommen. »Hör auf, mich so zu nennen!«, blaffte sie ihn an. »Ich bezeichne dich auch nicht als Tattergreis!«

Brendan lachte unbekümmert, und Grace spürte Ärger in sich aufsteigen. Es war offensichtlich, dass Kelly eine Schwäche für den Doc hatte, während der Idiot auf ihren Gefühlen herumtrampelte. Welche Frau wollte schon gern Zwerg genannt werden? Fieberhaft suchte sie nach einer unverfänglichen Bemerkung, um die angespannte Atmosphäre ein wenig aufzulockern.

»Wie gefällt Ihnen das Konzert bisher, Grace?«, kam ihr Colm zuvor.

Grace wusste nicht, was in diesem Moment verwirrender war – dass er sie angesprochen hatte oder dass sie nur noch auf seine Lippen starren konnte, die sich dabei so verlockend bewegt hatten. Sie räusperte sich.

»Es war absolut mag…«, begann sie.

Sie sollte ihren Satz niemals zu Ende führen, denn eine parfümierte Erscheinung schob sich zwischen sie, um sich bei Colm einzuhaken. Grace war die Frau bereits aufgefallen. Sie war groß und kurvig, trug ein locker fallendes rotes Seidenkleid, die rabenschwarzen Haare hatte sie zu einem eleganten Knoten frisiert. Große Creolen zierten ihre Ohren. Sie war eindeutig overdressed, was nichts daran änderte, dass sie blendend aussah. Colm und sie gaben ein schönes Paar ab, dachte Grace unwillkürlich.

»Maureen!«, rief Brendan ungewohnt feindselig. »Unternimmt der Dubliner Hexenzirkel einen Betriebsausflug, oder was verschafft uns die Ehre?«

»Sehr witzig«, antwortete die Frau spitz, die Grace auf Anfang dreißig schätzte, und schaute von ihren hochhackigen Schuhen herab in die kleine Runde. Ihr Blick blieb an Grace hängen, Kelly ignorierte sie vollends. »Sie habe ich hier noch nie gesehen. Machen Sie Urlaub?«

»Ich bin vorletzten Monat hergezogen«, antwortete Grace widerwillig. Brendan hatte mit seiner Einschätzung nicht ganz unrecht. Dieser Frau haftete etwas Biestiges an. »Mein Name ist Grace Cavanaugh«, stellte sie sich dennoch vor, schließlich wollte sie nicht als unhöflich gelten.

Die Erscheinung verzog die perfekten Lippen zu einem Lächeln. »Willkommen in diesem Kuhkaff!« Sie reichte Grace die Hand. »Ich bin Maureen McCunnigan, Colms Ehefrau.«

Ehe sich Grace von der Neuigkeit erholen konnte, warf Colm ein mürrisches »Noch« ein, was Maureen veranlasste, sich lachend an ihn zu drücken.

»Männer!«, rief sie, als hätte Colm einen urkomischen Witz gemacht.

In dessen Kiefer zuckte ein Muskel. Da war es wieder, dieses wütende Vibrieren, als müsste dieser große Mann vor ihr jeden Moment explodieren. Ein Vibrieren, das sich unerklärlicherweise in Grace' Bauchhöhle fortsetzte, als wären sie beide durch ein unsichtbares Band miteinander verbunden. Aus dem Augenwinkel bemerkte sie, wie Kelly neben ihr peinlich berührt von einem Fuß auf den anderen trat, während Brendan finster dreinblickte. Colm setzte eben zum Sprechen an, als sich Pater O'Shea zu ihnen gesellte. Der Priester bot das Klischeebild eines irischen Geistlichen: ein wenig untersetzt, mit weißem Haar und groben schwieligen Händen, die zupacken konnten.

»Maureen!«, rief er hörbar erfreut. »Schön, Sie wieder in meiner Kirche zu sehen.« Sein Blick schweifte über ihre Hand auf Colms Arm. »Sie beide sind zurück auf dem rechten Weg, wie ich sehe. Das ist höchst erfreulich!«

»Sie entschuldigen uns, Pater!«, platzte es aus Colm heraus. »Wir müssen gehen!« Sein wütender Blick schweifte über die Anwesenden. »Brendan, Ladys«, sagte er noch, dann stürmte er hinaus, seine perplexe Ehefrau hinter sich herziehend.

Er hinterließ ein betretenes Schweigen und, besonders bei Grace, Verwirrung. Eigentlich sollte es sie nicht überraschen, dass Colm McCunnigan verheiratet war, auch wenn sie an ihm keinen Ehering bemerkt hatte. Sie wusste nur zu gut, dass das Tragen eines solchen Rings nicht zwangsläufig eine korrekte Botschaft sandte. Zwischen Colm und seiner Frau schien der Haussegen schief zu hängen, und obwohl sie sich ein wenig dafür schämte, verspürte sie darüber Erleichterung. Warum, hätte sie nicht sagen können. Sein sinnlicher Mund und die breiten Schultern konnten jedenfalls nicht der alleinige Grund dafür sein.

Als Pater O'Shea sie daraufhin fragte, wie sie den Abend finde, antwortete sie wahrheitsgemäß: »Anregend.«

Später am Abend sollte sie sich ins Bett legen, von Colm McCunnigans hungrigen Lippen träumen und sich zum ersten Mal seit langer Zeit selbst befriedigen, bis sie in tiefen Schlaf versank. Ganz ohne schlechtes Gewissen.

»Was tust du hier, Maureen?«, zischte Colm. Beide standen am Fuß des trutzigen Kirchturms, den die untergehende Sonne in schmeichelhaftes Gold tauchte. »Müsstest du nicht an deiner Modekollektion arbeiten?«

Seine leidige Noch-Ehefrau zuckte mit den Achseln. »Mich dürstete nach Kultur, außerdem wollte ich meine Schwiegereltern wieder einmal sehen.«

»Bullshit!« Colm knirschte hörbar mit den Zähnen. »Meine Eltern interessieren dich einen Dreck! Willst du mich wieder unter Druck setzen? Ist es das?«

Sie machte ein unschuldiges Gesicht. »Nein! Woher hätte ich wissen sollen, dass du heute hier auftauchen würdest, zumal dein alter Herr das Konzert gesponsert hat?«

Obwohl ihr Argument nicht von der Hand zu weisen war, glaubte Colm ihr kein Wort. Seine Liebe für die keltische Harfenmusik war kein Geheimnis und eines der wenigen Dinge, die ihn noch mit seinen Eltern verband. Er hatte die beiden in der Kirche sehr wohl bemerkt und sie ihn. Wie immer hatten sie sich gegenseitig mit Nichtachtung gestraft. Distinguiert und rechtschaffen hatten sie ausgesehen in ihren dezenten Outfits im Landhausstil, die Gesichter zu Masken der Generosität erstarrt, hinter denen sich, wie Colm wusste, Hochmut verbarg. Als er vor Jahren seinem Vater eröffnet hatte, dass er nach dessen Ausscheiden die Austernfarm nicht übernehmen, sondern seine eigene Whiskeybrennerei gründen würde, war dieser fuchsteufelswild geworden. »Wärst doch nur du gestorben und nicht dein Bruder!«, hatte er ihm an den Kopf geworfen. Im Gegenzug hatte Colm seinen Vater und dessen Gefühlskälte für Aidans Selbstmord verantwortlich gemacht. Seitdem hatten sie kein Wort mehr miteinander gesprochen. Und was seine Mutter betraf: Ganz gleich, was der alte Herr tat oder sagte, sie muckte niemals auf. Was vielleicht das Schmerzhafteste von allem war. Dass Brenna McCunnigan ihren Söhnen in größten seelischen Nöten nicht beigestanden hatte, war etwas, was Colm ihr niemals vergeben würde.

»Was willst du hier?«, wiederholte er nun an Maureen gewandt.

»Vielleicht hat Pater O'Shea ja recht«, säuselte sie. »Wir sollten es noch einmal miteinander versuchen.«

Colm straffte sich unmerklich. »Das hat er nicht gesagt.«

Maureen winkte ab. »Aber so was Ähnliches.« Als sie näher kam und mit den Fingerspitzen über seinen Oberarm fuhr, nahm er ihr schweres, exotisches Parfum wahr. »Hast du schon vergessen, wie die Luft zwischen uns gebrannt hat, Honey? Damals in Limerick, im Beichtstuhl?«

Keine Frage: Der Sex mit ihr war immer heiß und aufregend gewesen, zumal Maureen keinerlei Zurückhaltung an den Tag gelegt hatte. Sie war von ihrer erzkatholischen Mutter äußerst streng erzogen worden und tat, seit sie den Kinderschuhen entwachsen war, alles, um ihr das durch schamloses Verhalten heimzuzahlen.

Colm atmete tief durch. »Diese Zeiten sind vorbei, Maureen. Für uns gibt es keine Zukunft. Und wenn ich es recht bedenke, gab es die auch nie.«

Maureens Blick flackerte kurz auf, dann verhärtete sich ihre Miene. »Gibt es eine andere Frau?«

»Nein«, antwortete er wahrheitsgemäß. »Und selbst wenn, würde es dich nichts angehen.«

»Ich bin immer noch deine Ehefrau!«

»Nur auf dem Papier.«

Maureen warf den Kopf zurück. »Das werden wir ja sehen!«

In einer geschmeidigen Bewegung drehte sie sich um und ging zu ihrem geparkten Wagen weiter unten an der Straße. Sie war sich ihrer attraktiven Erscheinung sehr wohl bewusst: der kleine runde Po unter dem Seidenkleid, die langen schlanken Beine, der elegante Hüftschwung. Nur dass ihre Darbietung Colm völlig kaltließ. Fast tat sie ihm leid.

Als er wenig später in seinen Wagen stieg und den Motor startete, dachte er über sie nach. Sie war eine echte Dubliner Schönheit, sicher, doch ihr fehlte der natürliche Liebreiz einer Grace Cavanaugh. Von seinem spontanen Vergleich überrumpelt, runzelte Colm die Stirn, die sich allerdings fast im gleichen Moment wieder glättete, während ein kleines Lächeln seine Mundwinkel umspielte. Die gelb-weiß geblümte Bluse mit dem weißen Rock und dem kurzen Jäckchen – wie schimpfte sich das gleich? Ach ja, Bolero – hatte ihn an eine Wiese voller Butterblumen erinnert. Von seinem Platz aus hatte er Grace während des Konzerts beobachten können und den Anblick genossen, wie sie mit beseelter Miene und feucht schimmernden Augen der Musik gelauscht hatte. Ihre rosa Lippen waren einen Spalt geöffnet, und er hätte am liebsten den Abstand zwischen ihnen mit einem Sprung überwunden, um ihren Atem mit einem Kuss aufzufangen.

Er musste lächeln, als er an ihre erste Begegnung zurückdachte. Sie in ihrem unförmigen Anorak und der schiefen Wollmütze! Wer hätte gedacht, dass sich unter den vielen Stofflagen eine solche Perle verbarg? Ihm gefiel es, wenn sie ihr Haar offen trug, wie heute oder an dem Morgen, als sie im Nachthemd vor ihm gestanden hatte, die Wangen noch rosig vom Schlaf und das vermaledeite Pfefferspray in der kleinen Hand. Trotz des brennenden Schmerzes in seinen Augen war ihm nicht entgangen, wie verflucht verführerisch sie ausgesehen hatte. Wie ein frisches, noch leicht warmes Brötchen, in das er seine Zähne schlagen wollte! Die Vorstellung jagte einen angenehmen Stromstoß durch seine Lenden.

Um ihn dazu zu bewegen, bei der Errichtung des Zauns mit anzupacken, hatte Brendan auf die Tränendrüse gedrückt und ihm erzählt, dass Grace Witwe war und noch immer um ihren toten Mann trauerte. Er war nicht überrascht gewesen, das zu hören. Der Ring an ihrem Finger, die tiefe Traurigkeit in ihren Augen, sie allein mit ihrem Hund in diesem Cottage … Gedankenverloren starrte Colm auf die menschenleere Straße. Grace Cavanaugh war ein reizvolles Ziel, aber war sie auch bereit für ein sexuelles Abenteuer? Vielleicht konnte er derjenige sein, der ihr ein wenig Lebensfreude zurückbrachte. Das kleine Lächeln um seine Mundwinkel verschwand. Eine Affäre mit einer traumatisierten Witwe konnte eine Menge Probleme mit sich bringen, und davon hatte Colm momentan schon mehr als genug. Er seufzte. Am besten, er verbannte Grace schnell wieder aus seinem Kopf, genau gesagt aus der Ecke, in der seine erotischen Fantasien schlummerten. Diese Blume war nicht für ihn bestimmt, die würde ein anderer pflücken müssen … Wieder seufzte er. Was für ein Jammer!

Der Gedanke war noch nicht zu Ende gedacht, als hinter ihm ein Wagen auftauchte – ein ihm unbekannter schwarzer Hyundai Tucson, der sich in raschem Tempo näherte. Der Kerl schien es eilig zu haben, also nahm Colm den Fuß vom Gas, um ihn vorbeizulassen. Eine Einladung, die der Fahrer zu Colms Überraschung ausschlug, obwohl die Strecke nicht sonderlich kurvenreich und gut einsehbar war. Stattdessen hängte sich der Tucson an seine Stoßstange, was Colm ärgerte. Über Irlands einsame Straßen zu fahren, bedeutete auch, das Tempo selbst zu bestimmen und sich nicht drängen zu lassen. Während er zwischen den grünbemoosten Bruchsteinmauern weiterfuhr, wuchs sein Argwohn. Wer war der Kerl, und warum rückte er ihm derart auf die Pelle? Ein Blick in den Rückspiegel bot keine Antwort. Die Sonne stand tief und spiegelte sich in der Frontscheibe des Tucson wider, deshalb war Colm versucht, anzuhalten und den Fahrer zur Rede zu stellen. Doch dann rief er sich zur Ordnung. Vielleicht war der andere einfach nur müde oder angetrunken oder schlichtweg ein schlechter Autofahrer, also trat Colm aufs Gaspedal – und fluchte, als sich der Tucson seinem Tempo anpasste. Kein schlechter Autofahrer, nur ein Arschloch!

Zähneknirschend ging Colm vom Gas, fuhr Schritttempo, um seinen Verfolger zu reizen. Doch sein Plan ging nicht auf, und schon nach ein paar Minuten zerrte das Bummeln so sehr an seinen Nerven, dass er wieder beschleunigte. Er atmete mehrmals tief durch. Ihn wurmte, dass er sich durch diesen Idioten dermaßen aus dem Konzept bringen ließ, und er beschloss, ihn bis zur Brennerei zu ignorieren. Noch zwei Meilen, dann wäre er eh am Ziel.

Wie immer erfüllte ihn ehrfürchtiger Stolz, als sich wenig später der mächtige Gebäudekomplex in sein Blickfeld schob. Graue Backsteinmauern, dreireihige Rundbogenfenster mit dunkelroten Läden, Satteldächer aus schwarzen Ziegeln und auf der Nordseite der Brennraum mit dem Helmdach und dem riesigen Schornstein, der von Weitem an einen Kirchturm erinnerte. Das weiß gekalkte Wohnhaus erhob sich etwas abseits. Vor neun Jahren hatte er die stillgelegte Brennerei für eine relativ geringe Summe gekauft, dann hatte er das Gebäude entkernt und modernisiert. Zu Beginn des zwanzigsten Jahrhunderts hatten der irische Bürgerkrieg und die amerikanische Prohibition sowie technische Neuerungen bei der Alkoholdestillation die Produktion des irischen Whiskeys beinahe zum Erliegen gebracht. Als ein großes Brennereisterben begann, wurden die übrig gebliebenen Produktionsstätten zu einer zusammengeschlossen, um zu retten, was noch zu retten war. Hatte früher der irische Whiskey sechzig Prozent des Welthandels ausgemacht, so waren es danach nur noch drei Prozent gewesen. Erst seit Kurzem wurde die Produktion wieder angekurbelt, und Colm wollte seinen Teil dazu beitragen, dem irischen Whiskey zu seinem alten Ruhm zu verhelfen.

Er lenkte den Defender auf den Parkplatz und blieb vor dem Haupteingang stehen, der von zwei Fässern flankiert wurde, auf denen in weißen Lettern der Name *McCunnigan Mill* prangte. Seinen Familiennamen hatte er nicht aus einem Egotrip heraus gewählt, sondern in dem Wissen, dass es seinen Vater zur Weißglut bringen würde. Ein Zeichen für dessen mangelnde Autorität, offen erkennbar für alle in der Region. Der Tucson hatte hinter ihm angehalten, und als Colm mit argwöhnischer Miene aus dem Wagen stieg, kam der Fahrer auf ihn zu. Er war von angenehmem Äußeren, schätzungsweise Ende zwanzig, blond mit akkuratem Kurzhaarschnitt. Er trug einen dunkelblauen Anzug mit Krawatte, in der Hand hielt er eine Aktentasche. Noch ehe Colm etwas sagen konnte, reichte er ihm lächelnd eine Visitenkarte.

»Mein Name ist Maurice Fitzgerald von der Londoner Anwaltskanzlei Sinclair, Shipperman & Sons«, stellte er sich vor. »Unser Mandant hat uns gebeten, Sie zu kontaktieren, um Ihnen ein lukratives Angebot zu unterbreiten, Mr McCunnigan.«

Colm schnaubte. »Steckt mein Vater dahinter?«

Der junge Anwalt schaute irritiert. »Wie bitte?«

»Oder meine Frau?«

Der andere nahm eine straffe Haltung an. »Ich kann Ihnen versichern, dass weder das eine noch das andere der Fall ist, Mr McCunnigan. Die herausragende Qualität Ihres Single Malt ist der Grund, warum ich hier bin. Nichts anderes.«

»Dann tut es mir leid, aber Sie haben den langen Weg aus London umsonst gemacht«, entgegnete Colm. »Ich bin nicht an einem Verkauf interessiert, falls es darum geht.«

»Genau darum geht es.« Der Anwalt lächelte erneut. »Ich bin hier, um Sie vom Gegenteil zu überzeugen. Unser Mandant ist die Eastern Distilling Company, eine der …«

»Ich weiß, wer die Eastern Distilling Company ist«, unterbrach ihn Colm. »Ein amerikanischer Konzern, der irische und schottische Brennereien aufkauft, um sie sich einzuverleiben. Alles, was übrig bleibt, ist der Name, der Rest wird standardisiert und in irgendwelchen Kaufhäusern verhökert.«

»Ich versichere Ihnen, dass der Charakter Ihres Produkts erhalten bleibt …«, wandte der Anwalt ein.

»Meine Antwort ist nein!«, versetzte Colm energisch. »Genau um diesem Trend entgegenzuwirken, habe ich meine Brennerei gegründet. Ich will Exklusivität anbieten, keinen einheitlichen Billigfusel!«

Der junge Anwalt seufzte leise, was Colm mit einem spöttischen Lächeln quittierte. »Das hören Sie wohl häufiger, was?«

Der andere nickte. »Ich weiß nicht, wer sturer ist: die Iren oder die Schotten«, sagte er und öffnete seine Aktentasche. »Aber so leicht gebe ich nicht auf.«

Er zog ein Schriftstück heraus und hielt es Colm hin.

»Es ist vergebene Liebesmüh, Mr Fitzgerald.«

»Werfen Sie wenigstens einen Blick darauf«, entgegnete der andere freundlich.

»Es wird im Müll landen«, drohte Colm, der allmählich Spaß an der Unterhaltung fand.

Die Augen des jungen Anwalts funkelten angriffslustig. »Das Risiko gehe ich ein.«

»Na dann«, antwortete Colm und nahm das Schriftstück entgegen. »Haben Sie schon zu Abend gegessen?«, fragte er aus einer spontanen Eingebung heraus.

Sein Gegenüber war einen Moment lang verdutzt. »Äh, nein.«

»Schön!« Colm rieb sich die Hände. »Mögen Sie Räucherlachs? Ich habe frischen da. Für mich allein ist es zu viel. Dazu bereite ich einen Kresse-Salat zu.«

Der junge Anwalt grinste schief. »Wie? Kein Irish Stew?«

»Sie sollten sich bei mir einschleimen, Mr Fitzgerald, und mich nicht auf den Arm nehmen«, entgegnete Colm gut gelaunt.

»Nennen Sie mich Maurice.«

»Colm.«

Sie reichten sich noch einmal die Hände.

»Könnte ich bei dieser Gelegenheit von Ihrem legendären Single Malt kosten?«, fragte der Anwalt, während sie gemeinsam auf den Eingang der Brennerei zusteuerten.

Colm lächelte. »Natürlich.«

»Ihnen ist doch klar, dass ich versuchen werde, Sie umzustimmen?«, sagte Maurice Fitzgerald verschmitzt.

Diesmal brach Colm in Lachen aus. »Nichts anderes erwarte ich von Ihnen. Aber es wird Ihnen nicht gelingen.«

»Wollen wir wetten?«

Colm schloss die Tür auf. »Für einen Anwalt sind Sie richtig witzig.«

Der jüngere Mann grinste. »Ich weiß.« Er senkte verschwörerisch die Stimme. »Unter uns gesagt, das ist meine Wunderwaffe.«

Am Ende des Tages half ihm auch diese nicht weiter, denn Colm ließ sich nicht umstimmen. Dafür musste er den Anwalt in seinem Gästezimmer einquartieren, weil dieser zu betrunken war, um in sein Hotel zu fahren.

EIN IRISCHES HEILIGTUM

»Du kommst doch am Sonntag auch?«

Grace lächelte. »Vielleicht.«

Nachdem sie seit Anfang der Woche auf diese wiederkehrende Frage mit einem Nein reagiert und dafür verständnislose Blicke geerntet hatte, war sie dazu übergegangen, unverbindlich zu antworten. Nun stand sie im Lebensmittelladen von Mrs Dooney und legte ihre Einkäufe vor der Kasse ab, während Kelly die Preise scannte.

»Du bist den dritten Monat hier, Grace, da wird es Zeit, dass du es einmal hautnah erlebst«, fuhr die junge Frau fort, ohne ihre Arbeit zu unterbrechen. »Ich erklär dir auch die Regeln, wenn du willst.«

Grace seufzte innerlich. Offenbar kam sie aus der Nummer nicht raus. Bisher hatte jeder versucht, sie zu überreden: Ruby, Danny Flaherty, Brendan, mehrere Marys, darunter Mary 2, die Postbotin, sowie Mary 4, die Englischlehrerin der hiesigen Oberschule. Selbst die Walshs von der Frühstückspension hatten leidenschaftlich auf sie eingeredet, Ashley hatte dabei ihre Hände umklammert, als ginge es um Leben und Tod.

»Ich habe derzeit viel zu tun«, erklärte Grace, was nicht einmal gelogen war. Tatsächlich war der Hörspielverlag von ihrem letzten Stück so angetan gewesen, dass man sie gebeten hatte, für eine Neuauflage von Shakespeares »Ein Sommernachtstraum« die musikalische Untermalung zu komponieren. Weil sich das Thema dafür anbot, wollte sich Grace von traditioneller irischer Musik inspirieren lassen. »Außerdem sind Ballsportarten nicht so meins«, fügte sie hinzu.

Kelly sog die Luft scharf ein. »Gaelic Football ist doch nicht irgendeine Ballsportart!«, rief sie. »Es ist viel mehr als das. Es ist …«, sie suchte nach den richtigen Worten, »… ein irisches Nationalheiligtum.«

»Und ziemlich knochenbrecherisch, habe ich mir sagen lassen«, bemerkte Grace, die sich bei dem Gedanken schüttelte.

Kelly winkte mit einer Hand ab, während sie mit der anderen Grace' Einkäufe zurück in den Korb legte. »Ach was! Es ist nichts für Weicheier, das ist alles! Um ein guter Spieler zu sein, braucht man Mut, Leidenschaft und Durchsetzungskraft.« Ihre Wangen röteten sich leicht. »Brendan ist Torwart des hiesigen Teams, weißt du.«

Nun musste Grace lächeln. »Ja, das hat er mir erzählt.«

Eine kleine Falte bildete sich zwischen Kellys Augenbrauen. »Wirklich?«

»Ja.« Nun war es an Grace, abzuwinken. Sie wollte Kelly unter keinen Umständen Grund zur Eifersucht geben. Das arme Mädchen litt auch so schon genug unter Brendans Desinteresse. »Ich war zufällig dabei, als er mit einem anderen darüber geredet hat.«

Kellys Stirn glättete sich wieder. »Er ist ein toller Torwart.«

»Es hat mich schon gewundert, dass er Gaelic Football spielt«, sagte Grace aufrichtig. »Er wirkt nicht übermäßig robust.«

»Oh, da täuschst du dich aber!«, brach Kelly für ihren Schwarm eine Lanze. »Brendan springt höher und weiter als die meisten, und seine Muskeln sind hart wie Stahl …«

Sie brach ab und lief knallrot an, während Grace so tat, als hätte sie es nicht bemerkt. »Also gut. Ich komme mit«, sagte sie. »Aber nur, wenn ich dir Löcher in den Bauch fragen darf! Wenn ich es mir schon anschaue, dann will ich es auch verstehen.«

Kelly strahlte. »Klar! Du wirst es lieben!«

»Sicher«, antwortete Grace mehr aus Höflichkeit.

Dieses eine Mal würde sie sich breitschlagen lassen, aber danach würden diese verrückten Iren hoffentlich Ruhe geben!

Vor dem Stadion am Ortsausgang von Cruinn erinnerte alles an ein großes Volksfest. Kreuz und quer parkende Autos, eine rotblonde Polizistin in einem Streifenwagen der Garda, wie die irischen Ordnungshüter genannt wurden, Rubys Transporter, von dem aus sie ihre Backwaren verkaufte, die plaudernden Menschen, die zu den Tribünen strömten. Ein farbenfroher Haufen, der sich grob in drei Gruppen gliedern ließ: die grün-gelb gekleideten Anhänger der Gastgeber – der Cruinn Shamrocks –, die schwarz-rot gekleideten Fans der gegnerischen Ardara Celtics und der Rest, hauptsächlich Touristen. Grace entdeckte Kelly in der Nähe eines Sandwichstandes. Sie trug ein gelbes Polohemd und einen grünen Faltenrock, dazu einen grünen Hut mit einem aufgenähten Kleeblatt, und grinste breit. In der Hand hielt sie das obligatorische Programmheft, mit dem sie wedelte, um sich bemerkbar zu machen. Ihre Fröhlichkeit war ansteckend, und Grace musste lächeln. Kelly Dooney war ein Mensch, den man einfach mögen musste. Als sie zu ihr trat, drückte ihr die junge Frau eine Mütze mit Ohren und dem grün-gelben Emblem der Gastgeber auf den Kopf: eine Harfe, die von Kleeblättern umgeben war. Das um Längen martialischere Emblem der Gegner zeigte eine schwarze Burg auf blutrotem Grund und zwei Schwerter. Grace hoffte für Cruinn, dass dies nichts über die Spielweise des Gast-Teams aussagte.

»Schön, dass du gekommen bist!«, rief Kelly gegen die fröhlich lärmenden Menschen an.

Grace nickte. »Versprochen ist versprochen.«

»Komm!«, rief Kelly und zog sie durch die Menge. »Sehen wir zu, dass wir einen guten Platz bekommen.«

Gut gelaunt ließ sich Grace mitschleifen. Wenn Jess sie jetzt mit dieser albernen Mütze sehen könnte! Wäre sie entsetzt, oder würde sie sich vor Lachen biegen?

»Können wir ein Selfie machen?«, fragte Grace, nachdem sie auf der niedrigen Tribüne hinter einem der Tore Platz genommen hatten, und zückte ihr Handy.

»Klar!« Kelly beugte sich zu ihr, dann lächelten beide in die Kamera.

Zur Sicherheit knipste Grace mehrmals. Das Ergebnis verblüffte sie, und gleichzeitig musste sie lachen. Zum einen lag es an Kellys schielendem Blick und herausgestreckter Zunge, zum anderen an ihrem eigenen Lächeln, den rosigen Wangen und den strahlenden Augen. Sie wirkte ausgelassen, beinahe glücklich. Der Anblick schnürte ihr unerwartet die Kehle zu, und sie wurde von widersprüchlichen Emotionen überwältigt. Freudentaumel auf der einen Seite, Schuldgefühle auf der anderen.

»Alles okay?«, fragte Kelly, die ihren plötzlichen Stimmungswechsel bemerkt hatte.

»Ja«, antwortete Grace rasch. Und dann noch einmal leiser, wie zu sich selbst: »Sicher.«

Bevor Kelly etwas erwidern konnte, wurde sie von einem jungen Mann mit rotblonden Haaren und gesunder Gesichtsfarbe angerempelt, was, wie sich herausstellte, ein Begrüßungsritual war. Während sich die beiden in ein Gespräch vertieften, ließ Grace die Atmosphäre im Stadion auf sich wirken. Unter der Augustsonne erstreckte sich das riesige Quadrat irischen Rasens leuchtend grün vor ihr, das Holz der Sitzbänke roch nach Wärme, während immer mehr Besucher Platz nahmen. Bald saßen alle, hielten ihre Programmhefte in den Händen, studierten die Mannschaftsaufstellungen und fachsimpelten über vergangene Partien, während sich die Spieler auf dem Feld warmliefen. Schließlich setzte sich der junge Mann hinter Kelly.

»Grace«, sagte diese, »das ist mein Cousin Patrick. Paddy, das ist Grace, sie ist …«

Sie unterbrach sich mitten im Satz, als aus den Lautsprechern die irische Nationalhymne erklang – *Amhrán na bhFiann,* das Soldatenlied. Die wehmütigen Flötenklänge ließen die Gespräche verstummen, und alle standen wie ein Mann auf, den Blick auf die Fahne gerichtet, die im Westwind flatterte. Die einen flüsterten den Text, andere sangen voller Inbrunst, dritte wiederum bewegten lediglich die Lippen. Grace bekam eine Gänsehaut. Auch wenn die Worte auf Irisch waren, kannte sie deren Bedeutung. Der Text handelte davon, dass alle Iren Soldaten waren, die bis zum Tod für ihre Freiheit kämpften. Nie wieder sollte es Unterdrückung und Sklaverei auf ihrer geliebten Insel Erin geben …

Als die Hymne endete, hörte man hier und da ein gemurmeltes »Amen«, und wieder verspürte Grace einen Kloß im Hals. Irland, dieses grüne Fleckchen Erde im Atlantik, und seine Menschen rührten sie zutiefst, und es gab kein Mittel dagegen.

»Du wirst sehen, Gaelic Football ist ähnlich wie Rugby oder American Football«, erklärte Kelly dicht an ihrem Ohr, als die Spieler in Grün-Gelb und Schwarz-Rot aufs Spielfeld liefen und Jubelrufe laut wurden. »Nur schneller und härter. Doch, doch«, versicherte sie, weil Grace mit einem skeptischen Stirnrunzeln reagierte. »Der Schiedsrichter unterbricht fast nie das Spiel! Das hier ist nicht wie englischer Fußball. Da wälzt sich niemand auf dem Boden wie ein Baby.« Stolz war aus ihrer Stimme herauszuhören. »Es kommt schon vor, dass ein Spieler mit gerissenen

Sehnen weiterläuft, bis er den Punkt oder das Tor macht, und erst danach vom Feld geht.«

»Ein Spiel für echte Kerle, wie?«, entgegnete Grace amüsiert, aber Kelly hörte nicht mehr zu.

Ihre Aufmerksamkeit galt dem Schiedsrichter, der mit dem Ball unterm Arm an die Mittellinie ging. Auf den Zuschauerrängen wurde die Luft angehalten – und kollektiv ausgeatmet, als er ihn einwarf. Von beiden Seiten stürmten die Spieler heran. Ein Stöhnen der Enttäuschung ging durch die grün-gelben Reihen, als sich ein Spieler der Schwarz-Roten den Ball griff.

»Das Spiel heißt zwar Football«, erklärte Kelly, ohne den grünen Rasen aus den Augen zu lassen. »Aber der Ball darf mit jedem Körperteil gespielt werden. Ist ein bisschen wie eine Mischung aus Fußball und Handball. Die Spieler dürfen den Ball mit den Händen greifen, aber maximal vier Schritte mit ihm machen, bevor sie ihn weitergeben oder ihn auftippen lassen und kicken. Den Ball zu werfen, ist verboten.«

»Wirklich?«, fragte Grace überrascht. »Aber wie …?«

Kelly packte ihren Arm und wies auf die Nummer vierzehn der Grün-Gelben, der in diesem Moment den Ball schlug und ihn zielsicher zu einem Teamkameraden beförderte. »Beim Handpass muss der Ball mit der Faust oder der offenen Hand geschlagen werden. Dabei muss die Schlagbewegung deutlich erkennbar sein.«

»Aha«, erwiderte Grace und kniff verwirrt die Augen zusammen. Den Spieler, der eben einen eindrucksvollen Handpass hingelegt hatte, kannte sie. Ihr Herzschlag setzte kurz aus. »Sag mal, Kelly, der mit der Nummer vierzehn, ist das Colm McCunnigan?«

»Klar!«, antwortete Kelly grinsend. »Er ist unser *lántosaí láir.*«

»Heißt?«

107

»Der Full-Forward. Er macht die Tore«, erklärte Kelly mit unverkennbarem Triumph.

Bald hatte Grace nur noch Augen für den kraftstrotzenden und atemberaubend schnellen Colm. Als er mit dem Ball in der Hand Haken schlug, mit seinen dreckverkrusteten Schuhen dabei den Rasen pflügte und seine breiten Schultern die Gegenspieler rammten, durchfuhr sie ein wohliger Schauer. Er lief, tippte und lief danach mit dem Ball weiter. Die anfeuernden Rufe der Fans schwollen an, als der letzte Tipp kam und danach der ersehnte Kick. Grace verfolgte mit pochendem Herzen, wie der Ball über die Torlinie und zwischen den Torpfosten durchflog – und, was noch wichtiger war, unterhalb der Querstange. Der gegnerische Torwart legte zwar einen eindrucksvollen Hechtsprung hin, erwischte den Ball aber nur mit den Fingerspitzen, was nicht ausreichte, um das Unheil abzuwehren.

Drei zu null für Cruinn.

Die Fans, Grace eingeschlossen, sprangen von ihren Sitzen auf und jubelten.

»Jaaaaa!«, grölte Kelly und fiel jedem um den Hals, der nicht rechtzeitig Reißaus nehmen konnte.

Was folgte, war ein Wechselbad der Gefühle, denn natürlich ließen die Ardara Celtics keine Sekunde lang Zweifel daran aufkommen, warum Schwerter ihr blutrotes Emblem zierten. Brendan geriet mächtig unter Druck, und obwohl er einige Paraden hinlegte, die Kelly sichtlich entzückten, konnte er nicht verhindern, dass die Gegner zwei Punkte machten. Beide Male flog der Ball sechs Meter über der Torlinie. Nicht seine Schuld, sagten Kellys Augen. Nachdem Cruinn einen weiteren Punkt gemacht hatte und es vier zu zwei stand, folgte ein brutaler Konter, dem ein grün-gelber Spieler zum Opfer fiel.

»Schwarze Karte! Schwarze Karte!«, brüllte Kelly mit ihren Nachbarn um die Wette.

Am Ende gab es für den Missetäter lediglich eine gelbe Karte, und Kelly setzte sich schnaubend wieder hin. »Es gibt beim Gaelic Football nicht nur gelbe und rote Karten, sondern auch schwarze«, sagte sie ein wenig atemlos, als sie Grace' fragenden Blick auffing. »In diesem Fall muss der Spieler vom Feld, darf aber ersetzt werden. Affenarsch!«, fügte sie grimmig hinzu.

Plötzlich musste Grace aus vollem Herzen lachen. Es fühlte sich an wie ein Befreiungsschlag, der beinahe körperlich wehtat und ihr die Tränen in die Augen trieb. Diesmal war sie diejenige, die Kelly um den Hals fiel und sie fest an sich drückte.

»Danke, dass du mich überredet hast«, flüsterte sie ihr ins Ohr, während das Herz ihr aus der Brust zu springen drohte.

Als sie sich voneinander lösten, trafen sich ihre Blicke.

»Gern geschehen«, sagte Kelly mit einer Ernsthaftigkeit, die Grace überraschte.

Inzwischen war der angeschlagene Cruinn-Spieler wieder aufgestanden. Sein Hemd war zerrissen, und er humpelte ein paar Schritte, bevor er sich wieder mit angriffslustiger Miene ins Getümmel stürzte.

»Du wirst sehen, selbst in der Pause wird er das Hemd nicht wechseln«, prophezeite Kelly. »Er wird es wie eine Trophäe tragen.«

Sie sollte recht behalten.

Am Ende stand es sieben zu fünf für die Cruinn Shamrocks, und Grace hatte sich heiser geschrien. Die Spieler beider Mannschaften klopften sich anerkennend auf die Schultern, bevor sie mit aufgeschürften Schienbeinen und Grasflecken im Gesicht vom Feld gingen.

»Und jetzt?«, fragte Grace, als sich die Ränge langsam leerten.

»Pub!«, brüllte Paddy hinter ihnen und brachte damit die Frauen zum Lachen.

Danny's Bar, wie auch die beiden anderen Kneipen im Ort, war zum Bersten voll, als wäre das gesamte Stadion dorthin gepilgert. Einige Sonnenanbeter hatten sich zwar mit ihren Getränken nach draußen verzogen, doch der Großteil der Feiernden zog die pulsierende Stimmung im Inneren vor.

»Holen wir uns was zu trinken!«, rief Kelly Grace zu, nachdem sie den Pub betreten hatten. Paddy, der ein paar Kumpel entdeckt hatte, war bereits davongestürmt.

Es herrschte dichtes Gedränge und lautes Stimmengewirr, alle unterhielten sich mit weit ausholenden Gesten, sodass beide Frauen nur mühsam vorankamen. Bereits nach wenigen Metern wurden sie von einer grün-gelb bemalten Fan-Furie aufgehalten.

»Tolles Spiel, was?«, schrie sie Kelly ins Ohr.

»Ja, totaaal!«, bestätigte diese und setzte noch etwas hinzu, was Grace nicht verstand. »Das hier ist Mary!«, erklärte Kelly und wies auf ihre Bekannte, die breit grinste.

Mary 6, dachte Grace unwillkürlich.

Mehr als ein »Hallo« brachte sie nicht zustande, denn schon strömten weitere Mitglieder von Marys Clan herbei und drängten Grace beiseite. Kelly, die sich auf die Zehenspitzen stellte, um ihre neue Freundin nicht aus den Augen zu verlieren, warf ihr einen besorgten Blick zu, den Grace mit einem beruhigenden Lächeln erwiderte. Sie würde sich allein bis zum Tresen durchschlagen, zumal sie plötzlich großen Durst verspürte, was vermutlich von der ganzen Schreierei im Stadion herrührte. Doch auch wenn die Iren nicht zwangsläufig zu den Riesen auf dem Globus zählten, machten sie es durch eine robuste Statur wieder wett. Sosehr Grace auch drückte und schob, sie kam dem Tresen keinen Zentimeter näher. Es schien sogar, als wäre der menschliche Wall um ihn herum noch solider gebaut – nahezu unkaputtbar. Schließlich gab sie es auf und lehnte sich gegen einen Holzpfosten, um sich eine Erstürmungstaktik zu überlegen.

»Sagen Sie mir, was Sie trinken wollen, und ich werfe mich für Sie heldenhaft ins Getümmel«, raunte eine Männerstimme an ihrem rechten Ohr.

Ihr Herz vollführte einen Salto, als sie das tiefe Timbre erkannte. Sie hob den Kopf, und beim Anblick von Colms großer Gestalt erfasste sie ein leichter Schwindel. Der mangelnde Sauerstoff in dem überfüllten Raum, vermutete sie. Seine dichten schwarzen Haare schimmerten noch feucht von der Dusche, und seinen Football-Dress hatte er gegen ein royalblaues Poloshirt und sandfarbene Cargoshorts getauscht. Der offene Shirtkragen gab den Blick auf leicht sonnengebräunte Männerhaut frei, die Wärme und den Duft von Orange verströmte. Blinzelnd rückte Grace ein Stück von ihm weg.

»Oh.« Sie räusperte sich. »Das wäre sehr nett. Vielen Dank.«

Als Colm lächelte, vertieften sich die Fältchen um seine kobaltblauen Augen. »Ich erkenne eine Jungfer in Not, wenn ich eine sehe.«

Grace erwiderte sein Lächeln, wich aber seinem intensiven Blick aus. Ihr schlug das Herz plötzlich bis zum Hals. »Ein Ginger Ale wäre schön«, sagte sie.

Er nickte. »Alles klar.«

Während sie beobachtete, wie er sich seinen Weg durch die Menge bahnte, lehnte sie sich wieder gegen den Holzpfosten, froh darüber, dass dieser sie stützte. Auch wenn ihm dank seiner Statur das Vorankommen wenig Mühe bereitete, sah sich Colm mit anderen Hindernissen konfrontiert. Immer wieder klopften ihm die Leute auf die Schulter, riefen ihm etwas zu oder machten ihrer Begeisterung Luft, indem sie ihn in die Seite knufften oder ihm gar einen Schmatz auf die Wange drückten. Grace musste schmunzeln. Obwohl sie eine Fremde war, und noch dazu Engländerin, fühlte sie sich in diesem Moment pudelwohl, wenn auch wie ein Pudel mit wachsweichen Knien! Erst mit zeitlicher Verzögerung wurde ihr bewusst, dass sie mit dem

Daumen über ihren Ehering strich. *Vielleicht wurde es langsam Zeit ...* Sie brachte den Gedanken nicht zu Ende, denn obwohl er in ihr Hoffnungen weckte, war er auch angsteinflößend.

Nach einer kleinen Ewigkeit kam Colm mit den Getränken zurück.

»Entschuldigung, dass es so lange gedauert hat«, sagte er mit einem kleinen Lächeln, als er ihr das Ginger Ale reichte. In der anderen Hand hielt er ein Guinness.

»Sie sind eben heiß begehrt«, antwortete Grace betont lässig.

Zu ihrer Überraschung röteten sich seine Wangen ein wenig, was ihr Herz beinahe zum Schmelzen brachte. »Nun ja«, murmelte er verlegen. »Heute sicher.«

Sie verbarg ihre Verwirrung, indem sie einen großen Schluck Ginger Ale nahm und »hm, lecker« murmelte. Unerschütterlich wie ein Fels stand Colm vor ihr, und für einen winzigen Augenblick, nicht mehr als einen Sekundenbruchteil, war sie geneigt, sich an seine Brust zu schmiegen. Ihre Sehnsucht war so überwältigend, dass es ihr die Sprache verschlug.

»Glückwunsch zum Sieg übrigens«, sagte sie, nachdem sie sich wieder gefasst hatte. »Das war ein schönes Tor.«

»Danke.« Lächelnd wies er auf ihre Mütze. »Sie sind ein Fan, wie ich sehe.«

»Oh.« Grace' Hand flog zu ihrem Kopf. »Na ja, ich hatte keine Wahl, ehrlich gesagt.«

Colm lachte amüsiert. »War das Ihr erstes Spiel?«

Sie nickte.

»Und? Beeindruckt?«

Nun war es an Grace, zu lachen. »Sehr.«

»Wie gefällt Ihnen unsere kleine Gemeinschaft?«, fragte er und wies auf die Pubbesucher.

Da er sich aufgrund der Lautstärke zu ihr herunterbeugen musste, stieg ihr sein frischer männlicher Duft erneut in die Nase.

»Gut«, antwortete sie ein wenig heiser. »Ich bin zuversichtlich, dass ich mich irgendwann hier zu Hause fühle.«

»Schön, das zu hören«, sagte Colm leise.

Ihre Blicke trafen sich, und obwohl es ihr fast körperliche Qualen bereitete – so widernatürlich mutete es an! –, wandte Grace nach nur wenigen Sekunden die Augen ab. Sie fürchtete, in diesen dunkelblauen Seen zu ertrinken. Während sie beide Seite an Seite das muntere Treiben um sich herum beobachteten und die Minuten verstrichen, schlug Grace das Herz bis zur Kehle. Bitte geh nicht, geh nicht, wiederholte sie im Geiste wie ein Mantra. Sie musste etwas sagen, ihn in ein Gespräch verwickeln, aber ihr Kopf schien wie leer gefegt. Small Talk gehörte nicht unbedingt zu ihren Stärken. Schließlich rettete sie der Klang eines Akkordeons. Die ersten Takte des allseits bekannten Liedes »Black Velvet Band« ertönten. Als sich eine Männerstimme erhob und zu singen begann, verstummten die Gäste augenblicklich.

»Das ist Danny«, sagte Colm leise in ihr Ohr, dabei strich sein Atem prickelnd über ihre Haut.

»Wow«, erwiderte Grace, wobei sie nicht hätte sagen können, wem ihre Begeisterung mehr galt. Dannys wunderbarem Tenor oder Colms verwirrender Nähe.

Während sie dem Text lauschte, breitete sich wohlige Wärme in ihrer Brust aus. In dem Lied ging es um einen naiven jungen Mann, der sich in ein hübsches Mädchen verliebte. Zum Dank schob ihm die Angebetete eine geklaute Uhr unter, was ihm sieben Jahre Zwangsarbeit in Tasmanien einbrachte. Wieder einmal wunderte sich Grace darüber, wie traurig und deprimierend die Texte vieler irischer Volkslieder waren, wohingegen die Melodien mitreißend oder sogar fröhlich klangen. Als wollten die Iren dem Schicksal eine lange Nase drehen – ganz gleich, wie hart dieses auch sein mochte! Als der Refrain einsetzte und alle im Raum zu singen begannen, stellte sich an Grace' Körper jedes Härchen auf. Colms wohltönende Stimme drang bis in ihr Innerstes, griff nach ihrem Herzen, und sie musste nach Luft ringen. Die Wärme in ihrer Brust hatte sich in eine Art Feuersbrunst verwandelt, von der sie nicht geglaubt hätte, sie je wieder zu verspüren.

Während Danny die leuchtenden Augen des Mädchens pries sowie deren langes Haar, das von einem schwarzen samtenen Band zusammengehalten wurde, warf Colm Grace amüsierte Blicke zu. Ob er vielleicht andeuten wollte, dass man hübschen Mädchen nicht trauen durfte? Als er seinen starken Arm um sie legte, ließ sie es zu. Sie spürte, dass es nicht darum ging, die Situation auszunutzen, sondern darum, sie einzubinden, zumal sie anscheinend die Einzige war, die den Text nicht kannte. Dankbar lehnte sie sich an ihn, spürte die Atembewegung seines Brustkorbs, genoss seine Wärme. *Seinen Schutz.* Einen Moment lang schloss sie die Augen und hielt den kostbaren Moment in ihrem Herzen fest.

Colm ließ sie erst los, als das Lied vorüber war, was viel zu schnell geschah. Hinterher pfiffen und klatschten alle und riefen nach einer Zugabe. Schon wurde das nächste Lied angestimmt, worauf ein alter Mann auf einen Tisch gehoben wurde, damit ihn alle sehen konnten. Während Danny sang und ein anderer die Fiddle spielte, vollführte der Greis unter Beifallsstürmen mit seinen klapprigen Beinen wahre Wunder. Als würde er mit seinen Absätzen unsichtbare Nägel in den Tisch trommeln. Wie alle anderen auch, stampfte Grace begeistert mit den Füßen. Weil sie unter der Mütze schwitzte, nahm sie diese vom Kopf und musste lachen. So viel Lebensfreude war ansteckend!

»Wir sind schon ein seltsames Völkchen, wir Iren, was?«, flüsterte Colm ihr ins Ohr, als das Lied vorbei war und sich alle an ihren Getränken abkühlten.

Sie nickte.

Und ein liebenswertes obendrein, fügte sie in Gedanken hinzu, brachte die Worte aber nicht über die Lippen. Als jemand sie anrempelte, strauchelte sie, doch Colms fester Griff verhinderte, dass sie hinfiel. Ihre Körper berührten sich, und sie verspürte Scham – Scham darüber, dass sie mehr wollte.

»Ich sollte jetzt gehen«, sagte sie schnell. »Einstein war in seiner neuen Umgebung noch nie so lange allein. Ich möchte nicht, dass er unruhig wird.«

Colm nickte verständnisvoll. Viel zu verständnisvoll für ihren Geschmack. »Soll ich Sie fahren?«

»Nein!«, beeilte sie sich zu sagen, obwohl sie genau das Gegenteil wollte. »Sie sind der Star des Tages. Das hier ist Ihre Feier.«

Er lächelte. »Das ist unser aller Feier, Grace.«

Sie mochte es, wie er »Grace« sagte.

»Trotzdem. Es macht mir nichts aus, zu laufen. Es sind ja nur zwei Meilen.«

Wieder nickte er, was sie wurmte. Warum gab er, verflucht noch mal, so schnell auf? Und warum konnte sie sich nicht wie eine erwachsene Frau verhalten und auf sein Angebot eingehen?

»Ich bezahle noch rasch mein Ginger Ale und verabschiede mich von Kelly und Tante Ruby«, plapperte sie weiter, bevor er ihr die Enttäuschung am Gesicht ablesen konnte. Sie war eine solche Idiotin!

»Das mit dem Ginger Ale ist schon erledigt«, sagte Colm mit einem kleinen Lächeln.

»Oh.« Sie spürte, wie sie rot wurde. »Danke.« Sie legte eine winzige Pause ein. »Also dann.«

Sollte sie ihm die Hand reichen?

Er nahm ihr die Entscheidung ab, indem er sich zu ihr neigte und ihr einen sanften Kuss auf die Wange drückte. »Sie sollten häufiger lachen, Grace. Es steht Ihnen«, sagte er leise, und ihr Herz flatterte wild, wie ein Vogel in einem viel zu kleinen Käfig.

Als er sein Gesicht zurückzog, geschah das sehr langsam, und während sie sich an seinem Duft berauschte, genoss sie das kitzelnde Gefühl seiner Bartstoppeln auf ihrer Haut. Einen kurzen Moment lang waren ihre Lippen einander so nah, dass sie sich fast berührten. Grace hielt den Atem an. Doch dann war der Augenblick vorüber, und sie blieb allein zurück, mit seinem Duft in der Nase. Es dauerte eine Weile, bis sie wieder normal atmen konnte. Erst dann verabschiedete sie sich von Kelly, die inmitten einer fröhlichen Horde stand und sie zum Bleiben drängte, doch Grace blieb auch diesmal eisern. Im Gegenzug zeigte sich Kelly stur, als Grace Anstalten machte, ihr die Mütze zurückzugeben. Beim Hinausgehen entdeckte sie Ruby, die an der Theke lehnte und heftig mit Danny flirtete. Also beließ sie es bei einem Winken, von dem sie nicht sicher war, ob ihre mütterliche Freundin es überhaupt bemerkt hatte.

Draußen vor der Tür blinzelte sie ins grelle Tageslicht, ehe sie sich auf den Weg machte. Das fröhliche Stimmengewirr in ihrem Rücken wurde mit jedem Schritt, den sie tat, schwächer, bis es gänzlich verstummt war, als hätte der Wind die verbliebenen Wortfetzen in alle Richtungen verstreut. Die irischen Naturgeister waren ihr indessen gewogen. Die Sonne schien warm auf sie nieder, eine angenehme Brise wehte ihr um die Nase, und sie glaubte sogar, den Duft von wildem Lavendel zu riechen. Ein kreisender Adler wachte über sie, bis sie beim Cottage angekommen war. Trotzdem konnte all das nicht verhindern, dass ihre Gedanken Karussell fuhren. Hatte Colm sie beim Abschied küssen wollen und es sich dann anders überlegt? Oder hatte er gehofft, dass sie den ersten Schritt tun würde?

116

War dieser Kuss auf die Wange vielleicht nichts anderes als eine harmlose, freundschaftliche Geste gewesen? Hatte er gar Mitleid mit ihr?

Als Grace schließlich vor ihrem Cottage stand, war sie außer Atem. Ohne sich dessen bewusst zu sein, hatte sie fast die gesamte Strecke im Laufschritt zurückgelegt. Einen Moment lang starrte sie auf ihr neues Zuhause. Der Westwind pfiff heftig um die weiß gekalkten Mauern, selbst die Schafe waren den sattgrünen Hängen ferngeblieben, und schon bald würde die Esche neben dem Haus ihre grünen Blätter abwerfen. Nach dem Trubel im Pub überwältigte sie das Gefühl der Einsamkeit und drohte, ihr Inneres in Stücke zu reißen, wie ein Raubtier, das ihr hinter dem Hügel aufgelauert hatte. Entsprechend rührte sie Einsteins lautstarke Begrüßung, auch wenn darin ein deutlicher Vorwurf mitschwang. Sie schüttelte die unliebsamen Gefühle ab, bereitete ihm sein Futter zu und setzte für sich selbst Kartoffeln auf.

Gerade als sie dabei war, das Püree mit etwas Muskatnuss zu verfeinern, hob Einstein alarmiert den Kopf. Nun hörte sie es auch. Ein Wagen näherte sich. Grace schob den Topf beiseite und schaltete den Herd aus, bevor sie sich die Hände an einem Geschirrtuch abwischte. Das Geräusch einer sich schließenden Wagentür, gefolgt von schweren Schritten. Bevor ihr Besuch anklopfen konnte, hatte sie die Tür bereits geöffnet.

Ihre Blicke trafen sich. Nicht mit voller Wucht, sondern sachte und liebevoll. Sekunden vergingen, bis Colm die Stille brach.

»Entschuldigen Sie den Überfall, Grace«, sagte er ruhig. »Aber würden Sie mir etwas auf dem Klavier vorspielen?«

Colms Bitte trat einen Sturm von Emotionen los. Verblüffung, Sehnsucht, Erregung und Unsicherheit. Eigentlich müsste ihr ein Scherz dazu einfallen, dass er den Weg nur deshalb gemacht hatte, um sie spielen zu hören.

»Haben Sie einen bestimmten Wunsch?«, fragte sie stattdessen.

Er schüttelte den Kopf. »Ich lasse mich gern überraschen. Nur nicht die *Berceuse* von Chopin, wenn's geht«, fügte er mit einem kleinen, fast zittrigen Lächeln hinzu.

Dieser große Mann, der den gesamten Türrahmen ausfüllte, wirkte mit einem Mal so verwundbar, dass es Grace einen Stich versetzte. Sie musste die Finger ineinander verschränken, um ihm nicht über die Wange zu streichen.

»Woher wissen Sie, dass ich dieses Stück in meinem Repertoire habe?«, fragte sie.

Er versenkte seinen Blick in ihren. »An dem Tag, als ich mit der Whiskeyflasche bei Ihnen aufschlug, haben Sie es gespielt«, erklärte er mit seltsam belegter Stimme. »Ich konnte es draußen hören.«

»Oh«, antwortete sie, während ihr Puls noch einmal an Fahrt aufnahm. »Sie mögen das Stück nicht?«

Er schüttelte den Kopf, wobei sie nicht wusste, ob er ihre Frage bejahte oder verneinte. »Es weckt unschöne Erinnerungen, das ist alles.«

»Ich verstehe. Bitte, kommen Sie doch herein.« Sie lächelte. »Und passen Sie auf Ihren Kopf auf!«

Colm lächelte zurück, und diesmal war jegliche Verunsicherung aus seiner Miene verschwunden. »Das mache ich.«

Als hätte Einstein gespürt, dass jetzt der richtige Moment war, seinen Wachposten zu verlassen, trottete er auf Colm zu, um ihn zu begrüßen. Während sich Grace ans Klavier setzte, wurde Einstein das volle Verwöhnprogramm zuteil samt Kraulen, Streicheln und Bauchtätscheln. Sie wartete, bis Mann und Hund ihre Liebesbekundungen beendet hatten, ehe sie die Finger auf die Tastatur legte. Dabei zwang sie sich, ihren rasenden

Puls unter Kontrolle zu bringen. Den rechten Ringfinger schob sie auf das E, drückte es mehrmals sanft an, glitt dann zum C und zum A, bevor sich ihre linke Hand dazugesellte. Bereits nach den ersten Tönen verflog ihre Aufregung. Durch das Haus wehte die zarte Melodie eines romantischen Stücks, das Grace an den irischen Sommer denken ließ – heiter und beschwingt, und doch immer wieder von schnelleren Passagen durchbrochen, als würde ein warmer Regen die Landschaft benetzen. Als sie nach dem letzten Akkord ihre Hände sinken ließ, wurde sie gewahr, dass Colm dicht hinter ihr stand. Ein wohliger Schauer lief ihr über den Rücken.

»Das war schön.« Seine Stimme klang ein wenig belegt. »Was war das?«

»›Dawn‹ von Dario Marianelli aus dem Film ›Stolz und Vorurteil‹ aus dem Jahr 2005«, antwortete Grace, ohne sich umzudrehen. »Der mit Keira Knightley und Matthew Macfadyen.«

»Würden Sie es noch einmal spielen?«

Während sie ihre Finger erneut über die Tasten tanzen ließ, legte er seine warme Hand auf ihre Schulter. Ihr Herz setzte einen Schlag aus, dennoch spielte sie unbeirrt weiter, auch als er mit der Daumenkuppe über ihren Nacken strich und diese sich dann unter den Kragen ihrer Bluse stahl. Zärtlich, vorsichtig, fragend. Weil sie nicht protestierte, spreizte er die Finger und umschloss behutsam ihren Hals. Eine sehr intime und zugleich besitzergreifende Geste, die Grace zu einem Fehler verleitete. Ob er ihren hämmernden Puls unter seiner Hand spüren konnte? Sie biss sich auf die Lippe und zwang sich zur Konzentration.

Als das Stück zu Ende war, stimmte sie übergangslos das nächste an. »Arrival at Netherfield« aus dem gleichen Film. Was getragen begann, steigerte sich immer mehr zu einem lebensbejahenden, beinahe leidenschaftlichen Stück. Ein Ansporn für Colm, der ihren Hals freigab und sich anschickte, die Knöpfe ihrer Bluse zu öffnen, worauf Grace zu der Erkenntnis gelangte, dass es besser gewesen wäre, ein einfacheres Stück auszuwählen. Denn je tiefer Colms Finger wanderten, desto mehr litt ihre Aufmerksamkeit. Eine Gänsehaut überzog ihren Körper, die sie erschauern ließ, während ihr gleichzeitig die Hitze in die Wangen schoss. Schließlich hatte er ihre Bluse vollständig aufgeknöpft und schob sie langsam über ihre Schultern. Als er ihre Halsbeuge küsste, schloss sie die Augen, genoss die Berührung seiner Lippen und hielt inne.

»Spiel weiter«, befahl Colm mit einer rauen Stimme, die keinen Widerspruch zuließ.

Sie kam seiner Aufforderung nach, wenn auch mit mäßigem Erfolg. Immer häufiger vergriff sie sich, bis ihr Spiel wie das eines Kindes klang, das gerade erst mit dem Klavierspielen angefangen hatte. Und dann ließ er seine Fingerspitzen über die weiche Haut an ihrem Hals gleiten, tiefer über ihr Dekolleté bis zu dem Tal zwischen ihren Brüsten. Sie vergaß zu atmen, und ihre Hände sanken kraftlos in ihren Schoß. Diesmal wies er sie nicht zurecht, sondern nutzte die Gelegenheit, um ihr die Bluse vollends auszuziehen, bevor er ihre Schulter mit kleinen Küssen bedeckte. Er hob ihren rechten Arm an und setzte seine Liebkosungen fort, küsste ihre Armbeuge, ihr Handgelenk, ihre Handfläche. Gleichzeitig spürte sie, wie er mit der anderen Hand den Verschluss ihres BHs löste. Ihr Herz hämmerte bis zum Hals. Koordinationsprobleme schien er keine zu haben, so viel war sicher. Als er den zarten Stoff sanft, ja beinahe ehrfürchtig abstreifte, zogen sich ihre Brustwarzen zu harten Knötchen zusammen. Sie hielt den Blick weiterhin starr nach vorn gerichtet und sah in der Fensterscheibe, wie er ihren BH an seine Nase drückte.

»Was für ein köstlicher Duft! So warm und schwer … «, murmelte er heiser.

Grace erfasste ein derart heftiges Verlangen, dass sie glaubte, ohnmächtig zu werden. Als Colm ihren BH beiseitelegte und ihre kleinen Brüste umfing, wurde es nicht besser. Mit den Daumen neckte er die Knospen, und ihrer Kehle entrang sich ein hilfloses, aber auch verzücktes Wimmern, umso mehr, als die Rauheit seiner großen Hände ihre Lust noch steigerte. Ohne von seinem Tun abzulassen, zog er ihren Oberkörper zu sich, und ihre Arme zuckten nach vorn, um sich am Klavier festzuhalten.

»Keine Sorge«, flüsterte Colm. »Ich halte dich.«

Ich halte dich.

Nur drei Worte, dennoch waren sie das Schönste, was Grace seit sehr langer Zeit gehört hatte. Als sie den Kopf in den Nacken legte, spürte sie seine Erektion, was sie nicht im Mindesten schockierte. Das Feuer zwischen ihren Beinen brannte ebenso lichterloh. Einen Moment blitzte das Bild von Marcus in ihrem Kopf auf. Doch es lag kein Vorwurf oder Schmerz in seinem Gesicht, vielmehr schien er zu lächeln. Grace schloss eine Weile die Augen und konnte trotz ihrer Erregung nicht verhindern, dass ihr eine Träne die Wange hinunterlief. Marcus hätte gewollt, dass sie ihr Leben weiterlebte. Davon war sie überzeugt.

Als hätte Colm ihre Gedanken gelesen, drehte er sie auf dem Hocker herum und beugte sich zu ihr herunter. Das Verlangen in seinen Augen raubte ihr den Atem, sein Gesicht wirkte hart und entschlossen. Als er seine Finger in ihr Haar grub und ihr Gesicht zu sich zog, um sie zu küssen, sprang ihr fast das Herz aus der Brust. Seiner unnachgiebigen Miene zum Trotz fuhr er mit der warmen Zungenspitze sachte über ihre Lippen, erkundete jeden Millimeter ihrer Haut und kostete von ihrem Geschmack. Erst nachdem seine erste Neugierde befriedigt war, verlangte er Einlass, den sie ihm bereitwillig gewährte. Während ihre Münder miteinander verschmolzen, drehte sich Grace' Welt schneller und schneller … Seine Lippen waren perfekt! Fest und weich und warm und süß. Und sie wussten verflucht genau, was sie taten. Hinterher keuchte Grace wie nach einem Marathonlauf und quiekte erschrocken auf, als Colm sie auf seine Arme hob.

»Wo ist das Schlafzimmer?«, fragte er.

Sie schluckte, ließ einige Sekunden verstreichen, ehe sie mit dem Kopf in die Richtung wies. »Hinten rechts.«

Wie klein ihre Stimme klang!

Mit einem entschlossenen Ausdruck setzte sich Colm in Bewegung, stieß die Tür zum genannten Zimmer auf, rief Einstein, der sich an seine Fersen geheftet hatte, ein »Tut mir leid, Kumpel, aber du musst draußen bleiben!« zu und schloss mit der Fußspitze die Tür.

»Colm?«, flüsterte Grace. Auch wenn sie sich dafür hasste, sie musste die Frage stellen.

»Hmm?« Sie spürte seinen warmen Atem, der ihre Haare kitzelte.

Sie holte tief Luft. »Ist zwischen dir und deiner Frau wirklich alles vorbei?«

»Ja.« Wie um seine Antwort zu unterstreichen, hauchte er ihr einen Kuss auf die Schläfe. »Wir leben seit drei Jahren getrennt. Noch ein Jahr, dann sind wir geschiedene Leute.« Er sah sie fest an. »Zufrieden?«

Grace nickte, dann räusperte sie sich. »Eines solltest du wissen«, murmelte sie mit Blick auf das ordentlich gemachte Bett. »Es ist ziemlich lange her.«

»Umso besser«, antwortete Colm, so verflucht selbstbewusst, dass sie nach Luft schnappen musste.

Vorsichtig, als wäre sie aus Glas, legte er sie rücklings auf die gelb geblümte Bettwäsche und glitt in einer einzigen fließenden Bewegung zum Bund ihrer Sommerhose, um sie ihr auszuziehen.

»Warte!«, rief Grace, die plötzlich keine Luft mehr bekam. Diesmal nicht vor Lust, sondern vor Panik.

In den vergangenen Jahren war Marcus der einzige Mann gewesen, der sie nackt gesehen hatte. Ihm hatte sie gefallen, sicher, nur war er nicht unbedingt das gewesen, was man objektiv nannte. Überhaupt waren ihre Brüste nicht gerade üppig, dafür waren ihre Hüften ziemlich ausladend, fand sie.

Colm, der innegehalten hatte, suchte ihren Blick. »Was ist los?«

»Was ... wenn ich dir nicht gefalle?«, stammelte sie.

Sein Gesicht nahm einen ungläubigen Ausdruck an. »Nicht gefallen?« Er grinste schief. »Sieh mich doch an!«, fügte er hinzu und zeigte auf den Schritt seiner Shorts.

Grace blinzelte. »Schon, aber ...«

Colm hielt ihren Blick fest, während seine warmen Finger unter den Bund ihrer Hose glitten. »Nichts *aber*, Grace«, sagte er sanft. Bei jedem Wort zog er das Kleidungsstück einige Zentimeter weiter nach unten. Erst über ihre Hüften. »Ich finde dich wunderschön.« Dann über ihren Po. »Sexy und unwiderstehlich.« Über ihre Oberschenkel. »Ich kann mir keinen Mann vorstellen, der dich nicht will.« Bis ihre Hose schließlich auf dem Boden landete.

»Wirklich?«, keuchte Grace mit klopfendem Herzen.

Er sah sie ernst an. »Wirklich.«

»O... okay.« Sie rang sich ein zittriges Lachen ab. »Du darfst weitermachen.«

Er fiel in ihr Lachen ein, nur dass es bei ihm rau und wild klang. Ohne ihr Gesicht auch nur eine Sekunde aus den Augen zu lassen, griff er nach ihrem Slip und streifte ihn sachte ab.

»Das ist ein wenig unfair, findest du nicht?«, versuchte sie zu scherzen, um von ihrer Verlegenheit abzulenken, und wies auf seine Kleidung. Während sie splitternackt vor ihm lag, war er noch vollständig angezogen.

»Das Leben ist nun mal nicht fair, meine Schöne«, erwiderte er mit heiserer Stimme und senkte seinen Kopf zwischen ihre Schenkel.

DER TAG DER ABRECHNUNG

Grace' Denken setzte schlagartig aus, als sich Colm über sie hermachte. Zärtlich biss er in ihr zartes Fleisch, zog es in seinen Mund, um daran zu lutschen, bevor er seine Zunge in sie gleiten ließ. Grace spürte, wie ihr Gesicht vor Erregung rot anlief und ihre Bauchmuskeln sich zusammenzogen.

»W… was wird das?«, keuchte sie.

»An dem Tag, als wir deinen Zaun errichtet haben, hast du ein unartiges ›Leck mich!‹ gezischt«, antwortete die dunkle Stimme zwischen ihren Beinen. »Nun ist der Tag der Abrechnung gekommen.«

Die Lustblitze, die durch sie hindurchschossen, als er mit dem Daumen ihren Kitzler rieb, zunächst mit leichtem Druck, dann immer fester, machten jede Erwiderung unmöglich. Sie erschauerte, spürte, wie er mit zwei Fingern in sie eindrang, vor und zurückstieß, wieder und wieder, und dabei nicht müde wurde, das empfindliche Knötchen mit seiner Zungenspitze zu necken. Ihr Körper erbebte unter kleinen verräterischen Zuckungen, und ein Orgasmus, so süß und verheißungsvoll, rollte auf sie zu.

Du lieber Himmel, jetzt schon?

Prompt gab Colm sie frei. Hatte sie vielleicht ihre Gedanken laut ausgesprochen? Nein, nein, nein!, wollte sie schreien, mach weiter! Zu ihrer Erleichterung hatte er genau das im Sinn, denn er legte sich ihre Beine über die Schultern, um sich erneut an ihr zu laben, was ihr einen wollüstigen Seufzer und ihm ein träges Lächeln entlockte. Schamlos bewegte sie die Hüften, stieß sie ihm im Rhythmus seiner gierigen Finger entgegen. Wieder spürte sie die Glut seines Atems auf ihrer überreizten Haut und seine Zungenspitze auf ihrem pochenden Kitzler, zunächst sanft, dann allmählich mit stärkerem Druck. Um nicht laut zu stöhnen, presste sie die Lippen aufeinander. Ihr Puls raste. Gern hätte sie seinen Kopf gepackt, um ihn an Ort und Stelle festzuhalten – nicht dass er noch auf dumme Gedanken käme –, doch ihre Arme waren anscheinend mit Luft gefüllt. Ihre ganze Energie schien sich zu einem Feuerball in ihrem Schoß gebündelt zu haben, der jeden Moment explodieren konnte. Grace grub ihre Nägel ins Bettlaken. Der Orgasmus war jetzt so nah, dass sie ihn schmecken konnte.

Ein Zungenschlag genügte.

Mit einem Aufschrei wölbte sie den Rücken durch, spannte jeden Muskel ihres Körpers an, und die Welt um sie herum schien in tausend Teile zu zersplittern. Ihr atemloses Lachen steigerte sich zu kleinen lustvollen Schreien, als Colm sie weiter leckte und dabei sehr gründlich zu Werke ging.

»Ich … ich …«, stammelte sie, ohne genau zu wissen, was sie eigentlich sagen wollte, während alles zu einer einzigen bebenden Welle aus wiederkehrenden Höhen und Tiefen verschmolz.

Hinterher ließ sie erschöpft den Kopf aufs Kissen fallen und schloss die Augen, doch Colm gewährte ihr keine Atempause, denn nun schob er sich auf sie, um sich ihre Brüste vorzunehmen. Genüsslich leckte er über ihre erhitzte

Haut, bevor er die harten Knospen nacheinander in den Mund nahm, an ihnen saugte und sie reizte. Jede seiner Berührungen zerhackte ihren gerade wiedererlangten Atem zu stoßweisem Keuchen. Seine Hände kneteten ihre Brüste und drückten sie zusammen, um sein Gesicht in der Mulde dazwischen zu vergraben. Neue Wellen der Erregung schossen durch ihren ganzen Körper, als seine Bartstoppeln über ihre empfindliche Haut schabten.

Schließlich hob er den Kopf und fing ihren verschleierten Blick auf. »Eine Stelle habe ich vergessen«, sagte er leise und küsste sie zärtlich auf die Lippen.

Überwältigt schlang sie ihre Arme um ihn, fuhr mit den Fingern durch sein wundervolles Haar und erwiderte seinen Kuss voller Hingabe, bis ein lustvoller, beinahe gequälter Laut aus seiner Kehle drang. Er löste sich von ihr, um sich das Poloshirt über den Kopf zu ziehen, wobei er einen muskelbepackten Oberkörper offenbarte, mit einem Bauch hart wie Marmor. Danach entledigte er sich seiner Shorts. Die eindrucksvolle Beule unter seiner Unterhose, die von starken Oberschenkeln umrahmt wurde, ließ Grace erbeben. Meine Güte, der Mann war der feuchte Traum jeder Frau zwischen achtzehn und achtzig!

Obwohl ihr das Herz wild in der Brust trommelte, nahm sie all ihren Mut zusammen und spreizte die Beine, um ihm einen Blick auf ihre feuchte Scham zu gewähren. Der Hunger in seinem Blick nahm zu, und Grace hätte schwören können, dass die Beule unter dem dunkelgrauen Stoff seiner Unterhose zuckte. Warmer Triumph durchflutete sie, und sie verzog die Lippen zu einem Lächeln. Ihre Blicke trafen sich, gierig, herausfordernd, bis er sie schachmatt setzte, indem er die Hand in seine Unterhose schob und sein Glied hervorholte. Der Mann hatte einiges zu bieten, und die Vorstellung, ihn gleich tief in sich zu spüren, trieb Grace den Schweiß aus den Poren. Wie albern ihre Selbstzweifel doch gewesen waren angesichts des überaus willigen Prachtexemplars, das sich ihr darbot!

Nachdem Colm seine Unterhose losgeworden war, griff er nach seinen Shorts, um ein Kondom aus der Tasche zu fischen.

Grace blinzelte. »Du hast …« Sie suchte nach den richtigen Worten.

»Ich habe«, kam er ihr zuvor und sah sie an. »Ich bin mit dem festen Vorsatz hierhergekommen, dich zu verführen.«

Er hielt ihren Blick lange fest, wartete ihre Reaktion ab. Ein Meter fünfundachtzig geballte Männlichkeit stand nackt vor ihr, und das, was ihr in diesem Moment ins Auge stach, war eine schwarze Locke, die sich an seinen Nacken schmiegte.

»Okay«, antwortete sie mit einem Kloß im Hals.

»Gut«, sagte er, während er die Folie aufriss und sich das Kondom überstreifte.

Indes konnte sie den Blick nicht von seiner Faust abwenden, die über die gesamte Länge seines Schwanzes fuhr, um letzte Korrekturen vorzunehmen. Der Anblick trieb ihr die Nässe zwischen die Beine, und sie leckte sich gierig die Lippen. Ein Geräusch, das verblüffende Ähnlichkeit mit einem Knurren hatte, brachte sie dazu, den Blick zu heben. Colm starrte sie mit einem wilden Ausdruck an, und an seiner Schläfe pochte eine Ader.

»Tu das nicht«, krächzte er.

»Was?«, erwiderte Grace ehrlich überrascht.

Er wies auf ihren Mund, mit einer etwas fahrigen Geste. »Dir mit deiner Zunge so über die Lippen zu fahren.«

Sie lachte. »Meinst du etwa …« Übermütig öffnete sie ihren Mund einen Spalt und gewährte ihm einen Blick auf ihre rosa Zungenspitze. »Das da?«

Doch ehe sie ihren Plan in die Tat umsetzen konnte, sich bedächtig und sehr lasziv über die Unterlippe zu lecken, hatte er sich auf sie geworfen und presste sie mit jedem Quadratzentimeter seines Körpers ins Laken. Ohne ihre Reaktion abzuwarten, schob er sich in sie, was einem Stromschlag gleichkam. Grace zuckte heftig zusammen, grub ihre Nägel in seine Schultern.

»Alles okay?«, fragte er rau.

»Ja«, flüsterte sie. »Alles bestens.«

Seine Augen lächelten, als er sich zurückzog, um erneut in sie hineinzustoßen. Ein Schauer der Erregung rieselte über ihr Rückgrat, während sich ihre Muskeln um seinen Schwanz anspannten. *Alles in allem waren Männer so was von berechenbar!,* dachte Grace. *Frauen aber auch,* ergänzte sie nur einen Atemzug später, als sich Colm langsam und genüsslich in ihr zu bewegen begann und ihr Inneres zum Schmelzen brachte. Was ihn veranlasste, sich tiefer hineinzuzwängen, bis er sie vollständig ausfüllte. Wie im Fieberwahn umklammerte sie ihn mit den Beinen, um alles von ihm zu spüren. Unter ihren Waden fühlte sie, wie sich beim Stoßen sein Hintern anspannte und wieder lockerte, wieder und wieder. Sie streichelte seine Schultern, fuhr über seinen Nacken und die muskulösen Oberarme. Er fühlte sich in jeder Hinsicht wundervoll an. Hart und perfekt.

»Colm?«, krächzte sie.

»Hmm.«

»Ehrlich gesagt bin ich etwas enttäuscht«, sagte sie.

Prompt geriet er aus dem Takt und hob den Kopf, um ihr ins Gesicht zu sehen. »Was?«

»Na ja«, entgegnete sie mit unschuldigem Augenaufschlag. »Ich hatte bei einem Kerl wie dir irgendwelche Tattoos erwartet ...«

Die Erleichterung, die sich auf seiner bis gerade eben noch angestrengten Miene ausbreitete, brachte Grace beinahe zum Lachen, doch sie beherrschte sich.

»Einem Kerl wie mir?«, fragte Colm, der seine Stöße wieder aufgenommen hatte, diesmal allerdings ließ er seine Hüften kreisen, was Grace zu einem genussvollen »O ja, das ist gut« verleitete.

»Ja«, schwärmte sie. »Ein durchtrainierter Naturbursche.«

»Durchtrainierter Naturbursche … soso«, lautete sein Kommentar, wobei Grace nicht hätte sagen können, ob er beleidigt oder amüsiert war.

Eigentlich war es nicht Grace' Art, beim Sex so viel zu reden, aber mit Colm war es irgendwie anders. Als spürte sie instinktiv, dass, wenn sie mehr über ihn erfahren wollte, er sich nur jetzt ihr gegenüber öffnen würde.

»Aber du hast richtig vermutet, ich habe Tattoos«, murmelte er, die Nase in ihrem Haar vergraben. »Auf dem linken Schulterblatt.«

»Wirklich?«, rief Grace und versuchte, sich nach oben zu hieven, um einen Blick zu riskieren.

Wieder geriet Colm aus dem Takt. »Verflucht, was wird das?«, brummte er.

»Ich möchte es sehen.«

»Später«, antwortete er mit finsterem Gesicht und zwängte sie erneut zwischen sich und das Bett.

Als sie demonstrativ eine Schnute zog, was sich als gar nicht so einfach erwies, da er seine Stöße beschleunigte und ihre Züge erneut zu entgleisen drohten, trat ein amüsierter Ausdruck in seine Augen.

»Also gut, du sexy Nervensäge, es sind ein Kleeblatt und eine Harfe.«

»Och nö! Wirklich?«, krächzte sie. »Ihr Iren seid schon ein wenig einfallslos, findest du nicht?«, ergänzte sie selbstmörderisch.

»Einfallslos?«, kam es so herrlich bedrohlich zurück, dass Grace ein Schauer von den Haarwurzeln bis zu den Zehen durchlief.

»Yep!«, antwortete sie dennoch kühn.

Angesichts seines grimmigen Ausdrucks war Grace kurz versucht, in albernes Kichern auszubrechen, so lebendig fühlte sie sich. Verwegen und verführerisch dazu, wie ihr Colm jede Sekunde bewies. Sie setzte erneut zum Sprechen an, doch eine kraftvolle Bewegung seiner Hüften nahm ihr den Atem. Nun ja, vielleicht nicht ganz, denn ein kleiner spitzer Schrei entrang sich ihrer Kehle, den er mit seinen strafenden Lippen erstickte. Während er das Tempo steigerte, presste sie ihren Kopf an seine Schulter und sog seinen männlichen Duft ein, leckte das Salz von seiner Haut. Ihre samtene enge Feuchte umschloss ihn gierig, während er immer schneller und härter pumpte und sie beide gefährlich nah an den Rand der Klippe brachte. Ihre Augenlider flatterten, und sie konnte spüren, wie sich sein Brustkorb schnell hob und senkte. Ihr Orgasmus baute sich in rasender Geschwindigkeit auf, als er seine Lippen erneut auf ihre drückte und sein stoßweiser Atem sich mit ihrem vermischte …

Dann prallten ihre Blicke ungebremst aufeinander. Es gab ein kurzes Innehalten – und sie stürzten gemeinsam über die Klippe. Eine Schockwelle nach der anderen jagte durch Grace' Körper, die ihren Verstand wie gegen einen Felsen donnern ließ. Vor ihren Augen flimmerten weiße Punkte, und sie verlor jegliche Orientierung, vergaß für einen Moment, wo sie war und wer sie war. Colms Seufzer schwoll zu etwas an, was einem fernen Donnergrollen ähnelte und Grace durch Mark und Bein ging. Sie konnte spüren, wie sein Herz galoppierte. Als sich die Bauchmuskeln unter seiner Haut zusammenzogen und er sich mit einem langen Stöhnen in ihr ergoss, traten ihr Tränen in die Augen. Erst da wurde ihr bewusst, dass er seine Hände mit ihren verflochten hatte. Überwältigt schmiegte sie ihr Gesicht in seine Halsbeuge, bis er aus schwindelnden Höhen zu ihr zurückkehrte und das Beben seines Körpers langsam verebbte.

Hinterher ließ er sich keuchend neben sie fallen, entledigte sich diskret des Kondoms, während sie das Laken über ihre verschwitzten Körper zog. Dabei erhaschte sie einen Blick auf sein linkes Schulterblatt, wo zwei leicht versetzte dunkelblaue Tattoos prangten. Das eine setzte sich aus drei vertikalen Strahlen zusammen, deren Spitzen zueinander zeigten, während das andere drei miteinander verbundene Spiralen bildete.

»Da sind doch kein Kleeblatt und auch keine Harfe!«, rief Grace überrascht.

Colm sah sie mit mildem Spott an. »Nein. Das wäre auch ziemlich einfallslos, findest du nicht?«

Sie boxte ihn in die Seite, wobei das Laken ein Stück nach unten glitt. »Du hast mich veräppelt!«

Sein Grinsen wurde breiter, gleichzeitig heftete sich sein funkelnder Blick auf ihre wogenden Brüste. Grace wiederum fand es schön, dass Colm Sinn für Humor besaß, hatte sie ihn doch bisher eher als griesgrämig erlebt. Mit dem Zeigefinger zeichnete sie die dunkelblauen Strahlen nach, was prompt dazu führte, dass er eine Gänsehaut bekam. Colm reagierte auf ihre Berührungen ebenso wie sie auf seine. Ein unbeschreibliches Gefühl. Und für sie neu. Rasch verdrängte sie den Gedanken. Jetzt war nicht der richtige Moment, Vergleiche zu ziehen!

»Es sieht hübsch aus. Irgendwie geheimnisvoll«, flüsterte sie. »Sind das keltische Zeichen?«

»Ja«, antwortete Colm, der sich aufgesetzt hatte, damit sie die Tattoos besser betrachten konnte. »Das Spiralförmige ist eine Triskele. Sie steht für den Lebenskreislauf, die Geburt, das Leben und den Tod, für das Werden, das Sein und das Vergehen, für die Vergangenheit, die Gegenwart und die Zukunft.«

»Gefällt mir irgendwie«, sagte Grace nach einer kleinen Weile.

»Mir auch«, murmelte er, und als sie aufsah, bemerkte sie, dass er seinen Blick auf sie gerichtet hatte, was sie erröten ließ.

»Und die Strahlen?«, beeilte sie sich zu fragen.

»Das ist das keltische Symbol Awen. Der rechte Strahl repräsentiert die Männlichkeit, der linke die Weiblichkeit. Der mittlere Strahl symbolisiert die Balance und das Gleichgewicht zwischen den beiden Kräften in der Welt.«

»Oh«, war das Einzige, was Grace dazu einfiel. Der Gedanke, dass Colm ein solches Symbol auf der Haut trug, eine Art Huldigung an das Leben und irgendwie auch an die Frauen, rührte sie. Etwas, was sie bei diesem großen, zuweilen etwas ungehobelten Mann nicht erwartet hätte. Andererseits, was wusste sie schon über ihn?

»Hey!«, sagte er leise. »Erde an Grace. Bist du noch da?«

Sie lächelte. »Ja klar.« Erneut fuhr sie mit der Fingerkuppe über das Strahlensymbol. Es war wie ein Zwang. Die Zeichen faszinierten sie, mal abgesehen von der Tatsache, dass sich seine Haut über den harten Muskeln so herrlich anfühlte.

»Okay, das reicht!«, knurrte Colm in seinen nicht mehr vorhandenen Bart und rollte sich so schnell auf sie, dass sie nicht einmal »Uff!« sagen konnte. »Hör auf, mich zu befummeln, sonst kann ich für nichts garantieren.«

Verblüfft sah sie ihn an. Ihre Gesichter waren nur eine Handbreit voneinander entfernt. »Ist doch nur die Schulter.«

»Was heißt denn hier ›nur‹?«, fragte er stirnrunzelnd.

Obwohl sein nackter Körper auf ihrem erneut ihre Sinne benebelte, stieß sie ein leises neckendes Lachen aus. »Ich wusste gar nicht, dass die Schultern zu den erogenen Zonen des Mannes gehören!«

»Denkst du vielleicht, bei uns spielt sich alles nur zwischen den Beinen ab?«, empörte sich Colm.

»Natürlich.« Sie bewegte ihre Hüften, was ihn aufstöhnen ließ. »Oder etwa nicht?«, setzte sie keck hinzu.

Statt einer Antwort machte er sich lang, um nach seinen Shorts zu greifen – eine reibende Bewegung, die bei Grace nicht ohne Folgen blieb –, und zauberte ein weiteres Kondom hervor. Er hatte den Vorsatz gefasst, der kleinen sexy Nervensäge unter ihm eine Lektion zu erteilen, die sich gewaschen hatte. Die kleine sexy Nervensäge wiederum quittierte seinen Plan mit einem zufriedenen und durch und durch weiblichen Seufzer.

»Möchtest du zum Essen bleiben?«

Inzwischen war es Abend geworden, und Grace stand in der Küchentür. Sie hatte geduscht und trug ein wadenlanges Sommerkleid, und auch Colm war in seinen Shorts und seinem Poloshirt wieder gesellschaftsfähig. Lediglich ihre rosigen Wangen und seine verwuschelten Haare wiesen darauf hin, dass sie mehr getan hatten, als nur Tee zu trinken.

»Tut mir leid«, antwortete er auf ihre Frage. Ein seltsamer Ausdruck war auf sein Gesicht getreten, als müsste er mit sich ringen. »Das Team trifft sich um neun zur Nachbesprechung.«

»Klar. Natürlich.« Grace versuchte, sich ihre Enttäuschung nicht anmerken zu lassen. »Es wäre eh nicht genügend Püree da.«

Es entstand ein kurzes Schweigen, bevor er sich vorbeugte und einen Kuss auf ihre Lippen tupfte. »Ich rufe dich an«, murmelte er.

»Das war's also?«, wollte Grace entgegnen, besann sich aber rechtzeitig. »Hast du überhaupt meine Nummer?«, fragte sie stattdessen mit aufgesetzter Fröhlichkeit.

Colm hob leicht die Augenbrauen. »Ich bin zwar nicht James Bond, aber sie herauszufinden, kann so schwer nicht sein.«

»Ich kann sie dir auch auf dein Handy schicken, wenn du mir deine Nummer verrätst«, bot Grace an, obwohl sich ihr

Magen dabei schmerzhaft zusammenkrampfte. Wie verzweifelt sie sich anhörte! Fehlte nur noch, dass sie sich an sein Hosenbein klammerte und ihn anflehte zu bleiben.

»Oder so«, antwortete Colm und nannte sie ihr.

Wie kühl und reserviert er sich verhielt! Grace' Hand zitterte ein wenig, als sie ihm auf dem Handy eine Nachricht sandte. Anschließend begleitete sie ihn zur Haustür.

»Also dann …«, sagte sie.

»Also dann«, echote er mit einem angedeuteten Lächeln, dann trat er hinaus in die Nacht.

Grace schloss langsam die Tür, lehnte sich gegen das kühle Holz und lauschte dem sich entfernenden Motorengeräusch. Sie rang um Fassung. Hatte sie sich ihm zu sehr aufgedrängt? Erst das Essen, dann die Handynummer. In beiden Fällen hatte er nicht gerade Luftsprünge gemacht. Und dann das berüchtigte »Ich rufe dich an«, begleitet von einem zarten Kuss – der *was* bedeutete? Trost? Beschwichtigung? Mitleidsbekundung? Grace biss sich fest auf die Unterlippe, kämpfte die Tränen nieder. *Meine Güte,* meldete sich ihre Stimme der Vernunft, *krieg dich wieder ein! Es ist nur Sex gewesen, nicht mehr und nicht weniger. Das geeignete Rezept, um über den Tod von Marcus hinwegzukommen!* Was Grace nicht daran hinderte, aufgekratzt im Raum auf und ab zu gehen. Eine Weile trottete Einstein hinterher, bis es ihm zu stupide wurde und er sich mit einem missmutigen Schnauben auf seine Decke legte. Am Ende wusste Grace keinen anderen Ausweg, als ihre beste Freundin anzurufen.

»Ich hatte Sex!«, platzte es aus ihr heraus, kaum dass Jess den Hörer abgenommen hatte.

»Halleluja!«, lautete die Antwort. »Mit wem?«

»Mit jemandem von hier. Er betreibt eine Brennerei und spielt Gaelic Football«, sagte Grace ein wenig zusammenhanglos und setzte sich aufs Sofa.

»Wenn das nicht irisch ist!«, erwiderte Jess mit einem kleinen Lachen. »Und? Wie war's?«

»Es war …« Grace hielt kurz inne und suchte nach dem passenden Attribut. »… der Wahnsinn!«

»Super, Gracie. Das freut mich sehr für dich!«, sagte Jess mit so viel Wärme, dass Grace schwer schlucken musste, was ihrer Freundin nicht entging.

»Herrje, was ist passiert?«, fragte sie.

»Ich glaube, ich habe ihn verscheucht«, antwortete Grace unglücklich.

»Wäre das schlecht?«

»Also hör mal!«, erboste sich Grace. »Klar wäre das schlecht!«

Jess seufzte. »Also gut, erzähl.«

Was Grace bereitwillig tat.

»Mach dir nicht so viele Gedanken, Gracie!«, lautete Jess' Ratschlag. »Es war nur Sex. Sieh es als Therapie an, für die Seele und auch für den ganzen Rest. Ihr müsst euch ja nicht gleich verloben!«, warf sie scherzhaft ein. »Ich bin stolz auf dich, ehrlich. Das war ein Riesenschritt in die richtige Richtung.«

»Schon klar, Jess, aber …« Grace zögerte.

»Was?«

»Es war der Wahnsinn!«

»Hast du bereits erwähnt.«

»Nein, was ich meine, ist …« Obwohl niemand da war, der sie hätte belauschen können, senkte Grace unwillkürlich die Stimme. »Ich habe so etwas noch nie erlebt. Auch nicht mit Marcus. Verstehst du?«

Es folgte ein kurzes Schweigen, dann ein Seufzer. »Gracie, das war dein erster Kerl seit einer gefühlten Ewigkeit«, sagte Jess eindringlich. »Steigere dich nicht zu sehr hinein! Mach langsam …«

Grace atmete hörbar aus. »Vermutlich hast du recht.«

»Natürlich habe ich recht«, entgegnete Jess im Brustton der Überzeugung. »Wie ist er denn so? Wenn er dich nicht gerade ins Nirwana vögelt?«

Grace musste lachen, und ihr wurde leichter ums Herz. »Na ja …« Sie überlegte. »Aufbrausend, störrisch, ein wenig raubeinig, schwer zu durchschauen. Er mag es, wenn ich ihm etwas auf dem Klavier vorspiele. Außerdem hat er die blauesten Augen, die du dir vorstellen kannst.« *Und Lippen, die dich willenlos machen,* fügte sie in Gedanken hinzu.

»Klingt heiß!«

»Und er ist verheiratet.«

»Da brat mir einer einen Storch!«, rief Jess halb schockiert, halb amüsiert. »Das hätte ich nie von dir erwartet! Er muss wirklich heiß sein.«

»Er lebt von seiner Frau getrennt«, stellte Grace rasch klar. »Hier in Irland müssen Ehepaare vier Jahre getrennt leben, bis die Scheidung vollzogen werden kann.«

»Okay.« Jess klang erleichtert. »Nicht, dass ich dir deswegen einen Vorwurf gemacht hätte, schließlich bist du meine beste Freundin, aber wenn ich mir vorstelle, Fraser würde fremdgehen …« Ihre letzten Worte klangen wie das Fauchen einer Tigerin, was Grace erneut zum Lachen brachte.

»Glaube ich gern«, sagte sie. »Armer Fraser!«

»Armer Fraser?«, stieß Jess empört hervor.

»Schon gut.« Grace, die das Temperament ihrer Freundin kannte, schmunzelte. »War nur ein Witz.«

»Gut.« Kurze Pause. »Also, wie soll es weitergehen mit dir und …? Wie heißt der Typ eigentlich?«

»Colm.« Sein Name zerging ihr auf der Zunge wie Honig. »Ich warte, dass er anruft«, sagte sie, wobei es mehr nach einer Frage klang.

»Unbedingt!«, rief Jess. »Ich schätze, du willst ihn wiedersehen.«

»Ich denke schon«, lautete Grace' vorsichtige Formulierung, obwohl alles in ihr »Ja!« schrie.

»Okay. Dann schadet es nicht, wenn du die Füße stillhältst. Du weißt doch, wie Männer sind.«

»Klar«, antwortete Grace mit einem energischen Unterton, der darauf abzielte, ihre Freundin zu beruhigen.

Das mit dem Füße-Stillhalten stellte sich nicht als so einfach heraus, wie Grace es gern gehabt hätte. Als Jess gemeint hatte, Colm wäre ihr erster Kerl seit einer gefühlten Ewigkeit gewesen, waren ihre Worte galant gewählt. Grace selbst war inzwischen der Überzeugung, dass sie schlicht und einfach untervögelt war, ein hässliches Wort, das leider auf sie zutraf. Dieses eine Mal hatte offenbar ausgereicht, um sie anzufixen, denn nur Stunden später lechzte sie erneut nach dem Gesamtpaket Colm McCunnigan. Aber trotz aller Sehnsucht würde sie nicht ihrer sexsüchtigen Mutter nacheifern, sondern sich in Zurückhaltung üben, bis Colm sich meldete.

Falls er sich meldete.

Das Grübeln hätte Grace sich sparen können, denn das Schicksal hatte ein Einsehen. Schon am darauffolgenden Nachmittag prallten Colm und sie in Mrs Dooneys Lebensmittelladen buchstäblich aufeinander, wobei natürlich nicht auszuschließen war, dass der Leprechaun dabei mal wieder seinen Schabernack trieb. Das konnte man in Irland nie genau wissen! Die letzte Dose Erbsen, die in einem der oberen Regale stand, stellte sich als besonders rebellisch heraus. Immer wenn Grace mit den Fingerspitzen danach griff, drückte sie ungewollt die Dose tiefer ins Regal und bekam sie folglich noch schlechter zu fassen. Da halfen kein Fluchen und kein genervtes Stöhnen. Hilfesuchend blickte sich Grace um, doch außer Mrs Dooney, die an der Kasse ihren eigenen Kampf mit der

Bonrolle ausfocht, schien der Laden leer zu sein. Also schnappte sie sich im Parallelgang einen Holzlöffel aus dem Regal für Küchenbedarf und kehrte mit gezückter Waffe zurück, um die renitente Dose das Fürchten zu lehren.

Der Plan funktionierte, doch weil Grace den Löffel mit zu viel Enthusiasmus schwang, landete die Dose statt in ihrer Hand auf dem Boden und nahm kullernd Reißaus. Grace jagte gebückt hinterher, dabei behielt sie die Flüchtende genau im Auge. Noch einen Schritt, dann wären die Erbsen fällig! Das dachte sich wohl auch die Person, die plötzlich aus dem Seitengang vorpreschte, um danach zu greifen. Ein greller Schmerz explodierte in Grace' Kopf, und die Welt verlor kurz an Schärfe, als sie mit einem betonharten Schädel zusammenstieß. Sie schrie auf und schwankte. Hätte eine starke Hand sie nicht festgehalten, wäre sie wohl auf dem Hintern gelandet. Ihre Lider flatterten, und als sie wieder klar sehen konnte, blickte sie direkt in ein Paar kobaltblauer Augen, die sie besorgt musterten.

»Herrje, tut mir leid«, sagte die Stimme, nach der sich Grace gesehnt hatte, die sie aber in diesem Moment verwünschte. »Tut es sehr weh?«

Grace drückte die Hand auf die schmerzende Stelle. »Woraus besteht dein Schädel? Aus Granit?«

Colms Mundwinkel kräuselten sich. »Ich hoffe nicht.« Dann beugte er sich vor und blies ihr sanft auf die wohl bald sichtbare Beule. »Besser?«

Grace brachte das Kunststück zustande, zu nicken und gleichzeitig seinen Duft zu inhalieren. »Stalkst du mich?«, fragte sie schließlich, um die peinliche Situation zu überspielen.

»Die gleiche Frage könnte ich dir auch stellen«, antwortete Colm mit einem kleinen Lächeln und half ihr vorsichtig auf.

Kaum hatten sie sich aufgerichtet, als Grace wie vom Donner gerührt stehen blieb. »Meine Erbsen!«, rief sie und machte Anstalten, sich danach zu bücken.

»Ich mach das!«, sagte Colm mit unerschrockener Miene.

Grace legte die Hand auf ihr Herz. »Mein Held!«

Nachdem Colm die Dose geborgen und sie Grace feierlich übergeben hatte, gingen sie feixend zur Kasse und klärten eine sichtlich besorgte Mrs Dooney über den Radau auf.

»Dein Abendessen?«, scherzte Grace, als Colm ein Fläschchen Sojasoße und eine Packung Nachos bezahlte.

»Frühstück«, antwortete er trocken.

Mit einem Grinsen auf dem Gesicht, das einfach nicht verschwinden wollte, beglich Grace ihrerseits ihre Rechnung. Danach verließen sie gemeinsam den kleinen Laden.

Fragend blickte sich Colm um. »Wo steht der Lieferwagen?«

»Ich bin mit dem Fahrrad hier«, antwortete Grace.

Colm wies auf seinen Wagen, der nur wenige Meter weiter geparkt war. »Soll ich dein Rad hinten reinpacken und dich nach Hause fahren?«

»Ist nicht nötig«, antwortete Grace mit ehrlichem Bedauern.

Colm warf ihr einen unergründlichen Blick zu. Er sah gut aus in seinen Jeans und dem blau-weißen T-Shirt. »Ich werde irgendwie das Gefühl nicht los, dass du dich davor scheust, zu mir ins Auto zu steigen.«

»Ich weiß doch, was für ein Fahrer du bist!«, erklärte Grace und lächelte, um ihre Worte abzumildern. »Im Ernst. Ein anderes Mal gern, aber ich muss noch zur Post, und danach bin ich mit Ashley Walsh verabredet.«

»Verstehe.« Falls er enttäuscht war, so ließ er es sich nicht anmerken. »Aber vorher muss ich dir etwas zeigen.«

Sie runzelte die Stirn. »Und was?«

»Lass dich überraschen!«, antwortete er. »Es dauert auch nicht lange.«

Mit skeptischer Miene schaute sie zu ihm hoch. Sein Lächeln war ein wenig jungenhaft, als er ihr seine linke Hand reichte, die sie zögernd ergriff. Ohne ein weiteres Wort setzte er sich in Bewegung. Seine warme Haut an ihrer erzeugte ein angenehmes Kribbeln, und Grace spürte, wie ihre Knie weich wurden, während sie bereitwillig mitging. Sie schlenderten ein Stück die Hauptstraße hinunter, bevor sie auf einen Trampelpfad abbogen, der zwischen mehreren Häusern verlief. Beim letzten Haus auf der rechten Seite drückte Colm ein verwittertes Holztor auf, und sie gelangten in einen verwilderten, nach Rosen duftenden Garten, der von einer efeubewachsenen Mauer geschützt wurde. In der Ferne toste das schäumende Meer.

»Das wird jetzt aber keine schräge Exhibitionistennummer, oder?«, scherzte Grace.

Colms tiefes Lachen erzeugte ein Kribbeln in ihrem Bauch. »Nein. Nichts dergleichen, versprochen.«

»Gut.« Sie sah sich um. »Es ist wunderschön hier.«

Colm nickte. »Das finde ich auch.« Mit spitzbübischer Miene deutete er auf eine rissige Steinbank, die von der Natur schon fast vollständig gekapert worden war. »Hier habe ich meine Unschuld verloren«, erklärte er.

»Wirklich?« Grace lächelte. »Wie alt warst du?«

»Fünfzehn.«

»Und wer war sie?«, wollte Grace fragen, kam aber nicht mehr dazu, die Worte auszusprechen, denn schon hatte Colm sie gepackt und gegen die warme Hauswand gedrückt. Ihre Einkaufstaschen plumpsten auf den Boden.

Kurz trafen sich ihre Blicke, dann presste er seine Lippen auf ihren heftig atmenden Mund. Grace spürte die Wärme seines Körpers durch ihr T-Shirt, und ein Zucken, das sie aufseufzen ließ, fuhr durch ihren Unterleib. Daraufhin intensivierte Colm seinen Kuss, saugte an ihrer Unterlippe wie an süßem Nektar und ließ seine Zunge in ihren Mund gleiten, um jeden Millimeter von ihr zu erkunden. Der Boden unter ihren Füßen schien zu wanken.

»Du zitterst«, wisperte Colm, ohne von ihren Lippen abzulassen. »Ich hoffe, es liegt an mir und nicht an den Erbsen.«

Grace prustete heraus – ein Geräusch zwischen Lachen und Stöhnen. Seine Finger fuhren durch ihr Haar, glitten über ihre Stirn, zeichneten ihre Wangenknochen und die Wölbung ihres Nackens nach. Sie erkundeten ihren Körper, strichen über ihren Rücken, ihre Taille, ihren Bauch … Colm berührte sie nicht nur, er gab ihr mit seiner Liebkosung ein Versprechen. Trotzdem wünschte sie sich, sein Kuss möge niemals enden.

»Sehen wir uns heute Abend?«, flüsterte er wenig später an ihren Lippen.

»Ja«, antwortete sie ebenso atemlos wie er. »Bei mir? Ich koche uns etwas.«

Er lachte heiser auf. »Essen hatte ich nicht unbedingt im Sinn.«

»Ich bin eine gute Köchin«, entgegnete Grace ein wenig schmollend.

Colm zwinkerte. »Okay. Dann gibt's heute Abend multiplen Genuss für uns beide.«

Die Antwort raubte ihr die Schlagfertigkeit, und sie strich sich verlegen eine Strähne aus dem Gesicht.

»*An-álainn*«, murmelte Colm, der ihre Geste beobachtete.

»Was heißt das?«, flüsterte Grace.

»Wunderschön.«

»Oh«, entfuhr es Grace, die, um ihre Freude zu verdecken, hastig hinzufügte: »Du weißt wirklich, wie man englische Frauen rumkriegt.«

Nachdem er sie zurück zur Hauptstraße begleitet hatte, bedeckten seine Lippen ihre ein letztes Mal in einem leidenschaftlichen Kuss. Danach ging er lächelnd seines Weges und ließ sie mit hochroten Wangen, Knien wie aus Pudding und jauchzendem Herzen zurück. Heute Abend würde es eine weitere Dosis Colm McCunnigan für sie geben!

KÄSESOUFFLÉ UND ROTE DAHLIEN

Leise vor sich hin summend öffnete Grace den Backofen, um die Soufflé-Förmchen hineinzuschieben, dann stellte sie den Timer auf dreißig Minuten. Ihre Mutter mochte nicht die beste Köchin der Welt gewesen sein, doch was ihr luftig-würziges Käsesoufflé betraf, konnte ihr niemand das Wasser reichen. Glücklicherweise hatte sie ihre Tochter früh in das Geheimnis eingeweiht, und so war klar, dass Grace heute Abend Colm ihr berühmtes Soufflé mit Schinken und grünem Salat kredenzen würde. Per Textnachricht hatten sie ausgemacht, dass er um halb acht kommen sollte. Jetzt war es zwanzig vor sieben. Für Grace höchste Zeit, sich fertigzumachen! Den Tisch hatte sie bereits gedeckt, mit weißer Tischdecke und Stoffservietten, roten Dahlien als Dekoration, aber ohne Kerzenlicht. Das Essen sollte in anregender, aber nicht kitschiger Atmosphäre stattfinden. Obwohl Colm und sie sich bereits sehr nahegekommen waren, wuchs Grace' Unruhe, je näher die verabredete Zeit rückte. Der Abend sollte perfekt verlaufen.

Als sie kurz darauf wilde Verrenkungen vollführte, um den hinteren Reißverschluss ihres Kleids zuzuziehen, vernahm sie draußen Motorengeräusche. Himmel! Jetzt schon? Colm war zu früh dran. Wusste er denn nicht, dass so etwas ein No-Go war? Natürlich nicht! Schließlich war er ein irischer Dickschädel, und die taten bekanntlich, was sie wollten! Eigentlich hätte Grace darüber verärgert sein müssen, doch das Gegenteil war der Fall. Sie schenkte ihrem Spiegelbild ein kleines Lächeln, bevor sie ihre Erscheinung kritisch prüfte und anerkennend nickte. Alles in allem war sie vorzeigbar. Das elegante dunkelblaue Chiffonkleid war ärmellos und tailliert mit einer seitlichen Schlaufe. Grace hatte es im vorletzten Frühjahr gekauft, um Marcus zu überraschen, doch dazu war es nicht mehr gekommen. Heute trug sie es zum ersten Mal. Die Entscheidung war ihr nicht leichtgefallen, andererseits sollte das Kleid auch nicht im Schrank vergammeln, zumal es ihr ausgezeichnet stand, auch wenn es um die Hüften ein wenig zu locker saß. Ihre Haare hatte sie im Nacken zusammengefasst und festgesteckt, dann mit etwas Haarspray fixiert und zwei Strähnen herausgezogen, die ihr Gesicht umspielten. Sie war dezent geschminkt, fehlte nur noch der Lippenstift. Zwar hatte sie noch einen schnell trocknenden Nagellack auftragen wollen, doch daraus würde wohl nichts werden. Dann eben kein erotisierendes Dunkelrot, das Colm um den Verstand bringen sollte!

Ihr Blick fiel auf ihre Hände. Mit einer langsamen Bewegung zog sie den Ehering von ihrem Finger und schluckte schwer, als sie ihn in ein Samtbeutelchen steckte, das sie ganz weit hinten in einer Kommodenschublade verstaute. Außerhalb ihres Sichtfeldes.

Es klopfte an der Tür.

Grace straffte sich, fixierte kurz ihr Spiegelbild, um sich Mut zu machen, dann setzte sie ein kleines und, wie sie hoffte, geheimnisvolles Lächeln auf – das auf ihrem Gesicht gefror, als sie kurz darauf die Tür öffnete. Schockiert starrte sie die schlanke Gestalt im beigefarbenen Hosenanzug an, die sie um gut zwanzig Zentimeter überragte. Das lange schwarze Haar war zu einem einfachen Pferdeschwanz zusammengebunden, was die aparten Gesichtszüge betonte, die Fingernägel waren perfekt lackiert. Dunkelrosé, wie Grace unwillkürlich bemerkte.

»Guten Abend«, sagte Maureen McCunnigan. »Vielleicht erinnern Sie sich. Wir haben uns in der St. Patrick's Church kennengelernt, bei d…«

»Ich erinnere mich«, fiel ihr Grace ins Wort, während sich ihre Gedanken überschlugen. »Was verschafft mir die Ehre Ihres Besuchs?«

»Nun …« Die Frau vor ihr blickte kurz zu Boden, als würde sie nach Worten ringen. »Darf ich hereinkommen?«

Nur das nicht!, rief Grace' innere Stimme panisch.

»Tut mir leid, Maureen.« Es widerstrebte Grace, sie Mrs McCunnigan zu nennen. »Aber ich erwarte jemanden zum Essen. Ich habe nicht sehr viel Zeit. Was immer Sie mir sagen wollen, sagen Sie es.«

Maureen McCunnigan holte tief Luft, ehe sie den Blick auf Grace richtete. Ihre grünen Augen schwammen in Tränen, was Grace mit Entsetzen und einer düsteren Vorahnung erfüllte. »Ist Colm derjenige, den Sie erwarten?«, fragte sie mit zittriger Stimme.

Grace' Herz sank. »Ich denke nicht, dass Sie das etwas angeht«, entgegnete sie, bemühte sich aber um einen sanften Unterton.

Ein kämpferischer Funke trat in Maureens schöne Augen. »Ich denke schon, dass es mich etwas angeht, Mrs Cavanaugh! Colm ist mein Ehemann. Wir haben uns vor dem Angesicht Gottes das Jawort gegeben.«

»Sie leben in Scheidung, oder etwa nicht?«, versetzte Grace, die um Contenance bemüht war.

»Die Umstände haben sich geändert.«

»Inwiefern?«

Als sich Maureen McCunnigan mit einer ehrfürchtigen Geste die Hand auf den Bauch legte, wurde Grace speiübel.

Nein!, stöhnte sie innerlich auf. *Nein!*

»Colm und ich erwarten ein Kind«, ließ die aparte Frau ihre Bombe platzen. Ihre Stimme bebte vor Emotionen.

Grace, die den beißenden Geschmack von aufsteigender Galle in ihrer Kehle wahrnahm, brachte keinen Ton heraus.

»Hat nicht jeder eine zweite Chance verdient?«, flüsterte Maureen und wischte sich eine Träne aus dem Augenwinkel. »Und das hier«, wieder berührte sie ihren Bauch, »ist unsere zweite Chance.« Sie hielt Grace' unsteten Blick fest. »Bitte zerstören Sie die uns nicht.«

Mit diesen Worten wandte sie sich ab und ging zurück zu ihrem Wagen, den sie vor dem Gartentor geparkt hatte. Ins Mark getroffen blickte Grace ihr nach, bis die Rücklichter hinter dem Hügel verschwunden waren. Nachdem sie die Haustür geschlossen hatte, fiel ihr Blick auf den liebevoll gedeckten Tisch. Tränen schossen ihr in die Augen, und sie sah an sich herunter. War es möglich, dass das Kleid ihr Unglück brachte? Sie ließ sich auf den nächstbesten Stuhl fallen, fuhr sich mit beiden Händen durchs Haar und bemerkte zu spät, dass sie damit ihre Frisur ruinierte. Was nun auch keine Rolle mehr spielte! Während sie reglos dasaß und ins Leere starrte, rasten ihre Gedanken. Hatte Colm nicht gesagt, Maureen und er würden seit drei Jahren getrennt leben und auf ihre Scheidung warten? Womöglich erspähte Maureen einen Hoffnungsschimmer, wo Colm nur das endgültige Aus ihrer Ehe erkennen konnte. Grace sah auf die Uhr. In vierzig Minuten würde sie ihn danach fragen können.

Vierzig Minuten – eine Ewigkeit.

Eine wühlende Faust in Grace' Bauch drehte ihre Eingeweide auf links, bis sie es nicht mehr aushielt und zum Telefon griff. Herrgott, warum sollte sie sich unnötig quälen? Ein kurzer

Anruf würde die Angelegenheit klären, und sie könnte sich wieder auf einen schönen Abend freuen.

»Hallo, meine Schöne«, begrüßte Colm sie nach nur zweimaligem Klingeln. »Ich fahre gleich los.«

»Ich …«, Grace' Hals war plötzlich wie zugeschnürt.

Was, wenn Colm Maureens Vorstellung von einer zweiten Chance teilte? Wenn sie selbst lediglich eine Figur in einem Spiel war, das sie nicht verstand?

»Was ist los?«, fragte Colm gutgelaunt. Sie konnte hören, wie er nach seinen Schlüsseln griff. »Soll ich etwas mitbringen?«

»Maureen war hier!«, platzte es aus ihr heraus. Sie brachte es nicht fertig, »deine Frau« zu sagen.

Eine ohrenbetäubende Stille trat ein, und dann: »Was wollte sie?« Die Kälte in seiner Stimme ließ Grace frösteln.

»Sie sagt, sie ist von dir schwanger«, stieß sie mühsam hervor.

Diesmal zog sich die Stille unendlich lange hin.

»Colm?«, fragte Grace, die kaum noch Luft bekam, so laut schlug ihr Herz. Wenn sie doch nur sein Gesicht sehen könnte!

»Sie lügt.« Es klang überzeugend und entschlossen.

»Auf mich hat sie sehr glaubwürdig gewirkt.«

»Und wenn schon!«, stieß Colm hervor. »Es ist bestimmt nicht von mir.«

Eine seltsame Formulierung. Hätte er nicht »es ist nicht von mir« oder »es kann nicht von mir sein« sagen müssen?

»Und du bist dir sicher?«, hakte Grace nach.

Das Zögern am anderen Ende währte nur wenige Sekunden, genügte jedoch, um ihr Misstrauen zu wecken.

»Hattet ihr etwa Sex?«, fragte sie.

»Es war nur ein Ausrutscher«, warf Colm düster ein. »Ein Fehler.«

»Wann?«, fragte Grace heiser.

»Vor ein paar Monaten.«

Eine eisige Faust krampfte sich um ihr Herz. »Ich ... ich verstehe das nicht«, stammelte sie. »Hast du nicht gesagt, das mit euch wäre vorbei?«

Grace atmete tief durch, während sie auf eine Antwort wartete.

»Ich sagte doch, es war ein Ausrutscher.«

Grace traf eine Entscheidung. »Tut mir leid, Colm«, sagte sie mit fester Stimme. Besser, sie handelte, ehe die Sache ernst wurde. Die sexuelle Anziehung zwischen ihnen beiden war stark, weil sie neu und aufregend war, aber noch spielten Gefühle keine große Rolle. Damit war das Risiko gering, ernsthaft verletzt zu werden. »Das Abendessen ist abgesagt. Du hast jetzt Wichtigeres zu tun. Dich um deine Familie zu kümmern, zum Beispiel.«

Sie unterbrach die Verbindung, bevor er etwas vorbringen konnte, was sie umstimmen würde. Im gleichen Moment ertönte das melodische Pling des Backofens, das Zeichen, dass die Käsesoufflés fertig waren. Grace' mühsam errichteter Schutzwall fiel in sich zusammen, und sie brach in Tränen aus.

Colm ließ die Hand mit dem Telefon sinken. Die Gedanken schwirrten in seinem Kopf herum wie ein wild gewordener Bienenschwarm, und erst als sie langsam zur Ruhe gekommen waren, wählte er Maureens Nummer.

»Was sollte der Scheiß, Grace Cavanaugh dieses Ammenmärchen aufzutischen?«, fragte er schneidend, kaum dass sie abgenommen hatte. Eine höfliche Begrüßung ersparte er sich.

»Das ist also deine Reaktion darauf, dass ich dein Kind unter dem Herzen trage?«, lautete der ungehaltene Kommentar.

»Erspar mir die pathetische Formulierung!«, ätzte Colm, während er wütend auf und ab ging.

»Du glaubst nicht, dass ich von dir schwanger bin?«

»Nein!«

»Es ist aber wahr!«, antwortete Maureen hörbar aufgebracht. »Ich bin im fünften Monat.«

Colm brauchte kein Mathegenie zu sein, um die Bedeutung von Maureens Aussage zu ermessen. »Glückwunsch! Wer sagt, dass das Kind von mir ist?«

Ein theatralisches Japsen. »Wofür hältst du mich?«

»Für eine miese Ehefrau.« Das Schluchzen, das in Colms Ohr ertönte, ließ ihn die Faust ballen. Er nahm Maureen den Schmerz nicht eine Sekunde lang ab. »Hast du mir mit Absicht eine Falle gestellt? Jetzt, da die Brennerei läuft, ist der Idiot Colm McCunnigan vielleicht doch keine so schlechte Partie!«

Das Schluchzen wurde lauter. »Wie kannst du nur?«, wimmerte Maureen. »Ich liebe dich immer noch. Deshalb war ich bereit, mich von Neuem auf dich einzulassen. Ich habe gehofft, dass wir wieder zusammenkommen.«

»Bullshit!«, versetzte Colm. »Du liebst nur dich, Maureen. Solltest du wirklich schwanger sein, tut mir dein armes Kind jetzt schon leid.«

»Es ist auch dein K…«

Colm drückte auf die rote Taste und starrte einen Moment lang auf das Handy, als könnte es allein durch Gedankenübertragung in Flammen aufgehen. Maureen blufft! *Und wenn nicht?*, warf eine flüsternde Stimme in seinem Kopf ein. Angenommen, ihre Geschichte stimmte, was dann? Würde er die Mutter seines Kindes verlassen, stieße das in der Gemeinde auf wenig Verständnis. Scheidungen mochten seit fast fünfundzwanzig Jahren in Irland legal sein, doch in vielen Köpfen war der Grundsatz »Bis dass der Tod euch scheidet« noch fest verankert. Es war sogar denkbar, dass die Pubs und Läden des Countys seine Produkte deswegen boykottieren würden. Trotzdem war eine unglückliche Ehe mit einem dann sicher auch unglücklichen Kind ein Preis, den er nicht bereit sein würde zu bezahlen.

Seine Gedanken wanderten zu Grace. Er verstand, warum sie ihm den Rücken zukehrte. Sie hatte sich eben erst aus einem tiefen Loch herausgekämpft. Das Letzte, was sie jetzt brauchte, war neuer Mist, in den sie hineingezogen wurde. Trotzdem tat ihre Ablehnung weh. Es war nicht die Art von Schmerz, die einem glühend durch die Eingeweide fuhr und einem den Verstand raubte. Vielmehr versetzte sie ihm einen Stich, nicht sonderlich tief, dafür aber mit einem ätzenden Gift versehen, das ihm die Luft abschnürte.

Bilder von Grace tauchten vor Colms innerem Auge auf. Als er in sie eingedrungen war, hatte sie den Mund leicht geöffnet, und bei jedem seiner Stöße waren ihre Atemzüge rauer und lauter geworden. Und wie gut sie sich unter ihm angefühlt hatte, als sie gekommen war! Vor dem Höhepunkt hatte sich ihr Körper versteift, war zu Stein geworden – und kurz darauf zu einer weichen Wolke, in die er sich am liebsten gekuschelt hätte … Hinterher hatte er sich wie ein Feigling zu seinem Teamtreffen davongestohlen, weil ihm die richtigen Worte gefehlt hatten. Einerseits sollte sie nicht glauben, dass sie für ihn nur eine unter vielen gewesen war. Andererseits hatte er nicht den Anschein erwecken wollen, etwas Längerfristiges im Sinn zu haben – denn das war für ihn derzeit ausgeschlossen. Mein Gott, er hatte immer noch eine Ehefrau an der Backe! Dumm war nur, dass er Grace Cavanaugh nicht vom Haken lassen wollte. Er begehrte sie mit jeder Faser seines Körpers! Seit ihrer Begegnung beim Konzert in der Kirche war sie ihm nicht mehr aus dem Kopf gegangen, nur deshalb hatte er letztlich seine Bedenken über Bord geworfen. Die Erinnerungen kehrten zurück, pumpten das Blut schneller durch seine Adern, und sein Schwanz reagierte prompt. Er stieß wilde Flüche aus.

Gegenstand seiner Verwünschungen waren die Frauen im Allgemeinen und Maureen im Besonderen. Colm steigerte sich in seine Wut hinein, ließ zu, dass sie wie heiße Lava seinen Verstand durchflutete. Entschlossen ging er zur Anrichte, nahm ein Glas aus dem oberen Schrank und schenkte sich drei Fingerbreit Single Malt ein. Den Whiskey leerte er in zwei Zügen, etwas, was er unter normalen Umständen niemals tat, schließlich ging es um den Genuss. Aber heute war kein normaler Tag. Maureen hatte ihn bei den Eiern!

Was also sollte er tun?

Er stellte das leere Glas mit einem Knall ab.

Nichts.

Er würde abwarten, ob sich Maureens Bauch wölbte, und sollte das Unausweichliche eintreffen, würde ein Vaterschaftstest für Klarheit sorgen. Was Grace betraf, würde er sie davon überzeugen, dass Maureens Schwangerschaft keine Bedeutung hatte. Sollte das Kind von ihm sein, würde er sich der Verantwortung stellen und ihm ein guter Vater sein. Maureen aber hatte in seinem Leben keinen Platz mehr. Er war frei, zu begehren, wen immer er wollte. Wieder griff er nach dem Handy, wählte aber diesmal Grace' Nummer. Es läutete und läutete, und weil auch die nächsten beiden Versuche erfolglos waren, beschloss er, hinzufahren. *Ganz schön viel Aufwand für ein bisschen Sex,* verhöhnte ihn eine Stimme in seinem Kopf. Er ignorierte sie. Stattdessen genehmigte er sich einen weiteren kräftigen Schluck Single Malt, bevor er nach seinem Wagenschlüssel griff. Obwohl er streng genommen nicht mehr Auto fahren hätte sollen, warf er alle Bedenken über Bord. Zum einen betrug die Fahrzeit zu Grace' Cottage nicht einmal eine Viertelstunde, zum anderen kannte er die Strecke wie seine Westentasche!

Wie ferngesteuert geisterte Grace durch das Cottage. Sie räumte den Tisch ab – das gute Geschirr, die hübschen Stoffservietten und die roten Dahlien, die im Müll landeten –, anschließend zog sie ihr Kleid aus und hängte es zurück in den Schrank. Das Abschminken ging rasch vonstatten, hatten ihre Tränen doch ordentlich Vorarbeit geleistet. Hinterher schlüpfte sie in eine bequeme Hose, dazu zog sie ihr Lieblingsshirt an, auf dem ein Frosch zu sehen war, der auf einer Lotusblüte saß und Trompete blies. Jess hatte es ihr zu ihrem letzten Geburtstag geschenkt und sie damit zum Lachen gebracht. Lustlos stocherte Grace in einem der Käsesoufflés, aß es pflichtbewusst auf. Hätte sie statt Salz versehentlich Zucker hineingeschüttet, sie hätte es nicht einmal gemerkt.

Ihr Handy klingelte mehrmals, und nachdem ihr das Display beim ersten Mal angezeigt hatte, dass es Colms Nummer war, ignorierte sie seine weiteren Anrufe. Sie stieß einen Seufzer der Erleichterung aus, als das Handy endlich verstummte – und zuckte heftig zusammen, als es an der Tür klopfte. Sie war tief in Gedanken versunken gewesen und hatte keinen blassen Schimmer, wie viel Zeit seit dem ersten Klingeln ihres Handys vergangen war. Da sie kein Motorengeräusch vernommen hatte, nahm sie an, dass es Ruby war. Weit gefehlt. Als sie die Tür öffnete, stand Colm vor ihr. Er trug eine graue Anzughose, dazu ein dunkelblaues Hemd und auf Hochglanz polierte schwarze Schuhe. Es war offensichtlich, dass auch er sich für heute Abend fein gemacht hatte. Grace unterdrückte ihre Traurigkeit und sah ihn mit festem Blick an.

»Hör zu«, begann Colm und trat auf sie zu, den Kopf vorsichtshalber eingezogen. »Lass mich das mit Maureen erklären.«

Grace wollte gerade etwas erwidern, als ihr der Geruch von Alkohol in die Nase stieg. Sofort wich sie einen Schritt zurück.

»Hast du getrunken?«, presste sie zwischen zusammengebissenen Zähnen hervor.

Colm zuckte mit den Achseln. »Ein bisschen.«

Grace erstarrte. »Ich kann Alkohol nicht leiden.«

»Hast du bereits mehrmals erwähnt«, entgegnete Colm mit einem Hauch von Gereiztheit in der Stimme.

»Das gilt ganz besonders für alkoholisierte Autofahrer!«, ergänzte Grace giftig.

»Ich verstehe. Dein verblichener Mann war also ein Heiliger!«

Seine Bemerkung fachte ihre Wut an, die sich wie ein roter Schleier vor ihre Augen legte. »Lass Marcus aus dem Spiel!«

»So also hieß er. Marcus.« Colms Augen funkelten böse. »Muss ein ziemlicher Langweiler gewesen sein! Kein Alkohol. Kein Sex. Denn mal ehrlich, wie du unter mir abgegangen bist, sagt einiges über ihn aus.«

Außer sich schlug ihm Grace die Tür vor der Nase zu, und nur Colms guten Reflexen war es zu verdanken, dass sein Gesicht nicht mit dem schweren Holz Bekanntschaft machte.

»Grace!«, rief er in der gleichen Sekunde. »Scheiße, es tut mir leid!«

»Verpiss dich!«

»Ich habe das nicht so gemeint«, erklang es hörbar zerknirscht.

Grace starrte wortlos auf die Tür.

»Grace?«, ertönte es dumpf.

Sie antwortete nicht. In den letzten beiden Jahren hatte sie so viel Schmerz erleiden müssen, das reichte für ein ganzes Leben. Das Letzte, was sie jetzt brauchen konnte, war noch mehr davon! Wie zur Bestätigung, dass das Universum es nicht gut mit Colm und ihr meinte, hörte man von draußen eine Abfolge beunruhigender Geräusche – erst ein Poltern, dann einen dumpfen Schmerzensschrei und schließlich einen derben Fluch.

»Was ist passiert?«, rief sie durch die geschlossene Tür.

Ein unverständliches Stöhnen war die Antwort, worauf ihre Neugier obsiegte und sie nach draußen trat. Der Lichtschein aus dem Wohnzimmer fiel auf Colm, der auf dem Rasen lag, das rechte Bein steckte in einer kleinen ausgehobenen Grube im Erdreich, die wohl auch der Grund für seinen Sturz gewesen war.

»Ach herrje«, entfuhr es Grace.

»Ach herrje?«, äffte Colm sie nach und rappelte sich mühsam auf. Seine Anzughose war zerrissen, auf seiner rechten Wange prangte ein blutiger Kratzer.

»Warum zum Geier ist hier ein Loch?«, presste er erzürnt hervor, als sie nichts sagte. Die Stirn hatte er in düstere Falten gelegt.

»Ich wollte morgen Rosen pflanzen«, gab Grace zur Antwort.

»Im August?«

»Ja. Warum auch nicht?«

Als er sich zu seiner vollen Größe aufrichtete, unterdrückte sie den Impuls, zurückzuweichen. »Und das muss mitten auf dem Weg sein?«, brummte er.

»Ist es nicht. Wärst du geradeaus gegangen, statt nach rechts abzudriften ...« Sie ließ den Rest ungesagt und hob dafür bedeutungsvoll die Augenbrauen.

»Ich bin nicht abgedriftet«, widersprach Colm. »Ich wollte nur ...«

Er brach jäh ab, und obwohl sein Gesicht im Halbschatten lag, hätte Grace schwören können, dass ihm die Röte in die Wangen geschossen war.

Da fiel bei ihr der Groschen.

»Wolltest du etwa durchs Fenster spionieren?«, fragte sie empört. Angesichts seiner Miene, die der eines begossenen Pudels glich, stöhnte sie resigniert auf. Aus völlig unerfindlichen Gründen hatte sie anscheinend eine Schwäche für diesen großen, unverfrorenen Kerl.

»Tja, kleine Sünden werden sofort bestraft.« Sie bedachte ihn mit einem grimmigen Blick. »Komm, ich werde die Wunde in deinem Gesicht säubern. Aber mach dir keine falschen Hoffnungen. Ich bin stinksauer auf dich!«

Erst jetzt schien er seine Verletzung zu bemerken. Er fuhr sich zögernd über die Wange und setzte sich dann humpelnd in Bewegung.

»Gut möglich, dass mein Bein ebenfalls was abbekommen hat«, klagte er wie ein kleiner Junge mit einem aufgeschürften Knie.

Grace setzte eine unerbittliche Miene auf. »Wir werden sehen.«

Schweigend stapfte er hinter ihr ins Haus. Als Grace das Bad ansteuerte und er Anstalten machte, ihr zu folgen, legte sie eine Hand auf seine Brust, um ihn aufzuhalten.

Wie warm und hart sich seine Muskeln unter ihren Finger anfühlten! In ihrem Bauch kribbelte es verräterisch.

»Du bleibst hier«, sagte sie mit einer Stimme, die keinen Widerspruch duldete. »Ich hole den Verbandskasten.«

Ihre Blicke begegneten sich. Sie wollte vermeiden, dass er ihr Schlafzimmer betrat, und er wusste es.

»Jawohl«, antwortete er lammfromm, und für einen kurzen Moment war sie geneigt, alles, was in der letzten Stunde geschehen war, zu vergessen und ihn in ihr Bett zu zerren.

Was sie natürlich nicht tat. Stattdessen setzte sie ihn auf einen Küchenstuhl, desinfizierte den Kratzer auf seiner Wange und versah ihn anschließend mit einem Pflaster. Obwohl es brennen musste, zuckte er nicht ein einziges Mal zusammen. Natürlich nicht. Stattdessen hielt er seine Augen unverwandt auf ihr Gesicht gerichtet, sondierte jeden Zentimeter, bis sie meinte, unter seinem Blick zu verglühen. Als sie fertig war, atmete sie befreit auf und rückte ein wenig von ihm ab.

»Was ist mit dem Bein?«, fragte sie fast grob.

In seinem Gesicht arbeitete es, als würde er einen inneren Kampf ausfechten, schließlich schüttelte er bedauernd den Kopf. »Ich denke, es ist okay.«

»Gut.« Die Erleichterung war ihr deutlich anzuhören. Das Letzte, was ihr Nervenkostüm jetzt brauchen konnte, war, dass sie in der Nähe seines Schrittes herumwerkeln musste.

»Mir tut das Ganze wirklich leid, Grace«, sagte er ernst, was sie veranlasste, ihn anzusehen. »Du darfst nicht alles glauben, was Maureen sagt. Sie ist eine notorische Lügnerin.«

»Aber offensichtlich liebt sie dich noch.« Diese Worte auszusprechen, fiel ihr schwer.

Colm schüttelte den Kopf. »Tut sie nicht. Es ist nur ein weiterer Versuch, mich zu schröpfen.« Er sah sie eindringlich, beinahe flehend an. »Trotzdem könnte das, was sie behauptet, wahr sein. Sollte das Kind von mir sein, werde ich mich meiner Verantwortung stellen. Trotzdem gehört Maureen für mich endgültig der Vergangenheit an. Daran gibt es nichts zu rütteln.«

Grace nickte langsam. »Nicht, dass es mich etwas angeht.« Einen Augenblick lang haderte sie mit sich. »Trotzdem bin ich froh, das zu hören.«

Er erlaubte sich ein kleines Lächeln. Eine Weile ruhten ihre Blicke forschend aufeinander, bis sie leise seufzte. »Ich fahre dich nach Hause.«

Als sie aufstand, tat er es ihr nach.

»Das musst du nicht«, antwortete er.

»Ich bestehe darauf! Du bist angetrunken«, entgegnete sie energisch. Sie wollte unter allen Umständen verhindern, dass er sich hinters Steuer setzte.

»Ich bin nicht angetr…«

»Darüber führe ich keine Diskussionen, Colm!«, fiel sie ihm scharf ins Wort, worauf er ein kleinlautes »Okay« von sich gab, was angesichts seiner eindrucksvollen Erscheinung einfach nur zuckersüß war. Dennoch ließ sie sich nichts anmerken. »Aber ich fahre mit deinem Wagen zurück zu mir nach Hause«, stellte sie klar. »Du wirst ihn morgen hier abholen müssen.«

»Kein Problem.« Sein Kopf machte eine ruckartige Bewegung nach vorn, als wollte er sie küssen, doch er besann sich offenbar eines Besseren. »Danke.«

Sie benötigte ein paar Minuten, um den Fahrersitz einzustellen und sich mit der Technik des Defender vertraut zu machen, danach fuhren sie los, die untergehende Sonne im Rücken. Der rosa Himmel über den angeleuchteten mintgrünen Hügeln wirkte wie eine Traumlandschaft, und für einen kurzen Moment stellte sich Grace vor, Colm und sie seien versehentlich in der Anderswelt gelandet, dort, wo unmittelbar neben ihrer realen Welt mystische Wesen lebten …

»Marcus befand sich auf dem Weg nach Hause, als ein betrunkener Autofahrer von der Straße abkam und ihn frontal erwischte«, sagte Grace leise, ohne den Blick von der Straße abzuwenden. »Er wurde zehn Meter durch die Luft geschleudert und starb noch an der Unfallstelle.«

Colms Betroffenheit war fast greifbar, und mit einem Mal schien das Wageninnere zu eng für sie beide. »Scheiße, Grace … das tut mir so leid«, sagte er mit heiserer Stimme. »Verflucht!«

»Versprich mir, dass du nie wieder in alkoholisiertem Zustand Auto fährst.« Noch immer hielt sie den Blick starr nach vorn gerichtet.

»Ich verspreche es«, antwortete Colm mit fester Stimme. »Es ist eigentlich auch nicht meine Art. Ich hab's nur getan, weil ich unbedingt mit dir sprechen wollte und du nicht auf meine Anrufe reagiert hast. Und nein«, beeilte er sich hinzuzufügen, »das soll kein versteckter Vorwurf sein.«

Grace, deren Hals wie zugeschnürt war, beließ es bei einem Nicken. In bedrücktem Schweigen fuhren sie den Rest des Weges, bis sie vor der Brennerei hielt.

»Soll ich dich herumführen?«, fragte er, als er ihren neugierigen Blick auffing.

Sie überlegte einen Moment, doch dann schüttelte sie den Kopf. Sie musste in Ruhe nachdenken, was ihr schwerfiel, wenn Colm in ihrer Nähe war.

»Ein andermal vielleicht«, murmelte sie.

Er zögerte kurz, dann nickte er. »Okay. Na dann … gute Nacht.«

»Gute Nacht«, antwortete sie und fuhr davon, sobald er ausgestiegen war.

»Seine Frau ist schwanger, wusstest du das?«, begrüßte Ruby sie am nächsten Morgen.

Es war noch vor sechs Uhr in der Früh, und Grace, die kaum ein Auge zugetan hatte, starrte sie verständnislos an. »Was?«, fragte sie.

»Colms Frau.«

»Ach so …« Grace runzelte die Stirn. »Warum sagst du das?«, wollte sie wissen, obwohl ihr nicht der Sinn danach stand, darüber zu reden. Dass ihr das Thema den Schlaf geraubt hatte, reichte völlig.

Ruby hielt in ihrer Arbeit inne. »Ich weiß, es geht mich nichts an, Grace, aber ich sehe mich als deine mütterliche Freundin, und als solche liegt mir dein Wohl am Herzen.«

»Weiß ich doch«, entgegnete Grace ein wenig sanfter. »Aber worauf willst du hinaus?«

»Nun, Colm McCunnigan ist verheiratet, und jetzt, da seine Frau ein Kind erwartet …«

»Die beiden leben in Scheidung, Tante Ruby, und ob das Baby von ihm ist, scheint nicht ganz klar zu sein«, fühlte sich Grace genötigt zu sagen.

Ein Ruck ging durch Rubys Körper. »Trotzdem! Sie sind nach wie vor Mann und Frau, und sollte das Kind von Colm sein …« Ein besorgter Ausdruck huschte über ihr Gesicht, und sie packte Grace am Arm. »Da entwickelt sich doch nichts zwischen Colm und dir, oder? Ich mag den Jungen, wirklich, aber mit der Treue nimmt er es nicht so genau, weißt du.«

Grace blinzelte. »Wie meinst du das?«

»Er hat seine Frau betrogen, aber ein Kind könnte ihn zurück auf den rechten Weg bringen.«

Grace, die Rubys überholte Ansichten nicht teilte, ersparte sich eine Bemerkung. Stattdessen setzte sie ein beruhigendes Lächeln auf und strich ihr über die Hand. »Mach dir keine Gedanken! Ich weiß, was richtig und was falsch ist, und versuche, danach zu handeln.«

Daraufhin entspannten sich Rubys Züge. »Das ist gut. Männer sind schwach, weißt du. Es liegt an uns, stark zu sein.«

Sie lächelten sich an, bis sich Grace einen Ruck gab. »Jetzt muss ich aber los! Sonst werden unsere Kunden heute auf Tiefkühlbrötchen ausweichen müssen«, scherzte sie.

Später im Lieferwagen dämmerte es Grace, dass Ruby Colms Wagen vor dem Cottage gesehen und sich einen Reim darauf gemacht haben musste. Ihre mahnenden Worte gingen ihr nicht aus dem Kopf. Colm war angeblich untreu gewesen, etwas, was Grace sich schwer vorstellen konnte. Sicher, er strotzte vor Männlichkeit und war gut aussehend, kurzum ein Hingucker, und wenn er sich etwas Mühe gab, konnte er sogar richtig charmant sein und darüber hinaus wahnsinnig sexy. Ungeachtet dessen hielt sie ihn für einen Menschen mit festen Prinzipien.

Vielleicht hat ihm Maureen einen Grund geliefert fremdzugehen?, dachte sie und wurde im gleichen Moment von ihrer inneren Stimme der Vernunft zusammengefaltet.

Geht's noch?, empörte sich diese. *Versuchst du etwa ernsthaft, Ehebruch zu rechtfertigen?*

In Grace' Kopf setzte ein Wirrwarr konfuser Gedanken ein, und schon bald spürte sie ein dumpfes Pochen hinter der Stirn. Energisch schnitt sie ihren inneren Stimmen das Wort ab und füllte die Stille in ihrem Geist mit den ersten vier Takten des musikalischen Leitmotivs, das sie für Puck, den Hofnarr des Elfenkönigs im »Sommernachtstraum«, ersonnen hatte. Ihre Lippen kräuselten sich unwillkürlich zu einem leisen Lächeln, und während sie ihre Backwaren auslieferte, spann sie in Gedanken die leichtfüßige Melodie weiter. Dabei stellte sie sich vor, wie der übermütige Puck durch den Wald hüpfte und einen Zauber versprühte, der die Herzen der Menschen verzückte – und ganz nebenbei das unangenehme Pochen in ihrem Kopf eindämmte.

Nachdem sie ihre Tour beendet hatte, stellte sie den Lieferwagen vor Rubys Laden ab und lief den Weg hinauf zum Cottage. Wie erwartet, hatte Colm seinen dunkelblauen Land Rover inzwischen geholt. Obwohl sie wusste, wie albern es war, konnte sie ein Gefühl der Enttäuschung nicht unterdrücken, und als sich ihre inneren Stimmen diesmal erneut erhoben, gelang es weder ihr noch dem schlitzohrigen Puck, sie zum Schweigen zu bringen.

DIE FEENBRÜCKE

Grace haderte mit sich und der Welt. Auch jetzt, wo sie dabei war, ihre frisch gepflanzten Rosen mit dem aristokratischen Namen »Fürstin Amalie« zu gießen: kirschrote Edelrosen mit weißem Herzen, die einen berauschenden Duft verströmten, der sie leider nicht zu trösten vermochte. Auch ein Telefongespräch mit Jess hatte nicht, wie erhofft, Zuspruch und Erleichterung gebracht. Die bedeutungsschwere Stille, nachdem Grace ihr von Maureens Schwangerschaft erzählt hatte, war fast zu erwarten gewesen, versuchten Jess und Fraser doch seit Jahren, ein Baby zu bekommen. Entsprechend fiel der Rat ihrer Freundin aus: »Lass es sein, Gracie! Das ist eine Nummer zu groß für ein bisschen Spaß. Colm McCunnigan ist schließlich nicht der einzige Mann in Irland.« Nein, das war er nicht. Trotzdem wollte Grace niemand anderes einfallen, der es auch nur ansatzweise mit ihm hätte aufnehmen können.

Nach Tagen des Grübelns und Abwägens hatte sie das Fazit gezogen: Colm oder keiner. *Große Worte!*, hatte sie sich hinterher zu veralbern versucht, doch die Selbstironie hatte ihre Laune nicht heben können. Grace lächelte traurig. Selbst wenn Kelly nicht in Brendan Hegarty verschossen wäre, würde der attraktive Tierarzt sie kaltlassen. Dabei hatte sie ihn anfangs ziemlich ansprechend gefunden. Wann hatte sich das geändert? Wann hatte sich Colm in ihrem Leben bis nach vorn in die erste Reihe gedrängt? Das Football-Spiel war wohl der Wendepunkt gewesen, und obwohl es erst eine Woche her war, kam es Grace vor, als wäre seitdem eine Ewigkeit vergangen. Sie sehnte sich nach Colm, und nur ihre Arbeit am »Sommernachtstraum« lenkte sie von den Gedanken an den großen dunkelhaarigen Mann mit dem weichen irischen Akzent ab.

Zu allem Überfluss lief er ihr dauernd über den Weg, was in dieser ländlichen Gegend nicht überraschend war. Beim Ausliefern hatte sie seinen Wagen mehrmals in der Ferne erspäht, der Einkauf bei Mrs Dooney war einmal zu einem wilden Katz-und-Maus-Spiel ausgeartet, als sie ihm in den Gängen ausgewichen war und sich hinter den Regalen versteckt hatte. Auch auf der Straße waren sie sich mit ihren Wagen mehrmals begegnet. Dabei hatte sie jedes Mal das Gaspedal bis zum Anschlag durchgetreten und dabei riskiert, im Graben zu landen, nur um aus seiner Sichtweite zu gelangen. Natürlich wusste sie, dass sie sich wie eine alberne Gans benahm, schließlich hätte sie ihn nur anzurufen brauchen, um ihm zu sagen, dass sie ihn nicht wiedersehen wollte. Doch sie fürchtete sich davor, seine Stimme zu hören. Diese tiefe, sonore Stimme, die die Muskeln in ihrem Becken in Vibrationen versetzte. Meine Güte! Vermutlich bräuchte er nur »Hallo Grace« zu sagen, damit sie einknickte wie ein liebestrunkener Teenager. Sie rechnete es ihm hoch an, dass er nicht versuchte, sie zu bedrängen, sondern ihre Zurückhaltung respektierte. Umso verwerflicher erschien es ihr, ihn im Ungewissen zu lassen, auch wenn es nur um Sex ging.

Die Sonne warf bereits lange Schatten, als sie die leere Gießkanne abstellte und sich mit einem Seufzer aufrichtete. Inzwischen konnte sich ihr kleiner Garten sehen lassen. Die Hortensien und Begonien standen in voller Blüte, und ihr windgeschütztes Kräuterbeet – mit Thymian, Zitronenmelisse, Schnittlauch, Rosmarin und Salbei – gedieh prächtig. Nicht zu vergessen die Minze, die Grace' Nase kitzelte, als sie sich hinunterbeugte, um ein Blatt zwischen ihren Fingern zu zerreiben.

Obwohl Einstein im Haus kurz bellte, erfolgte der Angriff lautlos und blitzschnell. Bevor Grace reagieren konnte, wurde sie emporgehoben und über eine Schulter geworfen, gleichzeitig legte sich ein muskulöser Arm wie ein Schraubstock um ihre Taille. Ihr Herz hämmerte so rasend schnell, dass sie befürchtete, ihr Brustkorb könnte bersten, trotzdem setzte sie sich energisch zur Wehr. Wer auch immer der Angreifer war, er würde sein blaues Wunder erleben! Mit dem Mut der Verzweiflung drosch sie auf seinen Rücken ein und versuchte, mit dem Fuß irgendwie seinen Schritt zu treffen. Just als sie den Mund zum Schrei öffnete, mit dem festen Vorsatz, sein Trommelfell zum Platzen zu bringen, stieg ihr sein warmer, vertrauter Duft in die Nase. Vor Erleichterung wurde ihr ganz schwindelig. Sie befand sich nicht im Würgegriff eines Mörders oder Vergewaltigers, sondern eines – leider ziemlich attraktiven – irischen Grobians.

»Hallo Grace«, sprach er die verhängnisvollen Worte aus. »Ich mache es dir einfach: Entweder du hältst still, oder ich werde dich fesseln und knebeln.«

Grace, der das Blut in den Ohren rauschte, brauchte einen Moment, um sich zu sammeln. »Das ist nicht dein Ernst, oder!«, stieß sie schließlich hervor.

»Doch«, lautete die kurz angebundene Antwort.

»Colm«, keuchte sie. »Lass mich runter.«

»Nein.« Es klang beinahe gelangweilt.

»Ich werde schreien«, drohte sie viel zu matt.

»Wirst du nicht.«

Mit einem Mal schien die Luft um sie herum elektrisch geladen. Sie spürte seinen Körper, hart und unerschütterlich wie ein Fels, und in ihrem Bauch flatterten tausend Schmetterlinge.

»Ich bin kein sehr geduldiger Mann, Grace«, brummte er. »Da du mir dauernd aus dem Weg gehst, musste ich ein wenig nachhelfen.«

Grace war unfähig zu antworten, ganz so, als hätte er sie mit einem Bann belegt.

»Hast du Einstein gefüttert?«, fragte er unvermittelt, während er zur angelehnten Haustür stapfte.

Vom Anblick seines wohlgeformten Hinterns abgelenkt, der sich praktisch vor ihrer Nase aufreizend bewegte, blinzelte sie irritiert. »Was?«

»Ob du deinen Hund gefüttert hast?«

»Äh – ja.«

»Gut. Und frisches Wasser hat er auch?«

»Ja.« Sie wusste nicht, ob sie lachen oder ihn schlagen sollte. Die Szene war einfach surreal.

»Gut«, sagte er noch einmal und zog die Haustür zu.

»Hey!«, protestierte Grace. »Du hast mich gerade ausgesperrt.«

»Erzähl mir nichts, meine Schöne«, entgegnete er unbeeindruckt. »Ich wette, du hast draußen irgendwo einen Ersatzschlüssel versteckt.«

»Dämlack!«, grummelte Grace.

»Wie war das?«

In ihrem Bauch kribbelte es. Ihr gefiel der herrische Unterton in seiner Stimme. »Jaa-haa, ich habe einen Ersatzschlüssel versteckt«, antwortete sie betont genervt.

Statt einer Antwort gab er ihr einen unsanften Klaps auf den Hintern.

»Was soll das?«, schimpfte sie, während er sie den Weg hinuntertrug.

»Mir war gerade danach.« Sie hörte das Lachen in seiner Stimme.

»Arsch!«

»Yep!«

Nun musste sie widerwillig grinsen. »Komm schon, Colm, lass mich runter«, bat sie, als sie unten die Straße erreichten.

»Nope.«

»Tante Ruby wird uns sehen!«

Colm schnaubte. »Netter Versuch, aber um die Uhrzeit schläft sie schon wie ein Murmeltier.«

Grace unternahm einen weiteren, etwas halbherzigen Versuch, sich aus ihrer misslichen Lage zu befreien, bevor sie kapitulierte und zuließ, dass Colm sie wie einen Sack Kartoffeln zu seinem Wagen trug, der vor der Bäckerei parkte. Zum Glück war außer ihnen niemand auf der Straße, andernfalls wäre sie vor Scham gestorben. Möglicherweise gehörte es hier im Nordwesten Irlands zum guten Ton, Frauen durch die Gegend zu wuchten.

»Kopf einziehen!«, warnte Colm, als er sie herunternahm und in den Wagen bugsierte.

Jeden Fluchtversuch von ihr vereitelte er, indem er die Tür per Funkknopf verriegelte. Seine Fahrertür hingegen blieb wie durch ein Wunder offen.

Blöde Technik!

»Meinst du wirklich, diese Entführung bringt mich dazu, die Schwangerschaft deiner Frau zu vergessen?«, maulte sie, als er einstieg, was sie jedoch nicht daran hinderte, zu bemerken, dass die Farbe seines Hemdes das tiefe Blau seiner Augen perfekt zur Geltung brachte.

Er sah sie mit unschuldigem Blick an. »Wer sagt denn, dass ich dich entführen will?«

»Als was würdest du das hier sonst bezeichnen?«

»Als Blind Date.«

Sie prustete spöttisch heraus. »Blind Date? Du weißt offenbar nicht, was…«

Die Worte blieben ihr im Hals stecken, als er ihr eine Augenbinde anlegte, die er an ihrem Hinterkopf verknotete. All das geschah so schnell, dass sie nicht reagieren konnte. Instinktiv hob sie die Hände, um den blickdichten Stoff herunterzuziehen, doch seine Stimme ließ sie innehalten.

»Nicht«, sagte er leise in ihr linkes Ohr. Mit dem Handrücken strich er federleicht über ihre Wange, wo er eine prickelnde Spur hinterließ. »Vertrau mir.«

Sie tat es. Obwohl ihr das Herz bis zum Hals schlug, sie kaum Luft bekam und sie wusste, dass es falsch war. So was von falsch. Aber auch so was von aufregend!

Colm startete den Motor und fuhr los.

»Sind wir bald da?«, fragte Grace nach wenigen Minuten. »Schöne Landschaft übrigens«, fügte sie herausfordernd hinzu, als er nichts sagte.

Statt einer Antwort schaltete er die Musik ein. Sie spürte, wie er sich nach vorn beugte, als würden die Moleküle in der Luft in Bewegung versetzt, und das Kribbeln in ihrem Bauch nahm zu. Einige Gitarrenriffs ertönten, danach setzte eine raue und gleichzeitig samtige männliche Singstimme ein. Später gesellte sich eine klare Frauenstimme dazu. Grace kannte und mochte den Song, in dem es um Wiedergutmachung und Erlösung ging, und sie konnte nicht anders, als den Refrain leise mitzusingen.

»Du kennst den Song?«, fragte Colm hörbar überrascht.

»Klar.« Sie rang sich ein Lächeln ab. »Ich mag Country Music.«

Das Geräusch, das Colm daraufhin machte, klang, als hätte er sich verschluckt. »Das ist Blues Rock«, schnaubte er empört.

»Mag sein«, entgegnete Grace unbeeindruckt. »Aber die Mundharmonika verleiht dem Ganzen ein gewisses Country-Flair.«

»Okay, damit kann ich leben«, sagte Colm, und Grace konnte das Lachen in seiner Stimme hören. »Gerade noch so die Kurve gekriegt!«

Es entstand eine kurze Pause.

»Ist jedenfalls ein toller Song«, flüsterte Grace.

»Ja«, antwortete Colm ebenso leise.

»Sind wir bald da?«, fragte sie, nachdem die letzten Töne verklungen waren.

»Gib endlich Ruhe, du nervtötendes Weib!«

Sie brach in Lachen aus. Ihre »Entführung« bereitete ihr größeres Vergnügen, als gut für sie war, und sie fragte sich, welche Überraschung am Ende der Reise wohl auf sie wartete. Dass ihr Gefahr drohen könnte, glaubte sie nicht eine Sekunde. So verrückt es auch klingen mochte, zumal sie ihn kaum kannte, aber sie vertraute Colm ohne Einschränkung.

Die Fahrt dauerte vier weitere Songs, was in etwa zwanzig Minuten entsprach, und als sie schließlich anhielten, hielt es Grace vor Spannung kaum mehr in ihrem Sitz.

»Darf ich?«, fragte sie und griff nach der Augenbinde.

Sie konnte spüren, wie er sich ihr zuwandte. »Noch nicht.«

Nachdem er ausgestiegen war, holte er etwas aus dem Kofferraum, kam um das Auto herum und öffnete die Beifahrertür. Sie fühlte seine warme Hand auf ihrer, als er ihr vorsichtig aus dem Wagen half. Die Brandung des Meeres schlug ihr lautstark entgegen, und sie glaubte, unter ihren Füßen weiches Gras zu spüren.

»Keine Angst«, sagte er im Ton eines fürsorglichen Beschützers. »Ich führe dich. Es ist nicht weit.«

Sie gingen ein paar Schritte, direkt in den Wind hinein, so schien es, bevor sie stehen blieben. Colm ließ sie kurz los, und Grace hörte, wie er etwas abstellte und drapierte. Dann war er wieder bei ihr und bugsierte sie zu ihrem Platz.

»Hinsetzen«, forderte er sie sanft auf.

Als sie ihm den Gefallen tat, stellte sie fest, dass sie auf etwas Weichem Platz nahm, vermutlich auf einem Kissen. Colm setzte sich dicht neben sie, und bevor sie äußern konnte, dass es ein wenig kühl war, spürte sie, wie er eine flauschige Decke um sie beide legte. Sofort war sie von wohliger Wärme umgeben, vermischt mit seinem inzwischen vertrauten Duft, während der salzgeschwängerte Wind ihre Nase kitzelte. Unwillkürlich musste sie lächeln. Seine Finger lösten die Augenbinde und zogen sie von ihrem Kopf. Grace blinzelte, dann zog sie die Luft scharf ein. Vor ihr erstreckte sich ein atemberaubendes Panorama. Ein langer rötlicher Kalksteinfelsen, der wie eine Hafenmole ins Meer ragte, war von zwei beinahe identischen Bögen durchbrochen. Colm hatte den perfekten Zeitpunkt abgepasst, sodass von ihrem Platz aus die beiden Bögen wie Gucklöcher auf die Sonne wirkten, die dabei war, in einem farbenprächtigen Feuerwerk unterzugehen.

»Wow!«, hauchte Grace. »Es ist ...« Sie zögerte einen Moment und durchforstete ihr Gedächtnis. »*An-álainn.*«

»Du hast es dir gemerkt«, sagte Colm, und die Freude in seiner Stimme war unüberhörbar.

Sie nickte, ohne den Blick abzuwenden.

»Das ist eine Feenbrücke«, erklärte Colm, und nie zuvor hatte sie seinen irischen Singsang so hinreißend gefunden. »Sobald die Sonne den Felsen küsst, betreten die Feen unsere Welt. Dann ist alles möglich.«

Grace lächelte. »Und daran glaubst du natürlich.«

»Wie könnte ich nicht?«, rief Colm. »Sieh dich doch um!« Er zeigte auf die purpurfarbene Heide, die sie umgab, und auf die ersten Sterne am Himmel. »Sie sind überall.«

Grace konnte nicht anders, als ihren Kopf an seine Schulter zu schmiegen. »Teufel auch!«, raunte sie. »Du weißt, wie man die richtigen Worte findet.«

Mit einem leisen Lachen legte er den Arm um sie. Und dann küsste sie ihn. Sie konnte nicht anders. Es war kein leidenschaftlicher Kuss, sondern eine liebevolle, beinahe schüchterne Berührung, die er erwiderte. Hinterher blickten sie schweigend auf die untergehende Sonne, bis sie hinter dem dunkelblau polierten Horizont verschwunden war. Als die Feenbrücke nur noch eine tiefschwarze Silhouette war und das Meer wie Öl schimmerte, zauberte Colm eine Thermoskanne hervor und schenkte ihnen heißen Tee ein.

»Und was gibt's zu essen?«, scherzte Grace.

Mit einem zufriedenen Grinsen holte Colm etwas aus seinem mitgebrachten Rucksack heraus, das im Halbdunkel nach zwei eingepackten Ziegeln aussah.

»Ich hoffe, du magst Roastbeef-Käse-Sandwich«, sagte er.

»Ich *liebe* Roastbeef-Käse-Sandwich!«, rief Grace begeistert.

Gut gelaunt machten sie sich über die Brote her.

»Köstlich!«, schwärmte Grace, nachdem sie den ersten Bissen hinuntergeschluckt hatte. »Hast du sie selbst gemacht?«

Colm zwinkerte ihr zu. »Selbst gekauft.«

Sie nickte anerkennend. »Hast du sehr gut hingekriegt.«

»Nicht wahr?«

Dann sagten sie eine Weile nichts, genossen einfach nur die Nähe des anderen und lauschten dem nie endenden Gesang des Meeres, das vom Mondlicht beschienen wurde.

»Kommst du oft hierher?«, brach Grace schließlich das Schweigen.

»Nein«, antwortete Colm nach merklichem Zögern. »Ehrlich gesagt war ich seit Jahren nicht mehr hier.«

»Warum nicht?«, hakte Grace nach und bedauerte es sogleich, als Colm zusammenzuckte. »Du musst es mir nicht sagen, wenn du n…«

»Es war Aidans Lieblingsplatz«, entgegnete er mit einem seltsamen Unterton.

»Aidan?«, fragte Grace vorsichtig nach. Ihr Gefühl verriet ihr, dass sie dabei war, unsicheres Terrain zu betreten.

»Mein älterer Bruder.«

Grace' Gedanken rotierten – Colm hatte »war« gesagt und nicht »ist« –, also wartete sie ab.

»Er hat sich im Alter von achtzehn Jahren das Leben genommen«, sagte Colm in die Stille der Nacht hinein. Seine Stimme war bar jeder Emotion, dennoch spürte Grace, wie schwer es ihm fiel, die Worte auszusprechen.

Das Entsetzen drängte sie zu einer Erwiderung, die sie sich jedoch sparte, weil diese nur in eine Plattitüde gemündet hätte. Stattdessen drückte sie seinen Arm und war froh, dass er sich nicht losriss.

»Ich war damals acht Jahre alt, und das Letzte, woran ich mich erinnern kann, ist, wie Aidan während eines heftigen Sturms die *Berceuse* gespielt hat, um mir die Angst zu nehmen«, sagte Colm leise. Den Blick hielt er auf das Meer gerichtet, als würde es ihm den nötigen Rückhalt bieten. »Während seines Spiels bin ich wohl eingeschlafen, denn ich wachte erst am nächsten Morgen in meinem Bett wieder auf.« Colm holte tief Luft, und als er weitersprach, hörte Grace das Zittern in seiner Stimme. »Nachdem Aidan mich ins Bett gebracht hatte, ist er in die Garage gegangen und hat sich dort erhängt. Später habe ich mir vorgestellt, wie er mich zugedeckt hat, mir einen letzten Kuss auf die Schläfe drückte und ›Ich habe dich lieb, kleiner Bruder‹ sagte. Wieder und wieder bin ich diese Szene durchgegangen …«

Nun brach seine Stimme, und Grace spürte, wie heiße Tränen über ihre Wangen liefen.

»O Gott, Colm …«, flüsterte sie. »Warum hat er das getan?«

Das Schweigen zog sich in die Länge, und Grace hörte in der Ferne den Ruf eines Käuzchens.

»Aidan war schwul, aber natürlich schwiegen meine Eltern das Thema tot. Sie behaupteten, er wäre krank gewesen, was in ihren Augen wohl das Gleiche ist, und hätte sich deshalb umgebracht. Ich war am Boden zerstört, habe es nicht verstanden«, antwortete Colm, nachdem er seine Fassung wiedergefunden hatte. »Erst Jahre später habe ich in einer Kiste auf dem Speicher ein paar von Aidans alten Büchern gefunden. In einem davon lagen lose Blätter, auf denen er seine Ängste und Gedanken aufgeschrieben hat. Eine Art Tagebuch. Mit fünfzehn hat er sich wohl in einen Jungen aus seiner Klasse verliebt. Er war völlig verzweifelt, hat sich gefragt, was mit ihm nicht stimmt. Irgendwann hat er sich ein Herz gefasst und sich meiner Mutter anvertraut.«

Die Art, wie Colm das Wort »Mutter« aussprach, klang so, als würde er von einem Scheusal sprechen. »Keine gute Idee, wie sich herausstellte. Meine Eltern haben ihn zu Pater O'Shea geschickt. Der sollte ihn von dieser neumodischen Seuche, wie mein Vater Homosexualität gern bezeichnete, heilen. Zwei Jahre lang ist Aidan jede Woche zum Pater gegangen, sie haben miteinander geredet und sehr viel gebetet. Gebracht hat es nicht viel, außer dass Aidans Scham zunahm und auch die Furcht davor, in der Hölle zu landen. Eine Zeit lang hat er das Spiel mitgemacht, gab vor, er wäre ›geheilt‹. Er ist ein paar Mal mit einem Mädchen aus der Nachbarschaft ausgegangen, nur um die Fassade zu wahren. Dabei hat er nicht nur unseren Eltern etwas vorgemacht, sondern auch sich selbst. Ich könnte mir vorstellen, dass es da mit den Depressionen losging. Aber ich bin kein Experte.« Colms letzter Satz klang zutiefst traurig. »Es will mir einfach nicht in den Kopf, wieso sie nicht bemerkt haben, wie nah er am Abgrund gestanden hat. Vor allem meine Mutter! Sie hat ihn geboren, sie hätte es spüren müssen, Herrgott!«

Colm atmete tief durch. »Irgendwann geschah das Unvermeidliche: Mein Vater erwischte Aidan beim Onanieren, während der sich ein einschlägiges Pornoheft angeschaut hat. Er war außer sich, hat das gesamte Haus zusammengebrüllt und damit gedroht, Aidan zu einer Konversionstherapie zu schicken. Er dachte wohl, mit der richtigen Umerziehung könnte er seinen ältesten Sohn und Erben wieder auf den rechten Pfad bringen.« Mit angespannten Kiefermuskeln starrte Colm auf seine Hände. »Zu einer solchen Therapie gehörten damals Schläge und Elektroschocks. Mein Bruder hätte sich niemals gegen unsere Eltern aufgelehnt, und so hat ihn die Angst letztlich aufgefressen. Er sah keinen anderen Ausweg.«

Wieder hielt Colm inne, und Grace bemerkte mit Schrecken, dass seine Unterlippe zitterte. »Aidan muss sich schrecklich allein gefühlt haben … Hätte ich ihm doch nur helfen können!«

Beschämt wandte er den Kopf ab.

»Du warst acht Jahre alt, Colm«, sagte Grace leise. »Ein Kind. Du hättest nichts tun können.«

Beim Anblick dieses großen, unbeugsamen Mannes, der Höllenqualen litt, blutete ihr das Herz. Sie legte ihre Arme um seinen Hals, bettete seinen Kopf an ihre Halsbeuge und strich ihm sanft über den Rücken.

Eine Weile sagten sie nichts.

»Entschuldige, Grace«, murmelte er irgendwann und fuhr sich verstohlen übers Gesicht. »Aber ich habe bisher noch nie mit jemandem darüber gesprochen.«

Erschüttert drehte sie sein Gesicht zu sich herum, um seine feuchten Wangen zu küssen. »Dann wurde es allerhöchste Zeit«, sagte sie zärtlich und wollte seine Lippen berühren – doch plötzlich hielt sie erschrocken die Luft an.

Aus dem Augenwinkel hatte sie eine Bewegung wahrgenommen: ein undefinierbares Huschen auf die steinernen Überreste eines Hauses zu, das vielleicht dreißig Meter entfernt in einer Senke stand. Als wäre jemand in den Schutz der Ruine zurückgewichen.

»Ich glaube, wir werden beobachtet«, zischte sie.

»Ein Schaf vielleicht?«, witzelte Colm mit hochgezogener Augenbraue.

»Nein!«, entgegnete Grace eindringlich. »Die Gestalt sah menschlich aus.«

Colm wurde ernst. »Bist du sicher?«

Sie nickte. »Ziemlich.«

»Soll ich nachschauen?«, fragte er und streichelte beruhigend ihre Hand.

Wieder nickte sie. »Aber bitte sei vorsichtig!«

Er lächelte. »Natürlich.«

Colm wühlte in seinem Rucksack und brachte eine Taschenlampe zutage, dann stand er auf, knipste sie an und ging auf die Ruine zu. Unterwegs bückte er sich, um etwas aufzuheben, was nach einem Stock aussah. Während Grace ihm nachblickte, zog sie die Decke enger um sich, wobei sie nicht umhinkam, ihre Nase in den warmen Stoff zu vergraben.

»Hey!«, hörte sie ihn rufen. »Ist da jemand?«

Auch wenn sie sich damit zur Närrin gemacht hätte, wäre sie froh gewesen, hätte Colm eine blökende Antwort bekommen. Doch bis auf den Wind und das Brausen des Meeres war nichts zu hören. Trotz der warmen Decke fröstelte sie. Sie hatte jemanden gesehen. Dessen war sie sich ganz sicher! Mit wild pochendem Herzschlag beobachtete sie, wie der Schein aus Colms Taschenlampe über die Steine hüpfte und dabei unheimliche Schatten warf, um gleich darauf hinter dem Mauerwerk zu verschwinden und in eine andere Richtung zu leuchten. Nachdem Colm sich eine Weile umgesehen hatte, kam er mit eingeschalteter Taschenlampe zurück.

»Nichts«, erklärte er. »Vielleicht war es der Dullahan, ein kopfloser Reiter, der nachts sein Unwesen treibt und seinen leuchtenden Kopf als Laterne mit sich herumträgt«, setzte er feixend hinzu.

Grace gelang es nicht, sein Lächeln zu erwidern. »Einen leuchtenden Kopf habe ich nicht gesehen«, antwortete sie düster.

Colm strich ihr mit einer liebevollen Geste eine Strähne aus dem Gesicht. »Alles klar?«

Grace zuckte hilflos mit den Achseln.

Sein Blick hielt ihren fest. »Sollen wir die Zelte abbrechen?«, fragte er sanft.

Sie nickte. »Tut mir leid, Colm. Es ist wunderschön hier, aber …« Sie sah sich um. »Ich weiß auch nicht. Ich habe so ein komisches Gefühl.«

»Obwohl ich hier bin, um dich zu beschützen?«

Seine Worte waren wie ein wärmendes Feuer, trotzdem nickte sie erneut.

»Das trifft mich jetzt hart«, sagte er, ergriff aber gleichzeitig ihre Hand, um ihr aufzuhelfen. »Ist schon okay, Grace, wir fahren.« Ein kleines Lächeln legte sich um seine Mundwinkel. »Vielleicht möchtest du heute Nacht bei mir übernachten, damit ich ein wachsames Auge auf dich haben kann? Die Einladung gilt selbstverständlich auch für Einstein.«

Grace musste nicht lange überlegen. »Liebend gern.« Dann lachte sie verlegen. »Du musst mich für eine richtige Memme halten.«

»Nein!«, erwiderte er beinahe schwärmerisch. »Du bist stark und unbeirrbar. Eine echte Kriegerin.«

»Ihr Iren könnt wirklich gut mit Worten umgehen«, zog sie ihn auf.

»Jetzt ist aber Schluss damit!«, sagte er mit gespieltem Ärger.

»Womit?«

»Mit diesem dauernden ›Ihr Iren hier, ihr Iren dort‹! Ich bin Colm McCunnigan und unvergleichlich!«, sagte er streng, und ja, auch mit geschwollener Brust.

Jegliche Beklemmung fiel von Grace ab, und diesmal lachte sie aus vollem Herzen. »Natürlich bist du das«, rief sie und warf sich ihm an den Hals, um ihn leidenschaftlich und sehr gründlich zu küssen. Vergessen waren Maureen und die damit verbundenen Gewissenskonflikte!

»Okay«, sagte er wenig später atemlos. »Lass uns fahren!«

»Ja.« Sie lehnte ihre Stirn gegen seine. »Du hast bei dir zu Hause ein großes Bett, oder?«

Er nickte. »Und einen Florteppich aus reiner Schurwolle vor dem Kamin.«

»Pfui! Wie unanständig!«, empörte sie sich übertrieben, und diesmal war es an ihm, zu lachen.

Aus der Dunkelheit heraus starrte ein Augenpaar auf die beiden Verliebten, die dabei waren, ihre Sachen zusammenzupacken. Das gerade eben war eine knappe Angelegenheit gewesen – hätte die Taschenlampe nur wenige Zentimeter weiter nach links geleuchtet, wäre alles vorbei gewesen. Die Gestalt, die hinter dem Mauervorsprung kauerte, wartete, bis alles im Kofferraum verstaut war und der Motor des Defender angelassen wurde, bevor sie zum Handy griff und die Wahlwiederholungstaste drückte.

»Ja?«, meldete sich eine atemlose Stimme am anderen Ende.

»Ist die Sache erledigt?«

»So gut wie.«

»Sieh zu, dass du fertig wirst. Sie sind auf dem Weg.«

Die Gestalt wartete die Antwort nicht ab, sondern beendete das Gespräch und steckte das Handy wieder ein. Mit leicht zusammengekniffenen Augen sah sie den Rücklichtern des sich entfernenden Wagens nach, bis diese verschwunden waren. Erst dann wagte sie es, ihre Taschenlampe einzuschalten, um den Rückweg zu ihrem eigenen Auto anzutreten. Schließlich wollte sie sich nicht den Hals brechen.

NÄCHTLICHER BESUCH

Amüsiert beobachtete Colm, wie Grace mit einer ausgebeulten Reisetasche und einem überdimensionalen Hundekissen aus dem Cottage trat, während Einstein um ihre Beine scharwenzelte. Seine Sorge um sie – die Furcht in ihren Augen war unübersehbar gewesen – war inzwischen Vorfreude gewichen, und seit sie losgefahren waren, malte er sich aus, wie er sie nach allen Regeln der Kunst lieben würde. Der kleine Zwischenstopp, um Einstein zu holen, kam ihm mehr als gelegen, um das Feuer, das seine Fantasie entzündet hatte, zumindest vorläufig zu ersticken.

»Mir war nicht klar, dass wir eine Weltreise antreten«, zog er sie auf, während er alles im Wagen verstaute.

»Ist alles Einsteins Kram«, sagte Grace, die sich umgezogen hatte. Colm befand, dass sie in ihrem fliederfarbenen Jumpsuit und dem kurzen Strickjäckchen zum Anbeißen aussah.

»Na sicher«, erwiderte er hörbar ironisch und lachte, als Grace nach ihm trat.

Geschickt wich er ihren wiederholten Angriffsversuchen aus – jahrelange Übung auf dem Spielfeld –, bis sie schnaubend aufgab und ihm stattdessen ihre kleine rosa Zunge herausstreckte. Was die Glut in ihm prompt wieder anfachte! Ein breites Grinsen schien in sein Gesicht eingemeißelt, als sie in seinen Wagen stiegen. Während der Fahrt dachte Colm über Grace' Beobachtung nach. Vielleicht war es ein Pärchen auf der Suche nach dem besonderen sexuellen Kick gewesen oder irgendwelche Kids, die in Ruhe Pot rauchen wollten. Klar, dass sich unter diesen Umständen niemand zu erkennen gegeben hatte!

Obwohl er beim Fahren die Straße im Auge behielt, bemerkte er, dass Grace ihm laufend Seitenblicke zuwarf. »Was ist los?«, fragte er fröhlich. »Raus damit, bevor du noch einen schiefen Hals bekommst!«

Sie verzog das Gesicht. »Ich möchte dir die Stimmung nicht vermiesen.«

»Nichts kann mir heute Abend die Stimmung vermiesen«, entgegnete er.

»Sicher?«

»Ja.« Trotz seiner guten Laune konnte er seine Ungeduld kaum zügeln. »Aber wenn du nicht gleich mit der Sprache raus-rückst, halte ich an und schüttele sie aus dir raus.«

»Das würde Einstein nicht zulassen«, hielt sie dagegen und reckte angriffslustig das Kinn.

Obwohl er ihren kleinen, vorwitzigen Mund am liebsten mit Küssen bedeckt hätte, bedachte er sie mit einem besonders finsteren Blick. »Möchtest du es darauf ankommen lassen?«

»Also gut«, sagte sie und holte tief Luft. »Aber nicht sauer werden.«

Nun brach sich seine Anspannung endgültig Bahn, und er stieß einen irischen Fluch aus.

»Was heißt das?«, fragte sie, sichtlich verzückt.

»Der Teufel soll dich quer verschlucken!«, knurrte er.

Sie prustete los, und auch seine Mundwinkel zuckten. Grace hielt sich beim Lachen nicht vornehm zurück, sondern tat es laut und aus vollem Herzen, ohne dabei jedoch vulgär zu klingen. Und das gefiel ihm. Sehr sogar.

»Also gut«, sagte sie, nachdem sie sich beruhigt hatte. »Es geht um deine Eltern.«

»Ja?«, antwortete er abwartend.

»Ich schätze, euer Verhältnis ist nicht das beste?«

»Nein«, antwortete Colm nicht im Mindesten verärgert. Über Aidans Selbstmord zu sprechen, hatte ihn eine Menge Überwindung gekostet. Das hier war vergleichsweise harmlos. »Mein Vater ist Austernzüchter, ein erfolgreicher noch dazu, und als ich mich weigerte, den Betrieb zu übernehmen, war's dann ganz vorbei mit der Familienidylle. Wir reden seit Jahren nicht mehr miteinander.«

»Oh.« Grace schwieg eine Weile. »Was ist mit deiner Mutter?«

»Sie redet meinem Vater nach dem Mund und zieht seine Entscheidungen niemals in Zweifel, selbst nach Aidans Tod tat sie es nicht.«

»Vielleicht hat sie Angst vor deinem Vater. Ist er gewalttätig?«

Colm schüttelte den Kopf. »Er ist ein Arschloch, skrupellos und kalt wie ein Fisch, aber er hat niemals die Hand gegen uns erhoben. Auch nicht gegen meine Mutter, soweit ich weiß. Sie ist einfach schwach, ein willenloses Beiwerk meines Vaters. Wie könnte ich da etwas anderes als Verachtung für sie empfinden?«

»Aber du hattest doch sicherlich schöne Momente mit ihr, als du ein Kind warst«, gab Grace leise zu bedenken.

»Feuchte Küsse und ein paar Kugeln Eis machen ihr armseliges Verhalten wohl kaum wett!«, entfuhr es Colm.

Angesichts von Grace' traurigem Blick bedauerte Colm seine harschen Worte sofort, doch er kam nicht mehr dazu, sie abzumildern, denn schon stellte sie die nächste Frage. »War dein Vater der Grund, warum du nicht ins Familienunternehmen einsteigen wolltest?«

Colm nickte. »Ich wollte ihm ordentlich in die Suppe spucken! Lange Zeit habe ich ihn im Glauben gelassen, ich würde eines Tages sein Unternehmen leiten.« Colm grinste ein wenig böse. »In Wirklichkeit habe ich eine Ausbildung zum Destillateur gemacht. Zur Whiskeybrennerei bin ich übrigens eher durch Zufall gekommen. Irgendwann bin ich auf einen Artikel im »Wallstreet Journal« über die Wiedergeburt des irischen Whiskeys gestoßen. Das hat in mir eine Saite zum Klingen gebracht. Ich wollte alles darüber wissen, habe recherchiert und mehrere Praktika gemacht. So habe ich festgestellt, dass ich ein Händchen fürs Destillieren habe. Inzwischen ist es zu meiner Passion geworden.«

Grace verzog das Gesicht. »Ich kann mir gut vorstellen, dass dein Vater stinksauer war.«

»Und wie!«, entgegnete Colm mit einem leisen Lachen. »Er hat alles getan, damit mein Vorhaben scheitert. Als er erfuhr, dass ich die alte Brennerei östlich von Cruinn kaufen wollte, hat er ein Gegenangebot gemacht, mit dem ich unmöglich mithalten konnte. Zum Glück hat der Besitzer meinen Vater durchschaut. Er wollte, dass die Brennerei zu neuem Leben erweckt wird und nicht irgendwann zur Ruine zerfällt. Außerdem konnte er meinen Vater nicht ausstehen.« Colm fuhr geschickt um ein Schlagloch herum. »Ich habe danach häufiger die Erfahrung gemacht, dass Joseph McCunnigan in der Gegend nicht von allen geschätzt wird. Was sich für mich letzten Endes als Vorteil herausgestellt hat.«

»Wo leben deine Eltern eigentlich?«, wollte Grace wissen. Sie klang nachdenklich.

»An der Küste, nicht weit von Rhannakilla entfernt.«

Colm wandte den Kopf zur Seite, und ihre Blicke trafen sich. Er sah das Zögern in ihren schönen braunen Augen.

»Frag ruhig«, sagte er mit einem kleinen Lächeln. Schon verrückt, wie wohl er sich in ihrer Gegenwart fühlte, selbst wenn sich das Gespräch um seine Eltern drehte.

Sie nickte, und er lenkte seine Aufmerksamkeit zurück auf die Straße.

»Wenn du deine Eltern so sehr hasst, warum bist du dann hiergeblieben?«, wollte sie wissen. »So nah bei ihnen?«

Eine berechtigte Frage.

»Um ihnen täglich vor Augen zu führen, dass ich es ohne sie, oder besser gesagt, trotz ihnen geschafft habe«, antwortete Colm nach kurzer Überlegung. »Sie sollen meinen Erfolg sehen. Sie sollen sehen, welche Zukunft sie Aidan gestohlen haben.« Er warf ihr einen Seitenblick zu. »Neugier befriedigt?«

Sie schenkte ihm ein kleines Lächeln und nickte.

»Was ist mit deinen Eltern?«, fragte er, plötzlich begierig darauf, mehr zu erfahren. Außer dass sie Witwe und Komponistin war, hinreißend, witzig und freundlich zu allen, und darüber hinaus ihren Hund abgöttisch liebte, wusste er nichts über sie.

»Meinen leiblichen Vater habe ich nie kennengelernt«, antwortete Grace, während sie sich eine Haarsträhne hinters Ohr schob. »Meine Mutter war das, was man gewöhnlich als beziehungsunfähig bezeichnet. Sie hatte viele Freunde, und einer davon war mein Vater.«

»Und was weißt du über ihn?«

»Nicht viel. Er war Musiker. Sie hat ihn auf einem Rockfestival kennengelernt.« Grace lachte, und es klang kein bisschen bitter. »Ganz schön klischeehaft, was?«

»Hauptsache, du hast ein gutes Verhältnis zu deiner Mutter«, sagte Colm. »Darauf kommt es letztlich an.«

»Das Verhältnis zu meiner Mutter war nicht immer einfach, aber sie hat mich geliebt und ich sie.« Grace lächelte. »Sie war eine Löwin, wenn es um mich ging. Ich weiß noch: Einmal ist sie auf ein paar Jungs losgegangen, die mich in der Schule drangsaliert haben. Sie haben sich dauernd über mich lustig gemacht. Mal waren es meine schiefen Zähne, damals trug ich eine Spange, mal waren es meine flachen Brüste, mal meine Klamotten. Wenn sie es getan haben, dann quer über den Schulhof, sodass es jeder mitbekommen hat. Für ein Mädchen von fünfzehn Jahren ein Albtraum! Meine Mutter hat das irgendwann spitzgekriegt und sie sich vorgenommen.« Grace stieß ein kleines, absolut zauberhaftes Lachen aus. »Normalerweise ist es einem peinlich, wenn die Eltern für einen in die Bresche springen, aber in diesem Fall fand ich es obercool. Als meine Mutter wie eine Furie auf sie los ist, mit ihren fünfzigtausend Piercings und dem Totenschädel-Tattoo auf dem Oberarm, ist denen der Arsch so was von auf Grundeis gegangen. Den Größten von ihnen hat sie beim Kragen gepackt und ihm dabei einen blutigen Kratzer am Hals verpasst! Danach hatte ich Ruhe vor denen.«

Colm fiel in ihr Lachen ein. »Klingt nach einer interessanten Persönlichkeit.«

»Das kann man wohl sagen!« In Grace' Worten schwang ein Hauch von Wehmut mit. »Wir waren sehr verschieden, sie und ich.«

»Waren?«, fragte Colm vorsichtig nach. Ihm war aufgefallen, dass sie in Bezug auf ihre Mutter wiederholt in der Vergangenheitsform gesprochen hatte.

»Sie ist vor sieben Jahren an Lungenkrebs gestorben. Sie rauchte sechzig Zigaretten am Tag.« Grace zuckte ein wenig hilflos mit den Schultern. »Tja, so ist das.«

Colm zuckte innerlich zusammen. Manchmal benahm er sich wie ein unsensibler Vollidiot!

»Das tut mir leid«, sagte er leise. »Du hast eine harte Zeit hinter dir.«

Grace brachte lediglich ein Nicken zustande, worauf Colm seine Hand vom Lenkrad nahm, um ihre zu drücken. Ihre Haut war warm und weich und spendete ihm mindestens ebenso viel Trost wie er ihr.

Als der erleuchtete Gebäudekomplex seiner Brennerei vor ihnen auftauchte, beschleunigte sich sein Puls ein wenig. Ihm wurde bewusst, wie erpicht er darauf war, Grace alles zu zeigen. Er brauchte sich nichts vorzumachen. Die Sache mit ihr ging über bloße sexuelle Begierde hinaus. Sein Plan, sie zu kidnappen, war vermessen gewesen. Die Sache hätte gehörig nach hinten losgehen können. Aber am Abend ihres missglückten Dates hatte sie ihren Ehering nicht getragen. Das hatte ihn schließlich dazu bewogen, die Aktion durchzuziehen und damit einen Korb oder – noch schlimmer – eine Anzeige wegen Freiheitsberaubung zu riskieren.

»Wir sind da«, sagte er lächelnd, als sie vor seinem Haus anhielten.

Während er seinen Rucksack und Grace' Reisetasche hineintrug, folgten ihm seine beiden Gäste neugierig. Einstein nahm die Erkundung der Räumlichkeiten schnüffelnd auf, Grace sah sich mit großen Augen um.

»Du hast etwas anderes erwartet«, bemerkte Colm amüsiert.

Prompt schoss Grace die Röte ins Gesicht. Ihr heller, zarter Teint machte jede Lüge unmöglich. »Irgendwie schon«, sagte sie zögernd und legte das Hundekissen vor dem Raumteiler aus Beton ab, der zugleich auch als Bücherregal diente.

»Mehr Richtung Naturbursche?«, setzte Colm nach.

»Du bist vielleicht nachtragend!« Grace bedachte ihn mit einem vorwurfsvollen Blick, der ihn zum Lachen brachte.

»Komm, ich führe dich herum«, sagte er in munterem Ton.

Nachdem er ihr die Räume gezeigt hatte – sie bildeten ein minimalistisches Zusammenspiel von Weiß und Anthrazit mit hellem Parkettboden auf zwei Etagen, einer Spiraltreppe als Blickpunkt und vereinzelten moosgrünen Polstermöbeln –, begaben sie sich durch die Nacht zum Hauptgebäude. Einstein, der es sich auf seinem Kissen bequem gemacht hatte, ließen sie zurück.

»Ein solches modernes Interieur hätte ich bei dir nicht erwartet«, sagte Grace neben ihm. Colm gefiel, dass sie ihm gerade mal bis zur Schulter reichte.

»Meine Freundin aus Studienzeiten ist daran schuld«, erklärte er. »Sie hat Innenarchitektur studiert. Anfangs habe ich mich damit beschäftigt, nur um ihr zu gefallen, aber dann hat mich das Thema dermaßen fasziniert, dass ich sogar kurz überlegt habe, mein Betriebswirtschaftsstudium hinzuschmeißen, um ebenfalls dieses Fach zu belegen. Aber mir fehlt das Talent. Zum Glück, muss man sagen, denn kurz darauf habe ich meine Liebe zur Whiskeybrennerei entdeckt.«

»Du hast studiert?«, fragte Grace überrascht, worauf Colm abrupt stehenblieb.

»Was soll das hier werden? Die Nacht der Despektierlichkeiten?« Er packte ihr Kinn und brachte ihren Mund ganz nah an seinen. »Oder baggerst du mich nur an?«, fügte er leise hinzu.

»Das Wort Despektierlichkeit gibt es überhaupt nicht«, schnaubte sie wie eine kleine Klugscheißerin. Ihr süßer Duft stieg ihm in die Nase, und er spürte, wie ihr Atem in kurzen Stößen ging.

»So viel Frechheit schreit nach einer saftigen Strafe«, antwortete er und verschloss ihre Lippen mit seinen.

Sein Kuss war besitzergreifend, und als Grace die Hände hob, tat sie es nicht, um ihn wegzustoßen, sondern um sich an seinem Hemd festzukrallen. Er spürte ihren butterweichen Körper, der sich gegen seinen drängte, ihre warmen Lippen auf seinen, und er genoss die Macht, die er über sie ausübte. Beseelt von dem Gedanken, sie die letzten Jahre vergessen zu machen, drückte er sie in einer festen Umarmung an seinen Körper. Dabei wurde sein Kuss immer hungriger, doch bevor ein wollüstiges Stöhnen aus seiner Kehle dringen konnte, das selbst in Dublin noch zu hören wäre, löste er sich von ihr.

»Sieht jedenfalls klasse aus ... dein Haus«, keuchte Grace mit rosigen Wangen und leuchtenden Augen.

»Es gefällt dir?«, fragte Colm.

Weil seine Jeans unangenehm im Schritt spannte, als sie ihren Weg fortsetzten, spielte er mit dem Gedanken, die geplante Führung auf später zu verschieben und Grace stattdessen in sein Bett zu zerren. Aber er beherrschte sich. Schließlich war er kein Neandertaler.

»Ja, es hat was«, bestätigte Grace, die sich verflucht schnell von seinem stürmischen Kuss erholt zu haben schien. »Schick und trotzdem gemütlich. Und das Moderne bietet einen ungewöhnlichen Kontrast zu den klassischen Rundbogenfenstern.«

»Diane hat die Inneneinrichtung entworfen«, erklärte Colm. »Eine erstaunliche Frau! Wir sind immer noch gut befreundet«, sagte er aus einem albernen Impuls heraus, nur um sie eifersüchtig zu machen.

Was ihm gründlich misslang.

»Deine Freundin aus Studienzeiten?«, fragte Grace neugierig.

Colm nickte grimmig.

»Und deine Ausbildung als Destillateur? Wann hast du die gemacht?«

»Nach dem Studium.« Inzwischen waren sie am Haupteingang angekommen, und er holte einen Schlüsselbund aus seiner Hosentasche, um die Tür zum Verkaufsraum aufzuschließen. »Weißt du, wie eine Brennerei funktioniert?«, fragte er.

Grace schüttelte den Kopf. »Keine Ahnung.«

»Okay. Willst du es wissen?« Ihr Lächeln war ihm Ansporn genug. »Schön«, begann er und zeigte auf eine dunkelrote Tür, auf der »Zutritt verboten« stand. »Dort wird die Maische bereitet und vergärt«, erklärte er. »In dem Raum dahinter wird sie gelagert. Seit vorletztem Jahr haben wir eine moderne

Maischepumpe, die mit dem Brennraum verbunden ist und so die Beschickung einfacher macht.«

»Halt! Halt!«, unterbrach Grace ihn lachend. »Maische? Beschickung? Wovon redest du, zum Geier?«

Er musterte sie mit liebevollem Spott. »Du weißt gar nichts, oder?«

Sie zuckte mit den Achseln. »Habe ich doch gesagt.«

Colm grinste. »Okay. Also: Beim Maischen wird gemälztes Getreide geschrotet und mit heißem Wasser vermischt, dabei wird Stärke in Zucker umgewandelt. Nach dem Abkühlen wird die klebrige Flüssigkeit in den Gärtank gepumpt, wo sie mit Hefe versetzt wird, die Zucker zu Alkohol und Kohlendioxid vergärt. Aus dem Gärtank wird diese Flüssigkeit per Maischepumpe in die Brennblasen gefüllt …« Colm machte eine vielsagende Pause. »Das bezeichnet man als Beschickung. Danach folgt die zweifache bis dreifache Destillation, um den Alkohol vom Wasser zu trennen, anschließend wird das Destillat in Fässer abgefüllt, wo es drei bis fünfundzwanzig Jahre reift.«

»Na also, geht doch«, zog Grace ihn auf. Ihre braunen Augen funkelten amüsiert.

Obwohl sich Colm wie ein Kind fühlte, fröhlich und unbeschwert, bedachte er sie mit einem bösen Blick, bevor er sie zu einer verschlossenen Tür im hinteren Teil der Verkaufsfläche zog. »Ich zeige dir den Raum, wo wir das gereifte Destillat in Flaschen abfüllen. Unser neuer Whiskey ist etwas ganz Besonderes, weißt du«, erklärte er stolz. »Ich habe ihn vor sieben Jahren kreiert. Er schmeckt nussig mit einem Hauch Schokolade. Wir haben schon mit der Abfüllung begonnen.«

»Und wie bekommt der Whiskey seinen Geschmack?«, fragte Grace wissbegierig.

Colm, der den Schlüssel bereits ins Schloss gesteckt hatte, drehte sich zu ihr um. »Es gibt nicht *einen* Geschmack.

Whiskey kann blumig, fruchtig, nussig oder würzig schmecken, um nur einige grobe Kategorien zu nennen. Wonach er schmeckt, hängt letztendlich mit der Fasslagerung zusammen«, dozierte er, von ihrem interessierten Blick ermutigt. »Je länger ein Whiskey lagert, desto stärker nimmt er den Geschmack des Fasses an. Ehemalige Sherry- und Portweinfässer geben einen würzig-nussigen Geschmack an den Whiskey weiter. Bestimmte Rotweinfässer bringen vor allem die Aromen von Trauben, Beeren und dunklen Früchten mit. Der Geschmack ist auch abhängig davon, wie stark getoastet, also ausgebrannt, ein Fass ist.«

»Klingt spannend.«

»Ist es auch«, antwortete Colm beflissen. »Die Variationen sind unbegrenzt.«

»Wie in der Musik«, bemerkte Grace mit einem Lächeln.

Ihre Blicke verhakten sich ineinander, wollten nicht mehr voneinander lassen, bis sie verlegen blinzelte.

»Ich würde gern von deinem neuen Whiskey probieren, wenn ich darf«, sagte sie leise.

Colms Herz machte unvermittelt einen Satz, so heftig, dass es ihm für einen Moment die Sprache verschlug.

»Oder darf ich nicht?«, fragte sie mit gerunzelter Stirn.

»Doch! Natürlich!«, beeilte er sich zu sagen. »Es wäre mir eine große Freude.«

Als er die Tür zum Abfüllungsraum öffnete, zitterte seine Hand ein wenig. In seinem Inneren tobte ein Gefühlschaos, das er so nicht erwartet hätte. Sicher, er mochte sie sehr, aber ihre Bitte hatte ihn schlichtweg überwältigt. Und obwohl sie offensichtlich keine Ahnung von Whiskey hatte, erschien ihm plötzlich nichts dringender, als ihre Meinung zu seiner neuen Schöpfung zu hören. Wie immer man es drehte und wendete: Grace Cavanaugh ging ihm gehörig unter die Haut.

Ihr entsetzter Aufschrei brachte ihn auf den Boden der Tatsachen zurück, und er hob den Blick. Der Schock, der ihn mit der Wucht eines Vorschlaghammers traf, verdrängte alles andere.

»Was zum …?«, begann er, doch der Fluch blieb ihm im Hals stecken.

Wo normalerweise Hunderte Flaschen mit bernsteinfarbenem Inhalt sauber aufgereiht auf Arbeitstischen standen, lag ein gewaltiger Haufen zerbrochenes Glas. Über allem hing der scharfe Geruch von Alkohol. Das Blut rauschte so laut in Colms Ohren, dass er für einen Moment nichts anderes hörte. Dafür spürte er seine Fingernägel, die sich schmerzhaft in seine Handflächen bohrten, umso deutlicher. Grace an seiner Seite sah sich mit blassem Gesicht um, schwieg aber, wofür er ihr dankbar war. Ganz gleich, was sie gesagt hätte, er hätte nichts zu erwidern gewusst. Ein Ruck ging durch seinen Körper, dann durchmaß er den Raum mit großen Schritten, wobei ihm jedes Knirschen unter seinen Fußsohlen durch Mark und Bein ging. Sein Pulsschlag brach Geschwindigkeitsrekorde, als er durch die Seitentür in den Brennraum trat. Grace folgte ihm leise.

Auch dort hatte jemand sein Unwesen getrieben! An den großen Brennblasen aus Kupfer waren Beulen zu erkennen, zwei der fünf Verbindungsrohre waren zerbrochen. Colms panischer Blick flog zu der Holztür, die zum Keller führte. Als er sah, dass das schwere Schloss zwar Dellen und Kratzspuren aufwies, ansonsten aber standgehalten hatte, wurde ihm vor Erleichterung fast übel. Wäre es dem verfluchten Hundesohn gelungen, an die Fässer zu kommen, hätte Colm seine Brennerei dichtmachen können! Einen Moment lang schloss er die Augen, bis eine sanfte Berührung an seinem Arm ihn dazu bewegte, sie wieder zu öffnen. Grace' besorgter Blick aus ihren wunderschönen Augen in der Farbe von trockenem Sherry war auf ihn gerichtet, und mit einem Mal wusste er, welchen Namen er seinem neuen Whiskey geben würde.

»Wie schlimm ist es?«, fragte sie sanft.

Er atmete tief durch und überschlug im Kopf den entstandenen Schaden. »Ein Rückschlag, aber nicht dramatisch«, fasste er schließlich zusammen. »Sechshundert abgefüllte Flaschen sind futsch, und zwei Rohre müssen erneuert werden, und was die Brennblasen betrifft … Nun, ich denke, die Beulen im Kupfer lassen sich ausbessern. Der Wichser ist glücklicherweise nicht in den Keller gekommen, aber versucht hat er es!« Colm schluckte die Galle, die ihm in die Kehle stieg, mühsam hinunter. »Dort lagert die Arbeit von neun Jahren.«

»Wirst du die Garda anrufen?«, fragte Grace nach einem Moment des Schweigens.

»Nein«, antwortete er, ohne zu zögern, was sie aufhorchen ließ.

»Hast du einen Verdacht, wer das getan haben könnte?«, fragte sie ungläubig.

Um seine Anspannung zu überspielen, zuckte er mit den Achseln. »Sollte mein Vater dahinterstecken, gönne ich ihm nicht die Genugtuung meines öffentlichen Rückschlags«, sagte er grimmig. »Kommt die Geschichte ans Licht, wird sie schnell die Runde machen.«

Grace sah ihn fest an. »Ich werde schweigen wie ein Grab«, sagte sie und fuhr mit einer entsprechenden Geste über ihre Lippen.

Trotz der widrigen Umstände musste Colm lächeln. »Danke.«

»Und du denkst wirklich, dein Vater könnte für das hier verantwortlich sein?«, fragte Grace. Die Bestürzung in ihrer Stimme war unüberhörbar.

Colm nickte. »Es wäre ihm zuzutrauen. Auch wenn mir spontan noch der eine oder andere heiße Kandidat einfallen würde.«

»Ich wusste gar nicht, dass Whiskeybrenner so gefährlich leben«, versuchte Grace einen Scherz, wobei ihr Lächeln ein wenig zittrig ausfiel.

»Es ist ein heiß umkämpfter Markt«, gab er gelassen zurück, obwohl er innerlich kochte. Sein Blick fiel auf die Hintertür, die zum Hof führte. Sie war vermutlich mit einem Stemmeisen aufgebrochen worden. Er schalt sich einen leichtsinnigen Idioten und nahm sich vor, diese und alle anderen Türen im Gebäude künftig mit Sicherheitsschlössern zu versehen.

»Und was jetzt?«, fragte Grace.

»Ich werde ein paar Telefonate führen müssen«, antwortete er. »Lass uns zurück ins Haus gehen.«

Sie zeigte auf die aufgebrochene Tür. »Hast du keine Angst, dass die Einbrecher noch mal zurückkommen?«

Colm schüttelte den Kopf. »Sie haben bereits den größtmöglichen Schaden angerichtet, und an die Fässer kommen sie nicht ran.«

»Was ist mit dem Verkaufsraum?«, fragte Grace nach.

»Außerhalb der Öffnungszeiten stehen da hauptsächlich nur Attrappen, leere Flaschen und hübsch aussehende Kartons. Zwar werden in den Schränken hinter der Theke ein paar volle Flaschen gelagert, aber die Schlösser dafür aufzubrechen, lohnt sich nicht.«

Als er die Sorge aus ihrem Gesicht herauslas, drückte er sie an seine Brust. »Danke«, flüsterte er und küsste sie zärtlich.

»Wofür?«, fragte sie verwundert.

»Dafür, dass du hier bist«, antwortete er und erfreute sich an der Röte, die ihr daraufhin in die Wangen stieg.

Nach ihrer Rückkehr ins Haus, wo Einstein sie frenetisch begrüßte, drückte er Grace eine Tasse Tee in die Hand und ging in sein Büro. Zunächst rief er Dwayne, seinen Buchhalter, an, den er aus »Saw VII« herausriss, um ihn über den Einbruch und die Zerstörung zu informieren. Dwayne machte seinem Entsetzen lautstark Luft, warf mit irischen Schimpfwörtern und Flüchen nur so um sich, bevor er wieder zum nüchternen Geschäftsmann mutierte und sich alles Notwendige notierte. Er versprach, für den Folgetag einen Fachmann kommen zu lassen, einen Freund seines Cousins, der sich den Schaden im Brennraum anschauen und hoffentlich auch schnell beheben würde. Und er würde fünfhundert Flaschen aus Limoges nach-bestellen, denn auch wenn der vergossene Whiskey verloren war, lagen im Keller glücklicherweise noch genügend Fässer für mehrere Tausend Flaschen. Wie immer fand Colm Dwaynes Verwandlung vom feuerspeienden Drachen zur pedantischen Arbeitsbiene faszinierend und, bedachte man Dwaynes Vorliebe für blutrünstige Streifen über wahnsinnige Serienkiller, auch ein wenig unheimlich.

Gegen Ende des Telefonats nannte Colm den Namen des neuen Whiskeys, was Dwayne mit einem schnaubenden »Wurde auch Zeit« kommentierte. Colm grinste leicht. Von Dwayne war diesbezüglich kein Sturm der Begeisterung zu erwarten. Sein Freund war ein Mann der Zahlen, nicht der Wortschöpfungen. Wichtiger war, dass er schnellstmöglich die Herstellung von fünftausend Flaschenetiketten in die Wege lei-ten würde.

Anschließend fischte Colm eine edel aussehende Visitenkarte aus der Schreibtischschublade und wählte die angegebene Nummer.

»Maurice, wie hartnäckig ist Ihr Mandant?«, erkundigte er sich statt einer Begrüßung, als sich sein Gesprächspartner meldete. »Oder anders gesagt: Wie weit würde die Eastern Distilling Company gehen, um ihr Ziel zu erreichen?«

»Was meinen Sie damit?«, fragte der Anwalt, der kein bisschen überrascht wirkte. Coolness gehörte zu seiner Jobbeschreibung.

»Jemand ist heute Abend in meine Brennerei eingebrochen und hat sie verwüstet. Ich schätze den Schaden auf einen Betrag im fünfstelligen Bereich.«

»Und Sie glauben, das war unser Mandant?«, rief Maurice Fitzgerald hörbar betroffen. »Warum sollte die Eastern Distilling Company so etwas tun?«

»Sagen Sie es mir!«, entgegnete Colm und wartete die Antwort erst gar nicht ab. »Um mich unter Druck zu setzen, vielleicht? Der Schaden ist nicht immens, aber groß genug, um wehzutun. Außerdem verliere ich ein paar wertvolle Tage, bis das neue Equipment eingetroffen ist und die Zerstörungen behoben wurden.«

»Das können Sie unmöglich glauben!«, ereiferte sich der Anwalt. »Der CEO der Eastern Distilling Company kämpft zwar mit harten Bandagen, aber Vandalismus? Ich kann mir nicht vorstellen, dass er zu solch drastischen Mitteln greifen würde.«

»Nicht?«, gab Colm sarkastisch zurück. »Kennen Sie diesen CEO vielleicht persönlich?«

Zum ersten Mal schwang in der Stimme des Anwalts Unsicherheit mit. »Eigentlich nicht … nein.«

»Nichts für ungut, Maurice, aber Ihre persönliche Einschätzung ist in diesem Fall keinen Pfifferling wert.«

Der andere räusperte sich. »Ich werde mich diskret umhören, Colm. Aber ich kann Ihnen nichts versprechen. Sollte unser Mandant tatsächlich unlautere Methoden anwenden, wäre das auch nicht in unserem Sinne. Unsere Kanzlei genießt einen hervorragenden Ruf.«

»Gut«, sagte Colm. »Und wie läuft es sonst so mit Ihrer Tournee durch Irland und Schottland?«

»Bescheiden.« Maurice senkte die Stimme. »Unter uns gesagt, mein Mandant ist ziemlich frustriert.«

»Wird man Sie deswegen zur Verantwortung ziehen?«, fragte Colm besorgt. Nach dem gemeinsamen Abendessen mit anschließender Verköstigung eines sehr guten Single Malt war ihm der junge Anwalt irgendwie ans Herz gewachsen.

»Nein«, antwortete Maurice. »Die Partner meiner Kanzlei waren sich von vornherein klar darüber, dass wir gegen irisch-schottische Windmühlen kämpfen.«

Nachdem sie einige Höflichkeiten ausgetauscht hatten, legte Colm auf und begab sich ins Wohnzimmer, wo sich Grace auf dem weichen Florteppich vor dem Kamin rekelte. Ihr übertrieben lasziver Augenaufschlag brachte ihn zum Lachen, und er konnte nicht anders, als sich neben sie zu legen. Was danach folgte, ließ ihn für ein paar Stunden seine Sorgen vergessen.

Good vibrations, oom bop bop! Der Gute-Laune-Song, der die Liebe zu einem hübschen Mädchen in bunten Kleidern und mit Sonnenlicht im Haar feierte, riss Grace viel zu früh aus einem tiefen, friedlichen Schlaf. Wie gern wäre sie mit geschlossenen Augen weiter liegen geblieben, um den flüchtigen Moment zwischen Traum und Wirklichkeit zu genießen, aber die Beach Boys ließen das nicht zu. Also richtete sie sich auf, griff neben sich und drückte schnell auf die Aus-Taste ihres Handyweckers. Sie hoffte nur, dass Colm nichts mitbekommen hatte. Doch vergebens. Mit einem verschlafenen Seufzer drängte er sich näher an sie. Sein Körper fühlte sich so warm und fest und tröstlich an. Während sie durchs Fenster die Wolkenfetzen betrachtete, die durchflutet vom Mondschein über den Sternenhimmel jagten, musste sie lächeln. Als er gestern Abend das Wohnzimmer betreten hatte, war sie unter seinem Blick erbebt, hatte darin doch ein Versprechen gelegen, das er sogleich eingelöst hatte. Ohne große Worte zu machen, hatte er ihre Hand ergriffen und sie in sein Schlafzimmer gezogen, wo sie sich leidenschaftlich geliebt hatten. Sie hatte ihn tief in sich gespürt, und die Vorstellung, auf ewig mit ihm so innig verbunden zu sein, hatte ihr die Kehle zugeschnürt.

Möglicherweise hatte er Ähnliches empfunden, denn während sich ihre Hüften zum Rhythmus seiner Lenden bewegt hatten, war sein dunkler Blick nicht von ihrem glühenden Gesicht gewichen, als hoffte er, ihre verborgensten Geheimnisse darin zu lesen. Seine Hände hatten sie unermüdlich gestreichelt, ihren Rücken, ihre Schenkel, ihre Brüste, ihren Bauch … Am Ende waren sie zusammen zum Höhepunkt gekommen, und noch immer erschauderte Grace bei der Erinnerung an den Sturm der Empfindungen, der sie überrollt hatte.

In diesem Moment bemerkte sie, dass Colm sie ansah. In einer plötzlichen Anwandlung umschlang sie ihn mit den Schenkeln, sodass ihre Oberkörper sich berührten und ihre Herzen, die nun so nah beieinander waren, im gleichen Takt schlugen. Ihre Münder fanden sich.

»Ich muss los«, flüsterte sie irgendwann. »Es ist schon nach halb sechs.«

»Viel zu früh.« Sein Tonfall war dermaßen knurrig, dass Grace lachen musste.

»Ich weiß.« Sie fuhr mit der Wange zärtlich über seine Bartstoppeln. »Was willst du jetzt unternehmen, nachdem du eine Nacht darüber geschlafen hast?«

Er lächelte breit. »Viel geschlafen habe ich ja eigentlich nicht.«

Sie stupste ihn tadelnd. »Du weißt genau, was ich meine!«

»Ich werde die Füße stillhalten.«

Obwohl Grace sich nicht vorstellen konnte, dass Colm die Sache auf sich beruhen lassen würde, hakte sie nicht nach, sondern glitt mit einem unmissverständlichen Laut des Bedauerns aus dem warmen Bett.

»Ich mache uns Kaffee«, sagte Colm, der ebenfalls aufstand und nichts außer schwarz-weiß karierten Boxershorts trug. »Möchtest du duschen?«

Grace schüttelte den Kopf. »Ich dusche lieber im Cottage.« Sie brachte den Ausdruck »zu Hause« immer noch nicht über die Lippen. »Ich brauche eh frische Klamotten.«

»Wie du willst.«

Ihre lächelnden Blicke begegneten sich.

»Das hier ziehe ich natürlich vorher aus«, sagte Grace und wies auf sein Hemd, in dem sie geschlafen hatte.

Grinsend verschränkte Colm die Arme. »Tu dir keinen Zwang an.«

Mit einer raschen Geste, die selbst ihn überrumpelte, griff sie nach einem der Kopfkissen und bewarf ihn damit. »Sieh zu, dass der Kaffee fertig wird!«, rief sie. »Ohne den bin ich morgens nicht zu ertragen.«

»Das glaub ich dir aufs Wort«, gab er zurück und nahm lachend Reißaus, bevor sie nach dem zweiten Kopfkissen greifen konnte.

Bereits zwanzig Minuten später saßen sie in seinem Wagen, wo Einstein sein Schläfchen fast übergangslos fortsetzte.

»Sehen wir uns heute Abend?«, fragte Colm, nachdem er sie beide samt Reisetasche und Hundekissen am Cottage abgesetzt hatte.

»Gern.« Sie lächelte. »Schwebt dir etwas Besonderes vor?«

Er zwinkerte ihr zu. »Lass dich überraschen.«

Nach einem letzten innigen Kuss, den Einstein ausnutzte, um den Garten zu düngen, schlüpfte Grace unter die Dusche und stand schließlich mit nur fünfminütiger Verspätung vor der Bäckerei. Sie fühlte sich voller Tatendrang, bereit, Bäume auszureißen oder einfach nur die Kunden mit köstlichem Backwerk zu beliefern. Beschwingt begrüßte sie Ruby, die wider Erwarten ihr Lächeln nicht erwiderte. Aber nicht nur das: Unter den Augen ihrer mütterlichen Freundin lagen dunkle Schatten, und ihre Hände zitterten beim Zusammenstellen der Ware.

»Was ist los, Tante Ruby?«, fragte Grace erschrocken.

»Nichts«, murmelte die Angesprochene, ohne von ihrer Arbeit aufzuschauen.

Grace zwang sie, den Blick zu heben, indem sie ihre Hände festhielt. »Danach sieht es aber nicht aus.«

Ruby biss sich auf die Lippe. »Ich … also … Mein Cousin liegt im Sterben. Gestern hat mich seine Frau angerufen.«

Grace keuchte. »O Gott, das tut mir sehr leid.«

Ruby entzog Grace ihre Hände. »Ich werde den Laden für ein paar Tage schließen und zu ihm fahren. Er lebt in Belfast. Wir sind zusammen aufgewachsen«, erklärte sie seltsam tonlos, als würde sie einen auswendig gelernten Text herunterleiern.

Grace nickte verständnisvoll, woraufhin ein schwer zu deutender Ausdruck in die Augen ihrer mütterlichen Freundin trat, den sie als schlechtes Gewissen interpretierte. »Mach dir wegen mir keine Sorgen«, sagte Grace. »Ich habe genug zu tun und komme gut über die Runden.«

»Schön«, murmelte Ruby nur.

Als sie nach einem der mit Backwaren gefüllten Stapelbehälter griff und aus dem Haus trat, um ihn hinten im Lieferwagen zu deponieren, blieb Grace nichts anderes übrig, als es ihr gleichzutun.

»Aber was ist mit dir?«, fragte sie, nachdem sie die restlichen Bestellungen eingeladen hatten. »Wirst du die finanziellen Einbußen verkraften können?«

Ruby zuckte schwach mit den Schultern. »Wir sind in der Nebensaison. Das passt schon.«

»Und ab wann …?«

»Ab morgen«, kam ihr Ruby zuvor. »Ich weiß nicht, für wie lange. Das wird sich zeigen.«

»Okay.« Kurz spielte Grace mit dem Gedanken, sie in den Arm zu nehmen, doch etwas in Rubys Miene hielt sie davon ab. »Dann fahre ich mal los.«

»Ja.«

Als Grace die hinteren Türen des Lieferwagens schloss, wandte sich ihre mütterliche Freundin rasch ab, dennoch waren Grace die Tränen nicht entgangen, die über ihre Wangen rannen. Grace' Herz weitete sich vor Mitleid. Aber ehe sie etwas tun oder sagen konnte, war die schwere Ladentür hinter Ruby zugefallen.

Ein Abend in Donegal

»Bist du sicher, dass ich kommen soll?«, fragte Jess mit ironischem Unterton. »Ich will die traute Zweisamkeit nicht stören.«

Grace lachte verlegen. »Von trauter Zweisamkeit kann keine Rede sein. Ich habe zweimal bei Colm übernachtet, und wir haben gemeinsam Donegal Castle besichtigt.«

»Und?«

»Und was?«

»Liebst du ihn?«

Grace, die nach ihrem Teebecher gegriffen hatte, um daran zu nippen, verschluckte sich prompt und musste husten.

»Alles okay?«, fragte Jess, die sich nur mit Mühe ein Lachen verkniff.

»Ja«, krächzte Grace. »Liebe ist ein großes Wort, findest du nicht?«

»Mag sein. Aber das ist keine Antwort.«

»Ich …«, Grace musste kurz überlegen, »… mag ihn. Und vielleicht bin ich ein bisschen verknallt.«

»Nur ein bisschen?«, zog Jess sie auf.

Grace grinste. »Also gut, ziemlich. Ehrlich gesagt bekomme ich bei seinem Anblick immer weiche Knie, und wenn er erst mal mit seinem irischen Akzent loslegt …«, erklärte sie und fügte einen Seufzer hinzu.

»Klingt gut für mich«, antwortete Jess, als würden sie beide einen Deal abschließen. »Vielleicht sollte ich meinen Besuch doch verschieben.«

»Nein, Jess, wirklich!«, rief Grace. »Wir haben uns fast vier Monate nicht gesehen. Ich vermisse dich, außerdem gibt es so vieles, was ich dir zeigen will.«

»Die irische Männerwelt meinst du?«

Grace lachte. »Auch die, aber nicht nur. Es gibt hier darüber hinaus noch viel Bemerkenswertes zu entdecken, das garantiere ich dir.«

»Okay, überredet.« Die Freude in Jess' Stimme war deutlich zu hören. »Mittwoch in einer Woche schlage ich bei dir auf. Ich hoffe nur, mein Navi findet sich zurecht.«

»Wenn nicht, frag in Cruinn nach mir. Jeder im Ort kennt mich«, antwortete Grace mit einem schiefen Grinsen, wohl wissend, wie ihre Freundin darauf reagieren würde.

»Schrecklich!«, stöhnte diese auch prompt. »Ein Hoch auf die Anonymität der Großstadt!«

Das anschließende Gespräch drehte sich um Jess' Job und darum, dass Frasers Plan, den Motorradführerschein zu machen, bei seiner besseren Hälfte auf wenig Gegenliebe stieß und sie deshalb versuchte, ihn für andere, nicht minder aufregende Hobbys zu begeistern, wie Angeln oder Briefmarkensammeln. Als Grace auflegte, tat sie es mit einem Kichern – mit Jess zu telefonieren, versetzte sie immer in ihre Teenagerzeit zurück. Dann aber blickte sie auf die Uhr und erschrak. Am Vormittag hatte sie Mrs Dooney ihre Bestellung telefonisch durchgegeben und versprochen, diese bis spätestens fünf Uhr abzuholen. Jetzt war es kurz vor halb fünf! Weil Ruby den Lieferwagen mitgenommen hatte, würde Grace mit dem Fahrrad fahren müssen. Dank ihres Wanderrucksacks und des Stahlkorbs auf dem Fahrradsattel war sie für Besorgungen aller Art bestens ausgerüstet.

Der Himmel war wolkenverhangen, als Grace in Jeans, Sweatshirt und Allwetterjacke hinaustrat und zu ihrem Fahrrad ging, das dicht an der Hauswand stand. Als sie ihr Rad anschob, spürte sie einen unerwarteten Widerstand. Ein Blick genügte, um zu erkennen, dass sie einen Platten hatte. Der Vorderreifen war flach wie eine Flunder! Schnell ging sie ins Haus, um die Luftpumpe zu holen, und verwünschte das Universum mit den wildesten Flüchen, als sie bei ihrer Rückkehr feststellte, dass ein gut fünf Zentimeter langer Riss im Schlauch war. Sie musste auf einen spitzen Stein oder, was wahrscheinlicher war, auf eine Glasscherbe gefahren sein. Und natürlich hatte sie nichts zum Flicken da! Ein Regentropfen traf sie mitten auf die Stirn, als sie ins Haus zurückging, um den Laden anzurufen.

»Ich muss meine Bestellung stornieren«, erklärte sie Kelly, die abgenommen hatte. »Mein Fahrrad hat einen Platten.«

»Da hast du Glück!«, lautete die fröhliche Antwort. »Bei dem Wetter ist es eh besser, das Fahrrad stehen zu lassen.«

»So kann man das natürlich auch sehen«, entgegnete Grace trocken. »Trotzdem. Die paar Tropfen wären nicht wirklich dramatisch gewesen ...«

Sie hatte das letzte Wort noch nicht ausgesprochen, als ein himmlischer Schleusenwärter die Tore öffnete und ein heftiger Regenschauer niederging. Trotz ihres Ärgers wegen des platten Reifens konnte Grace nicht anders, als zu lachen.

»Okay«, sagte sie seufzend. »Meinen Tomaten-Risotto werde ich heute Abend wohl ohne Zwiebeln kochen müssen.«

»Was?«, rief Kelly in gespieltem Entsetzen. »Tomaten-Risotto ohne Zwiebeln? Das kann ich nicht zulassen. Ich bringe dir die Sachen vorbei, und Flickzeug gleich mit.«

»Das würdest du wirklich tun?«, fragte Grace überwältigt.

»Na, logisch.«

»Du bist ein Schatz, Kelly, ehrlich.«

»Ich weiß«, lautete die Antwort.

Keine Viertelstunde später tuckerte Kellys heiß geliebter, aber altersschwacher roter Mini den Hügel herauf, während die Scheibenwischer sich redlich abmühten. Nachdem die beiden Frauen die Lieferung hineingebracht hatten, schüttelten sie sich wie nasse Hunde.

»Du trinkst doch einen Tee mit?«, fragte Grace, nachdem sie Kelly das Geld ausgehändigt hatte.

Diese trug heute eine blaue Ballonmütze in der Farbe ihres Jeanskleides. »Würde ich gern«, antwortete sie bedauernd. »Aber ich muss zurück in den Laden. Mum hat nachher einen Arzttermin.«

»Nichts Schlimmes, hoffe ich.«

Kelly schüttelte den Kopf. »Sie lässt sich nur durchchecken.«

Als Grace sie hinausbegleitete, fiel Kellys Blick auf das Fahrrad, das wieder an der Hauswand stand. Ungeachtet des Regens, der auf ihren Rücken prasselte, beugte sie sich hinunter, um den Schaden zu inspizieren. Grace sah, wie sich ihr Gesicht verdüsterte.

»Was ist los?«, fragte sie alarmiert.

»Der Reifen wurde aufgeschlitzt«, antwortete Kelly ernst und richtete sich wieder auf.

Grace stockte vor Schreck der Atem. »Bist du sicher?«

Kelly nickte. »Das erkenne ich sofort. In der Schule gab es ein Mädchen, Audrey. Wir waren spinnefeind. Fast jede Woche hat sie die Reifen meines Fahrrads zerstochen.« In ihrem elfenhaften Gesicht blitzte ein teuflisches Lächeln auf. »Bis ich irgendwann ihre langen Locken, auf die sie so schrecklich stolz war, raspelkurz geschnitten habe! Danach war Ruhe.«

Grace lachte kurz auf, wurde jedoch gleich wieder ernst. »Wer sollte so etwas tun?«, murmelte sie mit einem Blick auf den Reifen.

Kelly drückte in einer beruhigenden Geste ihren Arm. »Ist bestimmt nur ein Streich gewesen. Eine Mutprobe unter Kindern! Ich nehme mich da nicht aus. Einmal habe ich was ganz Dummes gemacht und die Ziegen von der alten O'Brien aus dem Stall gelassen. Das gab vielleicht Ärger! Zum Glück wurden alle Tiere wieder eingefangen.«

»Hm«, entgegnete Grace nur und stieß einen gequälten Seufzer aus.

»Soll ich dir beim Flicken helfen?«, bot Kelly daraufhin an. »Ich habe Übung darin!«

Überrascht sah Grace sie an. »Ich dachte, du musst weg?«

»Auf die zehn Minuten kommt es auch nicht an«, antwortete Kelly lächelnd, und Grace hätte sie am liebsten umarmt.

Glücklicherweise war der Schlitz kleiner als der Flicken, und so ließ sich der Schlauch problemlos reparieren. Obwohl Kelly geschickt war, dauerte es am Ende länger als zehn Minuten. Also rief Grace im Laden an, um Mrs Dooney Bescheid zu sagen, die die Neuigkeit gelassen aufnahm und meinte, sie könne ihren Arzttermin ohne Probleme eine halbe Stunde nach hinten verschieben.

»Ich schulde dir was«, sagte Grace hinterher zu Kelly, die ihre Bemerkung mit einem Lachen abtat.

Doch Grace war jemand, die solche Dinge nicht vergaß. Und obgleich sie sich einredete, dass Kelly mit ihrer Mutproben-Theorie recht hatte, schloss sie zum ersten Mal, seit sie in Irland war, in der Nacht ihre Haustür ab.

Am darauffolgenden Abend hatte Grace den Vorfall tatsächlich als Jugendstreich verbucht, deshalb erzählte sie Colm auch nicht davon, als er sie zum Essen ausführte. Sie fuhren ins Market House Restaurant nach Donegal, ein schickes Etablissement mit dunklem Holz, weißen Stoffservietten und irischer Haute cuisine. Zu diesem Anlass hatte Grace das ärmellose dunkelblaue Chiffonkleid angezogen, dessen Premiere Maureens Überraschungsbesuch zum Opfer gefallen war. Als Colm sie darin erblickte, leuchteten seine blauen Augen wie Juwelen im Sonnenlicht, und sie bekam nicht einmal die Chance, ihm ein Kompliment zu machen. Ehe sie auch nur einen Pieps äußern konnte, hatte er sie in seine Arme gezogen, um sie zu küssen. Dabei sah er in seinem dunkelgrauen Anzug mit dem fliederfarbenen Hemd, das zwei Knöpfe weit offen stand, richtig heiß aus! Dazu die harten Gesichtszüge, der sinnliche Mund und die etwas zu langen Haare, die sich in seinem Nacken wellten und ihm etwas Piratenhaftes verliehen. Fehlte nur noch der Ring im Ohrläppchen! Entsprechend wild und ungezügelt erwiderte Grace seinen Kuss. Hinterher musste sie ihren Lippenstift nachziehen und ihre Haare erneut richten.

Auf der Fahrt nach Donegal erzählte Colm, dass die Brennkessel inzwischen repariert seien und die neuen Flaschen in zwei Wochen eintreffen würden. Außerdem habe er einen alten Schulfreund, der im Unternehmen seines Vaters arbeitete, gebeten, herauszufinden, ob der alte McCunnigan etwas mit dem Einbruch in der Brennerei zu tun hatte.

Grace runzelte die Stirn. »Und du vertraust diesem Freund?«

»Zu hundert Prozent. Außerdem schuldet er mir einen Gefallen«, antwortete Colm mit einem hintergründigen Lächeln.

»Verrätst du mir, worum es dabei ging?«

Colms Lächeln wurde breiter. »Ich habe ihn mit seiner jetzigen Frau bekannt gemacht.«

»Was?«, rief Grace lachend. »Du? Ein Kuppler?«

Colm schüttelte den Kopf. »Nicht wirklich. Es hat sich einfach ergeben. Trotzdem wird mir dieser Freund ewig dankbar sein. Er ist ein typischer Nerd, und Frauen anzusprechen, war nie so sein Ding.«

»Und dass er bei deinem Vater arbeitet, hat eurer Freundschaft nicht geschadet?«, fragte Grace nach kurzer Überlegung.

»Warum sollte es?«, entgegnete Colm ehrlich überrascht. »So viele Jobs gibt es hier in der Gegend nicht, schon gar nicht für einen IT-Spezialisten, und die Austernfarm beschäftigt mehr als vierzig Leute.«

»Verstehe. Das Unternehmen deines Vaters ist ein wichtiger Wirtschaftsfaktor für die Region«, murmelte Grace nachdenklich.

»Wir sind da!«, verkündete Colm mit einem fröhlichen Unterton, und Grace war froh, dass er ihr die Bemerkung nicht übelnahm.

Sie parkten auf dem Platz gegenüber dem Restaurant. Ganz der perfekte Gentleman öffnete Colm die Beifahrertür und half ihr aus dem Wagen. Ihre Hand hielt er nach wie vor fest umschlossen, als sie auf die schwarz-weiße Eingangstür zugingen. Drinnen wurden sie von einer Kellnerin mit gestärkter Schürze zu einem Tisch im hinteren Bereich des gut besuchten Lokals geleitet, das in den Farben Himmelblau und Karamell gehalten war. Es war offensichtlich, dass Colm nicht zum ersten Mal hier war, wie das »Guten Abend, Mr McCunnigan« des lächelnden Mannes hinter der Theke verriet.

»Was ist?«, fragte Colm amüsiert, als er Grace' überraschten Blick auffing. »Hast du gedacht, nur weil ich mich an den Wochenenden mit anderen Männern im Schlamm wälze, weiß ich nicht die Freuden der Gourmetküche zu schätzen?« Es war eine Anspielung auf sein letztes Football-Match in strömendem Regen.

Grace, die Colm nicht hatte kränken wollen, rang verlegen um Worte.

»Keine Sorge«, sagte er, während er ihren Stuhl zurechtrückte. »In diesem Kleid siehst du aus wie ein Engel, und einem Engel kann man nicht böse sein.«

Er drückte ihr einen Kuss auf den Hals, der ein süßes Prickeln hinterließ, dann nahm er ihr gegenüber Platz. Als er die Kellnerin herbeiwinkte, um zwei Gläser Champagner zu bestellen, kam Grace nicht umhin, zu bewundern, wie formgewandt er wirkte.

Ein Mann für jede Gelegenheit.

»Du musst den Champagner nicht trinken«, erklärte Colm. »Es reicht, wenn du mit mir anstößt.«

Sie lächelte. »Es gibt also etwas zu feiern?«

Colm grinste schief und setzte zum Sprechen an, als eine zweite Kellnerin eine Vorspeisenplatte zwischen ihnen auf den Tisch stellte – unter anderem eine Muschelsuppe, gebackenen Schinken und Roastbeefröllchen. Die Präsentation zeugte von Raffinesse, und Grace lief beim Anblick der Köstlichkeiten das Wasser im Mund zusammen.

»Eine kleine Aufmerksamkeit des Chefs, Mr McCunnigan«, sagte die Kellnerin, die noch recht jung war und verblüffende Ähnlichkeit mit dem Mann hinter der Theke aufwies. »Das gesamte Team des Market House Restaurant wünscht Ihnen alles Gute!«

»Danke, Annie«, antwortete Colm lächelnd.

Da erst bemerkte Grace den schnörkeligen Schriftzug aus Zuckerglasur auf dem Schinken.

Breithlá Sona!

»Was bedeutet das?«, fragte sie, von einer bösen Vorahnung erfüllt.

»Alles Gute zum Geburtstag«, antwortete die Kellnerin mit einem breiten Grinsen, ehe sie sich entfernte.

Grace machte ein Geräusch, das irgendwo zwischen Japsen und Quieken angesiedelt war.

Möge der Teufel diesen Mann quer verschlucken!

»Du hast Geburtstag?«, zischte sie verärgert und spürte, wie sie rot wurde. »Wieso hast du nichts gesagt? Jetzt sitze ich ohne Geschenk hier wie eine Idiotin!«

Als Colm nach ihrer Hand griff, schienen in seinen Augen kleine Funken zu sprühen. »Ich habe alles, was ich mir an einem solchen Tag wünschen kann, Grace.«

»Jaja, schöne Worte!«, knurrte sie trotz dieser sehr – wirklich sehr – romantischen Replik.

Überrascht hob Colm die Augenbrauen. »Bist du etwa sauer?«

»Natürlich bin ich sauer!« Ihre Blicke trafen sich. Seiner amüsiert, ihrer empört. »Lass mich wenigstens das Essen bezahlen!«

»Eigentlich bin ich derjenige, der dich heute Abend ausführt …«

»Das war keine Bitte, Colm McCunnigan!«, fuhr ihm Grace in die Parade.

Er beugte sich vor. »Weißt du eigentlich, wie heiß du aussiehst, wenn du wütend bist?«, flüsterte er. »Du bringst mein Blut ganz schön in Wallung.«

Für einen kurzen Moment blieb Grace die Spucke weg, und sie spürte, wie sich die Hitze in ihrem Gesicht sammelte – und nicht nur da. Trotzdem gab sie nicht klein bei.

Sie reckte das Kinn. »Im Ernst, Colm, wenn du wegen des Bezahlens rumzickst, stehe ich auf und gehe!«

Seine Mundwinkel zuckten. Was für sexy Lippen dieser Mann hatte!

Nicht ablenken lassen, wies sie sich streng zurecht.

»Und wie willst du nach Hause kommen?«, fragte er und lehnte sich lässig in seinem Stuhl zurück, sodass sein Hemd sich eng um seine muskulöse Brust spannte.

»Keine Ahnung«, antwortete sie mit festem Blick, was ihr nicht leichtfiel. »Aber ich finde sicher eine Mitfahrgelegenheit.«

Colm kniff leicht die Augen zusammen. »In diesem Fummel lasse ich dich bestimmt nicht allein auf die Straße«, brummte er, doch sie ging nicht darauf ein.

»Also, haben wir einen Deal?«, fragte sie und griff nach einem der Champagnerkelche, die die Kellnerin zwischenzeitlich gebracht hatte.

»Deal.« Als Colm sein Glas nahm, fiel sein Grinsen ein wenig anzüglich aus. »Aber ich warne dich: Ich werde nicht einen auf Gentleman machen und mich bei der Bestellung zurückhalten. Ich bin ein Mann mit großem Appetit.«

Nun konnte sich auch Grace ein Lächeln nicht verkneifen. »Ist mir bereits aufgefallen.«

Sie besiegelten ihren Handel, indem sie miteinander anstießen und sich beim melodischen Klang ihrer Gläser tief in die Augen sahen.

»Herzlichen Glückwunsch, Colm!«, sagte Grace. »Wie alt bist du eigentlich geworden?«

Er verriet es ihr, und sie verzog in gespieltem Entsetzen das Gesicht, was ihr einen maßregelnden, aber ziemlich leidenschaftlichen Knutscher einbrachte.

Am Ende bestellte Colm ein flambiertes Filet Mignon mit Pfeffersoße, karamellisierten Zwiebeln und Kartoffelecken. Grace zog die Tagliatelle mit Pilzen vor. Hinterher genehmigten sie sich hausgemachten Cheesecake, der zwar schmeckte, doch nach Grace' Ansicht nicht mit Rubys Käsekuchen mithalten konnte. Weil er noch fahren musste, beschränkte sich Colm auf ein Glas Rotwein. Grace wiederum trank ihr Glas Champagner zur Hälfte aus. Als sie beim Verlassen des Restaurants Colm eingestand, dass ihr sein neuer Whiskey, den sie erst kürzlich probiert hatte, um Längen besser schmeckte als die teure Brause aus

Frankreich, bei der sie immer aufstoßen musste, hätte sie Stein und Bein geschworen, dass er ein Tränchen verdrückte.

Hinterher gingen sie am Flussufer spazieren. Die Hügel um sie herum ragten wie Scherenschnitte vor dem Himmel auf, hier und da flackerten einzelne Lichter, als würden die Feen und Naturgeister Colms Geburtstag auf ihre Weise feiern. Ganz von der Magie des Moments gebannt, bemerkten sie nicht die Gestalt, die sich aus dem Schatten schälte und sich an ihre Fersen heftete.

»Lädst du mich nachher auf einen Kaffee ein?«, fragte Colm später im Auto, als sie Donegal verließen und er auf den Kreisel Richtung Westen fuhr.

»Klar. Schließlich schulde ich dir noch ein Geschenk«, antwortete Grace großspurig, obwohl sich bei der Vorstellung, was Colm mit ihr anstellen würde, ihr Unterbauch lustvoll zusammenzog.

Er stieß ein leises, sehr erotisches Lachen aus. »Ich freue mich darauf, mit meinem Geschenk zu spielen, vor …«

Weiter kam er nicht.

Alles geschah im Bruchteil von Sekunden: Es gab einen Knall, gefolgt von einem metallischen Holpern, als würde etwas Schweres über die Karosserie kullern, und Grace schrie erschrocken auf. Zum Glück behielt Colm die Nerven. Statt eine Vollbremsung zu machen, schaltete er zwei Gänge herunter und stoppte den Wagen.

»Scheiße!«, fluchte er dennoch. »Was war das?«

»Etwas hat uns getroffen«, keuchte Grace, ihr Puls raste. »Scheint so.«

Colm wandte den Kopf nach hinten und fluchte noch einmal, diesmal lauter, was Grace dazu veranlasste, ebenfalls nach hinten zu schauen. In der Mitte der Heckscheibe sah sie eine Einbuchtung, von der lange Risse sternenförmig auseinanderliefen.

»Muss ein verflucht großer Stein gewesen sein!«, bemerkte Colm finster.

Schon war er ausgestiegen, um den Schaden genauer zu begutachten. Als Grace es ihm gleichtat, sah sie, wie er hinter dem Wagen einen Stein aufhob, der auf der gepflasterten Straße wie ein Fremdkörper aussah.

»Wie konnte das passieren?«, fragte sie und versuchte, das unangenehme Gefühl abzuschütteln, das sie befallen hatte.

»Wahrscheinlich bin ich drübergefahren, und der Stein ist abgeprallt«, murmelte er und betrachtete das Corpus Delicti einige Sekunden lang, bevor er es im hohen Bogen wegwarf. »Muss ich morgen halt in die Werkstatt.«

Doch wie konnte das rein physikalisch möglich sein?

Die Frage lag Grace auf der Zunge, doch weil Colm keine Anstalten machte, über den Vorfall zu sprechen, schluckte sie ihren Verdacht hinunter. Nachdem sie wieder eingestiegen und losgefahren waren, begann er zu erzählen: von seinem ersten Kuss mit neun Jahren, seiner Schwärmerei für seine zwanzig Jahre ältere Englischlehrerin und davon, wie er lange Zeit aufgrund seiner schlaksigen Figur im Sportunterricht gemobbt worden war, bis er über Nacht Muskeln und Sackhaare bekam. Grace brach in Lachen aus. Sie mochte seine Art zu erzählen. Er war nicht darauf bedacht, sie als Publikum für seine Selbstdarstellung zu benutzen, vielmehr erzählte er ein wenig lakonisch, gewürzt mit einer ordentlichen Prise Selbstironie. Wieder etwas, was ihn von Marcus unterschied. Trotz seines etwas melancholischen Naturells war ihr verstorbener Mann nicht frei von Humor gewesen, doch hatte er nicht die Gleichmütigkeit besessen, sich selbst auf die Schippe zu nehmen.

Wie versprochen, schenkte Grace dem Geburtstagskind in dieser Nacht besondere Aufmerksamkeit und entlockte ihm Ausrufe wie »Jesus, Maria und Josef!« und »Wo hast du das, verflucht noch mal, gelernt?«

Die Schafe der McKennas blökten sie am frühen Morgen aus dem Schlaf, und Grace konnte gar nicht schnell genug aus dem Bett kommen, um für sie beide Frühstück zu machen. Sie wusste, dass Colm gegen halb neun fahren musste, um pünktlich in der Brennerei zu sein, und wollte ihn auf keinen Fall mit leerem Magen gehen lassen. Ein Glück, dass sie ihren Kühlschrank erst vor Kurzem aufgefüllt hatte. Während er unter der Dusche stand – als Mann von Welt hatte er ein Reisenecessaire einschließlich Zahnbürste und frischer Unterhose im Gepäck –, bereitete sie Porridge mit Speck und Eiern zu. Dazu gab's Soda Bread, Tee und frisch gepressten Orangensaft.

»Musst du wirklich gleich los?«, fragte sie, als sie in dem lichtdurchfluteten Wohnraum an einem Frühstückstisch saßen, der fast so aussah wie in den Werbespots für irischen Käse. Fehlte nur noch, dass eines von McKennas Schafen den Kopf durchs offene Fenster streckte und lächelte.

Colm sah sie voller Bedauern an. »Die Arbeit macht sich nicht von allein, meine Schöne.« Die Haare in seinem Nacken waren noch ein wenig feucht, und er hatte sich rasiert. Grace hatte bereits das Vergnügen genossen, kleine Küsse auf seinen glatten Wangen zu verteilen.

Daraufhin stand sie auf, ging um den Tisch und setzte sich auf seinen Schoß. »Welche Arbeit? Männer, die auf Fässer starren?«, fragte sie in Anspielung auf den Film »Männer, die auf Ziegen starren« mit George Clooney.

»Du bist ganz schön frech!«, entgegnete Colm grinsend. Er legte seinen Löffel beiseite und umfing sie mit seinen Armen. »Es gibt in einer Brennerei viel zu tun.«

Schamlos rieb sie sich an ihm. »Was denn alles?«

Er stöhnte leise auf. »Lass das! Ich muss wirklich gleich los.«

»Kannst du nicht machen, was du willst?« Sie bedachte ihn mit einem unschuldigen Blick. »Du bist schließlich der Boss.«

Obwohl es für sie ungewohnt war, bereitete es ihr einen Heidenspaß, das ungezogene Mädchen zu spielen.

»Ja, und deshalb sollte ich mit gutem Beispiel vorangehen«, antwortete Colm.

»Streber«, neckte sie ihn und biss ihm zärtlich ins Ohrläppchen. »Du hast keine Ahnung, was dir entgeht.«

Er stieß ein kleines, heiseres Lachen aus. »Ich kann es mir denken, du Hexe!«, sagte er. Gleichzeitig stellte er sie auf die Füße und verpasste ihr einen kräftigen Klaps auf den Hintern.

Bevor er noch einmal ausholen konnte, brachte sich Grace lachend in Sicherheit und setzte sich zurück auf ihren Stuhl. Einstein, der unter dem Tisch darauf lauerte, dass etwas vom Frühstückstisch herunterfiel, kommentierte ihren Rückzug mit lautem Bellen.

»Wie viele Leute arbeiten in deiner Brennerei?«, fragte sie, nachdem sie sich am Orangensaft ein wenig abgekühlt hatte.

»Neben Dwayne, der die Finanzen regelt, sind da noch Susan im Office und Francine im Verkauf sowie Neil und Doug, zwei Gehilfen für den Abfüllungsraum und das Lager«, antwortete Colm, während er ihnen Tee nachschenkte. »Und nächsten Monat stellen wir einen neuen Lehrling für die Destillation ein.« Er lächelte. »Was macht eigentlich dein Sommernachtstraum?«

»Das Finale gefällt mir noch nicht«, erklärte Grace. »Ich bin mit mir uneins, ob das Stück mit einem Crescendo enden soll oder mit einem Decrescendo – als würden die Figuren langsam hinter einer magischen Nebelwand verschwinden.«

Colm sah sie lange an und seine Augen funkelten. »Du passt wahrlich gut hierher.«

»Danke«, antwortete Grace, die spürte, wie sich ihre Wangen röteten.

Nach dem Frühstück standen sie lange draußen vor dem Haus, vertieft in eine innige Umarmung, bevor er sich widerwillig von ihr löste und in seinen Wagen stieg. Sie wartete, bis er aus ihrem Blickfeld verschwunden war, bevor sie wieder hineinging. Das freundliche Wetter war wie gemacht für einen gründlichen Hausputz, und wenn sie schon einmal das Gefühl hatte, dass nichts und niemand sie von ihrer rosa Wolke herunterholen konnte, würde sie es zu ihrem Vorteil nutzen. Sie ließ nichts aus. Die Fenster nicht, auch nicht das Bad, die Böden oder die Küche, selbst die Bücherregale wurden ausgeräumt, um den Staubmäusen dahinter den Garaus zu machen. Währenddessen dröhnten die ganz und gar unirischen Jackson Five durchs Wohnzimmer, und als sie bei »ABC« mitgrölte, hatte Einstein genug und zog sich murrend ins Schlafzimmer zurück.

Den zweistündigen Spaziergang mit seinem Frauchen am Nachmittag hatte er sich nach all der Folter durch laute Popmusik und Staubsaugergetöse mehr als verdient. Der zunehmende Westwind schob die Wolken in halsbrecherischer Geschwindigkeit über den Himmel, und Grace konnte sich am bewegten Spiel von Licht und Schatten am Boden nicht sattsehen. Während Einstein im hohen Gras geheimnisvollen Spuren nachging, überlegte sie, welche irischen Spezialitäten sie Jess vorsetzen würde. Vielleicht Kartoffelpfannkuchen mit Fischfüllung, Boxty genannt; auf jeden Fall Coddle, eine Art Eintopf mit Bacon, Wurst, Zwiebeln und Kartoffeln. Grace war eine passable Köchin, aber wenn es darum ging, aus Mehl, Zucker, Wasser und Hefe schmackhaftes Backwerk zu kreieren, scheiterte sie auf ganzer Linie. Deshalb hoffte sie, dass Ruby bis dahin aus Belfast zurück sein würde, damit Jess von den Köstlichkeiten aus dem Little Ruby's profitieren konnte. Allerdings standen die Chancen schlecht, denn erst gestern hatte Ruby sie per Textnachricht darüber informiert, dass ihr Cousin zwar verstorben sei, sie aber noch bis zur Beerdigung bleiben müsse. Grace vermisste sie und hoffte nicht nur Jess' wegen, dass sie bald nach Hause käme.

Einsteins Bellen riss Grace aus ihren Gedanken. Amüsiert beobachtete sie, wie er auf eine Möwe zustürmte, die ihn bis auf wenige Meter heranließ, bevor sie sich mit hochmütigem Blick in die Lüfte erhob. Einstein kläffte ihr noch kurz hinterher, bevor er schwanzwedelnd und nach Lob heischend auf Grace zutrottete. Was ihm natürlich zustand, schließlich hatte er den geflügelten Quälgeist vertrieben! Lachend kraulte Grace ihn, dann trottete er wieder davon. In einer plötzlichen Anwandlung, die sie selbst überraschte, breitete sie die Arme aus, hielt ihr Gesicht in den frischen Wind und spürte, wie er Farbe in ihre Wangen blies. Gleichzeitig genoss sie den abmildernden warmen Kuss der Sonne. Sie fühlte sich frei und unbeschwert, fast wie ein Kind. Zwar hatte Grace keinen blassen Schimmer, wohin das mit Colm führen würde, aber mit ihm an ihrer Seite war das Leben nicht mehr kalt und schwarz. Und darauf kam es an. Oder etwa nicht? Zwar war er verheiratet, und seine Noch-Ehefrau war darüber hinaus schwanger, aber dazu hatte er sich klar geäußert. Das genügte Grace für den Moment.

Als sie den Hügel zum Cottage hinaufging, summte sie eine von ihr ersonnene Melodie zum »Sommernachtstraum« vor sich hin. Colm und sie hatten sich für den Abend nicht verabredet, also würde sie sich an die Überarbeitung ihres Finales machen. Sie strotzte vor Motivation. Bis in die Nacht arbeiten und dabei die Zeit vergessen war etwas, was sie liebte und schon lange nicht mehr getan hatte. Einstein, der, von Hunger getrieben, vorausgelaufen war, fing plötzlich an zu bellen. Es klang alarmiert und ungeduldig zugleich. *Ein echter Sklaventreiber!,* dachte Grace und lachte leise. Ein Lachen, das ihr im Hals stecken blieb, als sie um die letzte Biegung kam. Schockiert blieb sie wie angewurzelt stehen. Das Cottage, der blühende Garten, die Esche, Einstein, der am geschlossenen Gartentor schnüffelte: Alles war wie gehabt. Hätte da nicht jemand mit roter Farbe »MISTSTÜCK« auf die Hauswand gesprüht! Grace spürte Übelkeit in sich aufsteigen. Sie blinzelte mehrmals hintereinander in der Hoffnung, die Schrift, die sich quer über die Mauer erstreckte, würde verschwinden. Doch das tat sie nicht. Einsteins Kläffen wurde immer aufgeregter und zerrte an ihren Nerven, während sie das letzte Stück auf wackligen Beinen zurücklegte. Ihre Hand zitterte so sehr, dass sie Mühe hatte, das Gartentor aufzumachen.

»Halt die Schnauze, verflucht!«, fuhr sie den Hund ungewohnt scharf an, der sie zwar gekränkt ansah, aber dem Befehl nachkam.

Einatmen, ausatmen. Einatmen, ausatmen.

Grace zwang sich zur Ruhe, aber kurz darauf schwammen ihre Augen auch schon in Tränen.

»Verdammter Mist!«, murmelte sie und wischte sich wütend übers Gesicht.

Nicht nur ihre Nerven, auch ihre Beine versagten, und sie schleppte sich mehr schlecht als recht zu der alten Holzbank vor dem Haus. Es dauerte eine Weile, bis sich die eisige Leere in ihrem Kopf wieder mit Gedanken füllte, auch wenn diese wild durcheinanderwirbelten. Die Garda anzurufen, kam nicht infrage. Dadurch würde alles noch schlimmer werden, und man würde sich erst recht das Maul über sie zerreißen. Die meisten Leute hier waren ihr wohlgesonnen, immer freundlich und hilfsbereit, aber auch sie waren nicht vor Tratsch gefeit, der lag nun einmal in der Natur der Menschen. Grace gab sich einen Ruck, zückte ihren Schlüssel und ging ins Haus. Einsteins Heißhunger würde warten müssen!

Nachdem sie mit dem Handy die Schmiererei abfotografiert hatte – man konnte nie wissen, wofür das gut sein würde –, holte sie einen Eimer aus dem Hauswirtschaftsraum und füllte ihn mit heißem Wasser und Seifenlauge. Anschließend wählte sie den größten Schwamm, den sie besaß, und machte sich an die

Arbeit. Aber obwohl sie alle irischen Kobolde, Elfen und sonstigen übernatürlichen Wesen um Beistand bat, weigerte sich die rote Farbe zu verschwinden. Alles, was Grace nach einer halben Stunde Schuften und Schwitzen zustande gebracht hatte, war, die Farbe über die halbe Hauswand zu verschmieren und ihre Jeans zu ruinieren. Als wäre das nicht schon schlimm genug, war das Wort »Miststück« immer noch deutlich zu lesen.

Fluchend warf Grace den Schwamm in das blutrote Wasser und stapfte ins Haus, um im Internet nach Tipps zur Beseitigung des Schadens zu suchen. Bei Flecken auf weißen Wänden in Innenräumen fanden sich zahlreiche Ratschläge wie Speisestärke oder Bleichmittel, aber das half in ihrem Fall nicht weiter. Also suchte sie weiter, bis sie bei »Graffitis entfernen« fündig wurde. Da stand etwas von Trockenstrahler, Unterdruckstrahler oder Feucht- beziehungsweise Nassstrahler. *Klasse!*, dachte sie, wieder den Tränen nahe, *als würde ich solche Dinge in der Küchenschublade aufbewahren.* Eine andere Möglichkeit bestand darin, Reiniger wie Anti-Graffiti-Sprays oder Gels einzusetzen. Grace gab ein Geräusch von sich, von dem sie nicht wusste, ob es ein Lachen oder ein Weinen war. Vermutlich von beidem etwas. Woher sollte sie sich in einer Gegend wie dieser so etwas besorgen? Natürlich könnte sie es bestellen, aber es würde mindestens zwei Tage dauern, bis es geliefert würde. Und blieb dieser Dreck nur einen Tag länger an der Wand, konnte sie gleich ein Foto der Schmiererei im »Donegal Daily« veröffentlichen. Zwar lebte sie abgelegen, was aber nicht hieß, dass nicht ab und zu jemand vorbeikam. Ihr blieb keine andere Wahl, als die Schrift zu überstreichen, und zwar schnell.

Während sie Einsteins Futternapf auffüllte, spielte sie kurz mit dem Gedanken, Colm einzuweihen, entschied sich aber dagegen. Er hatte auch so schon genug Ärger am Hals. Am Ende fiel ihr nur eine Person ein, die sie anrufen konnte.

»Hallo«, sagte Grace und schluckte den Kloß hinunter, der sich erneut in ihrem Hals gebildet hatte. »Ich brauche mal wieder deine Hilfe.«

Kelly lachte. »Kein Problem. Nächste Woche fängt das Wintersemester an, dann fahre ich zurück ins beschauliche Dublin und kann mich von der ganzen Aufregung hier erholen.«

Weil Grace nicht auf ihren Scherz einging, wurde Kelly schlagartig ernst. »Was ist los?«, fragte sie. »Wieder der Fahrradreifen?«

»Nein …«, Grace musste sich räuspern, »jemand hat mir etwas auf die Hauswand geschrieben. Weißt du, wo ich deckende weiße Farbe für Außenwände kaufen kann?«

Stille am anderen Ende der Leitung.

»Kelly?«

»Ja … weiß ich«, entgegnete diese hörbar bestürzt. »Wie viel brauchst du?«

»Ziemlich viel, fürchte ich …« Grace' Nerven versagten erneut, und ihre letzten Worte gingen in Schluchzen über.

»Oje«, murmelte Kelly, doch dann fuhr sie in entschlossenem Ton fort. »In Ordnung. Ich besorge dir Farbe, ich weiß auch schon, bei wem. Auch Pinsel und so was?«

»Ja. Am besten Farbrollen. Die größten, die du auf die Schnelle finden kannst«, fügte Grace leise hinzu.

»Oh. Okay.«

»Danke, Kelly«, sagte Grace gerührt und musste wieder schlucken. »Ich werde ewig in deiner Schuld stehen.«

»Ach was, das mache ich doch gern. Heute ist im Laden eh nichts los. Das kriegt Mum schon allein hin. Also dann … Ich beeile mich.«

Ehe sich Grace noch einmal bedanken konnte, hatte Kelly bereits aufgelegt. Die nächsten zwei Stunden zogen sich hin, als wären die Zeiger der Wanduhr in der Küche mit Leim bestrichen. Grace nutzte die Zeit, um Tee zu kochen, Sandwiches zu schmieren und sich alte Klamotten anzuziehen. Letzteres erwies sich als überflüssig, denn als Kelly im Renault Kangoo ihrer Mutter auftauchte, hatte sie nicht nur zehn Eimer weiße Farbe und mehrere Farbrollen im Gepäck, sondern auch zwei Maleroveralls.

»Verfluchte Scheiße!«, stieß sie hervor, als sie die Hauswand sah. »Verfluchte Scheiße!«, wiederholte sie und schloss mit einem zünftigen »*Mac soith!*« ab, was, wie Grace inzwischen wusste, so etwas wie Hurensohn bedeutete.

Unter anderen Umständen hätte Kellys unflätige Wortwahl sie amüsiert, zumal diese im krassen Gegensatz zu der zarten Elfengestalt stand.

»Hast du eine Ahnung, wer das getan haben könnte?«, fragte die Elfe und nahm ihre bunt karierte Flatcap ab, um sich durchs Haar zu fahren.

Obwohl Grace einen Verdacht hatte, schüttelte sie den Kopf.

Kelly musterte sie einen Moment, dann setzte sie ihre Mütze wieder auf und zog Grace in ihre Arme, um sie zu drücken. Kurz verharrten sie in der Umarmung, während Grace ein gerührtes »Danke« murmelte.

»Bis zum Sonnenuntergang sind es vier Stunden«, sagte Kelly, nachdem sie sich wieder voneinander gelöst hatten. »Das schaffen wir locker. Aber ich denke, dass du einen zweiten Anstrich brauchen wirst, um diesen Dreck komplett zu überdecken.«

»Das mache ich morgen früh«, antwortete Grace energisch. Kellys Tatendrang war ansteckend.

Keine Viertelstunde später hatten sie sich bereits an die Arbeit gemacht. Jedes Mal, wenn Grace den Farbroller in den Eimer tunkte und an die Wand klatschte, war es nicht das Mauerwerk, das sie vor Augen hatte, sondern Maureens heimtückisches Grinsen. Entsprechend schwungvoll führte sie das Malerutensil.

»Du datest Colm?«, fragte Kelly aus heiterem Himmel.

Grace warf ihr einen verblüfften Blick zu. »Woher weißt du das?«

Kelly lächelte. »Solche Dinge sprechen sich schnell herum. Ist seine Frau nicht schwanger?«

Grace' verharrte mit ihrem Farbroller mitten in der Bewegung. Konnte Kelly Gedanken lesen?

»Oje, Grace! Das sollte kein Vorwurf sein!«, rief Kelly, die Grace' Reaktion missverstanden hatte. »Aber es wäre doch möglich, dass sie es war. Erst der zerstochene Reifen und dann das.«

»Also doch keine Mutprobe?«, bemerkte Grace mit freudlosem Lächeln.

Kelly biss sich auf die Unterlippe. »Normalerweise bin ich die Letzte, die voreilige Schlüsse zieht, aber Maureen ist ziemlich …«

»Hitzig?«, mutmaßte Grace.

»Rücksichtslos war eher das, was mir durch den Kopf ging.«

Grace seufzte. »Colm meint, das Baby muss nicht zwangsläufig von ihm sein, weißt du.«

»Nicht?«

»Nein. Und ich glaube ihm«, fügte sie ein wenig trotzig hinzu.

»Und was willst du jetzt tun?«

»Keine Ahnung.«

Traurigkeit überkam Grace. Es wäre auch alles zu schön gewesen! Wie hatte sie nur denken können, dass das Universum Glück umsonst vergeben würde? Ganz ohne Verwicklungen und schweres Gepäck? Schließlich waren Colm und sie keine süßen sechzehn. Ob Maureen auch hinter dem Einbruch in der Brennerei steckte? Aber hatte Colm nicht gesagt, ihr ginge es darum, ihn abzuzocken? Man schlachtete doch nicht die Gans, die goldene Eier legte.

Als die beiden Frauen aus ihren Overalls stiegen, hatten die Wolken bereits eine Orangefärbung angenommen. Sie hatten ganze Arbeit geleistet und die Hauswand komplett überstrichen, trotzdem würde Grace am nächsten Morgen vorsorglich eine zweite Farbschicht auftragen.

»Colm darf von der Sache nichts erfahren«, schärfte sie Kelly beim Abschied ein.

Die Angesprochene blickte sie erstaunt an. »Wieso nicht?«

»Er hat eigene Probleme.« *Außerdem würde diese Sache einen hässlichen Schatten über die zarten Bande werfen, die sich zwischen uns zu knüpfen beginnen,* dachte Grace, sprach den Gedanken aber nicht laut aus.

»Aber …«

»Versprich es mir!«

»Okay, ich verspreche es«, antwortete Kelly mit gesenkten Lidern, wobei sie, für Grace' Geschmack, Puck aus dem »Sommernachtstraum« viel zu sehr ähnelte.

»Danke«, sagte sie und bedachte die zierliche junge Frau mit einem Blick, der keinen Zweifel daran ließ, dass es ihr ernst damit war.

»Ich komme morgen Abend vorbei und bringe die leeren Eimer weg«, erklärte Kelly, ehe sie in ihren Wagen stieg.

»Du bist ein echter Schatz, weißt du das?«, sagte Grace fast feierlich.

Die andere grinste schelmisch, wurde dann aber wieder ernst. »Pass auf dich auf.«

»Mache ich.«

»Und sollte wieder etwas in der Art passieren, rufen wir die Garda.« Diesmal war es an Kelly, streng zu schauen, was Grace ein kleines Lächeln entlockte.

»In Ordnung«, sagte sie.

»Gut.«

Kaum war Kelly hinter dem Hügel verschwunden, da fiel Grace siedend heiß ein, dass sie vergessen hatte, die Kosten für Farbe und Utensilien zu begleichen. Sie verwünschte sich, schickte Kelly eine Textnachricht, um ihr mitzuteilen, dass sie ihr am folgenden Tag das Geld geben würde.

Kein Problem, lautete die Antwort, begleitet von einem Smiley.

Brendan Hegarty mochte smart und gut aussehend sein, aber er war definitiv ein Idiot, befand Grace.

Reglos stand Colm vor dem Haus: ein hässlicher Kasten aus viktorianischer Zeit mit winzigen Fenstern und aschgrauem Mauerwerk, den man für die Miniaturversion eines Konvents hätte halten können. Die zubetonierte Einfahrt wurde von weißen, in den Boden eingelassenen LED-Strahlern gesäumt, was besonders nachts den Eindruck erweckte, als betrete man das Gelände eines Spukhotels. Beschaulichkeit und Lebensfreude suchte man hier vergebens. Einen Moment lang kämpfte Colm mit sich, dann setzte er sich in Bewegung. Während er auf die massive Haustür zuging, mied er den Blick zur Garage, in der ein auf Hochglanz polierter 68er Jaguar wie in einer Schmuckschatulle verwahrt wurde. Er glaubte, den Gestank von Tod und Verderben bis hierher zu riechen. Die auffällig angebrachten Kameras hatten sein Kommen schon längst angekündigt, und so wurde die Tür geöffnet, kaum dass er einen Fuß auf die marmornen Stufen gesetzt hatte.

Die Frau auf der Schwelle war noch nie eine Schönheit gewesen, doch das Strahlen, das sie in ihrer Jugend gehabt haben mochte, hatte der übermächtige Schatten des Mannes an ihrer Seite in den letzten vierzig Jahren vollständig ausgelöscht. Ihre blond-grauen Haare waren zu einem einfachen Pferdeschwanz zusammengebunden, die braunen Augen wirkten stumpf.

Sie trug ein geschmackvolles, vermutlich sehr teures zartrosa Kostüm, das ihre kränkliche Gesichtsfarbe unvorteilhaft hervorhob.

»Colm«, sagte sie. Selbst ihre Stimme klang geisterhaft.

»Ist Vater da?«, fragte Colm kühl, obwohl schon ihr bloßer Anblick seine Wut wieder aufbrodeln ließ, heiß und verzehrend, als wäre Aidans Tod erst gestern gewesen.

Brenna McCunnigan nickte matt. »Er ist in seinem Arbeitszimmer.«

Natürlich. Wo sonst?

Ohne ein weiteres Wort schob sich Colm an seiner Mutter vorbei. Der Duft von getrocknetem Potpourri, bestehend aus Rosenblättern, Veilchen, Nelken und Zimtstangen, empfing ihn. Ein Geruch, den er zu verabscheuen gelernt hatte. Während seine Schritte von den kahlen Wänden widerhallten, ließ er den gestrigen Vorfall Revue passieren, der ihn bewogen hatte, die Ermittlungsergebnisse seines Nerd-Freundes nicht abzuwarten, sondern seinen Vater direkt zu konfrontieren. Ihm war sofort klar gewesen, dass der Stein auf der Heckscheibe seines Wagens kein Zufall gewesen war. Die Grace gegenüber vorgebrachte Erklärung, der Stein wäre abgeprallt, als er darübergefahren war, war völliger Nonsens gewesen. In ihren Augen hatte er gelesen, dass sie es gewusst hatte. Trotzdem hatte sie das Thema nicht weiterverfolgt, wofür er ihr dankbar gewesen war. Der Gedanke an Grace legte sich wie Balsam auf seinen aufgepeitschten Geist und dämpfte seine Wut ein wenig.

Die Tür zum Arbeitszimmer stand offen, also trat Colm ein, ohne anzuklopfen. Joseph McCunnigan, der hinter seinem wuchtigen Schreibtisch saß, schrieb etwas in ein großes Buch.

»Was ist los?«, fragte er, ohne aufzublicken. »Brauchst du Geld?«

»Nein, ich brauche kein Geld«, entgegnete Colm kalt. »Aber dass du ausgerechnet das fragst, ist interessant.«

»Ach wirklich?«

»Ja. Schließlich hast du versucht, mich zu ruinieren.«

Joseph McCunnigan hob den Kopf. Sein Vater war das, was man gemeinhin als stattlichen Mann bezeichnete. Er besaß kantige Gesichtszüge, einen durchdringenden Blick und einen gepflegten weißen Bart, unter dem sich schmale, grausame Lippen verbargen, wie Colm sehr wohl wusste. Von seinem Vater hatte er die blauen Augen geerbt, worauf er gern verzichtet hätte.

»Habe ich das?« Die Miene seines Vaters war regungslos.

»Willst du etwa leugnen, dass du jemanden beauftragt hast, meine Brennerei zu verwüsten, um meine Arbeit der letzten neun Jahre zu zerstören?«, stieß Colm hervor, während er die Reaktion seines Vaters mit Argusaugen verfolgte.

Dieser hob ungläubig die Brauen. »Wie kannst du nur so etwas denken?«

»Nun spiel nicht den Empörten!«, echauffierte sich Colm, dankbar dafür, dass sein heuchlerischer Vater ihm Anlass dazu gab. »Es käme dir doch sehr gelegen, würde ich scheitern und mit eingeklemmtem Schwanz zurückkommen, um deine Firma zu übernehmen. Oder etwa nicht?«

Der Blick seines Vaters wurde noch frostiger als zuvor. »Wer sagt, dass ich nicht schon längst jemand anderen für die Leitung meines Unternehmens bestimmt habe?«

Der Versuch seines Vaters, ihn mit seinen Worten zu verletzen, misslang gründlich. Das war der Vorteil, wenn man sich emotional losgelöst hatte!

»Aber offensichtlich hat es dir nicht gereicht«, sagte Colm, ohne auf die Bemerkung einzugehen. »Du hast versucht, mich in einen Autounfall zu verwickeln«, setzte er hinzu und glaubte, draußen vor der offenen Tür ein leises Keuchen zu vernehmen.

Sein Vater mahlte zornig mit den Kiefern. »So etwas traust du mir zu?«

»Ich traue dir alles zu, *Vater*«, fauchte Colm. »Allerdings solltest du nicht so knausrig sein! Wen auch immer du beauftragt hast – er war ein Stümper. Der Stein hat lediglich die Heckscheibe meines Wagens getroffen.« Er beugte sich vor. »Wäre der Frau an meiner Seite etwas passiert …«

»Bist du etwa wieder mit Maureen zusammen?«, unterbrach ihn sein Vater verächtlich. »Diese Schlampe erzählt überall herum, du hättest sie geschwängert. Ist das wahr? Warst du so blöd?«

Sein Vater war damals gegen diese Heirat gewesen, vermutlich ein ausschlaggebender Grund dafür, dass er Maureen zur Frau genommen hatte. Er war jung gewesen und sehr dumm.

»Das geht dich nichts an. Und nein, es war nicht Maureen«, sagte Colm und schloss daraus, dass sein Vater nicht hinter dem Steinwurf steckte. Andernfalls hätte er gewusst, wer neben ihm gesessen hatte. Auf der anderen Seite war Joseph McCunnigan ein Dreckskerl, dem zuzutrauen war, dass er seinen Sohn eiskalt anlog.

Sein Vater machte eine verächtliche Handbewegung. »Pass auf, dass du die Neue nicht auch noch schwängerst.«

Colm spürte, wie ihm die Zornröte ins Gesicht stieg. Er atmete tief durch. »Halte dich aus meinem Leben raus«, sagte er mit ruhiger, gefährlicher Stimme. »Sonst wirst du es bereuen.« Er wollte sich abwenden, doch die selbstzufriedene Miene seines Gegenübers hielt ihn zurück. »Muss hart sein, bei beiden Söhnen versagt zu haben«, höhnte er.

»Eure Mutter war viel zu weichherzig«, versetzte sein Vater. »Sie hat euch zu Waschlappen erzogen, vor allem Aidan. Sie hätte dieses Klavier nie ins Haus holen dürfen!«

»Die Musik war Aidans einziger Halt«, entgegnete Colm zwischen zusammengebissenen Zähnen. »Aber das hat dich nicht interessiert. Als dein Stammhalter sollte er spuren, alles andere spielte keine Rolle. Aidan war dir völlig egal.«

Sein Vater schlug mit der Faust auf den Tisch. »Das ist nicht wahr! Er war mein Erstgeborener ...«, fügte er hinzu, als ob das alles erklären würde.

»Er sollte dein Nachfolger werden, idealerweise ein Spiegel deiner selbst, denn du bist ja das Maß aller Dinge«, stieß Colm wütend hervor. »Und als das nicht gelang, war's das mit der väterlichen Zuneigung. Nach Aidans Tod hast du dich wie durch ein Wunder daran erinnert, dass es mich auch noch gibt. Nachdem Projekt Nummer eins den Bach runtergegangen war, war Projekt Nummer zwei an der Reihe, deshalb hast du mich auf die Uni geschickt. Alles für dein dämliches Unternehmen. Was für ein Pech, dass auch das in die Binsen ging!«, schloss Colm voller Spott.

Sein Vater stützte sich mit den Händen auf die Armlehnen seines Sessels, als wollte er jeden Moment aufspringen. »Dieses dämliche Unternehmen, wie du es nennst, habe ich mit viel Schweiß aufgebaut ...«

Colm lachte böse. »Großvater hat das Unternehmen gegründet, du hast es lediglich geerbt.«

Die Gesichtsfarbe seines Vaters verdunkelte sich. »Als ich es übernommen habe, waren es nicht mehr als ein paar Austernbänke und eine windschiefe Hütte.« Er schnaubte verächtlich. »Dein Großvater war ein Säufer und Schläger. Ich habe das Unternehmen zu dem gemacht, was es jetzt ist.«

»Wenn du das sagst.« Colm, der genug hatte, machte auf dem Absatz kehrt. Dabei stieß er beinahe mit seiner Mutter zusammen, die draußen in der Halle stand. Als er wortlos an ihr vorbeiging, berührte sie ihn leicht am Arm.

»Knöpfchen ...«, hauchte sie.

Er würdigte sie keines Blickes, doch das flehentliche Flüstern versetzte ihm unerwartet einen Stich ins Herz, sodass er für einen Moment die Augen schließen musste. *Knöpfchen.* So hatte sie ihn nicht mehr genannt, seit er ein kleiner Junge gewesen war. Sie hatte ihm den Kosenamen gegeben, weil er als Baby immer runde Knopfaugen bekommen hatte, wenn sie ihn stillte. Colms Beine fühlten sich an wie kalter Stein, als er zum Wagen zurückging. Sein Puls raste und seine Hände zitterten. Er verfluchte seine Mutter wegen ihrer Schwäche und Unmündigkeit, aber vor allem verfluchte er sie wegen der Macht, die sie immer noch über ihn hatte.

SCHATTEN ÜBER ARDEEVIN

Nach einer durchwachsenen Nacht stand Grace um kurz vor sieben auf. Die Strickjacke eng um den Körper geschlungen, ging sie nach draußen, um sich davon zu überzeugen, dass die Schmiererei, die sie vom Schlaf abgehalten hatte, nicht wie durch Zauberhand wiedererschienen war. Beim Anblick des jungfräulich weißen Anstrichs seufzte sie erleichtert, trotzdem blieb sie bei ihrem Vorhaben, eine zweite Farbschicht aufzutragen. Sicher war sicher. Der Wettergott hatte zum Glück ein Einsehen, denn es war zwar kühl, regnete jedoch nicht. Also zog sie sich rasch um, trank ihren Tee im Stehen und machte sich an die Arbeit. Bis auf das Rauschen des Meeres und eine Singdrossel, die mit einem Ständchen aufwartete, hielt die Welt still. Ein friedlicher Morgen, der den Vortag wie einen bösen Traum erscheinen ließ. Grace tat die körperliche Arbeit gut, und mit jeder Bewegung wuchs ihr Kampfgeist. Wer immer sie einschüchtern wollte, sollte sich zum Teufel scheren! So leicht würde sie sich nicht unterkriegen lassen! Nachdem sie mit dem Streichen fertig war, reinigte sie den Farbroller und trug die Utensilien hinter das Haus, damit niemand zufällig darüberstolperte, dann bedeckte sie alles mit einer Plastikplane.

Für ein paar Stunden gelang es ihr, den Vorfall zu verdrängen und sich auf ihre Arbeit am »Sommernachtstraum« zu konzentrieren. Ihrem ersten Impuls zum Trotz entschied sie sich gegen einen dezenten Abgang und für ein bombastisches Finale. Gut möglich, dass sie an diesem Tag einfach nur angriffslustig war, aber so verhielt es sich mit der Kreativität. Sie entstand aus dem Augenblick heraus. Die einzige Unterbrechung bildete Kelly, die vorbeikam, um die Töpfe und Farbroller zu holen.

»Wie geht's dir?«, erkundigte sich die junge Frau.

Grace zuckte mit den Achseln. »Ich habe mich entschieden, die Sache zu ignorieren. Da hat jemand seinen Frust abgelassen. Bleibt nur zu hoffen, dass es dabei bleibt.«

Kelly machte große Augen. »Wow! Ganz schön cool!«

»Oder dämlich«, bemerkte Grace. »Aber ganz ehrlich, in den letzten beiden Jahren ging es mir furchtbar dreckig. Und jetzt, da das Leben mich wieder anlacht, lasse ich mir das nicht von irgendeinem Idioten vermiesen.« *Oder einer Idiotin.* »Und wenn es nur für begrenzte Zeit ist. Ich will jeden Moment davon genießen.«

In einer spontanen Geste drückte Kelly sie. »Finde ich klasse!« Dann suchte sie Grace' Blick. »Sei trotzdem vorsichtig, okay?«

»Natürlich.«

»Versprochen?«

Grace presste feierlich ihre rechte Hand auf ihr Herz. »Versprochen.«

Kelly nickte sichtlich zufrieden. »Gut.«

»Lust auf einen Tee und ein paar Scones?«, fragte Grace, nachdem sie ihr das Geld für die Farbe gegeben hatte.

Kelly schüttelte bedauernd den Kopf. »Würde ich gern, aber ich kann leider nicht. Eine Freundin feiert am Wochenende ihren Junggesellinnenabschied, und ich helfe bei der Planung mit.«

Grace lachte. »Immer auf Achse! Bei dir wird's nie langweilig.«

Kelly grinste. »Da sagst du was! Aber ich liebe es. Habe ich mal nichts zu tun, werde ich kirre, ehrlich.«

»Wenn du Jungspund erst einmal so alt bist wie ich, wirst du die Momente der Muße zu schätzen wissen«, entgegnete Grace mit betont gebrechlicher Stimme.

»Ach herrje. Für wie jung hältst du mich denn?«, fragte Kelly glucksend. »Ich schließe übernächstes Semester mein Journalismus-Studium ab.«

Grace lächelte. »Ich würde dich auf Anfang, Mitte zwanzig schätzen.«

»Ich bin vierundzwanzig.«

»Sagte ich doch.«

Kelly kniff die Augen zusammen, als würde sie Grace zum ersten Mal gründlich mustern. »Du kannst doch nur vier, fünf Jahre älter sein.«

»Acht, um genau zu sein.«

Kelly stieß ihr kameradschaftlich den Ellenbogen in die Seite. »Hast dich gut gehalten, Ömchen!« Dann wurde sie ernst. »Sag mal, weil wir gerade übers Alter reden …«

»Ja?«, half Grace ein wenig nach, als Kelly zögerte.

»Brendan ist dreiunddreißig.« Das zarte Gesicht unter der pinkfarbenen Mütze lief rosa an. »Findest du neun Jahre Altersunterschied zwischen Mann und Frau schlimm?«

Grace starrte sie verblüfft an. »Höre ich richtig? Du, die flippigste junge Frau, die ich kenne, mit einer Variation von Kopfbedeckungen, die die Queen vor Neid erblassen lassen würde, scherst dich um Konventionen?«

»Was Brendan angeht, bin ich total unsicher«, murmelte Kelly bekümmert.

Nun war es an Grace, sie kurz zu drücken. »Ich sag dir was: Wenn zwei Menschen füreinander bestimmt sind, ist der

Altersunterschied egal. Und neun Jahre sind gar nichts. Der Mann meiner besten Freundin Jess ist zehn Jahre jünger als sie«, erklärte Grace mit einem schiefen Lächeln.

»Wirklich?«

»Ja, klar. Das interessiert niemanden, die beiden schon gar nicht.«

»Und sie sind glücklich?«

Grace nickte. »Und wie!«

Kelly strahlte übers ganze Gesicht, und als sie sich verabschiedeten, war es diesmal an ihr, sich zu bedanken. Grace lächelte immer noch, als Kellys Wagen bereits aus ihrem Blickfeld verschwunden war. Gemeinsam mit Einstein, der die seltenen Sonnenstrahlen an diesem Tag genutzt hatte, um sich den Bauch zu wärmen, ging sie zurück ins Haus. Als sie die Tür aufdrückte, spürte sie einen Luftzug, zeitgleich schlug am anderen Ende das Schlafzimmerfenster laut zu. Alarmiert rannte Grace nach hinten. Hoffentlich war die Scheibe nicht zerbrochen! Beim Anblick des unbeschädigten Fensters stieß sie einen Seufzer der Erleichterung aus, schloss es und kehrte ins Wohnzimmer zurück. Dabei fiel ihr Blick auf den Steinboden. Ihr brach der kalte Schweiß aus. Vor dem Kamin lag ein Zettel, auf den etwas gekritzelt worden war, und es war definitiv nicht ihre Handschrift! Möglicherweise hatte er auf dem Kaminsims gelegen, weshalb sie ihn nicht gesehen hatte, und war durch den Luftzug aufgewirbelt worden. Widerstrebend, als könnte das Stück Papier sie beißen, tat sie einen Schritt darauf zu, dann noch einen, ehe sie sich bückte, um es aufzuheben.

Lass die Finger von ihm!

Mehr stand da nicht, nur dieser eine Satz, doch Grace' Wut brodelte wie siedendes Wasser in einem Kochtopf. Die Haustür war nicht aufgebrochen worden, also musste jemand durch das offene Schlafzimmerfenster eingestiegen sein. Für Grace bestand kein Zweifel mehr. Der aufgeschlitzte Reifen, die Schmiererei an der Wand, der Zettel … Es gab nur eine Person, die dafür verantwortlich sein konnte: Maureen McCunnigan. Zwar hatte Grace Verständnis für die verzweifelte Lage, in der sich die Frau befand, sofern die Schwangerschaft nicht Lug und Trug war, aber sie auf diese Weise anzugreifen, ging zu weit! Colm zu informieren, kam nicht infrage. So reizvoll der Gedanke auch war, sie würde sich nicht hinter einem Mann verstecken, in der Hoffnung, dieser würde ihre Probleme für sie lösen. Nein, sie würde Maureen anrufen und sie zur Rede stellen.

Unverzüglich.

Maureens Kontaktdaten im Internet ausfindig zu machen, stellte sich als einfach heraus. Die Frau betrieb ein Atelier für Modedesign in Dublin mit dazugehöriger Website, auf der auch ihre private Handynummer angegeben war. Wahrscheinlich wollte sie rund um die Uhr erreichbar sein, um sich keinen Auftrag entgehen zu lassen. Grace bedauerte zum ersten Mal, keinen Alkohol im Haus zu haben, als sie mit leicht zitternder Hand nach dem Festnetztelefon griff, um die Nummer zu wählen. Es klingelte und klingelte und klingelte. Gerade wollte sie auflegen, als es in der Leitung knackte.

»Maureen McCunnigan?«, kam Grace der Person am anderen Ende zuvor.

»Ja.« Die Stimme klang neugierig – und so verflucht unschuldig!

Grace atmete tief durch. »Hier spricht Grace Cavanaugh.«

»Wer?«

»Grace Cavanaugh«, wiederholte Grace mit zusammengebissenen Zähnen. »Sie standen erst vor Kurzem vor meiner Tür und erzählten von Ihrer Schwangerschaft.«

»Aber natürlich«, kam es zuckersüß zurück. »Jetzt weiß ich wieder, wer Sie sind. Die Engländerin, die, warum auch immer, nach Leigh an Dachtáin gezogen ist.«

»Genau die«, entgegnete Grace kalt.

»Schön. Und was wollen Sie? Sich bei mir entschuldigen, weil Sie mir den Ehemann ausspannen wollen?«

Grace spürte, wie das Blut in ihren Adern pulsierte. Am liebsten wäre sie durch den Hörer gesprungen, um der Frau am anderen Ende die Augen auszukratzen! Nicht, dass ihre Nägel lang genug dafür gewesen wären, aber die Vorstellung war einfach zu verlockend.

»Hören Sie auf, mich zu terrorisieren!«, brach es aus ihr heraus.

Nicht zu fassen, dass sie in einem ausgewachsenen Zickenkrieg gelandet war!

»Terrorisieren nennen Sie das?«, kam es verächtlich zurück. »Ich tue nichts anderes, als Ihnen ins Gewissen zu reden. Und das ist mein gutes Recht!«

»Lassen Sie mich in Ruhe!«, knurrte Grace. Das Blut rauschte ihr in den Ohren vor Zorn. »Sonst werde ich Sie wegen Belästigung anzeigen!«

Maureen schnaubte. »Das ist ja lächerlich.«

»Außerdem noch wegen Hausfriedensbruch und Sachbeschädigung!«

Am anderen Ende entstand ein kurzes Schweigen, gefolgt von einem giftigen »Sie können mich mal!«.

Grace' Konter lief ins Leere, denn Maureen hatte bereits aufgelegt.

»Dämliche Kuh!«, zischte sie frustriert und knallte den Hörer auf den Tisch.

Sie würde bei der Garda Anzeige erstatten, aber vorher musste sie den Nachweis erbringen, dass Maureen hinter all dem steckte. Grimmig betrachtete sie die Nachricht. Ein

Schriftvergleich wäre gut für den Anfang. Sie musste nur etwas in die Hände bekommen, was Maureen geschrieben hatte. Nur, wie sollte sie das bewerkstelligen? Sie konnte schlecht in Colms Papieren wühlen, in der Hoffnung, etwas zu finden. Ihre Gedanken schweiften weiter ab. Es wäre interessant zu wissen, was eine Handschriftenanalyse zutage fördern würde. Vielleicht, dass Maureen eine gefährliche Psychopathin war, die schon als Kind Katzen gequält hatte, weshalb man sie für Jahre wegsperren musste? Weil Grace weiter ihren düsteren Rachegedanken nachhing, traf sie die tiefe männliche Stimme in ihrem Rücken völlig unvorbereitet.

»Denkst du gerade an mich?«

Erschrocken wirbelte sie herum. Colm stand lächelnd in der offenen Eingangstür. Obwohl alles an ihm von einem anstrengenden Arbeitstag zeugte, angefangen bei den ungekämmten Haaren über die dunklen Bartstoppeln bis hin zu dem etwas zerknitterten Hemd, wirkte er auf sie sexier denn je.

»Wie kommst du darauf?«, fragte sie, während sie versuchte, ihren Puls wieder unter Kontrolle zu bringen.

»Als ich durchs Fenster geschaut habe, habe ich dein verträumtes Lächeln gesehen.«

Ach du grüne Neune! Vielleicht war sie ja die Psychopathin und nicht Maureen!

Grace räusperte sich. »In gewisser Weise ging es tatsächlich um dich.«

»Schön zu hören«, sagte Colm. Sein Blick versenkte sich kurz in ihren, bevor er zu ihrer Hand huschte. »Was ist das?«, fragte er.

Das Lächeln in ihrem Gesicht erstarrte. »Was meinst du?«

»Der Zettel in deiner Hand.«

»Nur eine Einkaufsliste!«, antwortete Grace ein wenig zu hastig, ehe sie das verräterische Stück Papier in die Tasche ihrer Jeans steckte.

»Du bist eine lausige Lügnerin«, erwiderte Colm zärtlich und war mit zwei Schritten bei ihr.

Schon hatte er sie in seine Arme gerissen, um sie nach allen Regeln der Kunst zu küssen. Seine Zungenspitze berührte ihre sanft, eine Verlockung, der sie gern nachgab. Sie ließen sich Zeit beim Küssen, zögerten die Lust, so gut es ging, hinaus, während ihre Zungen und Lippen einen perfekt choreografierten Tanz vollführten. Trunken vor Begierde auf diesen Mann vergrub Grace beide Hände in seinen Haaren, gleichzeitig drückte sie ihn mit ihren siebenundfünfzig Kilo an die Wand.

Meiner!, dachte Grace und musste darüber fast lachen.

»Was immer du vorhast, meine Schöne, wir sollten vorher etwas essen«, murmelte Colm ein wenig heiser. »Es war ein anstrengender Tag.«

»Nichts Schlimmes, hoffe ich«, antwortete sie und schmiegte ihren Kopf an seine Brust.

Wie gut er roch! Selbst nach einem anstrengenden Tag wie diesem.

»Nein«, entgegnete er. »Nur jede Menge Papierkram. Und ich hasse Papierkram!«

»Hast du nicht Leute, die das für dich erledigen?«, fragte sie schmunzelnd.

Er lachte leise. »Schön wär's!«

Grace schloss die Augen, um seinem kräftigen Herzschlag zu lauschen, der sich nach wenigen Atemzügen unerwartet beschleunigte.

»Was hat das zu bedeuten?«, rief er fast zeitgleich.

Fragend hob sie den Blick und sah den Zettel in seiner Hand. Ihr rutschte das Herz in die Kniekehlen. Dieser hinterhältige Kerl hatte ihn aus ihrer Hosentasche stibitzt.

»Hast du einen Crashkurs für Taschendiebe absolviert?«, bemerkte sie mit einem aufgesetzten Grinsen, während ihre Gedanken rasten. »Das war überaus geschickt. Ich habe deine

Finger auf meinem Hintern gar nicht gespürt.« Sie stellte sich auf die Fußspitzen, um an seiner Unterlippe zu knabbern. »Schade eigentlich.«

Doch Colm ging auf ihr Ablenkungsmanöver nicht ein. »Wechsle nicht das Thema, Grace«, sagte er und trat einen Schritt zurück. Sein Blick fixierte sie unerbittlich. »Hier steht: *Lass die Finger von ihm!* Was soll der Scheiß?«

Sie zuckte mit den Achseln. »Es hat nichts zu bedeuten. Da hat sich jemand nur einen Spaß erlaubt.«

»Einen Spaß?« Colm zog drohend die Augenbrauen zusammen. »Von wem kommt das? Von Maureen?«

Sein drohender Tonfall erzürnte Grace. »Sag du es mir!«

Verblüfft starrte er sie an. »Was?«

»Die Handschrift«, antwortete sie. »Ist es ihre oder nicht?«

Colm musterte den Zettel. »Schwer zu sagen. Maureen hat eine schöne Schrift, aber die lässt sich leicht verändern, wenn man es darauf anlegt.«

Eine schöne Schrift. Soso.

»Oh, warte!« Grace, die mit einem Mal das Bedürfnis verspürte, ihrem Ärger Luft zu machen, holte ihr Handy, wischte übers Display und streckte ihm das Foto von der verschmierten Hauswand entgegen. »Hilft das vielleicht weiter?«

Eine tödliche Stille breitete sich aus, während Colm auf das Display starrte. »Wann wolltest du mir davon erzählen?«

»Gar nicht«, antwortete Grace.

»Gibt es sonst noch etwas, was ich wissen sollte?«

Grace zuckte mit den Achseln. »Ein aufgeschlitzter Fahrradreifen.«

»Warum, verflucht noch mal, hast du das für dich behalten?«, platzte es aus Colm heraus. Eine Ader pulsierte an seiner Schläfe, so aufgebracht war er.

Mit störrischer Miene sah sie ihn an. »Weil es meine Angelegenheit ist und ich sie allein regeln muss.«

»Nein, das ist *unsere* Angelegenheit!«

»Wer sagt, dass das Ganze mit dir zusammenhängt?«, blaffte sie ihn an.

Als er lediglich die Augenbrauen hochzog, löste sich ihre Wut in Luft auf, und sie ließ die Schultern sinken.

Daraufhin zog Colm sie vorsichtig in seine Arme. »Das stehen wir gemeinsam durch«, murmelte er. »Du und Einstein, ihr zieht zu mir.«

Grace schüttelte den Kopf. »Wir bleiben hier.«

Colms Miene drückte leichte Ungeduld aus. »Jetzt ist nicht der richtige Zeitpunkt, die Heldin zu spielen, Grace.«

»Ich lasse mich von Maureen nicht einschüchtern!«

»Was, wenn es nicht Maureen ist?«

»Wie meinst du das?«

Sein Blick verdüsterte sich. »Möglicherweise hat es jemand auf uns beide abgesehen. Erst die Sache in der Brennerei, dann der Stein, der auf meinen Wagen geworfen wurde, als wir beide drinsaßen.«

Obwohl Grace nicht überrascht war, stockte ihr der Atem. »Du glaubst also nicht, dass es ein Steinschlag war?«

»Nein.«

Grace dachte kurz nach, ehe sie weitersprach. »Maureen will dich unbedingt zurückhaben, aber ist sie auch zu Gewalt fähig?«

Colm verzog das Gesicht. »Schwer zu sagen.«

»Trotzdem. Wer immer es auf uns abgesehen hat, soll nicht die Genugtuung erfahren, mich aus dem Haus verjagt zu haben«, entschied Grace mit vorgerecktem Kinn, auch wenn ihre Stimme leicht zittrig klang.

»Nur für zwei, drei Nächte«, entgegnete Colm sanft. »Bis wir mehr wissen.«

Grace starrte gedankenverloren zu Boden. »Okay«, sagte sie schließlich. »Sollen wir uns an die Garda wenden?«

»Möchtest du das?«

Sie zuckte mit den Schultern. »Ehrlich gesagt bin ich gerade ziemlich überfordert.«

Colms Lippen verzogen sich zu einem zärtlichen Lächeln. »Lass mich erst mal mit Maureen reden, bevor wir eine Entscheidung treffen.«

»In Ordnung. Ich habe sie übrigens angerufen, kurz bevor du gekommen bist«, erzählte Grace. »Sie gibt vor, nichts zu wissen.«

Colms Blick wurde hart. »Ich fahre gleich morgen früh nach Dublin und stelle sie zur Rede. Ich finde die Wahrheit heraus!«

Ein Lächeln huschte über Grace' Gesicht, als sich Colms Arme fester um sie schlossen. Ihn an seiner Seite zu haben, hieß nicht zwangsläufig, sich hinter seinem Rücken zu verstecken.

Nachdem sie einige Momente lang die Nähe des anderen genossen hatten, seufzte Grace. »Dann packe ich mal ein paar Sachen zusammen.«

Colm drückte ihr einen Kuss auf die Lippen. »Tu das.«

Zunächst suchte Grace Einsteins Sachen zusammen, dabei kam ihr in den Sinn, dass sie in Zukunft besser ein Set mit Näpfen, Futter und Kissen bei Colm deponieren sollte. Wie er wohl auf ihren Vorschlag reagieren würde? Grace' Schmunzeln wandelte sich zu einem Ausdruck des Entsetzens, als sie anschließend die Schublade ihrer Kommode im Schlafzimmer öffnete, in der ihre Seidenunterwäsche lag. Sie besaß nur wenige Stücke, entsprechend hütete sie diese wie ihren Augapfel.

»O nein!«, hauchte sie und hielt einen fliederfarbenen Slip in die Höhe, der in Fetzen hing.

»Interessantes Design«, bemerkte Colm, der plötzlich hinter ihr stand.

Grace traten Tränen in die Augen. »Das ist nicht witzig.« Sie drehte sich um. »Jemand hat meine Unterwäsche zerschnitten.«

Colm wurde schlagartig ernst. »Was?«

Sie nickte nur.

»Okay, das reicht«, presste er zwischen zusammengebissenen Zähnen hervor. »Ich werde die Vorfälle der Garda melden.«

»Bist du sicher?«

»Ja.«

Grace schluckte. »Auch die in der Brennerei?«

»Auch die. Gleich nachdem ich mit Maureen gesprochen habe. Wenn sie es war, hetze ich ihr die Bullen auf den Hals!« Er umfasste Grace' Gesicht, seine Finger lagen warm und tröstend auf ihrer eiskalten Haut, und er strich mit seinen Lippen über ihre feuchten Augenlider. »Bei mir bist du sicher, mein Herz. Ich habe alle Schlösser verstärkt, auch die vom Wohnhaus.«

Mein Herz. Wie gut sich das anhörte und auch anfühlte.

Zuversichtlich, dass sich alles zum Guten wenden würde, schlang Grace die Arme um seinen Hals und küsste ihn lang und zärtlich.

Colms Gedanken kamen nicht zur Ruhe. Selbst als er sich zwischen den Touristenbussen durchschlängelte, die sich schwerfällig über den Aston Quay in Dublin schoben, zermarterte er sich das Hirn, wer Grace und ihm schaden wollte. Sein Vater? Maureen? Die Eastern Distilling Company? Oder vielleicht alle drei zusammen? Colm stieß ein freudloses Lachen aus. Langsam wurde er paranoid. Maureen hasste seinen Vater, was auf Gegenseitigkeit beruhte. Und was die Eastern Distilling Company betraf: Wie groß war die Wahrscheinlichkeit, dass ein internationaler Konzern zu solchen Mitteln greifen und damit sein Renommee riskieren würde, nur um eine kleine irische Brennerei zu schlucken? Vor einer roten Ampel betrachtete Colm geistesabwesend die träge dahinfließende Liffey, die Dublin in zwei Hälften teilte. Wie erwartet bewohnte Maureen ein Apartment im wohlhabenden Süden, deshalb bog Colm nach rechts ab, weg vom Fluss, fuhr durch Temple Bar und weiter zum Creative Quarter, das sich zwischen der South Williams Street und der Exchequer Street erstreckte. In den Gassen des hippen Viertels, in dem sich vorzugsweise Künstler und Designer niederließen, reihte sich eine bunte Fassade an die nächste, Boutiquen wechselten sich ab mit Friseurläden und Cafés mit kleinen Galerien.

Maureen lebte und arbeitete im oberen Stockwerk einer ehemaligen Schuhfabrik aus dem achtzehnten Jahrhundert. Das rote Backsteingebäude, in dem unter anderem eine Tapas-Bar, ein CD-Laden und ein Schmuckgeschäft untergebracht waren, bestach durch gotisch anmutende Türmchen und Bogenfenster. So glamourös die Fassade auch wirkte, das Innere stellte sich als bescheiden heraus. Die Briefkästen waren eingedrückt oder hingen schief in der Verankerung, und der Aufzug war defekt. Kopfschüttelnd nahm Colm die knarzende Holztreppe nach oben. Und dafür waren die Leute bereit, mehrere Tausend Euro Miete zu zahlen! Als er vor Maureens Wohnungstür stand, hörte er von drinnen Stimmen und Musik, was er mit Erleichterung quittierte. Seine Noch-Ehefrau war zu Hause.

Er klopfte an.

»Komme!«, ertönte es fröhlich von drinnen.

Obwohl es schon Mittag war, überraschte es Colm nicht, dass Maureen die Tür in einem seidenen Morgenmantel öffnete. Sie war ungeschminkt und trug die Haare offen, was ihrer Schönheit keinen Abbruch tat. Bei seinem Anblick erstarb ihr Lächeln.

»Was tust du denn hier?«, blaffte sie ihn an, und einen Moment stand in ihrem Blick eine geradezu kindliche Angst.

»Du hast jemand anderen erwartet?«, entgegnete Colm und schob sich grob an ihr vorbei.

»Hey!«, protestierte sie.

Angesichts seiner Statur scheiterte ihr Versuch, ihn am Weitergehen zu hindern, und er betrat einen hellen, großen Raum, der geschmackvoll eingerichtet war und durch eine Vielzahl von Aktfotografien an den Wänden bestach. Ausnahmslos Frauen. Von muskulösen Walküren über anmutige Afrikanerinnen bis hin zu Meerjungfrauen, die sich in Fischernetzen verstrickt hatten, war alles vertreten.

»Hast du etwas gesagt, Maureen?«, knurrte Colm. Was sie anging, war sein Geduldsfaden sehr dünn. »Immerhin zahle ich die Miete für das alles hier.«

Ihr Körper straffte sich. »Trotzdem hast du meine Privatsphäre zu respektieren.«

»Weil du das mit der Privatsphäre gerade erwähnst, ich hätte da …«

»Belästigt dich der Typ etwa?«, unterbrach ihn eine sonore weibliche Stimme.

Verblüfft starrte Colm auf die Frau, die eben aus dem Nebenzimmer getreten war. Sie war klein und üppig, hatte wilde rote Locken und ein Nasenpiercing. Auch sie trug einen seidenen Morgenmantel, doch da er vorn aufklaffte, ließ er keinen Zweifel daran, dass sie darunter nackt war. In Anbetracht seiner Miene brach die Unbekannte in spöttisches Lachen aus.

»Ich kann sehen, wie es in seinem Kopf rattert und rattert und rattert«, höhnte sie. »Wer ist der Kerl, und was will er von dir?«

»Das ist Colm«, murmelte Maureen und rang nervös mit den Händen.

»Der Dorftrottel?« Die Frau musterte Colm, der sich dabei wie ein Insekt unter einem Mikroskop fühlte, kritisch von Kopf bis Fuß. »Ich habe ihn mir irgendwie anders vorgestellt.«

»Dorftrottel?«, wiederholte Colm grimmig und machte einen Schritt auf die Frau zu, worauf Maureen rasch zwischen sie trat.

»Colm, darf ich dir Sheila vorstellen?«, sagte sie. »Meine ...«

»Ja?«, fragten Colm und die Rothaarige unisono, als sie zögerte.

»Freundin ... und Lebenspartnerin«, fügte Maureen hinzu, nachdem sie einen raschen Blick mit Sheila gewechselt hatte.

Das war in der Tat eine Wendung, mit der Colm niemals gerechnet hätte. Wäre der Grund seines Kommens nicht ernster Natur gewesen, hätte er über die Absurdität der Situation lachen können.

Er ließ seinen Blick zwischen den beiden Frauen hin und her wandern. »Okay«, sagte er mit gedehnter Stimme. »Wie lange geht das zwischen euch beiden? Und vor allem, seit wann stehst du auf Frauen, Maureen?«

Seine Noch-Ehefrau sah ihn offen an. »Es ist vor drei Monaten passiert«, erklärte sie. »Völlig unerwartet. Wir sind uns auf einer Vernissage begegnet und haben uns ineinander verliebt. Einfach so.« Das zärtliche Lächeln, das sie Sheila daraufhin schenkte, hatte Colm bei ihr bisher noch nie gesehen.

Seine Überraschung wich kalter Wut. »Und warum, zum Teufel, bist du bei uns *Dorftrotteln* aufgetaucht und hast diese Show abgezogen, von wegen, du seist von mir schwanger und wolltest mich zurückhaben?«

Aus Sheilas Mund drang ein entsetztes Keuchen, ihre Augen waren weit aufgerissen. »Was?«, rief sie, an Maureen gewandt. »Du bist schwanger?«

»Zuckerschnecke, nein!« Maureen eilte zu ihrer Freundin. »Das alles ist ein Missverständnis. Ich bin nicht schwanger.«

Colm fiel ein Stein vom Herzen, so groß wie der Giant's Causeway, Finn MacCools legendäre Felsenbrücke nach Schottland. »Ein Missverständnis, ja?«, brummte er dennoch.

Zumindest besaß Maureen den Anstand, zu erröten. »Also gut. Ich habe gelogen.«

»Wieso?«, presste Colm hervor.

»Das würde mich allerdings auch interessieren«, grollte Sheila mit blitzenden Augen.

»Das habe ich für uns getan, Liebes«, sagte Maureen an ihre Freundin gewandt. »Ich wollte ihm Geld aus den Rippen leiern.«

»War ja klar!«, bemerkte Colm düster, aber die beiden Frauen beachteten ihn nicht.

»Wieso, zum Teufel?«, rief Sheila.

»Versteh doch, du hast deinen Job verloren, und dann hat dieser beschissene Galerist dich auch noch übers Ohr gehauen! Ich dachte mir, wenn ich Colm unter Druck setze, bei seiner neuen Flamme auftauche und Stress mache, würde er mir freiwillig einen fetten Scheck ausstellen, um sich vor der Verantwortung zu drücken.« Sie tätschelte ihrer Freundin die Hand. »Du weißt doch, wie Männer sind!«

»Also, ich hätte nie …«, rief Colm empört, doch Sheila grätschte dazwischen.

»Wir brauchen sein Geld nicht!«, herrschte sie Maureen an. »Schon gar nicht auf diese Weise. Wir kommen auch allein zurecht.«

Colm schüttelte den Kopf. »Ich kapier's nicht, Maureen, echt nicht. Über kurz oder lang wäre deine Lüge sowieso entlarvt worden.«

Seine heimtückische und völlig skrupellose Ehefrau zuckte mit den Achseln. »Und wenn schon! Wir hätten dann das Geld bereits ausgegeben.«

Ihr verächtlicher Blick machte Colm mit einem Mal klar, dass Männer für Maureen lediglich als Werkzeuge zur Erlangung eines luxuriösen Lebensstils dienten. Ob sie die Männer im Allgemeinen hasste? Selbst wenn sie diesbezüglich traumatische Erfahrungen gemacht haben sollte, hielt sich sein Mitgefühl in Grenzen. Ihretwegen hätte die Sache mit Grace ein trauriges Ende nehmen können, noch bevor sie richtig begonnen hatte!

»Okay«, sagte er und schluckte für den Moment seine Wut hinunter. »Eins noch. Und wehe, du lügst mich an! Hast du meine Brennerei verwüstet und Grace bedroht?«

Maureen riss erschrocken die Augen auf. »Was? Ich?«

»Hast du?«, wiederholte Colm und nahm eine drohende Haltung ein.

»Nein! Warum sollte ich?«

»Sag du es mir.«

»Als ob mich diese biedere Engländerin interessieren würde«, entgegnete Maureen hämisch.

Colm fixierte sie mit seinem Blick. »Wo warst du in den letzten Tagen?«

»Sie war hier«, mischte sich Sheila ein.

»Mit dir rede ich nicht!«, blaffte Colm sie an, worauf die Rothaarige ihn mit grimmigen Blicken durchbohrte.

»Also?«, fasste er an Maureen gewandt noch einmal nach.

»Ich war hier in Dublin«, antwortete seine Noch-Ehefrau bereitwillig. »Du kannst die Nachbarn fragen.«

»Okay«, sagte Colm, der das lieber der Garda überlassen wollte. »Halte dich in Zukunft von Grace fern, Maureen!«

Ein rebellischer Ausdruck trat auf ihr Gesicht. »Von mir aus.«

»Das meine ich ernst.«

»Jaaa.«

»Und auch von mir.«

Maureen presste die Lippen zusammen, sagte aber nichts.

»Ach, und falls du wieder auf dumme Gedanken kommen solltest ...« Colm zog sein Handy aus der Jackentasche und hielt es hoch. »Ich habe unser Gespräch aufgenommen. Solltest du mich bis zum Scheidungstermin in irgendeiner Weise verärgern, werde ich das dem Richter vorlegen. Dein Erpressungsversuch wird ihn sicher brennend interessieren. Deinen Unterhaltsanspruch kannst du dann vergessen.«

»Du kannst mich mal!«, stieß Maureen hervor.

Colm nickte in Richtung von Sheila. »Hat mich gefreut. Und sorg dafür, dass Maureen keinen weiteren Unfug anstellt!«

Ein kaum wahrnehmbares Grinsen huschte über das Gesicht der Rothaarigen. »Ich mach das schon.«

»Hey, auf welcher Seite stehst du eigentlich?«, rief Maureen empört.

»Aber, Hase, du weißt doch, dass du manchmal etwas zu impulsiv bist …«

Den Rest hörte Colm nicht mehr, denn er war bereits aus der Wohnung getreten und zog die Tür hinter sich zu. Zufrieden steckte er sein Handy wieder ein. Sein Bluff hatte funktioniert. Er hatte nichts auf dem Handy aufgenommen, da die Tonqualität in der Jackentasche zu schlecht gewesen wäre. Zwar ging er nicht mehr davon aus, dass Maureen und ihre Freundin für die Vorfälle in Cruinn und Leirg an Dachtáin verantwortlich waren, doch vollkommen ausschließen konnte er es nicht. Möglicherweise waren die beiden einfach nur begnadete Schauspielerinnen.

Heilbringendes Feuer

»Nicht schwanger?«

Die Erleichterung überspülte Grace wie eine frische Woge, und sie ließ sich auf das moosgrüne Sofa sinken.

»Genau«, antwortete Colm am Telefon. Sie konnte im Hintergrund dumpf die Motorgeräusche seines Wagens hören. »Sie hat gelogen, um an mein Geld zu kommen. Es ist nämlich so ...«

Was er ihr daraufhin erzählte, ließ Grace ungläubig den Kopf schütteln.

»Ich denke, wir sind sie los«, schloss er. »Und was die Drohungen und die Verwüstung in der Brennerei betrifft: Ich gehe nicht davon aus, dass sie es war, aber das soll die Garda prüfen.«

Grace schloss kurz die Augen. »Die Gefahr ist also nicht gebannt.«

»Nein. Lass uns morgen Mittag nach Cruinn fahren und bei Sergeant O'Shea offiziell Anzeige gegen unbekannt erstatten.«

»O'Shea? Ist er mit dem Pater verwandt?«

»Sie«, verbesserte Colm. »Sie ist seine Nichte.«

»Das ist ja nett. Priester und Cops in einer Familie.« Grace machte eine kurze Pause. »Und das geht für dich in Ordnung? Wegen deines Vaters und allem?«

»Grace, bei dir wurde eingebrochen! Jemand versucht, dir Angst zu machen«, ereiferte sich Colm. »Es wird allerhöchste Zeit, dass wir das melden.«

»Okay.« Sie lächelte. »Und wann kommst du hier an?«

»Das Navi meint, in zwei Stunden. Es ist schon zehn Uhr, du musst nicht auf mich warten.«

Grace schnaubte. »Natürlich warte ich.«

Sie schwiegen einen Atemzug lang, und Grace nahm an, dass er ebenfalls lächelte.

»Ich wäre früher abgefahren«, sagte er, »aber ich habe die Gelegenheit genutzt und einen Geschäftspartner außerhalb von Dublin besucht.«

»Das verstehe ich. Fahr vorsichtig, ja?«

»Mache ich.« Kurze Pause. »Bis nachher.«

»Bis nachher.« Grace überlegte kurz, ob sie noch etwas hinzufügen sollte, ließ es aber sein und beendete das Gespräch.

Da sie schon das Handy parat hatte, rief sie Jess an. Wie erwartet freute sich ihre Freundin mit ihr über die wunderbare Neuigkeit, dass Colm nicht unverhofft Daddy werden würde, und war entsetzt, als sie von den bedrohlichen Vorfällen der letzten Zeit erfuhr. Und erst recht echauffierte sie sich, als Grace ihr vorschlug, sie sollte wegen der unsicheren Lage ihren Besuch verschieben.

»Jetzt komme ich erst recht!«, rief sie. »Wenn ich könnte, würde ich noch heute Abend die Koffer packen, aber leider Gottes habe ich in drei Tagen ein wichtiges Seminar.« Ihre Stimme klang zerknirscht. »Mir graut es davor, dich allein zu lassen.«

»Ich bin doch nicht allein, Jess«, erwiderte Grace sanft. »Colm hat mich in seinem Haus untergebracht und kümmert sich rührend um mich. Außerdem habe ich heute Morgen eine Textnachricht von Tante Ruby erhalten. Die Beerdigung ihres Cousins ist übermorgen. Sie kommt spätestens Ende der Woche zurück. Wie ich sie kenne, wird sie mit Argusaugen über mich wachen.«

»Weiß sie von den Drohungen?«, fragte Jess hörbar besänftigt.

»Nein! Sie hat auch so schon genug Sorgen. Ich wollte sie nicht noch mehr beunruhigen.«

»Aber du wirst es ihr doch sagen, sobald sie zurück ist?«

Grace versprach es.

Nach dem Anruf fiel die Anspannung der letzten Tage von ihr ab, und allen festen Vorsätzen zum Trotz schlief sie kurze Zeit später auf dem Sofa ein.

Ein Biss weckte sie.

Nicht von einem Hund, was naheliegend gewesen wäre, sondern von einem irischen Wolf, einem sehr hungrigen irischen Wolf. Erschrocken riss Grace die Augen auf und begegnete dem dunklen Blick von Colm, der genüsslich an ihrer linken Brustwarze knabberte. Er hatte die Knöpfe ihrer Bluse so behutsam geöffnet, dass sie es nicht mitbekommen hatte.

»Seit wann bist du zurück?«, murmelte sie. Das Herz klopfte ihr bis zum Hals.

»Seit eben.«

»Du verlierst wirklich keine Zeit«, bemerkte sie und sog die Luft scharf ein, als er sie fest mit den Lippen kniff und der dunkelrosa Knubbel beinahe rot wurde.

Er grinste anzüglich. »Als ich gesehen habe, dass du unter dem zarten Stoff keinen BH trägst ... Was blieb mir da anderes übrig?«

»Das sollte eine Überraschung sein«, stammelte sie.

»Ist dir gelungen.«

Nach diesen Worten umkreiste er mit der Zunge ihre gereizte Brustwarze, und Flammen schossen von dort direkt in ihren Schoß. Sie wand sich, reckte ihm ihren Oberkörper entgegen, wollte, dass er sie mit Haut und Haaren verschlang.

»Wie war dein Tag?«, fragte er ganz nebenbei, auch wenn seine Reibeisenstimme ihn verriet.

»Gut«, antwortete sie. Als seine Hand unter ihren Rock glitt und er ein zufriedenes »Wie praktisch« murmelte, lösten sich für einen kurzen Moment ihre Erinnerungen in Luft auf, ehe es ihr wieder einfiel. »Ich … ich habe meine Freundin Jess angerufen. Du weißt schon, ich habe dir von ihr erzählt.«

»Ach ja, die scharfe Blondine.« Seine Stimme klang rau und voller Verlangen. Ohne von ihren Brüsten abzulassen, schob er einen seiner Finger unter ihren Slip, was ihr ein Keuchen entlockte, dann rieb er mit der rauen Kuppe gemächlich von oben nach unten und verteilte die Nässe über ihren Kitzler und ihre Schamlippen.

»Sie ist nicht dein Typ!«, entfuhr es Grace, was ihm ein Lachen entlockte.

»Woher willst du wissen, wer mein Typ ist, meine Schöne?«

Verärgert zuckte sie mit den Achseln. »Ich weiß es eben.«

Wieder dieses dunkle, spöttische Lachen. Sie wollte schon etwas erwidern, als sie das Geräusch einer Gürtelschnalle hörte, die geöffnet wurde, kurz darauf war es der Reißverschluss. Sie erschauderte, was ihm keinesfalls entging. Mit einem selbstgefälligen Lächeln schob er mehrere Finger in sie hinein und begann, das Feuer in ihr zu schüren. Dabei ließ er ihr Gesicht keine Sekunde aus den Augen.

»Du hast recht«, sagte er. »Wie du vor mir liegst, mit offener Bluse und hochgeschobenem Rock, mit diesen lustverschleierten Augen und diesem Mund, der danach giert, meinen Schwanz zu lutschen, bist du hundertprozentig mein Typ.«

Die Hitze schoss Grace ins Gesicht. »Also ich …«

Doch die Worte blieben ihr im Hals stecken, als er nach seinem Geschlecht griff. Er drang jedoch nicht in sie ein, sondern rieb sich an ihrem geschwollenen Fleisch, reizte sie und wartete darauf, dass sie ihn anflehte, sie endlich ganz auszufüllen.

Obwohl ihr Puls raste, warf sie ihm einen hochmütigen Blick zu. »Ich dachte, ich soll ihn lutschen.«

Er grinste. »Wie du willst, Herrin.«

Mit diesen Worten schob er sich nach oben, gleichzeitig zog er sie ein wenig nach unten. Als sie die Hand hob, um seinen Schwanz zu umfassen, strich er zunächst sanft durch ihr Haar, bevor er die Finger krümmte und sich festkrallte. Der Druck an der Kopfhaut war elektrisierend und verleitete sie dazu, ihm einen kecken Blick zuzuwerfen, während sie ihn von der Spitze bis zur Wurzel leckte. Anschließend öffnete sie die Lippen und saugte an der Eichel wie an einem Lolli.

»Herrgott, Grace, du bist definitiv mein Typ!«

Ihr Kichern, das sich für ihn wie eine heftige Böe anfühlen musste, begleitet von einem Erdbeben, entlockte ihm ein tiefes, dumpfes Stöhnen, das sie innerlich jubilieren ließ. Macht über diesen Mann zu haben, war berauschender als jede Droge. Für ihn unverhofft, nahm Grace ihn tief in ihren Mund auf und bewegte sich langsam auf und ab. Sie spürte, wie sein Griff noch fester wurde, wie er ihre Haare in seiner Faust sammelte und die Führung übernahm, was ihr einen gewaltigen Kick verschaffte. Ihre Zehen krümmten sich, ihr Schoß zog sich zusammen, doch bevor der Orgasmus über sie hereinbrechen konnte, zog er sich zurück.

Seine Züge waren lustverzerrt. »Ich will in dir kommen, Grace«, keuchte er. »Verhütest du? Versteh mich bitte nicht falsch. Ich habe nichts gegen Kinder, aber heute bin ich gerade so noch mal heil davongekommen, und ich möchte auf keinen Fall …«

»Quatsch nicht so viel!«, fuhr ihn Grace an. »Mach endlich! Und ja, ich nehme die Pille.«

Sein verblüffter Gesichtsausdruck war ein Bild für die Götter, und wäre Grace nicht so erregt gewesen, wäre sie in Lachen ausgebrochen, so aber legte sie ihre Hände auf seine Schulter und drückte ihn beherzt wieder herunter.

»Ich bin noch halb angezogen«, protestierte er schwach. *Sehr* schwach.

»Egal! Ich auch.«

Er stieß ein kleines Lachen aus. »Lass mich wenigstens die Schuhe ausziehen.«

»Okay, aber der Rest bleibt.« Grace' Augen funkelten, sie fühlte sich herrlich verrucht. »Das ist sexy.«

Nachdem er sich seiner Schuhe entledigt hatte, legte er jegliche Zurückhaltung ab und drang bis zum Anschlag in sie ein. Er ließ ihr kaum Zeit, sich an die Dehnung zu gewöhnen, bevor er seine Bewegungen aufnahm, was ihr mehr als recht war. Während sie sich seinen Stößen entgegenwarf, pochte das Herz heftig in ihrer Brust, und sie ließ ihre Finger unter sein T-Shirt gleiten, um seine harten Bauchmuskeln zu streicheln. Dann wanderten ihre Hände nach hinten, um ihn an sich zu drücken. Sie wollte spüren, wie er sie in das Polster presste und sie mit seiner Kraft unterwarf, wie ihre weichen Brüste gegen seinen muskulösen Oberkörper gequetscht wurden. Keuchend schlang sie ihre Arme und Beine um ihn, drängte mit den Füßen seine Hüften näher an ihre. Indessen nahm die Wildheit seiner Stöße zu. Als er eine seiner Hände zwischen ihre Körper gleiten ließ und in ihren Kitzler kniff, vermischte sich der scharfe Schmerz mit Lust. Ihr Wimmern ging in ein kehliges Stöhnen über.

»Ich wusste gar nicht, dass du so ... so ...«, stotterte Grace, doch die richtigen Worte wollten ihr nicht einfallen, zumal er ihre bebenden Lippen mit seinem Mund verschlang.

»Du weißt vieles nicht, meine Schöne.«

Als sie seine hungrige Zunge spürte, aggressiv und unbeherrscht, sprühten auch schon die Funken hinter ihren geschlossenen Augenlidern. Ihr explodierender Körper bäumte sich unter ihm auf, und sie fiel von der Klippe, auf die er sie in so kurzer Zeit gehoben hatte. Ihre Finger krallten sich in seinen Rücken. Die Spasmen in ihrem Inneren waren so stark, dass sie ihn mitriss. Das Herz trommelte schmerzhaft gegen ihre Rippen, und wie durch eine Nebelwand sah sie, wie er den Kopf zurückwarf, dabei traten die Sehnen an seinem Hals überdeutlich hervor.

»Grace, Fuck!«, keuchte er, dann rief er etwas Unverständliches, von dem Grace annahm, dass es irisch war, wobei sie in diesem Moment den Unterschied zu französisch oder schwedisch nicht wirklich hätte erkennen können.

Noch einmal stieß Colm zu, bevor er sich mit einem dunklen Stöhnen in ihr ergoss. Grace rang nach Luft, während er Schwall um Schwall kam, als wollte er niemals aufhören. Sie spürte seinen heißen Samen in sich, und eine einzelne Träne rollte über ihre Wange. Für einige Sekunden lag er schwer atmend auf ihr, bis er sich schließlich hochstemmte, um sie zärtlich zu küssen.

»Alles in Ordnung?«, fragte er und ließ seinen prüfenden Blick über ihr Gesicht wandern.

Ihr Herz zog sich verräterisch zusammen. »Ich fürchte, du wirst das schöne Polster reinigen lassen müssen«, murmelte sie.

Lächelnd zog er sich vorsichtig aus ihr heraus und schlüpfte aus seinem T-Shirt, das er unter ihren Hintern schob, dann legte er sich neben sie auf das Sofa und zog sie in seine Arme. Seufzend schmiegte sie sich an ihn und strich ihm eine feuchte Strähne aus der Stirn. Währenddessen streichelte er träge ihre schweißbedeckten Brüste.

»Colm?«

»Hmm?«

»Immer, wenn ich an dich denke, muss ich lächeln«, hätte sie ihm gern gestanden. »Selbst Stunden nachdem wir miteinander geredet haben, muss ich lächeln.«

Aber sie wagte nicht, die Worte auszusprechen.

»Ich mag dich … irgendwie«, flüsterte sie stattdessen mit zugeschnürter Kehle.

Seine streichelnde Hand stockte kurz, bevor sie ihre Tätigkeit wieder aufnahm, als hätte sie nie etwas anderes getan.

»Wow«, murmelte er an ihrer Schläfe. »War ich wirklich so gut?«

Grace schluckte. »Ich meine es ernst, Colm.«

»Ich weiß.« Er hauchte einen Kuss auf ihre erhitzte Haut. »Ich mag dich auch.«

Glücklich schloss Grace die Augen und hielt den Augenblick für die Ewigkeit fest.

»Sollen wir ins Schlafzimmer gehen?«, fragte Colm nach einer Weile.

Sie lächelte. »Gern. Einstein wird sich schon fragen, wo wir bleiben.«

»An Einstein hatte ich dabei nicht unbedingt gedacht«, sagte er mit einem heiseren Lachen und verstärkte den Druck auf ihren Brüsten.

Das überraschte O ihrer Lippen nahm er als Einladung an, um sich erneut ihrem Mund zu widmen. Die Nacht würde der arme Einstein wieder einmal vor der Schlafzimmertür verbringen müssen.

Endlich schwand das Licht im Schlafzimmer und mit ihm das hemmungslose Schattenspiel hinter geschlossenen Fenstern. Die blutunterlaufenen Augen, die alles beobachtet hatten, schlossen sich für einen Moment. Es war nicht richtig. Nichts von dem, was im Haus geschah, war richtig. Selbstsüchtig waren sie! Und zerstörerisch! Wollust war wie Rauch im Wind, vergänglich und unbedeutend, und doch waren sie dafür bereit, eine Familie zu entzweien und ihr wertvollstes Gut wie Müll wegzuwerfen. Am Ende würde das ungeborene Kind für all das büßen müssen.

Hilf mir.

Sein Stimmchen war noch nicht ausgereift, und doch erschallte es in der nächtlichen Stille so laut wie Kirchenglocken.

Lass nicht zu, dass es wieder passiert.

Nein, es würde nicht wieder passieren. Die Heil bringende Flamme würde es zu verhindern wissen. Die klagenden Augen schwammen plötzlich in Tränen. Die junge Frau hinter dem geschlossenen Fenster war kein schlechter Mensch, beileibe nicht, aber nun, da sie geprüft wurde, stellte sich heraus, dass sie weder Ehrgefühl noch ein Gewissen besaß. Sie trat den heiligen Bund der Liebe und der Treue mit Füßen, etwas, wofür es keine Vergebung geben konnte. Zu schwerwiegend waren die Folgen. Gebrochene Herzen, zerstörte Leben und einsame Nächte voller Pein waren ein zu hoher Preis. Das schlechte Blut war der jungen Frau bereits in die Wiege gelegt worden, doch statt dagegen anzukämpfen, hatte sie ihr Erbe anstandslos angenommen. Deshalb war sie schuldig! Und was den Mann betraf: Seine Triebe machten ihn zu einem wehrlosen Geschöpf! Und doch musste er leben, denn ein Kind brauchte seinen Vater.

Also würden die müden Augen, in denen keine Hoffnung mehr glomm, weiter auf das schlafende Haus starren, bis die Morgendämmerung hereinbrach und alles in ein trübes Licht tauchte.

Hilf mir.

Keine Sorge, mein Kind. Sobald der Mann zu seinem sonntäglichen Football-Training fahren würde, wären Frau und Hund für zwei Stunden allein. Zeit genug, um die Dinge wieder ins Lot zu bringen!

Der Kuss auf ihrer Schläfe war nicht mehr als ein Hauch, dennoch zauberte er ein Lächeln auf ihre Lippen. Auch Einstein, der seine Chance sah, sprang aufs Bett und drehte sich dreimal um die eigene Achse, ehe er sich mit einem wohligen Geräusch fallen ließ.

»Ich gehe zum Training«, sagte Colm mit zärtlicher Stimme. »Danach frühstücken wir, *maoinín.*«

»Das klingt hübsch«, murmelte Grace schlaftrunken. »Was bedeutet das?«

»Liebling.«

Ihr Lächeln wurde breiter. »Dito«, sagte sie, ohne die Augen zu öffnen.

Sein leises Lachen begleitete sie, als der Schlaf erneut seine dunklen Schwingen über sie ausbreitete.

Während Einstein zu ihren Füßen schnarchte, ereilte sie ein seltsamer Traum, der von einem knisternden Lagerfeuer handelte, einem verrückt gewordenen Hund und von dem Gefühl, einen Betonklotz auf der Brust zu haben. Was sie schließlich weckte, war ein Jaulen, gefolgt von einer schlabbernden Zunge in ihrem Gesicht. Ihre Augenlider fühlten sich schwer an, und sie blinzelte. Dann rammte ihr jemand einen Eiszapfen in den Schädel, und sie schrie gepeinigt auf. Auf ihr stand Zerberus, der Höllenhund, mit wildem Blick, um ihn herum loderten die Flammen! Panisch sah sich Grace um. Das Feuer schoss bis an die Decke, fraß sich durch die Tapete, die wie glühender Ascheregen zu Boden rieselte. Der Kleiderschrank brannte, der Teppich und die unteren Bettpfosten ebenfalls. Schluchzend packte Grace Einstein am Nacken und kroch mit ihm rückwärts, bis die Wand sie stoppte. Auf der verzweifelten Suche nach einem Ausweg flog ihr Blick hin und her, aber die Tür brannte bereits lichterloh. Sie waren von Flammen umgeben, die sich knisternd näherten. Der Qualm biss in ihre Lungen, und sie musste husten.

Das Fenster!

Mit Einstein im Schlepptau sprang Grace aus dem Bett, die Hitze unter ihren nackten Füßen spürte sie kaum. Der einzige Ausweg aus der Flammenhölle befand sich drei Meter über dem Boden. Sollte sie ihren Hund hinauswerfen und hinterherspringen? *Lieber gebrochene Beine als tot!,* schrie die Stimme in ihrem Kopf. Konnte man Sprünge aus dem ersten Stock überleben? Grace durchwühlte fieberhaft ihr Gedächtnis, doch alles, was sie vor ihrem inneren Auge sah, waren hell loderndes Feuer und Menschen, die aus einem Hochhaus in den Tod sprangen.

O Gott, was, wenn Einsteins Körper beim Aufprall zerschmettert würde? Die Vorstellung war kaum zu ertragen.

Sie schrie auf, als über ihr ein Balken barst und herunterkrachte, dort, wo sie vor wenigen Sekunden noch gelegen hatte. Blindlings griff sie nach dem ersten schweren Gegenstand, einer vollen Flasche Whiskey, und warf sie durchs Fenster. Aus diversen Filmen wie »Backdraft« und »No Way Out« wusste sie, dass Sauerstoff das Feuer nährte, aber was hatte sie schon für eine Wahl? Gierig nach Luft schnappend lehnte sie sich nach draußen und füllte ihre Lunge, doch das Feuer hinter ihr hatte bereits Witterung aufgenommen und schoss auf sie und Einstein zu.

Schreiend wich sie den Flammen aus und drückte sich gegen die kahle Wand, um gleich darauf schmerzerfüllt zurückzuprallen. Sie war glühend heiß! Grace hustete, ihre Augen tränten, und während immer mehr giftiger Rauch in ihre Lungen gelangte, wuchs auch das Schwindelgefühl. Ohne ihr Zutun fiel sie auf die Knie, dann zog sie den heftig zitternden Einstein zu sich.

»Es wird alles gut«, krächzte sie und drückte kurz ihr Gesicht in sein Fell.

Sie glaubte, sich zu erinnern, dass knapp über dem Boden weniger Rauch war, allerdings würde das auf Dauer nicht viel helfen. Grace dachte an Colm, an Jess, an Ruby. Und sie dachte an ihre Mutter und an Marcus. Tränen liefen ihr übers Gesicht. Würde sie die beiden heute wiedersehen? Jetzt, da sie endlich wieder das Glück gefunden hatte? Einsteins rasselnder Atem war wie eine Alarmglocke, die sie wieder zu Verstand brachte.

Nein! So leicht würde sie nicht aufgeben!

Zentimeter um Zentimeter kroch sie zurück zum Fenster, zog ihren Hund hinter sich her. Gott sei Dank hingen dort keine Stoffvorhänge, die wie Zunder gebrannt und ihnen diesen einzigen Ausweg versperrt hätten. Die Flammen hatten sich nach ihrer wilden Attacke kurz zurückgezogen, vermutlich lauerten sie schon, trotzdem musste Grace es versuchen. Mühsam stemmte sie sich hoch. Eben wollte sie nach der Fensterbank greifen, als jemand ihren Namen rief. Sie schüttelte den Kopf. Litt sie schon an Halluzinationen? Kam das vom Sauerstoffmangel?

Aber dann hörte sie es erneut.

»Grace!«, rief eine Männerstimme. »Grace! Wir sind hier unten!«

Hoffnung keimte in ihr auf, und sie kletterte auf die Fensterbank. Einstein zog sie umständlich auf ihren Schoß, was er nur deshalb zuließ, weil er völlig entkräftet war. Sie blinzelte die Tränen weg. Unten war Colm und schaute zu ihr hoch, und er war nicht allein. Ihm zur Seite standen drei andere Männer, die dabei waren, Strohballen unter dem Fenster zu platzieren.

Colms Blick hielt ihren fest.

»*Maoinín*, spring!«, rief er mit tiefer, ruhiger Stimme.

Und Grace sprang.

Das Nächste, was sie spürte, waren seine muskulösen Arme, die sich um sie schlossen, nachdem man ihr Einstein abgenommen hatte.

»Das schöne Haus«, krächzte sie, den Kopf an seine Lederjacke gedrückt. Ihre Stimmbänder schmerzten, als wären sie mit Säure behandelt worden, und ihre Lunge brannte vom giftigen Rauch.

»Das Feuer wütet bisher nur im Obergeschoss. Vielleicht kann die Feuerwehr den Rest retten. Sie ist gleich da«, fügte Colm überflüssigerweise hinzu, denn in der Ferne war bereits die Sirene zu hören.

»Einstein …?«

»Keine Sorge. Brendan ist schon auf dem Weg hierher.«

Sie drehte den Kopf, um einen Blick auf ihren Hund zu werfen, der unweit von ihnen auf dem Boden lag. Ein weißhaariger Mann mit ausgeprägten Segelohren, den sie als den alten McKenna erkannte, strich ihm beruhigend über den Rücken. Einstein wedelte matt mit dem Schwanz, aber er wedelte, was Grace ein wenig beruhigte.

»Wie kom…« Weiter kam sie nicht, denn sie wurde von einem heftigen Hustenanfall geschüttelt.

Einer der beiden anderen Männer, die danebenstanden – die Familienähnlichkeit mit dem alten McKenna war unverkennbar –, reichte Colm eine Flasche Wasser.

»Danke«, flüsterte Grace, nachdem er sie ihr gegeben hatte, und nahm mehrere große Schlucke.

»Geht's wieder?«, fragte Colm besorgt.

Sie nickte. »Ich wollte nur wissen, wie es kommt, dass du so schnell hier warst.«

»Schusseligkeit«, antwortete Colm. »Als ich vorhin gegangen bin, war ich in Gedanken ganz woanders und habe meine Sportschuhe vergessen. Ich habe es auf halbem Weg bemerkt und bin zurückgefahren. Da habe ich von Weitem die Rauchsäule gesehen. Erst dachte ich, die Brennerei steht in Flammen, doch dann habe ich erkannt, dass es das Wohnhaus war …« Er atmete tief durch, ehe er weitersprach. »Auf dem Weg hierher habe ich die Feuerwehr angerufen und bin glücklicherweise über die McKennas gestolpert, die mit ihrem Trecker unterwegs waren und Stroh geladen hatten. Als ich ihnen gesagt habe, dass sich im brennenden Haus noch eine Frau und ein Hund befinden, haben sie keine Sekunde gezögert, zu helfen.«

Gerührt wandte sich Grace an die drei Männer, deren Blicke auf die Flammen gerichtet waren. »Vielen Dank«, sagte sie zum wiederholten Mal, seitdem sie gerettet worden war.

»Ham wir gern gemacht, M'am«, brummte der Alte, ebenfalls zum wiederholten Mal, während seine beiden Söhne breit grinsten.

Indessen wurden die Sirenen in der Ferne stetig lauter.

»Ehrlich, als wir ankamen und ich sah, wie mein vierzig Jahre alter Benromach Whisky durchs Fenster flog, kamen mir vor Erleichterung fast die Tränen«, sagte Colm.

Grace lächelte matt. »Tut mir leid wegen des Whiskeys.«

Seine Umarmung wurde fester. »Mir nicht. War eh nur ein schottischer«, ergänzte er mit einem spitzbübischen Funkeln in den Augen.

Das Gefühl, das sie überkam, als sie seinen warmen Duft einatmete, drohte ihre Brust auseinanderzureißen. Es gab keinen Zweifel: Sie war verliebt. *Oder war es vielleicht nur Dankbarkeit?*, schoss es ihr kurz durch den Kopf. *Nein,* widersprach sie sich selbst vehement. Sicher, sie war durcheinander und bangte um Einsteins Gesundheit, aber was sie fühlte, war etwas ganz anderes. Die flatternden Schmetterlinge in ihrem Bauch, der schmerzhaft pochende Herzschlag, wenn sie Colm auch nur von Weitem erblickte, der unsichtbare Glorienschein, der ihn von allen anderen abhob. Sie mochte alles an Colm. Seine Augen, seine Stimme, seine Lippen, seinen trockenen Humor … ja selbst seine Füße erschienen ihr als die schönsten der Welt. Die Zeichen waren eindeutig. Sie seufzte leise. Das Leben war schon verrückt! Da stand sie nun, starrte auf ein brennendes Haus, in dem sie noch vor wenigen Minuten hätte qualvoll umkommen können, und fühlte sich wie ein pubertierender Teenager.

»Was, glaubst du, hat den Brand ausgelöst?«, flüsterte sie, nachdem sie erneut einen Schluck aus der Flasche genommen hatte.

»Das wird uns die Feuerwehr sagen können.«

»Glaubst du, dass jemand …?«

»Lass uns nicht darüber spekulieren«, unterbrach Colm sie sanft. »Warten wir erst einmal ab.«

Grace nickte.

Die Sirene verstummte abrupt, und als Grace knirschende Reifen auf dem Kies hörte, blickte sie auf. Man hätte den Eindruck gewinnen können, dass sich halb Cruinn zu ihnen auf den Weg gemacht hatte. Natürlich war die Garda mit von der Partie, zusammen mit dem Krankenwagen, zwei Fahrzeugen der Feuerwehr und – wie Grace mit grenzenloser Erleichterung bemerkte – auch Brendan Hegarty.

Zwei Stunden später saßen sie in der ehemaligen Schmiede in Cruinn, die seit den Fünfzigerjahren als Polizeiwache diente. Sergeant Livia O'Shea, eine groß gewachsene sommersprossige Frau mit festem Blick und noch festerem Händedruck, stand am Fenster und telefonierte mit dem Einsatzleiter der Feuerwehr. Grace war vom Notarzt gründlich durchgecheckt worden. Alles in allem war sie unbeschadet davongekommen, wohingegen Einstein nicht so viel Glück gehabt hatte. Brendans Untersuchung hatte ergeben, dass er eine leichte Rauchvergiftung hatte und unter starker Dehydrierung litt, was schlimmer wog. Aus dem Grund würde er über Nacht in der Praxis bleiben müssen, wo der Doc ihn im Auge behalten konnte. Er hatte versprochen, stündlich nach Einstein zu sehen. Dass Grace ihm daraufhin vor Dankbarkeit um den Hals gefallen war, hatte Colm, seiner finsteren Miene nach zu urteilen, ganz und gar nicht geschmeckt.

Sergeant O'Shea beendete das Telefongespräch und wandte sich an ihre Besucher. Ihre hellblauen Augen schauten ernst. »Gary meint, sie hätten das Feuer im Obergeschoss gelöscht. Die gute Nachricht ist, die Flammen haben nicht aufs Erdgeschoss übergegriffen und auch nicht auf die benachbarten Gebäude.«

»Und die schlechte Nachricht?«, wollte Colm wissen.

»Du brauchst ein neues Dach, das Obergeschoss steht unter Wasser, das Schlafzimmer muss vermutlich entkernt und saniert werden, und was das Bad betrifft …«

»Schon klar!«, unterbrach Colm sie grimmig. »Ich hab's kapiert.«

Von seinem Tonfall unbeeindruckt nahm Sergeant O'Shea hinter ihrem Schreibtisch Platz. »Wie es aussieht, war es kein Unfall, Colm. Die Brandursache wird zwar noch genau untersucht werden, aber Gary ist schon jetzt der Überzeugung, dass das Ganze direkt vor deiner Schlafzimmertür losgegangen ist. Wenn ihr also nicht gerade ein gemütliches Lagerfeuer im Treppenhaus angemacht habt, weil euch kalt war, können wir davon ausgehen, dass der Brand vorsätzlich gelegt wurde.«

Colm stieß einen tiefen Seufzer aus. »Also, was das betrifft …«

Die hellblauen Augen blitzten interessiert auf. »Ja?«

Daraufhin begannen Colm und Grace von den unheimlichen Anschlägen der letzten Tage zu erzählen, und je länger ihr Bericht währte, desto mehr vertiefte sich die Falte zwischen O'Sheas Augenbrauen.

»Die Verwüstung in der Brennerei hättest du melden müssen, Colm«, bemerkte sie hinterher.

»Ich weiß, Liv, aber ich wollte nicht, dass mein Vater davon erfährt. Du kennst ihn doch.«

Die rotblonde Frau, die ihre langen Haare zu einem praktischen Pferdeschwanz gebunden hatte, nickte. Grace wusste von Colm, dass die Polizistin die gleiche Schule wie er besucht hatte, wenn auch vier Klassen unter ihm.

»Ich verstehe das, wirklich«, antwortete diese. »Trotzdem war das unverantwortlich.« Der strenge Blick richtete sich nun auf Grace, die sich vorkam, als wäre sie aufgrund einer Verfehlung zur Schuldirektorin zitiert worden. »Auch die Sache mit der Schmiererei an der Hauswand ist alles andere als ein harmloser Jungenstreich, Mrs Cavanaugh.«

Beinahe wäre Grace ein »Ja, M'am« herausgerutscht, doch sie hielt sich im letzten Moment zurück.

»Habt ihr einen Verdacht, wer den Brand gelegt haben könnte?«, fragte Livia.

Colm schüttelte den Kopf. »Bisher dachte ich, mein Vater oder Maureen könnten dahinterstecken, aber das heute war ein Mordversuch. Ich traue den beiden einiges zu, aber so etwas nicht.«

»Und Sie, Mrs Cavanaugh?«

Nun war es an Grace, den Kopf zu schütteln. »Ich habe keine Ahnung.«

»Gut, dann nehme ich an, dass ihr jetzt Anzeige gegen unbekannt erstatten wollt«, sagte Livia, während sie zwei Formulare aus der Schreibtischschublade zog, die keine Zweifel daran aufkommen ließen, dass dies keine Frage war.

Colm und Grace nickten brav.

»Sie ist nett«, sagte Grace wenig später, als sie die Polizeiwache verließen. »Wenn auch ein wenig furchterregend.«

Colm grinste. »Das muss sie sein, will sie, dass ihre Autorität nicht angezweifelt wird. Dass sie von hier stammt, macht es nicht einfacher.«

»Glaube ich. Sie wirkt tough, jemand, der auf der Karriereleiter aufsteigen könnte. Es wundert mich, dass sie hiergeblieben ist. Nichts für ungut«, fügte sie hastig hinzu.

»Ist in Ordnung«, entgegnete Colm. »Ich weiß, was du meinst. Liv hat einen achtjährigen Sohn. Liam. Sie und ihr Mann teilen sich das Sorgerecht, und weil er in der Gegend lebt und arbeitet, wollte sie nicht weg. Liams wegen. Er liebt seinen Vater abgöttisch.«

Grace nickte langsam. »Verstehe.«

Sie stiegen in den Land Rover, der vor der Wache geparkt war. »Ist es für dich okay, wenn ich zurück zu meinem Haus fahre?«, fragte Colm, nachdem er den Motor gestartet hatte. »Ich will sehen, wie weit die Jungs von der Feuerwehr sind.«

»Aber natürlich ist das okay!«, rief Grace überrascht. »Es ist schließlich dein Haus.«

»Ich habe nur gefragt, weil … na ja … Ich hätte dir den Anblick gern erspart, schließlich ist es dort für dich und Einstein ganz schön brenzlig gewesen.«

»Kein Problem.«

Daraufhin umfasste Colm ihr Kinn. Seine blauen Augen ergründeten ihre. »Ich bin froh, dass dir nichts passiert ist, *maoinín.*«

Tränen traten ihr in die Augen. »Ich auch.«

Sie küssten sich sanft, beinahe andächtig.

»Ich würde gern für heute Nacht bei dir Asyl beantragen«, sagte Colm, als er losfuhr. »Ich könnte natürlich in der Brennerei schlafen …«

»Kommt gar nicht infrage!«, fuhr Grace empört dazwischen. »Du kannst auch gern länger bleiben. Jess macht es sicher nichts aus, ihren Besuch um ein paar Tage zu verschieben.«

Ein kurzer Seitenblick verriet ihr, dass Colm lächelte.

»Und keine Sorge!«, kam sie nicht umhin, ihn zu necken. »Die Couch ist sehr bequem.«

Sein anzügliches Lachen erzeugte in ihrem Bauch ein Flattern. »Nur über meine Leiche.«

Ihr ausgelassenes Geplänkel endete, als sie das Gelände der Brennerei erreichten und sich die ganze Misere vor ihnen ausbreitete. Vom Dach war nur ein kohlschwarzes Gerippe aus Pfosten und Balken übrig geblieben, aus den Fenstern im oberen Geschoss drangen einzelne Rauchschwaden, und über allem hing ein beißender Gestank. Die Feuerwehrleute waren gerade dabei, ihr Equipment zusammenzupacken.

»Es ist, wie ich Liv bereits gesagt habe«, erklärte Gary. Der blonde Einsatzleiter war groß und stämmig. Grace hätte es nicht gewundert, hätte er ebenfalls Gaelic Football gespielt. »Das Feuer wurde vorsätzlich gelegt. Ich gehe davon aus, dass Brandbeschleuniger benutzt wurde.« Er wandte sich an Grace. »Sie haben ziemliches Glück gehabt, M'am.«

Sie nickte wortlos.

»Tut mir leid, dass wir den Dachstuhl nicht retten konnten«, sagte Gary nun an Colm gerichtet.

»Kann ich mir den Schaden ansehen?«, fragte dieser.

Grace spürte, wie das Blut aus ihrem Gesicht wich. Die Vorstellung, ein verkohlter Balken könnte einstürzen und Colm unter sich begraben, erfüllte sie mit Schrecken. Hilfesuchend sah sie den Einsatzleiter an, der zu ihrer Erleichterung gemächlich den Kopf schüttelte.

»Ich kann dich da nicht reinlassen, Colm«, antwortete er. »Noch ist es zu gefährlich.«

Colm nickte nachdenklich. »Okay. Morgen rufe ich die Versicherung an, die sollen einen Sachverständigen vorbeischicken.« Er klopfte Gary auf die Schulter. »Ihr habt das Haus gerettet, dafür stehe ich in eurer Schuld. Nächsten Samstag gebe ich dir und deinen Jungs in Danny's Bar einen aus.«

Gary lächelte. »Da sagen wir nicht Nein. Danke, *pal!*«

»Das ist wohl das Mindeste«, erwiderte Colm und wandte sich zum Gehen, wobei er Grace sanft am Arm packte. »Was ist das Stärkste, was du bei dir zu Hause an Getränken hast?«, fragte er sie, während sie auf den Defender zugingen.

»Schwarzer Tee«, antwortete Grace zögernd.

Colm warf ihr einen gequälten Blick zu. »Ich brauche heute Abend etwas Stärkeres als Tee. Lass uns kurz rübergehen, ja? Ich hole eine Flasche Whiskey.«

Daraufhin machten sie kehrt und begaben sich zum Haupteingang der Brennerei. Nachdem Colm aufgeschlossen hatte, betraten sie gemeinsam den Verkaufsraum. Während er sich hinter der Ladentheke in den Schränken umschaute, fiel Grace' Blick auf eine zylinderförmige Vitrine in der Raummitte, an der ein Schild »In Kürze« stand.

»Ist das dein neuer …?« Ihr stockte der Atem, als sie das Etikett auf der eleganten Flasche mit dem silbernen Hals bemerkte, die dort ausgestellt war. Ihr entfuhr ein verblüfftes »Oh«.

Spirit of Grace stand da in klarer Schreibschrift, ebenfalls in Silber, und darunter *Single Malt* sowie weitere Angaben zum Whiskey. Darüber prangte das Emblem der McCunnigan Mill: ein Mühlrad mit zwei Fässern.

Colm, der ihr vom Tresen aus einen Blick zuwarf, lief rot an, was absolut hinreißend aussah und im krassen Gegensatz zu dem derben Fluch stand, den er daraufhin ausstieß. »Ich habe nicht daran gedacht, dass die da schon steht«, brummte er. »Ich wollte dich damit überraschen.«

In Grace' Kehle bildete sich ein Kloß der Rührung, der ihr das Atmen erschwerte. »Wie komme ich zu der Ehre?«, fragte sie ein wenig heiser.

»Das ist keine große Sache«, murmelte Colm, während er die Vitrine finster anstarrte. »Inspiration für die Namen meiner Whiskeys hole ich mir von überallher.« Er stockte, wurde noch röter. »Was nicht heißen soll, dass jeder Pappenheimer, also … äh … jede …« Hilflos brach er ab.

»Was hat dich denn inspiriert?«, scherzte Grace, obwohl ihr das Herz bis zum Hals schlug. »Meine anmutige Erscheinung? Mein bezauberndes Wesen? Oder war es vielleicht mein huldvoller Charakter?«

»Es waren deine Augen.«

Verblüfft starrte Grace ihn an. »Meine Augen?«

»Ja. Wenn die Abendsonne schräg darauf scheint, strahlen sie wie goldener Honig.« Verlegen zuckte Colm mit den Schultern. »Wie mein neuer Whiskey.«

»Wow«, hauchte Grace nach einer ganzen Weile. »Ehrlich, also das ist …« *Das Romantischste, was ich je gehört habe.* »… total nett.«

»So bin ich«, entgegnete Colm ein wenig schroff, ehe er seine Suche fortsetzte.

Ein warmes Gefühl breitete sich in Grace' Brust aus. »Eventuell würde ich ein Gläschen mittrinken«, sagte sie aus einem Impuls heraus.

»Wirklich?«, fragte Colm überrascht.

Sie nickte. »Meine Nerven brauchen heute Abend etwas mit mehr Rums.«

Er lächelte. »Okay, wenn das so ist, suche ich uns etwas Mildes aus.« Er nahm eine Flasche aus dem Schrank, zögerte, ehe er sich für eine andere entschied und danach griff. »Ein elf Jahre alter Tropfen. Schmeckt ein wenig nach Vanille.« Er sah sie an. »Gehe ich richtig in der Annahme, dass du zu Hause nur Wassergläser hast?«

Grace grinste vielsagend.

»Okay.« Als er sich streckte, um aus einem der oberen Regale zwei bauchig geformte Gläser zu holen, bot er Grace einen Blick auf seinen knackigen Hintern.

Der Mann war perfekt. In jeder Hinsicht.

Sie räusperte sich. »Hast du alles?«

»Ja.« Colm lächelte grimmig. »Was Zahnbürste und Klamotten betrifft, muss ich allerdings passen.«

Sie strich ihm zärtlich über die Wange. »Wie wäre es, wenn wir morgen blaumachen und nach Donegal fahren, um ein paar Dinge zu besorgen?«

»Gute Idee! Ich freue mich darauf, mit dir shoppen zu gehen.« Er schüttelte ungläubig den Kopf. »Hätte nicht gedacht, dass ich das einmal sagen würde.«

Abends gab es nur eine Kleinigkeit zu essen, großen Appetit hatten beide nicht; anschließend machten sie es sich bei gedämpftem Licht auf dem Sofa gemütlich und hörten Sting. Auf das romantische Kaminfeuer hatten sie aus verständlichen Gründen verzichtet. Colm goss ihnen Whiskey ein, an dem Grace mehr nippte als trank. Zu behaupten, sie würde von jetzt auf gleich zum Fan mutieren, wäre eine maßlose Übertreibung gewesen, aber der Alkohol tat ihr gut. Er wärmte nicht nur innerlich, sondern befreite auch ihren Kopf von schwermütigen Gedanken. Hin und wieder entlockte er ihr sogar ein albernes Kichern.

»Hat was von einem Werbespot«, murmelte sie irgendwann. Sie saß mit untergeschlagenen Füßen auf dem Sofa und hatte den Kopf auf Colms Schulter gelegt. In der Hand hielt sie ihr Glas. »Das Ambiente, meine ich.«

»Stimmt«, erwiderte Colm, der trotz dieses furchtbaren Tages zufrieden klang. »Vielleicht für ›Spirit of Grace‹. Es wäre eine Überlegung wert.«

»Und ich würde die Musik dazu komponieren.«

Er fuhr ihr zärtlich über den Haaransatz. »Wir machen gerade Zukunftspläne. Ist dir das aufgefallen?«

Sie blickte zu ihm hoch. »Schlimm?«

Er lächelte. »Nein.«

»Gut.« Sie legte ihren Kopf zurück auf seine Schulter. »Das bedeutet ja nicht, dass wir gleich heiraten müssen.«

Ups! Wieso hatte sie das jetzt gesagt?

»Was eh nicht gehen würde, weil du noch verheiratet bist!«, versuchte sie den Schaden einzugrenzen. »Abgesehen davon hast du von der Ehe bestimmt die Nase voll, oder?«

Du liebes bisschen! Was faselte sie da dauernd von der Ehe?

Hastig nahm sie einen kleinen Schluck Whiskey. Sie wurde das Gefühl nicht los, dass sie sich gerade um Kopf und Kragen redete. Ehe sie das Glas erneut an die Lippen setzen konnte, nahm Colm es ihr ab und stellte es auf den Sofatisch.

»Ich denke, du hast genug, *maoinín*«, sagte er, wobei ein kleines Lachen in seiner Stimme mitschwang. »Es wird Zeit, dass du ins Bett kommst.«

Grace seufzte und klimperte mit den Wimpern, wobei sich ihre Augenlider bleischwer anfühlten. »Und was ist mit dir?«

»Ich muss noch ein paar Anrufe tätigen, dann komme ich nach.«

Er trug sie ins Schlafzimmer, half ihr ins Nachthemd und legte sie ins Bett. Leichter Regen wehte gegen das Fenster, als er sie zudeckte und sie zärtlich küsste.

Selig lächelte sie ihn an. »Du kommst bald nach, ja?«

Er nickte. »Versprochen.«

Keine fünf Minuten nachdem er die Tür sachte geschlossen hatte, war sie eingeschlafen. Ihr letzter Gedanke galt Einstein, von dem sie hoffte, dass er sich allein in der fremden Umgebung nicht ängstigen würde.

FINNS FUSSWANNE

So war das Erste, woran sie beim Aufwachen am nächsten Morgen dachte, ihr geliebter Hund. Ihr zweiter Gedanke galt Colm, der friedlich neben ihr schlief. Sie hatte nicht mitbekommen, wie er zu ihr ins Bett gekommen war. Obwohl er nackt schlief – besaß er doch nicht einmal mehr einen Pyjama – und der Reiz groß war, ihm einen schwungvollen Start in den Tag zu bescheren, glitt sie leise aus dem Bett, um ihn nicht zu wecken. Schließlich wusste sie nicht, wie spät es für ihn geworden war. Erleichtert stellte sie fest, dass sie von dem gestrigen halben Glas Whiskey keinerlei Folgen verspürte und sie sowohl einen festen Stand als auch einen klaren Kopf hatte. Mit einem letzten zärtlichen Blick auf Colms schlafendes Gesicht verließ sie das Schlafzimmer, um Brendan anzurufen. Ein Blick auf die Uhr zeigte ihr, dass es halb acht war. Vielleicht etwas früh, also beschloss sie, erst einmal Tee zu kochen und Frühstück zu machen.

Um Punkt acht rief sie Brendan an. »Wie geht es Einstein?«, fragte sie ein wenig atemlos, kaum dass der Doc abgenommen hatte.

»Gut«, antwortete dieser bestens gelaunt, und ihr entfuhr ein Seufzer der Erleichterung. »Die Nacht verlief ruhig. Wegen

268

der Dehydrierung hing er am Tropf, aber jetzt können Sie ihn abholen. Allerdings sollten Sie es langsam angehen lassen, und sehen Sie vor allem zu, dass er genug trinkt.«

»Natürlich.« Grace atmete tief durch, um ihren Herzschlag zu beruhigen. »Danke, Doc. Ich komme im Laufe des Vormittags vorbei.«

»Alles klar. Bis später!«

»Ich fahre dich hin«, ertönte Colms dunkle Stimme in ihrem Rücken, und sie wirbelte erschrocken herum. Sie hatte ihn nicht kommen hören. Seine Haare waren verwuschelt, sein Kinn unrasiert, und obwohl er die gleichen Sachen wie am Vortag trug, bescherte ihr sein Anblick weiche Knie. »Aber vorher muss ich noch kurz in die Brennerei. Erstens muss ich meine Leute beruhigen. Beim Anblick meines verkohlten Wohnhauses werden sie vermutlich einen Herzinfarkt bekommen. Und zweitens muss ich die Versicherung anrufen, und die Unterlagen dazu befinden sich im Office.«

Statt zu antworten, drängte sie sich ungeniert an ihn und raubte ihm einen Kuss, den er leidenschaftlich erwiderte. Seine Hände fuhren bedächtig über ihren Körper, schoben sich unter ihr Nachthemd, um ihre halb nackten Pobacken zu kneten und sie noch fester an sich zu pressen. Sie konnte seine Erektion an ihrem Bauch spüren.

»Wenn ich nicht so einen Mordshunger hätte, dann ...«, flüsterte er an ihren Lippen. Wie um seinen Worten Nachdruck zu verleihen, knurrte sein Magen besorgniserregend.

»Dann was?«, fragte Grace mit einem koketten Lächeln.

»Dann würde ich dir hier direkt auf dem Tisch den Verstand rausvögeln! Zwischen dem Marmeladenglas und den frisch gebackenen Croissants. Ich fürchte nur, die könnten auf Dauer eine zu große Versuchung darstellen, so direkt vor meiner Nase ...«

Lachend löste sich Grace von ihm. »Also schön, du hungriger Löwe, lass uns ordentlich reinhauen!«

Sie wollte sich abwenden, als er sie zurück in seine Arme zog. »Du bist etwas ganz Besonderes, weißt du das?« Einen Augenblick zögerte er. »Dein Marcus muss ein glücklicher Mann gewesen sein.«

Wortlos starrte sie ihn an. Ihre Gefühle gerieten gewaltig in Aufruhr. Was sollte sie bloß darauf antworten?

Sie entschied sich für ein schlichtes »Danke«. Mit einem warmen Lächeln gab er sie frei, und sie setzten sich an den Tisch, wo sie sich über den Porridge hermachten.

»Hast du Lust auf Rührei und Speck?«, fragte Grace kurz darauf mit Blick auf die leere Schüssel. Colm hatte nicht übertrieben, als er von einem Mordshunger gesprochen hatte.

»Und wie! Aber ich kann das für uns machen, wenn du mir zeigst, wo alles ist«, antwortete er und wischte sich mit der Serviette über den Mund.

»Klar. Warum nicht?«, sagte Grace lächelnd.

Zugegeben, die Zubereitung von Rührei mit Speck war keine Zauberei, trotzdem freute sie sich darauf, von Colm bekocht zu werden.

»Einstein geht es also besser?«, fragte er wenig später, als er die Pfanne vom Herd nahm und die Portionen auf ihre Teller aufteilte.

»Mmm, sieht lecker aus«, entfuhr es Grace, bevor sie seine Frage beantwortete: »Ja, aber er muss noch geschont werden.«

»Natürlich.« Colm stellte die Pfanne zurück, vergewisserte sich, dass der Herd ausgeschaltet war, und setzte sich zurück an den Tisch. »Vielleicht sollten wir das Shoppen auf morgen verschieben.«

Grace, die nach ihrer Gabel gegriffen hatte, nickte langsam. »Daran hatte ich gar nicht gedacht.« Sie warf ihm einen entschuldigenden Blick zu. »Ich würde Einstein heute in der Tat ungern allein lassen.«

Colm nickte nachdrücklich. »Das verstehe ich gut. Ich werde bei Mrs Dooney ein paar von diesen schrecklichen Unterhosen aus Polyester kaufen, dann noch ein grünes I-love-Ireland-T-Shirt und eine Zahnbürste. Das muss erst mal reichen. Wir können morgen oder übermorgen fahren. Wie du möchtest.«

Sie lächelten sich an. Das zwischen ihnen fühlte sich so verdammt gut an! Grace schob sich die Gabel in den Mund und seufzte. Nicht nur, weil das Rührei himmlisch schmeckte, sondern auch weil ihr mit einem Schlag leicht ums Herz wurde. Ganz gleich, wer es auf Colm und sie abgesehen hatte: Gemeinsam würden sie es durchstehen!

Der Abstecher zur Brennerei zog sich länger hin als geplant, und während Colm seine Angelegenheiten regelte, wurde Grace von Francine in Beschlag genommen. Die dralle Brünette in den Vierzigern, die für den Verkauf zuständig war, wollte alles über den Brand wissen und fragte ihr Löcher in den Bauch. Grace' einsilbige Antworten entmutigten sie in keiner Weise, ganz im Gegenteil. Francine legte einen geradezu bemerkenswerten Ehrgeiz an den Tag, während Grace wacker standhielt. Die Stunde, bis Colm endlich wiederauftauchte, kam ihr wie eine ganze Woche vor. Die Fahrt nach Straleel gestaltete sich um Längen angenehmer, auch wenn leichter Nieselregen sie bis zu ihrem Ziel begleitete. Grace freute sich wie ein Kind darauf, Einstein in den Arm zu nehmen, ihr Gesicht in sein weiches Fell zu drücken.

Ehe der Wagen zum Stehen gekommen war, trat Brendan bereits aus dem Haus. Wie immer wirkte er wie aus dem Ei gepellt, der verblüffte Ausdruck in seinem Gesicht wollte allerdings nicht so recht passen.

»Wir sind da, um Einstein abzuholen«, sagte Grace zur Begrüßung.

»Ich verstehe nicht.« Brendan sah abwechselnd Colm und sie an. »Einstein wurde doch schon abgeholt.«

Eine eisige Faust legte sich um Grace' Herz, und sie rang für einen Moment nach Luft. »Was? Von wem?«

»Ruby Wilson. Sie meinte, sie wäre gerade in der Gegend gewesen.«

Grace brauchte einige Sekunden, um zu begreifen, dass damit Tante Ruby gemeint war. »Sie ist zurück?«, rief sie ungläubig.

»Ich habe mich auch gewundert«, antwortete Brendan. »Hieß es nicht, sie kommt übermorgen nach Hause?«

»Eigentlich schon«, murmelte Grace. Hilfesuchend wandte sie sich an Colm, der sie mit ruhigem, festem Blick ansah. »Aber woher hat sie von Einstein gewusst?«

»Ruf sie an«, sagte er sanft, worauf Grace sich ein wenig entspannte. Es gab keinen Grund, in Panik zu geraten. Schließlich ging es hier um Ruby, ihre mütterliche Freundin, die Frau, die ihr den Neuanfang ermöglicht hatte.

Sie zog das Handy aus der Tasche. Nachdem sie mehrmals vergeblich die Nummer gewählt hatte und auch die Mailbox nicht ansprang, steckte sie es wieder ein.

»Ich schätze, sie wollte dich doppelt überraschen«, sagte Colm mit einem kleinen Lächeln. »Vermutlich ist Einstein gerade in ihrer Küche und haut sich mit Leckereien den Bauch voll.«

»Wahrscheinlich hast du recht«, erwiderte Grace betont fröhlich, bevor sie sich wieder Brendan zuwandte. »Danke.«

»Keine Ursache.« Er lächelte sie an. »Und haltet mich auf dem Laufenden!«

Die Fahrt nach Leirg an Dachtáin verlief schweigend, und als Colm schließlich vor der Bäckerei anhielt, brach Grace der kalte Schweiß aus. Von Rubys Lieferwagen war weit und breit nichts zu sehen, und ihr Haus wirkte nicht anders als in den Tagen zuvor. Zur Sicherheit stieg Grace aus und klopfte an die Haustür. Nichts rührte sich. Sie rüttelte an der Klinke, doch die Tür war verschlossen. Auch der Blick durch die Glastür der Bäckerei blieb ergebnislos. Der Zettel, der besagte, dass der Laden bis auf Weiteres geschlossen war, hing immer noch dort. Beunruhigt nahm Grace wieder auf dem Beifahrersitz Platz, und Colm gab wortlos Gas. Oben vor dem Cottage sprang sie aus dem Wagen, noch ehe er vollständig zum Stillstand gekommen war.

»Einstein! Tante Ruby!«, rief sie. »Seid ihr hier?«

Zu hören war nur der platschende Regen.

»Wo steckt Einstein nur?«, flüsterte sie, als Colm sich zu ihr gesellte. Sie kämpfte mit den Tränen, spürte den Regen in ihrem Gesicht kaum.

»Vielleicht ist Ruby kurz mit ihm Gassi.«

»Aber würde sie mir dann nicht eine Nachricht schicken?«

»Möglicherweise ist ihr Akku leer«, antwortete Colm. Sein Gesicht unter den feuchten Haaren verzog sich zu einem kleinen, beruhigenden Lächeln. »Oder sie wollte dich überraschen und hat sich in der Zeit verschätzt.«

Colms gut gemeinte Worte verfehlten ihre Wirkung. »O Gott, Colm!«, rief Grace. »Was, wenn der Unbekannte es auf sie und Einstein abgesehen hat?«

Inzwischen klang sie weinerlich, aber es war ihr gleich. Nicht auszudenken, wenn den beiden etwas geschehen würde!

Colm ließ sich Zeit mit seiner Antwort. Den Blick hielt er auf einen unbestimmten Punkt in der Ferne gerichtet. »Sag mal, hast du die Nachricht noch?«, fragte er schließlich in einem eigentümlichen Tonfall.

»Welche Nachricht?«, fragte Grace geistesabwesend.

»Die in deinem Haus lag.«

273

»Klar habe ich sie noch«, antwortete sie. »Ich wollte sie später Sergeant O'Shea vorbeibringen.«

»Kannst du sie mal holen?«

Grace blinzelte. »Wieso?«

»Nur so eine Idee.« Colm fuhr sich durchs Haar. »Ich möchte nur etwas ausschließen, so verrückt es auch klingen mag.«

»Was hat das mit Einstein und Tante Ruby zu tun?«

»Hol den Zettel!«, befahl ihr Colm ungewohnt scharf. Seine Stirn hatte sich in düstere Falten gelegt, und Grace wurde bei diesem Anblick schlagartig übel. »Bitte«, fügte er sanfter hinzu.

Ihre Hände zitterten, als sie die Haustür aufschloss und aus der Küchenschublade das Stück Papier holte, das sie zwischenzeitlich in eine kleine Gefriertüte gesteckt hatte. Hinterher stiegen sie wieder ins Auto und fuhren schweigend den Hügel hinunter. Die Tüte hielt Grace mit verkrampften Fingern fest. Als Colm direkt vor der Bäckerei hielt, wagte sie nicht, den Kopf zu heben. Inzwischen war ihr klar geworden, was er im Sinn hatte, und obwohl ihr der Gedanke grotesk erschien, sah sie sich außerstande, auszusteigen. Als wäre sie an ihrem Sitz festgeklebt. Sie bekam nur beiläufig mit, wie Colm ausstieg, um den Wagen herumging und die Beifahrertür öffnete. Da endlich blickte sie hoch.

Ihre Blicke begegneten sich, und sie sah die Besorgnis in seinen Augen und noch etwas anderes, das sie nicht bestimmen konnte.

»Nein«, flüsterte sie, als er nach der kleinen Tüte griff, und dann lauter: »Ich mache das.«

»Wie du willst«, antwortete er leise.

Er wollte ihr aus dem Wagen helfen, aber sie ignorierte seine ausgestreckte Hand. Ihre ganze Aufmerksamkeit galt der Eingangstür zur Bäckerei.

Aus familiären Gründen vorübergehend geschlossen.

Grace' Augen brannten, während sie zwischen dem handgeschriebenen Zettel an der Glastür und der Nachricht in ihrer Hand hin und her blickte.

Lass die Finger von ihm!

Grundgütiger! Wie hatte ihr das nur entgehen können? Sicher, die Schrift auf der Nachricht, die an sie persönlich gerichtet war, wirkte flatteriger und nachlässiger, dennoch war die Übereinstimmung unverkennbar.

»Tante Ruby?«, brachte Grace mühsam hervor.

»Verdammt«, brummte Colm.

»Was hat sie mit Einstein vor?«, wisperte Grace. Ihre Überraschung war wieder der Angst gewichen, die sie so fest in den Würgegriff nahm, dass sie glaubte, keine Luft mehr zu bekommen.

»Wir finden ihn, *maoinín*.«

»Woher willst du das wissen?«, fuhr sie ihn an. »Diese durchgeknallte Frau war bereit, uns bei lebendigem Leib zu verbrennen!«

»Sofern sie es war.«

»Bestehen für dich irgendwelche Zweifel?«, erwiderte Grace fast aggressiv.

Er antwortete nicht, aber sein Blick sprach Bände.

»Aber wieso bloß? Wieso?« Heiße Tränen schossen Grace in die Augen, und als ihre Beine unter ihr nachgaben, fing Colm sie auf und drückte sie an sich.

Eine eiserne Klammer legte sich um seine Brust, als er ihren zerbrechlichen, bebenden Körper spürte. Gleichzeitig war er von solcher Wut erfüllt, dass er die Kiefer schmerzhaft zusammenpresste, um nicht laut herauszubrüllen. Er rang seinen brodelnden Zorn nieder, zwang sich, ruhig zu atmen und der Fels in der Brandung zu sein, den Grace jetzt brauchte. Vorsichtig setzte er sie zurück in den Wagen, umschloss ihre Hände mit seinen und murmelte Worte ohne Sinn und Verstand in ihr Ohr, die gleichwohl zu wirken schienen. Vielleicht, weil sie der Tiefe seines Herzens entsprangen. Je länger er auf Grace einredete, desto mehr verwandelte sich das zitternde Bündel auf dem Beifahrersitz zurück in die kämpferische Frau, die er liebte.

Liebte?

Der Gedanke ließ ihn zusammenzucken, so heftig, dass Grace ihre geröteten Augen fragend auf ihn richtete.

»Was ist los?« Ihre Stimme klang heiser vom Weinen.

»Nichts, alles gut«, beeilte er sich zu sagen, obwohl das Blut in seinen Ohren rauschte und ihm schwindelig war.

Sachte entzog sie ihm ihre Hände und fuhr sich übers Gesicht. »Was, denkst du, hat sie vor?«

Colm atmete tief durch. »Schwer zu sagen, Grace«, entgegnete er langsam, um die richtigen Worte bemüht. »Ich dachte, ich kenne Ruby, aber wie sich herausstellt, tut das keiner von uns. Wir können wohl davon ausgehen, dass sie Einstein mitgenommen hat, um dich zu quälen. Sie weiß, wie viel er dir bedeutet.«

Grace blinzelte heftig. »Als Strafe wofür? Dafür, dass ich etwas mit dir habe?«, tastete sie sich vorwärts.

»Das ist verrückt«, sagte Colm nachdenklich. Inzwischen war sein Puls wieder auf Normalmaß gesunken. »Warum sollte sie das so wütend machen, dass sie zu solchen drastischen Mitteln greift?«

»Ich kann mich an ein Gespräch erinnern«, murmelte Grace stirnrunzelnd. »Ein paar Tage bevor sie weggefahren ist. Sie hat mich auf Maureens Schwangerschaft und auf eure Ehe angesprochen. Sie schien unser Zusammensein nicht gutzuheißen, als …« Sie überlegte kurz. »Ja, als würde ich eine Familie zerstören oder so. Damals habe ich dem Ganzen nicht viel Bedeutung beigemessen. Für mich waren es nicht mehr als altbackene Ansichten.«

»Und was hast du ihr geantwortet?«, fragte Colm angespannt.

Die kleine Falte zwischen Grace' Augenbrauen vertiefte sich, während sie nachdachte. »Ich habe sie beruhigt und gesagt, dass ich wüsste, was richtig und was falsch sei«, antwortete sie schließlich. »Und dass ich versuchen würde, danach zu handeln.«

Wortlos starrten sie sich an, bis Colm das Schweigen brach. »Das muss es sein. In ihren Augen versündigst du dich, indem du eine Familie zerstörst, und das macht sie wütend.«

Wieder traten Grace Tränen in die Augen, worauf Colm seine offenen Worte bedauerte. »Aber das ist doch kein Grund, mich tot sehen zu wollen – oder Einstein?«

Aus einem Bedürfnis heraus griff er wieder nach ihren Händen und führte sie an seine Lippen, um sie zu küssen. »Natürlich nicht! Ruby …«, hat einen gehörigen Sprung in der Schüssel, wollte er sagen, beließ es aber bei, »… ist offensichtlich krank.«

Grace schloss die Augen und berührte seine Stirn mit ihrer. Dann entzog er sich ihr sanft und fischte sein Handy aus der Tasche.

»Was tust du?«, wollte Grace wissen.

»Ich gebe Liv Bescheid.«

Sie nickte.

Kurz darauf hatte Colm seine ehemalige Schulkameradin an der Strippe. »Liv«, begann er ohne Umschweife. Damit Grace mithören konnte, hatte er den Lautsprecher eingeschaltet. »Ich bin's, Colm. Wir glauben, zu wissen, wer den Zettel geschrieben hat und eventuell auch für alles andere verantwortlich ist.«

»Wer?«

»Ruby Wilson.«

Das verblüffte Schweigen, das folgte, kam für Colm nicht überraschend. »Ruby von der Bäckerei?«, keuchte Liv.

»Ja.« In knappen Worten fasste er das Gespräch zusammen, das Grace und er geführt hatten.

»Und sie hat den Hund von Mrs Cavanaugh entführt?«, fragte Liv nach, als er geendet hatte.

»Ja.«

»Wie lange ist das her?«

»Eine halbe Stunde vielleicht.«

»Warte«, sagte Liv, und man konnte hören, wie sie aufstand und einige Schritte ging. »Sag mal, Leo!«, wandte sie sich an ihren Untergebenen, der, wie Colm wusste, in einem abgeteilten Bereich saß. »Hast du nicht erzählt, Mary hätte vorhin auf ihrer Tour Rubys Lieferwagen gesehen?«

Mary war Postbotin und Leos Frau.

»Ja«, hörten Colm und Grace den Streifenpolizisten antworten. »Sie hat sich gewundert, weil Ruby erst übermorgen zurückkommen sollte. Wieso fragst du?«

»Hat sie dir gesagt, wo der Wagen langgefahren ist?«, fragte Liv statt einer Antwort.

»Sie meinte nur, er hätte an der Kreuzung vor dem Stadion die Straße nach Süden genommen.«

»Okay. Und wie lange ist das her?«

»Zwanzig Minuten vielleicht.«

»Alles klar.« Livs Stimme wurde wieder lauter. »Hast du es gehört, Colm?«

»Habe ich.«

»Okay. Ich schnapp mir den Wagen und fahr mit Leo den Bereich ab! So viele Straßen haben wir hier ja nicht. Mit etwas Glück finden wir sie.«

»Gut!«, entgegnete Colm erleichtert. »Halte uns auf dem Laufenden, ja? Grace ist krank vor Sorge wegen ihres Hundes.«

»Kann ich verstehen. Ich würde durchdrehen, würde Donut etwas passieren!«, sagte Liv, die damit ihren heiß geliebten Kater meinte.

Nachdem das Gespräch beendet war, schaltete Colm den Motor an. »Es schadet nicht, wenn wir uns an der Suche beteiligen«, sagte er an Grace gewandt.

Ihre schönen braunen Augen blitzten auf. »Unbedingt!« Wenig später waren sie auf der Hauptstraße unterwegs. »Wo wollen wir mit der Suche beginnen?«

»Weiter westlich gibt es entlang der Küste einige verlassene Bauernhöfe«, antwortete Colm nach kurzer Überlegung. »Gut möglich, dass Ruby dorthin gefahren ist.«

»Was gibt es da noch?«

»Na ja, außer Felsen ist da nicht viel. Die Gegend hat was von einer Mondlandschaft.«

Aus dem Augenwinkel bemerkte Colm, wie ein Ruck durch Grace' Körper ging. »Das ist es!«, rief sie mit so viel Enthusiasmus, dass er ihr einen verblüfften Seitenblick zuwarf.

»Was?«

»Ich denke, ich weiß, wo sie ist.«

Colms Herz machte vor Freude einen kleinen Satz. Irgendwie hatte er den alten Einstein lieb gewonnen, außerdem ertrug er es nicht, wenn Grace unglücklich war.

»Wo?«, fragte er.

»Kennst du ›Finns Fußwanne‹?« Grace' Stimme zitterte vor Aufregung.

»Natürlich. Das Wasserloch mit den meterhohen Fontänen.«

Sie nickte. »Tan… Ruby hat mir mal davon erzählt. Der Ort spendet ihr Trost, wenn sie Kummer hat. Ich hatte mir vorgenommen, es mir irgendwann anzuschauen, bin aber bisher nicht dazu gekommen.«

»Alles klar«, sagte Colm mit neuer Zuversicht. »Wir suchen erst mal dort! Ich sag Liv unterwegs Bescheid.«

Während der Fahrt nach Westen nahm der Regen immer mehr zu. Die Hügel und Weiden, ja selbst die Straße, verschwammen hinter einer Wasserwand, und die Scheibenwischer hatten jede Menge zu tun. Die Augen starr nach vorn gerichtet, steuerte Colm den Wagen über den gewundenen Weg und verfluchte nicht zum ersten Mal die schlechten Straßenverhältnisse abseits der Main Street.

»Kannst du nicht etwas schneller fahren?«, fragte Grace hörbar angespannt.

Colm warf ihr einen entschuldigenden Blick zu. »Nicht, wenn wir heil ankommen wollen. Wir schaffen das, versprochen.«

Er wusste, dass es dumm war, ihr eine solche Zusage zu machen, aber er hätte alles gesagt oder getan, um die Angst aus ihrem Gesicht zu vertreiben. Er hätte im Pinguinkostüm mitten auf der Straße Salsa getanzt oder sich sonst wie zum Affen gemacht, nur um ihr ein Lächeln abzuringen.

Als könnte sie seine Gedanken lesen, war es nun an ihr, seine Hand zu ergreifen. »Danke«, flüsterte sie, und ihre Augen blickten ihn voller Vertrauen an.

Ihm wurde warm ums Herz. Fürs Erste würde er sich damit begnügen müssen.

Einige Zeit später kamen sie vor einem felsigen Plateau zum Stehen, das zur Küste hin steil abfiel. Zwischen den Wasserschlieren auf der Windschutzscheibe entdeckte Colm gut zweihundert Meter entfernt etwas Weißes, das vor dem asphaltgrauen Himmel hervorstach.

»Der Lieferwagen!«, rief Grace, die es ebenfalls gesehen hatte.

Colm fiel ein Stein vom Herzen, gleichzeitig packten ihn das Jagdfieber und die Furcht, sie könnten zu spät gekommen sein. Zwar vermochte man bei der schlechten Sicht nicht zu erkennen, ob es sich tatsächlich um Rubys Transporter handelte, doch wie groß war die Wahrscheinlichkeit, dass sich an diesem gottverlassenen Ort bei diesem Wetter ein gleich aussehender Lieferwagen befand?

»Ich informiere Liv«, sagte er und griff nach dem Handy.

Die Polizistin versprach, in zwanzig Minuten da zu sein. Sie waren also erst einmal auf sich allein gestellt. Als Colm daraufhin aus dem Wagen stieg, zerrte der Wind zornig an seiner Kleidung, und der Regen peitschte ihm ins Gesicht. Beim Versuch, auszusteigen, geriet Grace prompt ins Wanken.

»Bleib im Wagen!«, schrie er gegen den Wind an.

»Auf keinen Fall!«, kam es ebenso laut zurück.

Daraufhin setzte er eine finstere Miene auf und blickte sie streng an, doch die Wirkung blieb aus. Statt seinem Befehl nachzukommen, trat sie mit kämpferischer Miene auf ihn zu. Am liebsten hätte er sie gepackt, um sie hart zu küssen, ehe er ihren hübschen Hintern zurück in den Wagen beförderte. Doch jetzt war vielleicht nicht der richtige Moment, um den Macho heraushängen zu lassen.

»Okay«, sagte er mit Blick auf ihren Cardigan, der sich mit Wasser vollsaugen würde, »aber nimm wenigstens meine Jacke.«

Ehe sie widersprechen konnte, hatte er das Kleidungsstück ausgezogen und es ihr über die Schultern gelegt. Dankbar schlüpfte sie hinein und zog den Reißverschluss hoch.

»Danke«, raunte sie, während sie versonnen am glatten Leder roch.

Er strich ihr die nassen Strähnen aus dem Gesicht. »Ich möchte nicht, dass du dich erkältest.«

»Und was ist mit dir?«

»Ich bin ein harter Hund«, entgegnete er mit übertrieben geschwollener Brust und schaffte es, ihr ein kleines Lächeln zu entlocken, das so schnell wieder verschwand, wie es gekommen war.

Er nahm ihre Hand, und sie rannten über einen Trampelpfad zu dem weißen Lieferwagen, auf dem sie die pausbäckige Oma mit Dutt und mehlbestäubter Nase lächelnd empfing. Der

Transporter war nicht abgeschlossen, und ein schneller Blick ins Innere verriet ihnen, dass er leer war.

»Bitte sei vorsichtig! Der Klippenrand ist ziemlich nah«, wies Colm auf das Offensichtliche hin und war froh, dass sich Grace diesbezüglich eine Bemerkung verkniff. Er wollte sie beschützen, das war alles.

»Wo ist ›Finns Fußwanne‹?«, fragte sie stattdessen.

Er deutete nach links. »Es sind ungefähr fünf Minuten zu Fuß, allerdings endet hier der Pfad. Wir müssen über das Plateau laufen und wegen des Regens höllisch aufpassen. Es kann auf dem Felsen ziemlich rutschig werden.« Er warf einen Blick auf ihre Schuhe. »Zeig mir deine Sohlen!«

Sie tat es, und er nickte. »Okay. Trotzdem wäre es mir lieber, wenn du …«

»Nein!«, unterbrach sie ihn scharf.

Ihre Blicke begegneten sich.

»Okay«, sagte er schließlich und griff erneut nach ihrer Hand, die zitterte. Kurz drückte er Grace an sich. »Einstein geht es sicher gut«, murmelte er in ihrem Haar. »Komm.«

Sie nickte ihm zu, und er konnte die Angst in ihren Augen sehen, worauf sein Griff um ihre Hand unwillkürlich fester wurde. Behutsam tasteten sie sich vorwärts, sprangen über Felsspalten, wichen größeren Steinbrocken und vollgelaufenen Mulden aus, während das Meer an ihrer Seite außer Rand und Band geriet. Die Wellen brachen sich donnernd an den Klippen und schleuderten die Gischt meterhoch in die Luft, die mit Regen vermischt auf sie herabfiel. Im Nu waren sie nass bis auf die Knochen. Obwohl es nur wenige Hundert Meter bis zu »Finns Fußwanne« waren, kam Colm der Weg dorthin wie eine Ewigkeit vor. Nachdem sie einen größeren Brocken umrundet hatten, verriet Grace' leiser Aufschrei, dass sie ihr Ziel erreicht hatten.

Ruby stand vor dem Wasserloch, aus dem die Fontänen nur so hochspritzten. Sie trug eine feste Wanderhose, einen grünen Parka und Gummistiefel. Ihre kurzen grauen Haare klebten an ihrem Kopf. Colm kannte sie seit vielen Jahren. Er kam zwei Mal die Woche in ihre Bäckerei, und immer legte sie ihm eine Kleinigkeit zum Naschen mit in die Tüte. Ihr Anblick wirkte dermaßen vertraut, dass er für einen Moment schwankte – es musste sich um einen Irrtum handeln –, bis er in ihre hasserfüllten Augen sah.

»Ihr habt mich also gefunden!«, rief sie, wobei sie nicht überrascht wirkte.

»Wo ist Einstein?«, fragte Grace hörbar verzweifelt.

»Meinst du das, was dir das Liebste ist?«, kam es zurück. Rubys Stimme troff vor Gehässigkeit.

Colm konnte sehen, wie sich Grace' Kiefer verkrampfte. »Wo ist er?«, fragte sie erneut.

»So ein unschuldiges Wesen. Was für ein Jammer!«

Unvermittelt sprang Grace vor, um die letzten Meter bis zu Ruby zu überwinden, doch sie rutschte aus, und Colm konnte sie noch gerade so auffangen, bevor sie hart auf dem Felsen aufprallte. Rubys hartes Lachen peitschte mit Wind und Regen zu ihnen herüber.

»Was hast du mit ihm gemacht?«, kreischte Grace außer sich, und Colm konnte spüren, wie Entsetzen und Wut ihren Körper schüttelten.

Rubys Augen wurden noch kälter. »Im Unterschied zu dir bin ich barmherzig. Noch geht es ihm gut.« Sie ging ein paar Schritte zur Seite und zog Einstein hinter einem Felsen hervor, oder anders gesagt, sie schleifte ihn über den Boden.

»O Gott!«, röchelte Grace.

»Er schläft«, sagte Ruby. »Wenn ich ihn ins Loch werfe, wird er ertrinken, ohne etwas zu spüren. Ich bin schließlich kein Unmensch.«

»Einstein hat dir doch nichts getan!«, schrie Grace.

»Nein. Aber du.«

»Ich?«

»Ja. Du nimmst einer Mutter ihr Baby weg!«

Verblüffung zeichnete sich auf Grace' Gesicht ab. »Ich? Aber …«

Sie verstummte und sah zu Colm, der sich den Kopf zermarterte, wie er die Distanz zwischen sich und Ruby blitzschnell überwinden konnte, um Einstein vor dem Ertrinken zu bewahren. Der Hund mochte um die fünfzehn Kilo wiegen, doch Ruby brauchte ihn nicht hochzuheben, es würde ausreichen, wenn sie ihn die zwei Meter bis zum Loch schleifte.

Scheiße.

Er beugte sich hinunter zu Grace. »Ich muss sie aufhalten«, flüsterte er rasch. »Halte sie hin, sprich mit ihr. Mit etwas Glück gelingt es dir, sie umzustimmen.«

Sie blinzelte. »Ich kann nicht …«

»Du kannst es, Grace«, entgegnete er mit Nachdruck. »Du musst!«

Ihr Blick veränderte sich, und sie nickte kaum merklich.

»Ihr könnt Einstein nicht retten!«, rief Ruby zu ihnen herüber.

»Wieso?«, wandte sich Grace daraufhin an sie und trat einen Schritt vor, den sie geschickt tarnte, indem sie ein Ausrutschen vortäuschte. Colm, der sie festhalten musste, bewegte sich mit nach vorn. Ein cleverer Schachzug von ihr. »Sag mir, warum Einstein sterben muss.«

»Du lässt mir keine Wahl!«, platzte es aus Ruby heraus. »Du bist wie sie!«

»Wie wer?«

»Juliette.«

Grace runzelte die Stirn. »Meine Mutter?«

»Ja. Die Hure!«, spie Ruby mit so viel Hass, dass Colm sehen konnte, wie Grace zusammenzuckte.

»Warum sagst du das?« Grace' Stimme zitterte bedrohlich. »Sie war doch deine Freundin.«

Wieder dieses hässliche Lachen. »Meine Freundin? Ich habe sie verabscheut und bin froh, dass sie tot ist.«

Grace verschlug es für einen Moment die Sprache. »Das verstehe ich nicht.«

»Ich habe ihn geliebt.«

»Wen?«

»Meinen Robert. Ruby und Rob.« Ruby verzog die Mundwinkel zu einem blassen Lächeln. »Wir waren füreinander geschaffen, er und ich, wir hätten zusammen alt werden sollen.« Das Lächeln erlosch. »Aber dann kam sie und hat mein Leben zerstört.« Ihre Züge verzerrten sich zu einer hasserfüllten Fratze. »Deine Mutter hat mir alles genommen. Alles! Ich hoffe, sie schmort in der Hölle, dort, wo sie hingehört.«

»Aber Tante Ruby ...«, entfuhr es Grace, deren Miene von Ratlosigkeit zeugte.

»Ich bin nicht deine Tante Ruby!« In den blauen Augen flackerte ein Hauch von etwas, was Colm nur als Wahnsinn bezeichnen konnte. Während sie weitersprach, taten Grace und er einen weiteren Schritt nach vorn. »Du hast dein Recht verwirkt, mich so zu nennen. Wenn ich dich ansehe, sehe ich nur Abschaum! Du drängst dich in eine Verbindung, die vor Gottes Angesicht geschlossen wurde!«

»Meinst du meine Beziehung zu Colm?«

Obwohl das Gefühl in diesem Moment völlig fehl am Platz war, gefiel es Colm, dass Grace ihr Zusammensein als Beziehung bezeichnete. Nun, das war es wohl, stellte er für sich fest. Eine Beziehung.

Sie taten einen weiteren Schritt nach vorn.

»Was sonst?«, schrie Ruby. »Er wird Vater!« Wieder dieses unheimliche Funkeln in ihren Augen. »Wie kannst du nur, Juliette?«, fügte sie zischend hinzu. »Kennst du keine Scham? Wie viele Familien willst du noch zerstören?«

»Ich bin Grace, nicht Juliette.«

Doch Ruby achtete nicht auf sie. »Diesmal werde ich dich stoppen! Ich werde diejenige sein, die dich zerstört.«

»Was denn nun, Ruby?«, mischte sich Colm mit schneidender Stimme ein. Er schätzte, dass sie noch sechs Meter von ihr entfernt waren. »Willst du Grace das Liebste nehmen, oder willst du sie stoppen? Du musst dich schon entscheiden.«

Ruby blinzelte. »Beides«, stieß sie hervor.

Noch ein Schritt.

Colm konnte sehen, wie es in Grace' Gesicht arbeitete. »Maureen ist nicht schwanger, Tante Ruby«, sagte sie überraschend sanft.

»Du lügst!« Die blauen Augen waren zu Schlitzen verengt, was sicher auch Wind und Regen geschuldet war, die ihr ins Gesicht fegten. »Ich kann seine Stimme hören. Ich kann hören, wie es um Hilfe schreit!«

»Wer?«, fragte Grace.

»Das Baby.«

Wieder ein Schritt.

»Es war eine Lüge, Ruby«, erklärte Colm und bemühte sich, ruhig und beherrscht zu klingen. »Maureen wollte Geld aus mir herauspressen, um ihre Geliebte zu unterstützen. Eine Künstlerin«, fügte er hinzu, in der Hoffnung, die lesbische Beziehung seiner Noch-Ehefrau würde Ruby so sehr aus dem Konzept bringen, dass er sie überrumpeln konnte.

Tatsächlich wirkte die ältere Frau irritiert, fasste sich aber gleich wieder. »Ich glaube euch nicht. Ihr würdet alles sagen, nur um euer unmoralisches Treiben zu rechtfertigen!«

Als sich Ruby nach Einstein bückte und ihn am Halsband packte, fluchte Colm innerlich. Er musste handeln, und zwar schnell!

»Eine Sache verstehe ich nicht«, sagte Grace hastig, um Zeit zu gewinnen. »Der Stein auf dem Wagen, die verschmierte Hauswand, die Nachricht … Du wolltest mir Angst machen. Aber warum hast du die Brennerei verwüstet, wenn du doch Colms Familie beschützen wolltest?«

Tatsächlich hielt Ruby in der Bewegung inne und wirkte erstaunt. »Was?«

»Warum hast du versucht, Colms Existenz zu zerstören?«

Ruby richtete sich ein wenig auf. »Das würde ich nie tun.«

»Du lügst!«, warf ihr Grace nun ihrerseits an den Kopf.

Inzwischen hatte Ruby gänzlich von Einstein abgelassen und erhob sich. Colm, der ihr Mienenspiel mit Argusaugen verfolgte, sah, dass ihre volle Aufmerksamkeit nun Grace galt.

Jetzt oder nie!

Colm ging leicht in die Knie, drückte sich mit aller Kraft ab und sprang.

Alles geschah sehr schnell, und Grace' Herz krampfte sich vor Angst zusammen, als Colm in Aktion trat und Ruby nur eine Sekunde später Einstein am Hals packte, um ihn zum Wasserloch zu zerren. Nun rannte auch Grace los, den Blick starr auf ihren Hund gerichtet, der jeden Moment ins Wasser zu plumpsen drohte. Colm war schnell, aber nicht schnell genug. Er erreichte Ruby genau in dem Moment, als Einstein in den wilden Fluten landete und wie ein Stein sank.

»Nein!«, kreischte Grace.

Colm, der Ruby am Arm gepackt hatte, ließ von ihr ab und sprang Einstein hinterher, ohne auch nur eine Sekunde zu zögern. Die Übeltäterin nutzte ihre Chance und flüchtete, doch Grace beachtete sie nicht. Ihre ganze Aufmerksamkeit galt

Colm. Mit rasendem Puls und vor Angst geweiteten Augen verfolgte sie, wie er im Wasser verschwand. Eine Sekunde, zwei Sekunden, drei Sekunden … Colm tauchte nicht wieder auf. Sechs Sekunden, sieben … Da! Grace keuchte, ihr wurde erst jetzt bewusst, dass sie den Atem angehalten hatte. Colms Kopf und Gesicht tauchten aus den Fluten auf, kurz darauf war es ein langer, pelziger Körper. Doch bevor Colm mit seiner Last an den Rand des Wasserlochs gelangen konnte, wo Grace ihn herausziehen würde, erwachte Einstein aus seiner Bewusstlosigkeit. Ausgerechnet jetzt! Vermutlich lag es an dem eiskalten Wasser! Panisch begann der Vierbeiner zu strampeln, warf sich auf Colm und begrub ihn halb unter sich. Colms Kopf versank wieder in den Wellen, gleichzeitig versuchte er, Einstein abzuschütteln. In diesem Augenblick schoss neben ihnen die Gischt in die Höhe und verfehlte Einstein nur um Haaresbreite.

Grace brach der kalte Schweiß aus. Hilflos sah sie mit an, wie Mensch und Tier um ihr Leben kämpften. Sie musste sich etwas einfallen lassen, und zwar schnell! Colm tauchte unter Einstein weg und erschien hinter ihm an der Oberfläche. Er bekam den Hund zu fassen, umfing dessen Bauch und zog ihn hinter sich her, doch allein konnte er es unmöglich aus dem Becken schaffen. Grace' Gedanken überschlugen sich. Dann kam ihr eine Idee. Rasch zog sie Colms Lederjacke aus und hielt sie über das Wasserloch wie ein Seil. Beide Füße stemmte sie fest auf den Boden. Nicht auszudenken, wenn sie auch noch in die Fluten fallen würde! Colm schwamm mit kraftvollen Bewegungen auf sie zu und hob die freie Hand, um nach einem der Ärmel zu greifen. Doch dazu kam es nicht. Eine Welle packte ihn und Einstein und spülte die beiden zurück.

O Gott!

Grace veränderte die Position, um den Abstand zu Colm zu verkürzen. Wieder hielt sie die Jacke über das Wasser. Colm streckte die Hand aus, und diesmal bekam er den Ärmel zu fassen! Es gab einen heftigen Ruck, und obwohl Grace sich darauf vorbereitet hatte, wäre ihr die Jacke beinahe aus der Hand gerissen worden. Ihr Atem ging schnell. Sie durfte nicht loslassen! Unter keinen Umständen! Sie zog kräftig, tat einen Schritt rückwärts, doch der Felsen war rutschig. Ihr entfuhr ein Schluchzer. Sie würde fallen! Unter den Sohlen spürte sie etwas Kantiges, einen Stein oder etwas Ähnliches, der als Halt dienen konnte. Sie stemmte ihren rechten Fuß dagegen und zog. Am Rande bemerkte sie, dass Einstein erschreckend ruhig geworden war. Vielleicht hatte er Salzwasser geschluckt. Bitte, lass nicht zu, dass er stirbt! Oder Colm.

Aber der war inzwischen schon halb aus dem Wasser, zog sich mühsam heraus und wuchtete dann Einstein über den Rand, wo dessen schlaffer Körper reglos liegen blieb. Grace wartete, bis Colm vollends aus dem Becken gestiegen war, ehe sie die Jacke losließ. Hustend und nach Atem ringend ließ er sich zu Boden sinken.

»Alles okay?«, keuchte Grace.

Er nickte. »Mir geht's gut.«

Während Grace neben Einstein in die Hocke ging, forschte sie fieberhaft in ihrem Gedächtnis, was sie im Erste-Hilfe-Kurs gelernt hatte, der Jahre zurücklag. Schließlich packte sie seine Hinterbeine und hob ihn hoch, sodass Kopf und Oberkörper unten hingen. Als Wasser aus seinem Maul floss, schwang ihn Grace vorsichtig hin und her, bis nichts mehr aus der Schnauze rann. Erleichtert stellte sie fest, dass es nicht so viel gewesen war wie befürchtet. Weil sie nichts anderes zur Hand hatte, zog sie ihren Cardigan aus und rubbelte Einstein damit, um seinen Kreislauf anzukurbeln.

»Ich habe eine Thermofolie im Wagen«, bemerkte Colm, der sich inzwischen aufgerichtet hatte.

Grace nickte.

Als er ihr seine Jacke über die Schultern legen wollte, lehnte sie vehement ab. Angesichts ihrer unnachgiebigen Haltung streifte er sie schließlich selbst über, bevor er Einstein hochhob und sich in Bewegung setzte. Es hatte zu regnen aufgehört, was jedoch nichts daran änderte, dass der Fels unter ihren Füßen nach wie vor gefährlich glatt war. Während sie Colm folgte, konnte Grace erkennen, wie Ruby in der Ferne zu ihrem Lieferwagen hastete.

»In der Innentasche meiner Jacke ist das Handy«, sagte Colm, während sie vorsichtig über das Plateau gingen. »Ruf Liv an und gib ihr wegen Ruby Bescheid.«

»Mache ich.«

Als Grace ihre Hand zwischen Colms Hemd und Jacke schob, um das Handy herauszuziehen, spürte sie, dass er vor Kälte zitterte. Sie empfand ihm gegenüber eine tiefe, fast körperlich schmerzhafte Dankbarkeit, denn schließlich hatte er seine Gesundheit, wenn nicht sogar sein Leben für Einstein riskiert.

»Ich habe dir noch gar nicht gedankt«, sagte sie leise zu ihm, nachdem sie Livia O'Shea auf den neuesten Stand gebracht und das Handy wieder in seine Jackentasche zurückgesteckt hatte.

Colm war kurz stehen geblieben, um zu verschnaufen. Das nasse Haar klebte an seinem Kopf, und sie schob sachte ein paar Strähnen aus seinem Gesicht. Regentropfen hingen wie Tränen an seinen Wimpern.

»Danke«, wiederholte sie.

»Hab ich gern gemacht für den alten Haudegen hier«, sagte er, nachdem sie wieder losmarschiert waren.

»Hey! Einstein ist nicht alt! Für einen Terriermischling etwas faul vielleicht, aber in den besten Jahren! Nicht wahr, mein Junge?«, fügte sie murmelnd hinzu und kraulte ihrem Hund die nassen Ohren.

Daraufhin hob Einstein den Kopf und fuhr mit der Zunge einmal quer über Colms Kinn.

»Er mag dich«, sagte Grace gerührt.

»Natürlich tut er das. Ich bin unwiderstehlich«, entgegnete Colm feixend.

Am Wagen angekommen wickelten sie Einstein in eine Thermofolie und legten ihn auf die Rückbank, dann trockneten sie sich notdürftig mit einer Wolldecke ab, die Colm ebenfalls im Kofferraum aufbewahrte.

»Du bist für alle Eventualitäten gewappnet«, bemerkte Grace mit liebevollem Spott.

»Hier muss man es sein«, antwortete Colm ernst. »Es gibt viele einsame Gegenden auf unserer Insel, und bleibt man mit dem Auto dort bei Kälte und schlechtem Wetter liegen, ist man aufgeschmissen. Bis da Hilfe eintrudelt ...«

Anschließend brachen sie auf. In stillem Einverständnis nahm Colm die Straße nach Straleel, damit Brendan Einstein durchchecken konnte. Der Vierbeiner war zwar vor dem Ertrinken gerettet worden, doch bestand immer noch die Gefahr, dass er einen Schock erlitten hatte oder, bedingt durch den Sauerstoffmangel, seine inneren Organe versagen könnten. Die Heizung im Wageninneren war voll aufgedreht, und Grace spürte, wie die Wärme langsam in ihre Glieder zurückkehrte.

»Ich hoffe, sie finden Tante Ruby«, sagte sie, nachdem die beiden einige Meilen schweigend gefahren waren, und meinte damit Livia O'Shea, die ihr zugesichert hatte, sich mit ihrem Kollegen an die Fersen der Flüchtigen zu heften.

»Bestimmt. Liv ist wie ein Bluthund. Hat sie erst einmal Witterung aufgenommen, lässt sie nicht locker.«

»Sie wird Tante Ruby doch nicht zu hart rannehmen?«

Colm warf ihr einen ungläubigen Seitenblick zu. »Nach allem, was die Frau getan hat, sorgst du dich um sie?«

»Irgendwie tut sie mir leid«, murmelte Grace. »Sie ist krank, das ist ganz offensichtlich. Außerdem war sie nicht immer so.«

Colm legte seine warme Hand beruhigend auf ihre. »Liv ist tough, aber nicht von der rücksichtslosen Sorte. Mach dir keinen Kopf. Sie wird mit Bedacht vorgehen.«

Grace warf ihm ein dankbares Lächeln zu. Jetzt, da Einstein in Sicherheit war und sie wusste, wer hinter allem steckte, fühlte sie sich glücklich wie seit Tagen nicht mehr. Sie ließ den Kopf gegen die Lehne sinken und atmete tief durch, bis ihr etwas einfiel und sie zu Colm hinübersah, der trotz seiner lockeren Haltung das Steuer sicher hielt und den Blick konzentriert nach vorn gerichtet hatte. Seine Haare, die zu trocknen begannen, lockten sich im Nacken und an den Seiten. Am liebsten wäre sie mit beiden Händen hindurchgefahren.

»Eine Frage ist aber noch offen …«, begann sie.

»… wer meine Brennerei verwüstet hat«, beendete er ihren Satz grimmig.

MUTTER UND SOHN

Grace schaute lange auf das Samtbeutelchen mit ihrem Ehering, ehe sie es zu den anderen Erinnerungen in die Holztruhe legte, die in der Ecke ihres Schlafzimmers stand. Das, was sie innerlich verspürte, als sie diese Tür zu ihrem früheren Leben schloss, war dumpfer Schmerz, nicht mehr als ein Echo dessen, was sie vor wenigen Monaten noch gequält hatte. Sie deckte die Truhe mit einem bunten Tuch zu und stellte Bücher und eine Vase mit frisch geschnittenen Rosen darauf. Seit dem Brand waren fünf Tage vergangen. Inzwischen hatte sich Colm in einem Raum in der Brennerei ein provisorisches Heim eingerichtet, inklusive Bett, Kühlschrank und Elektroherd, denn solange die Einsturzgefahr in seinem Haus nicht gebannt war, war eine Rückkehr ausgeschlossen. Wenn sie nicht gerade arbeiteten oder anderweitig beschäftigt waren, verbrachten sie viel Zeit zusammen, und Grace genoss jeden einzelnen Moment.

Nur eine Stunde nach ihrer Flucht hatten Livia und ihr Kollege Ruby in einem verlassenen Bauernhof zwischen den Hügeln aufgespürt und verhaftet. Sie hatte keinen Widerstand geleistet. Die Polizisten hatten in dem Haus eine Pritsche mit Decke und Kissen sowie einen Gaskocher und Lebensmittel gefunden und daraus geschlossen, dass sich die Gesuchte in den letzten zehn Tagen dort aufgehalten hatte. In Belfast war sie nicht gewesen, denn wie sich herausstellte, erfreute sich ihr Cousin Ralph bester Gesundheit. Die Geschichte von seinem bevorstehenden Ableben hatte sie lediglich erfunden. Sosehr Grace die Vorstellung auch schmerzte: Ruby hatte sich offenbar in diesem kalten, nassen Loch im Nirgendwo verkrochen, weil sie den Anblick der Tochter ihrer einstigen Todfeindin nicht mehr ertrug. Ohne Kontakt zur Außenwelt hatte sie sich in ihren Wahn hineingesteigert, während Gegenwart und Vergangenheit sich immer mehr vermischt hatten …

Grace brühte frischen Tee auf und begab sich mit der Tasse in der einen Hand und dem Telefon in der anderen zu Einstein, der auf der Terrasse lag und sich die warmen Sonnenstrahlen eines goldenen Herbsttages auf den Pelz brennen ließ. Glücklicherweise hatte er das Bad im eiskalten Meerwasser gut überstanden und benahm sich so, als wäre nichts geschehen. *Hund müsste man sein!*, dachte Grace, setzte sich auf die Holzbank und wählte Ralphs Nummer, die Livia ihr besorgt hatte.

Das Telefongespräch dauerte keine fünfzehn Minuten.

Hinterher starrte Grace ins Leere, und heiße Tränen liefen ihr übers Gesicht. Mit zittrigen Fingern rief sie Colm an, doch der ging nicht ans Telefon. In der nächsten Stunde versuchte sie es mehrmals vergeblich. Schließlich sprach sie ihm auf die Mailbox, darauf hoffend, dass er bald zurückriefe.

Was er nicht tat.

Etwa zur gleichen Zeit betrat Colm den Brennraum, in dem fast tropische Temperaturen herrschten.

»Und? Wie kommt ihr voran?«, fragte er.

Seine Gehilfen Neil und Doug – bärtig, stämmig und trinkfest – nickten synchron. »Gut«, antwortete Neil, der in der Regel für sie beide sprach. »Alle Brennblasen laufen auf

Hochtouren. Ich denke, wir können den Rückstand aufholen und unseren ›Spirit of Grace‹ rechtzeitig an den Mann bringen.«

Colm lächelte zufrieden. »Gut gemacht!«

Doug grinste breit, während Neil »Danke, Boss!« bellte.

Eine Mischung aus Erleichterung und Dankbarkeit erfüllte Colm. Er würde alle Liefertermine einhalten können und so um Schadenersatzpflichten herumkommen. Mit dem einen oder anderen Vertragspartner hätte er sicher verhandeln können, aber nicht jeder war bereit, einem relativen No-Name eine zweite Chance zu gewähren. Die Branche war gnadenlos. Es gab einfach zu viele gute Whiskey-Destillerien in Europa und Übersee. Seine Gedanken wanderten unwillkürlich zu seinem letzten Gespräch mit Maurice. Er würde ihm wegen der Eastern Distilling Company noch einmal auf den Zahn fühlen. Als Colm den Brennraum verließ, um zu telefonieren, stellte er fest, dass der Akku seines Handys leer war. Also begab er sich in sein Büro, um Maurice übers Festnetz anzurufen. Er hatte gerade in seinem Ledersessel Platz genommen, als Susan eintrat. Seine Assistentin, eine sportliche Brünette in den Fünfzigern, die in ihrer Freizeit am liebsten an einem Kletterseil hing, wirkte ungewohnt nervös.

»Colm«, sagte sie und rückte ihre Brille zurecht. »Im Verkaufsraum ist jemand, der dich sprechen will.«

»Wer ist es?«

Das kurze Zögern hätte ihm eine Warnung sein müssen, dennoch versetzte es ihm einen Schock, als Susan antwortete: »Deine Mutter.«

Colm atmete tief durch. »Schick sie weg!«, wollte er schon antworten, ein klassischer Abwehrmechanismus, doch etwas in Susans Blick ließ ihn zaudern.

Was immer der Grund für die Anwesenheit seiner Mutter war, Susan wusste Bescheid. Nicht nur, dass die beiden Frauen sich schon ewig kannten, sie engagierten sich auch in gleichem Maße in der Gemeinde.

»Was will sie?«, fragte er deshalb.

»Das muss sie dir schon selbst erzählen.«

»Susan …«, setzte er in bedrohlichem Unterton an, worauf sie abwehrend die Hände hob.

»Tut mir leid, Colm«, sagte sie. »Hier geht es um die Familie. Da mische ich mich nicht ein.«

Er seufzte resigniert. Aus dieser Nummer kam er nicht heraus. »Also gut«, sagte er. »Sie soll reinkommen.«

Was immer seine Mutter wollte, er würde sie so schnell wie möglich abfertigen und anschließend zum Tagesgeschäft zurückkehren. Es gab heute für ihn viel zu tun, und er wollte alles erledigt wissen, ehe er zu Grace fahren würde. Zu *seiner* Grace, die seit Wochen sein ganzes Denken und Fühlen beherrschte. Vor seinem inneren Auge erschien das Bild ihres hübschen Gesichts mit den ausdrucksvollen braunen Augen und dem kleinen vorlauten Mund, den er so gern zum Seufzen brachte. Ihm wurde warm ums Herz, und so kam es, dass ein Lächeln immer noch seine Züge erhellte, als seine Mutter über die Türschwelle trat. Ihre offenen und auch im Alter noch dichten blond-grauen Haare fielen ihr auf die Schulter, doch ihre braunen Augen wirkten ebenso glanzlos wie bei ihrer letzten Begegnung. Nur dass sie heute einen dezenten Lippenstift aufgetragen hatte und mit ihrer schwarzen Hose und dem dunkelroten Pullover ungewohnt leger angezogen war.

Bei ihrem Anblick verschloss sich Colms Miene augenblicklich. »Was willst du hier?«, begrüßte er sie schroff, während Susan die Tür sachte hinter sich zuzog.

»Ich muss mit dir sprechen.«

Obwohl er saß, bot er ihr keinen Stuhl an. »Weiß dein Mann, dass du hier bist?«, fragte er bewusst herablassend.

Sie schüttelte den Kopf. »Joseph ist kein schlechter Mensch, Colm«, fühlte sie sich genötigt zu sagen. »Er hat es im Leben nicht leicht gehabt. Dein Großvater war nicht gerade das, was man einen liebevollen Vater nennt.«

»Ein Grund mehr, es besser zu machen!«, spie Colm förmlich aus. »Meinst du nicht?«

Seine Mutter öffnete den Mund zur Erwiderung, beließ es aber bei einem Seufzer. »Darf ich mich setzen?«, fragte sie stattdessen und zog sich einen Stuhl heran, als Colm nicht antwortete. Ihre Stofftasche hängte sie über die Lehne.

Bevor er eine Bemerkung fallen lassen konnte, die sie verletzen sollte, erschien Susan mit einem Tablett, auf dem zwei dampfende Teetassen und etwas Gebäck lagen. Sie ignorierte Colms finsteren Blick, stellte das Mitgebrachte auf den Tisch und verschwand ebenso schnell wieder, wie sie gekommen war. Der Moment für eine kränkende Äußerung war fürs Erste vorüber.

»Also?«, fragte Colm. »Warum bist du hier?«

Seine Mutter starrte für einen Moment auf ihre Hände, als würde sie darin die Antwort vermuten, ehe sie aufsah. »Ich verlasse deinen Vater«, erklärte sie in ruhigem Ton.

Mehrere Atemzüge lang sagte er nichts. Vielmehr versuchte er, zu ergründen, was in diesem Moment in ihm vorging. Empfand er Freude über das Gehörte? Erleichterung? Oder doch eher Enttäuschung, dass seine Mutter erst nach so vielen Jahren zur Vernunft gekommen war? Schließlich kam er zu der Erkenntnis, dass er rein gar nichts empfand.

»Das wird er nicht zulassen«, prophezeite er.

Ein mattes Lächeln erschien auf ihrem Gesicht, das ihre müden Augen jedoch nicht erreichte. »Doch, das wird er.«

Colm zuckte mit den Schultern. »Wie du meinst.«

Sie schwiegen. Eine Weile war nichts zu hören außer den Stimmen von Susan und Doug, die draußen auf dem Hof über das Beladen der Fässer debattierten, und die Kluft zwischen Mutter und Sohn wuchs. *Nein,* korrigierte Colm in Gedanken dieses Bild, das sich ihm zunächst aufgedrängt hatte. Das, was sie voneinander trennte, war keine Kluft, sondern eher eine unüberwindbare Betonmauer. Der Gedanke erfüllte ihn mit Traurigkeit, was seine Wut weiter anfachte.

»Willst du nicht wissen, warum ich ihn verlasse?«, brach seine Mutter das Schweigen.

»Mir würden jede Menge Gründe einfallen.« Er schenkte ihr ein verächtliches Lächeln. »Aber wenn du es unbedingt loswerden willst, ich bin ganz Ohr.«

Wieder der Blick zu ihren Händen.

Ihr Zögern zehrte an Colms Nerven. »Okay«, sagte er und erhob sich halb aus seinem Sessel. »Im Gegensatz zu dir habe ich zu arb…«

»Joseph hat gelogen«, stieß seine Mutter hervor, und zum ersten Mal sah er so etwas wie eine Gefühlsregung in ihren Augen. Zorn? Empörung? »Dein Verdacht war richtig. Er hat zwei Männer aus Limerick damit beauftragt, aus deiner Brennerei Kleinholz zu machen. Sie sollten dein gesamtes Lager zerstören.«

Colm, der sich wieder hingesetzt hatte, starrte sie wortlos an. Sein Herz hämmerte so laut in seiner Brust, dass er fürchtete, seine Mutter könnte es hören.

»Er wollte dich zwingen, auf Knien zu ihm zurückzukommen«, erklärte sie weiter. »Aber nicht, um dich mit offenen Armen zu empfangen …« Sie schluckte hörbar. »Er hätte dich hochkant hinausgeworfen und dich mit allem alleingelassen. Ihm lag nur daran, dich zu demütigen.«

»Ein Glück, dass er zwei Stümper engagiert hat«, bemerkte Colm.

»Ja!«, brach es aus seiner Mutter hervor. Sie legte eine kurze Pause ein, ehe sie seinen Blick suchte. »Ich habe Beweise.«

Der triumphierende Ausdruck in ihrem Gesicht verblüffte Colm mehr als alles andere. Ihr Sieg ließ ihre braunen Augen aufleuchten, und das verlieh ihr einen Hauch des alten Glanzes, den sie wohl gehabt hatte, als sie noch ein junges Mädchen gewesen war.

»Was für Beweise?«

»Dein Vater neigt dazu, alles zu protokollieren und sauber abzuheften. Ich habe Abschriften seiner Telefonate und die entsprechenden Überweisungen gefunden.«

Colm beugte sich vor. »Nur mal so aus Neugier: Wie viel war ihm die Zerstörung meines Lebenswerkes wert?«

Der Blick seiner Mutter war fest. »Dreißigtausend Euro.«

Colm schnaubte. »Na immerhin, das Geld ist futsch. Mann, muss ihn das wurmen!«

Ihr Lächeln vertiefte sich. »Das tut es.«

Nun langte Colm nach dem Tablett und schob seiner Mutter die Tasse Tee hin, bevor er nach der anderen Tasse griff. »Deshalb wird er dich gehen lassen. Du hast ihn in der Hand. Richtig?«

»Ja.« Sie führte die Tasse an den Mund und nahm einen kleinen Schluck. »Du weißt doch, wie sehr Joseph auf seinen guten Ruf in der Gemeinde bedacht ist. Sollte herauskommen, dass er versucht hat, seinen Sohn zu sabotieren, wäre das nicht nur für ihn als angesehenen Bürger verheerend, sondern auch für sein Geschäft.« Seine Mutter klang dermaßen durchtrieben, dass Colm beinahe gegrinst hätte. »Das geht aber nur, wenn du auf eine Anzeige verzichtest«, fügte sie hinzu.

»Du meinst, mein Schweigen für deine Freiheit.«

Sie nickte langsam, verfolgte jede seiner Regungen.

Colm rang kurz mit sich, dann stellte er die Tasse wieder ab und griff nach der Hand seiner Mutter, die auf dem Schreibtisch lag. Wie zerbrechlich und klein ihre Finger waren! Er konnte das Zittern spüren. »Einverstanden«, sagte er. »Aber nur, wenn du es durchziehst. Machst du einen Rückzieher, gehe ich zu Liv, und dann gibt es einen handfesten Skandal.«

Sie nickte eifrig und hielt wie eine Verdurstende seine Hand fest, als er Anstalten machte, sie zurückzuziehen.

»Und komm nicht auf die Idee, die Beweise zu vernichten, Mutter!«

Sie schüttelte den Kopf, fischte mit der freien Hand eine Akte aus ihrer Stofftasche und legte sie auf den Schreibtisch. »Ich bin seit über vierzig Jahren mit deinem Vater verheiratet, Colm«, sagte sie leise. »Lieben tun wir uns schon lange nicht mehr, und doch sind wir zu einem Wesen verschmolzen …«

»Du meinst wohl eher, dass er dich vollständig verzehrt hat«, schnaubte Colm.

»Unterbrich mich nicht!«, fuhr ihn seine Mutter an, was ihn so verdutzte, dass er den Mund sofort wieder zuklappte. »Was ich dir zu erklären versuche, ist, dass ich mir selbst nicht traue.« Nun schimmerten Tränen in ihren Augen. »Ich habe aufgrund meiner Schwäche das Wertvollste in meinem Leben verloren, meine beiden Söhne. Und ich weiß nicht, ob ich stark genug bin, das bis zum bitteren Ende durchzuziehen.« Sie suchte verzweifelt seinen Blick. »Ich will es wirklich, Colm! Und deshalb müssen die Beweise in deinen Händen liegen.«

Colm nickte wortlos.

»Ganz schön verachtenswert, was?«

Colm spürte einen heißen Kloß im Hals. »Nein!«, stieß er hervor. Diesmal griff er nach ihren beiden Händen. »Nein. Ich bin froh, dass du dich zu diesem Schritt entschlossen hast. Und du musst das nicht allein durchstehen, ich bin an deiner Seite.«

»Wirklich?«, fragte sie mit brüchiger Stimme.

»Ja.«

Wie ein Segel, dem der Wind ausging, sank seine Mutter in sich zusammen und begann bitterlich zu weinen, wobei ihr Körper heftig durchgeschüttelt wurde. »Es tut mir so leid«, schluchzte sie. »Alles tut mir so leid … Ich habe Aidan geliebt, weißt du … so sehr … mein armer kleiner Junge …«

Sofort war Colm auf den Beinen, ging um den Tisch herum und schloss die verhärmte Frau in seine Arme. »Das weiß ich doch«, murmelte er, während er ihr beruhigend über den Rücken strich.

Sie bettete ihr Gesicht an seine Brust. »Ich habe dich so vermisst, Knöpfchen«, stammelte sie.

Colm spürte Tränen in seinen Augen aufsteigen. »Ich dich auch, *mamma.*«

FEENZAUBER

»Und du bist sicher, dass du das tun willst?«, fragte Colm.

Grace nickte. »Ja. Ich werde morgen Tante Ruby in der Psychiatrie besuchen.«

Sie saßen auf ihrem Felsen, in eine warme Wolldecke gepackt, und betrachteten das Meer, wie es beim Sonnenuntergang in ein atemberaubendes Wechselspiel der Farben Rot, Orange und Pink getaucht wurde.

Weil Colm schwieg, redete Grace weiter. »Durch das, was ihr Cousin mir erzählt hat und was der behandelnde Psychiater herausgefunden hat, kenne ich jetzt die ganze Geschichte. Tante Ruby ist mit Anfang vierzig von ihrem Mann schwanger geworden. Sie war unendlich glücklich, denn damit ging für sie ein lang gehegter Traum in Erfüllung. Die Schwangerschaft verlief problematisch, und sie musste die meiste Zeit im Bett liegen, aber sie hätte alles getan, um ihr Baby zu bekommen.« Grace holte tief Luft. »Als Tante Ruby im siebten Monat war, eröffnete ihr Mann ihr, dass er eine andere Frau liebte und sie verlassen würde. Die beiden hatten wohl schon länger eine Affäre.« Grace schwieg kurz, und als sie weitersprach, schwang Traurigkeit in ihrer Stimme mit. »Tante Ruby kam dahinter, dass die Geliebte ihres Mannes niemand anderes als ihre beste Freundin war.

Daraufhin erlitt sie einen nervlichen Zusammenbruch und verlor ihr Baby.« Grace suchte Colms Blick. »Die Totgeburt hat eine paranoide Schizophrenie bei ihr ausgelöst. Sie kam in Therapie und erhielt Medikamente. Ihre Krankheit hat bei frühzeitiger Behandlung eine gute Prognose, und nach einigen Jahren konnten die Medikamente abgesetzt werden. In dieser Zeit verließ Tante Ruby Belfast, um hier neu anzufangen. Jetzt weiß ich, warum sie den Kontakt zu Mum abgebrochen hat.« Grace biss sich auf die Unterlippe. »Ihr ging es gut, bis sie mich hierhergeholt hat. Was für eine grausame Ironie des Schicksals! Durch mich und die aktuellen Ereignisse wurde die Krankheit erneut ausgelöst.«

»Maureens angebliche Schwangerschaft.«

»Ja.«

Colm runzelte die Stirn. »Es gibt da etwas, was ich nicht verstehe. Wenn sie deine Mutter so sehr hasste, warum hat sie vor Jahren Kontakt zu dir aufgenommen? Und dich dann sogar hierhergeholt?«

»Als ich noch klein war, hatten wir ein inniges Verhältnis, Tante Ruby und ich. Vielleicht auch, weil sie sich verzweifelt ein eigenes Kind gewünscht hat.« Grace richtete den Blick in die Ferne. »Sie mochte mich sehr. Deshalb hat sie sich erst nach Mums Tod bei mir gemeldet, schätze ich. Für sie wäre es besser gewesen, sie hätte es nicht getan«, ergänzte sie mit heiserer Stimme.

»Du bist nicht verantwortlich, mein Herz«, sagte Colm hörbar bestürzt.

Tränen traten Grace in die Augen. »Das ist leider nur ein schwacher Trost. Und weißt du, was das Schlimmste ist?«

Colm sah sie abwartend an.

»Das Schlimmste ist, dass die Affäre zwischen Robert und meiner Mutter wenige Monate nach Tante Rubys Fehlgeburt endete. Für ihn mag es die große Liebe gewesen sein, aber für meine Mutter war es nicht mehr als eine Affäre von vielen. So war sie eben«, schloss Grace resigniert.

Sie schwiegen lang.

»Und was ist aus ihm geworden?«, fragte Colm. »Warum ist er nicht zu Ruby zurückgekehrt?«

Grace zuckte mit den Achseln. »Keine Ahnung. Tante Ruby hat ihn nie wiedergesehen. Sie weiß nicht mal, ob er noch lebt. Aber sie sind immer noch verheiratet.« Eine Träne lief ihr die Wange hinunter. »Das alles ist so schrecklich traurig.«

Colm zog sie in seine Arme und drückte ihr einen Kuss auf die Schläfe.

»Ich kann die Zeit nicht zurückdrehen«, schniefte Grace. »Aber ich kann Tante Ruby in ihrem Leid beistehen.«

»Das verstehe ich.«

»Wirklich?«

»Ja. Du willst den Schaden, den deine Mutter angerichtet hat, irgendwie wiedergutmachen.«

Auch wenn Colm in Bezug auf Ruby anderer Meinung gewesen wäre, hätte Grace nicht anders entschieden, dennoch war sie froh, dass er Verständnis für ihre Fürsorglichkeit aufbrachte. »Ich weiß, dass Tante Ruby mich im Grunde ihres Herzens nicht hasst«, sagte sie eindringlich. »Sie war die ganzen letzten Monate über so lieb zu mir – die Krankheit ist schuld.«

»Ganz sicher.« Colm zog die Decke enger um sie. »Ich fahre dich morgen nach Donegal.«

»Das musst du nicht. Jess fährt mich.«

»Okay.« Er lächelte. »Wie gefällt es deiner Freundin in der Wildnis?«

Grace legte ihren Kopf auf seine Schulter. »Ziemlich gut. Sie möchte im Frühsommer mit ihrem Mann zurückkommen und für zwei Wochen ein Ferienhaus mieten.«

»Hast du nicht erzählt, sie leidet an Heuschnupfen?«

»Das ist ihr egal. Und wenn der Koffer zur Hälfte mit Heuschnupfenmitteln vollgepackt ist! Das waren ihre Worte, nicht meine.«

Colm grinste. »Du hast ihr aber schon gesagt, dass es auch in Irland Apotheken gibt, oder?«

»Klar. Aber wenn sich Jess etwas in den Kopf gesetzt hat …« Grace machte eine vielsagende Geste. »Du wirst ihren Mann mögen. Fraser ist ein ziemlich bodenständiger Typ.«

»Ist er nicht Schotte?«

»Ja.«

Colm zog eine übertrieben skeptische Grimasse, worauf Grace ihn spöttisch musterte. »Ich verstehe«, sagte sie im Tonfall einer Oberlehrerin. »Der Finn-MacCool-Komplex.«

»Der was?«

»Iren, die sich vor der Überlegenheit der Schotten fürchten«, brachte Grace gerade noch heraus, bevor er einen Urschrei ausstieß, sie an den Schultern packte und auf den Boden drückte.

Schon war er über ihr. Seine blauen Augen feuerten Blitze ab, doch der amüsierte Zug um seine Lippen war unübersehbar. »Wir Iren fürchten uns vor niemandem!«, grollte er, und sie konnte sich ein Giggeln nicht verkneifen, zumal er sie kitzelte.

Sosehr sie sich auch drehte und wand, es gelang ihr nicht, sich aus seinem Griff zu befreien. »Aufhören! Aufhören!«, rief sie schließlich lachend. »Ich kann nicht mehr!«

Erst nach einem langen Kuss und ein bisschen Gefummel gab er sie frei.

»Übrigens mag ich deine Mutter«, sagte Grace, nachdem sie sich wieder aufgesetzt und die Wolldecke zurechtgerückt hatten.

»Und sie mag dich«, erwiderte Colm lächelnd. »Dein ›Sommernachtstraum‹ hat sie sehr beeindruckt. Das gilt auch für deine Käsesoufflés.«

Grace spürte, wie sie leicht errötete. »Vielleicht können wir das mal wiederholen.«

»Du meinst, das festliche Diner mit anschließender Hausmusik in deinem Palais?«, fragte Colm schelmisch.

»Oui.«

Er lachte herzlich, und Grace' Herz hüpfte vor Freude. Seit er sich mit seiner Mutter versöhnt hatte, tat er dies häufiger.

»Wo wird sie wohnen? Sie kann sich ja nicht ewig in Ashleys Bed & Breakfast einmieten«, fragte sie voller Bewunderung für die Frau, die in ihrem Alter einen Neustart wagte.

»Wie du weißt, besitze ich Land südlich der Brennerei …« Colm grinste. »Du erinnerst dich an unser erstes Treffen?«

Grace warf ihm einen finsteren Blick zu. »Wie könnte ich das vergessen?«

»Unweit der Straße steht ein hübsches Cottage«, erklärte er unbeeindruckt. »Dort wird sie wohnen. Es ist nur zehn Minuten von der Brennerei entfernt. So habe ich ein Auge auf sie.«

»Und ihr könnt euch häufiger sehen.«

Er schwieg, aber sie bemerkte, dass er lächelte.

»Wann ziehst du zurück in dein Haus?«, fragte sie.

»Das dauert noch. Die Renovierungsarbeiten beginnen nächste Woche, aber bis ich zurückkehren kann, dauert es sicher noch einen Monat.« Er hob ihre Haare an und strich ihr über die Schulter, bevor er kleine Küsse auf ihren Nacken presste. »Ich habe darauf spekuliert, dass ich, sobald deine Freundin mit dem zweifelhaften Männergeschmack abgefahren ist, bei dir einziehen kann.« Sein warmer Atem auf ihrer Haut bescherte ihr eine wohlige Gänsehaut. »Ich vermisse Einstein, musst du wissen.«

Sie lächelte. »Ist das so?«

»Hmm.«

»Na dann«, antwortete sie leise, und ihr Herz jubilierte. »Wie könnte ich da Nein sagen?«

Sie schwiegen lange, schmiegten sich aneinander, bis Grace einen leuchtenden Punkt auf dem länglichen roten Kalksteinfelsen vor ihnen entdeckte.

»Schau mal, eine Fee!«, rief sie.

»Ja.«

»Du siehst sie auch?«

»Ja.«

Colms eigentümlicher Tonfall brachte sie dazu, den Blick von dem Naturschauspiel abzuwenden und ihn anzuschauen. Er sah ihr direkt ins Gesicht.

Da begriff sie. »Das habe ich damit nicht gemeint.«

»Aber ich.« Seine Augen blickten sie liebevoll an. »Du bringst das Gute in die Welt, machst sie ein bisschen besser.«

»Unsinn!«, widersprach sie verlegen. »Du bist der gute Mensch hier. Obwohl Tante Ruby dein halbes Haus abgefackelt hat, warst du bereit, mich zu ihr zu fahren.«

Er lächelte. »Solche Dinge tut man für Menschen, die man liebt. Und ich liebe dich, Grace Cavanaugh.« Ehe sie etwas erwidern konnte, legte er einen Finger auf ihre Lippen. »Ich will dich zu nichts drängen. Du sollst es nur wissen.«

»Ich bin gern mit dir zusammen«, entgegnete Grace ruhig, obwohl ihr Puls raste. *Colm McCunnigan liebte sie.* Bei dieser Vorstellung wurde ihr schwindelig.

»Schön«, erwiderte er.

»Ich weiß nicht, ob es Liebe ist, aber ich bin in dein bestes Stück vernarrt. Ehrlich, ich habe noch nie einen schöneren gesehen«, fügte sie in aufreizendem Ton hinzu.

Colm gab einen seltsamen Laut von sich. »Okay«, sagte er, und es klang, als hätte er eine Handvoll Frösche verschluckt.

»Aber auch der Mensch dazu ist ziemlich liebenswert«, fuhr Grace fort. »Dein Brummen zum Beispiel.«

»Hmm.«

»Genau.« Sie lächelte. »Deine Stimme, dein Lachen, dein Sinn für Humor und Gerechtigkeit, deine Augen natürlich, aber das weißt du sicher. Was ich aber ganz besonders liebe, sind deine Lippen.« Ihr Tonfall bekam etwas Schwärmerisches. »Diese Lippen sind so …«

Weiter kam sie nicht, denn Colm erbrachte den direkten Beweis, was seine Lippen so alles waren – und was sie vor allem konnten. Genüsslich zupfte und knabberte er an ihrem Mund, reizte ihn, bis sie ihn freiwillig öffnete, um ihn einzulassen. Ihr keuchender Atem vermischte sich, während ihre Zungen einander umgarnten, mal sanft, dann wieder stürmisch. Ihr Herz wollte vor Glück fast zerspringen, und sie wünschte sich, dieser Augenblick würde ewig dauern. Anders ihr bebender Leib, der keine Sekunde länger warten wollte. Doch nach einer kleinen Weile lösten sich Colm und sie voneinander, denn so magisch dieser Ort auch war, sie wollten sich heute Nacht viel Zeit miteinander lassen. Und was wäre dazu besser geeignet als ein großes, weiches Bett in einem irischen Cottage?

»Raus damit!«, verlangte Colm, nachdem sie wieder zu Atem gekommen waren.

Verblüfft sah Grace ihn an. »Was meinst du?«

»Sag es!«

Grace unterdrückte ein Grinsen. »Kannst du nicht etwas konkreter werden?«

»Du weißt genau, was ich meine.«

Sie hob in gespielter Überraschung die Augenbrauen. »Hast du nicht eben noch groß getönt, dass du mich zu nichts drängen willst?«

Er zuckte mit den Schultern. »Du hättest nicht von meinem ›besten Stück‹ anfangen sollen!«

Grace brach in schallendes Lachen aus. »Also gut.« Sie räusperte sich, holte tief Luft, denn mit einem Mal fühlte sich ihre Kehle verflucht eng an. »Ich möchte mit keinem anderen Mann zusammen sein. Ehrlich gesagt würde ich am liebsten jede freie Minute mit dir verbringen. Bist du nicht in meiner Nähe, tut es schon ein bisschen weh. Hier.« Sie berührte ihr Herz. »Und die Vorstellung, dir könnte etwas passieren, macht mich ganz krank.«

Colm tippte sich nachdenklich auf die Lippen. »Sieht mir nach Symptomen einer schweren Verliebtheit aus.«

Ihre Blicke verschmolzen miteinander, bis Grace sein Gesicht mit den Händen umfasste und es zu sich herunterzog. »Ich denke, das ist viel mehr als das, *maoinín*«, sagte sie zärtlich und führte ihre Lippen an seine.

»Halleluja«, murmelte er.

Dann sagten beide lange nichts mehr, während die Sonne vor ihnen im Meer versank und die Feen ihren Zauber entfalteten.

Nachwort

Liebe Leserin, lieber Leser,
solltest du nach Beendigung von »Wenn die Sonne den Felsen
küsst« auf der Landkarte nach Cruinn in der Grafschaft
Donegal suchen, wirst du es nicht finden. Cruinn ist ein fiktiver
Ort, stellvertretend für viele Ortschaften in Irland samt Pubs,
Kirche und Lebensmittellädchen. Ausgedacht ist natürlich auch
alles, was damit verbunden ist, wie das Gaelic-Football-Team,
die Brennerei oder Dannys Kneipe. Auch Finns Fußwanne
und die Feenbrücke sind reine Erfindung. Zwar existieren in
Irland sogenannte Feenbrücken, zum Beispiel im Lough Key
Forest Park oder am Strand von Tullan, aber nicht in der Nähe
von Slieve League. Auch natürliche Wasserbecken wie Finns
Fußwanne gibt es, allen voran das berühmte »Worm Hole« auf
der Insel Inis Mór. Trotz aller kreativen Freiheit hoffe ich, dass
dir die Geschichte um Grace und Colm gefallen hat und dir
die liebenswerten Menschen von Cruinn ein wenig ans Herz
gewachsen sind.

Denn es geht weiter! Im nächsten Band wird Brendan
Hegarty hoffentlich seine Scheuklappen ablegen und Kelly
Dooney nicht mehr wie eine Göre behandeln. Sie jedenfalls ist

nicht auf den Kopf gefallen und wird ihm ordentlich einheizen, das kann ich dir schon mal versprechen.

Wohin es mich nach dem nächsten Roman verschlägt, steht noch nicht ganz fest. Mehr dazu erfährst du beizeiten auf meinem Blog, auf Facebook oder Instagram. Wenn du auf dem Laufenden bleiben willst zu Veröffentlichungen, interessanten Neuigkeiten oder Aktionen, lege ich dir meinen Newsletter ans Herz. Und keine Sorge: Abonnenten meines Newsletters werden nicht wöchentlich oder gar täglich zugemüllt, denn ein bisschen Zeit braucht es schon, um ein Buch zu schreiben. Registrieren kannst du dich auf meiner Website www.amelieduval.com.

Zum Schluss noch eine Bitte: Sollte dir »Wenn die Sonne den Felsen küsst« gefallen haben, empfiehl das Buch gern weiter oder schreib dazu ein paar Worte bei Amazon oder Thalia, Lovelybooks und Co. Denn auch hier gilt: Auf jede Stimme kommt es an.

Ich danke dir und wünsche dir und deiner Familie eine gute Zeit!

Deine Amélie Duval

Danksagung

Hinter mir liegen schwierige Zeiten. Umso dankbarer bin ich den Menschen, die mir beruflich und privat beigestanden haben. Allen voran meiner treuen Leserschaft, die mich bei all meinen Eskapaden begleitet, mir die Treue hält und sich auch nicht davor scheut, mich bei Bedarf aufzumuntern. Euch verdanke ich es, dass ich trotz aller Widrigkeiten meinen Traum weiterhin leben kann. Außerdem danke ich meinen Freunden bei Facebook und Instagram. Danke, dass ihr an der Entstehung und Verbreitung meiner Geschichten regen Anteil nehmt und mir mit euren persönlichen Nachrichten und Anregungen immer wieder das Gefühl gebt, auf dem richtigen Weg zu sein.

Mein großer Dank gilt dem Team von Amazon Publishing für die großartige Zusammenarbeit, ganz gleich, ob es sich ums Lektorat, um die Gestaltung des wunderschönen Covers oder ums Marketing handelt. Ohne die Argusaugen des Lektorats hätte Grace den Reißverschluss ihres Kleides mit einigen »Verreckungen« geschlossen, während Colm neben frischen Unterhosen auch »Zahnbrüste« in seine Reisetasche gepackt hätte.

Last but not least danke ich meiner Familie für ihre Unterstützung sowie meiner geliebten Hündin Rosel. Was würde ich nur ohne meinen kleinen Hauskobold machen?

Zeitfracht Medien GmbH
Ferdinand-Jühlke-Straße 7
99095 Erfurt, Deutschland
produktsicherheit@kolibri360.de

Druck:
CPI Druckdienstleistungen GmbH
im Auftrag der
Zeitfracht Medien GmbH
Ein Unternehmen der Zeitfracht - Gruppe
Ferdinand-Jühlke-Str. 7
99095 Erfurt